GINA B. NAHA

约拿的闪光之心
THE LUMINOUS HEART OF JONAH S.

[美] 吉娜·B. 那海 —— 著

章力 李军 —— 译

外语教学与研究出版社
北京

献给吉提·巴克霍达和弗朗索瓦·巴克霍达，为你们的信仰和勇气

献给大卫·那海，为我们共同的生活及一切

献给亚历克斯·那海、艾希莉·那海和凯文·那海

谢谢你们每天赐予我整个世界

索莱曼家谱

索莱曼家谱

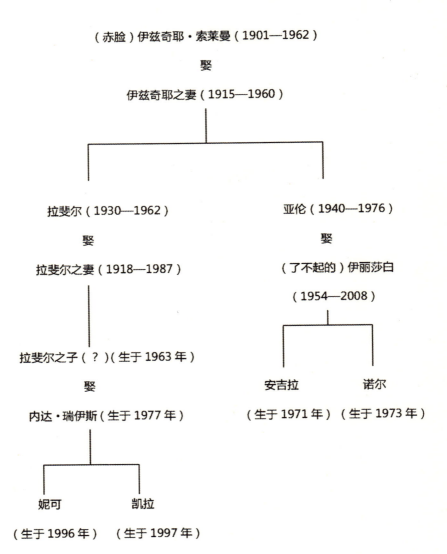

（赤脸）伊兹奇耶·索莱曼（1901—1962）

娶

伊兹奇耶之妻（1915—1960）

拉斐尔（1930—1962）

娶

拉斐尔之妻（1918—1987）

拉斐尔之子（？）（生于1963年）

娶

内达·瑞伊斯（生于1977年）

妮可

（生于1996年）

凯拉

（生于1997年）

亚伦（1940—1976）

娶

（了不起的）伊丽莎白

（1954—2008）

安吉拉

诺尔

（生于1971年） （生于1973年）

洛杉矶

2013 年 6 月 24 日　周一

拉斐尔之子孤零零地死在了自己车里。他直挺挺地坐在方向盘后面，系着安全带，喉咙被人从右至左割开了——切口很整齐，有人也许会赞叹技法之娴熟，近乎外科手术般精准。他的尸体于 2013 年 6 月 24 日周一凌晨 4 点 45 分被发现，发现者是与他结发十七年的妻子内达·瑞伊斯。据她向警方的陈述，他被发现时身体已经凉了，怎么叫都没反应，身子坐在他那辆灰色双开门的阿斯顿·马丁内。车牌很有个性——I WYNN[1]。车当时挂着空挡卡在他们家的大铁门上，地点位于荷尔贝山[2]的梅普尔顿街。在那之前大约一小时，内达被金属撞击声吵醒，还以为是街上出了车祸。之后的五十分钟里，她一直半睡半醒。末了，她决定弄明白早先那次惊扰的缘由，于是起床，穿过前院，走到宅院门前。她之前听到的，正是阿斯顿·马丁迎面撞上大门的声响。

　　驾驶席一侧的车窗敞开着。透过车窗，内达能看到从拉斐尔之子脖颈的伤口中喷出一股血，向下流过他的前胸和肚腹，落到他又粗又短的大腿上，最后在意大利真皮车座上汇成一小滩。拉斐尔之子睁着眼睛，嘴部松弛，看上去就像一只被放掉气的动物玩偶般阴沉而空瘪，

1　与英文"I win"发音相近，意为"我赢"。——译者注（全书注释若无说明皆为译者注）
2　荷尔贝山（Holmby Hills）与下文的比弗利山庄和贝莱尔同属高级住宅区。

仿佛他终于减掉了许久以来使腰腹臃肿不堪的 30 磅[1] 赘肉，这也使他身上的那套衣服——花费 2,800 美元从萨克斯第五大道[2] 购买的杰尼亚男装，花 700 美元从巴尼斯[3] 买的牛仔裤，以及他为参加洛杉矶西区的周日运动俱乐部而穿的黑色耐克运动衫（因体型缘故，他不得不买加大号的，这样才能合腰，但下摆长得垂到了膝盖）——看着像其实属于一个比他高大许多的老兄。

为了确认丈夫是否还活着，内达将手伸进车窗，轻轻晃了晃他的左肩。看他一动不动，她便将他留在车内，回屋去报了警。

xxxxx

至少，在宣称发现尸体后的最初两三个小时内，美国伊朗犹太社群中流传着的就是这个版本的故事。到周一早上 9 点，消息已传到加拿大和以色列。中午，从洛杉矶向伊朗及其他中东地区播出波斯语节目的卫星闭路广播电台，接到了从德黑兰打来的电话，要求证实传闻的真假。

拉斐尔之子并非在美国遇害的第一个伊朗犹太人，却是迄今为止处世最为高调，又最遭人记恨的一个。按照他仇敌的说法，他活该早早惨死。因此，这则无论如何都将引发轰动的新闻，在人们迫切地扩散下被更迅速地传开了；每传一次，案情细节也变得愈加血腥和残忍，割喉那一刀变为连捅数刀，继而成了斩首，最后成了肢解。关于杀人的直接动机以及他的财物——包括钱夹，代替婚戒而戴在小指上的五克拉钻戒，以及他前些年在皮科区塞普尔韦达街上的阿拉姆兄弟珠宝

1　英制重量单位，1 磅约为 0.45 千克。
2　美国一家奢侈品连锁百货公司。总部位于纽约曼哈顿中城。
3　美国一家奢侈品连锁百货公司。

004　约拿的闪光之心

店花 30,000 美元购买的劳力士迪通拿黄金腕表——是否被抢，众说纷纭。拉斐尔之子曾向阿拉姆兄弟宣称，那块表将用来纪念他在五十二年人生当中不容置疑的非凡成就——"焦土政策"[1]"赶尽杀绝"[2]"我们当中只有一个能活着离开这里"，还有他对妻族发动的法律诉讼战和心理战。他骄傲地宣称，德黑兰的索莱曼家族在他的操控下遭受了无尽的痛苦。

与此同时，接连的名人遇害案庭审以及有线电视不断重播的《犯罪现场调查》，使得洛杉矶西区的全体民众顿时都成了地方检察官和侦探，广播电视一披露任何案件的蛛丝马迹，立刻就会有人拿去分析，推测凶手身份、杀人动机和犯罪手法。

其实用不着侦探，人们自然也知道，拉斐尔之子自成年以来，因费尽心思害人而树了许多死敌，他们中的任何人都可能杀掉他——包括之前在伊朗时被他移交给阿亚图拉的"革命的敌人"（他这么干只为了之后再保释他们出来，换取"服务费"）；还有遭他诈骗后又反被他起诉诈骗的每一位商业伙伴；以及近年来被他骗过的几千名伊朗犹太人和少数美国犹太人——他最近从他们身上骗走了 5 亿美元。这些还只是他的敌人，其实他的盟友们甚至更想置他于死地。

多年来，拉斐尔之子始终操纵着一个伪装得极好的庞氏骗局，诈骗的目标大多为伊朗犹太人，这一招使在 2008 年金融危机期间显得尤为高明。正是因为他，许多家庭陷入赤贫，或是蒙受了无可挽回的

1　焦土政策（Scorched-Earth Policy）：源于一种军事战略，此处指企业策略上的"焦土政策"，即目标公司大量出售公司资产或破坏公司经营，以挫败恶意收购人的收购意图。

2　赶尽杀绝（take-no-prisoners）：华尔街的信条，即"只要能赚到钱，不在乎是和谁做生意，也不在乎怎么做"。

经济损失。当别人追问他是怎么"赔掉"了投资者的所有资金时，他将其归咎于波及全球的金融危机，还提醒说连希腊和冰岛政府都破产了，他的失败自然也不足为奇。当被问及他是否认为自己该对业已造成的灾难负责时，他叹息道，他希望自己能担起责任——就像亨利·保尔森[1]、本·伯南克[2]、蒂莫西·盖特纳[3]和所有那些华尔街的首席执行官一样，他们主导了一场席卷全球的金融风暴，却要么被重新任命为内阁成员，要么获得了巨额红利。

  跟那些首席执行官一样，拉斐尔之子从庞氏骗局的垮台中重生，变得比以往更加富有，也愈发自以为是。在正式对外宣布破产五年之后，他仍住着一套价值 5,200 万美元的豪宅——占地 2.6 英亩[4]，位于城市中最可炫耀的地段，日落大道[5]旁的花花公子豪宅[6]恰与其隔街相望，那里有孔雀、天鹅和一对整天光着身子恣意放纵的孪生姐妹花[7]；一箭之地开外是斯班林[8]夫妇那幢占地 5.6 万平方英尺[9]、屋顶漏水的庄园别墅，价值 1.5 亿美元（最近以半价出售给了一位二十二岁的俄罗斯"女继承人"）。再沿街向前是占地 4.5 万平方英尺、价值 1.25 亿

---

1 亨利·保尔森（Henry Paulson）：第 74 任美国财政部部长，曾担任大型投资银行高盛集团的主席和首席执行官。

2 本·伯南克（Ben Bernanke）：美国经济学家、前美国联邦储备委员会主席。

3 蒂莫西·盖特纳（Timothy Geithner）：第 75 任美国财政部部长，在 2003 年进入美国纽约联邦储备银行之前，在财政部服务过三届政府，还曾就职于国际货币基金组织，是处理金融危机的专家。他与保尔森和伯南克一起，协助解决了投资银行贝尔斯登公司的危机。

4 英制地积单位，1 英亩约为 4,047 平方米。

5 日落大道（Sunset Boulevard）：洛杉矶的著名街道，途经好莱坞、比弗利山庄。

6 花花公子豪宅（Playboy Mansion）：位于洛杉矶荷尔贝山，是休·海夫纳的一座奢华寓所，内部设施齐全，还有一座私家动物园，里面饲养了猴子、孔雀等动物。休·海夫纳是《花花公子》杂志的创刊人及主编，也是花花公子企业的首席创意官。

7 此处暗指休·海夫纳曾被媒体爆料搭上一对年轻的孪生姐妹花。

8 艾伦·斯班林（Aaron Spelling）：美国金牌电视制作人。他的妻子坎迪·斯班林（Candy Spelling）是美国著名作家和慈善家。

9 英制面积单位，1 平方英尺约为 0.093 平方米。

美元的"小凡尔赛宫",房主是一对和善可亲的犹太夫妇,他们花了五年时间打造这座庄园,不过刚一竣工就离婚了。

拉斐尔之子的宅子有八间卧室、一幢 6,000 平方英尺的客房,还有户外篮球场、室内保龄球道、户外网球场、室内健身泳道、户外泳池和休闲小屋,以及三间厨房(其中一间大小堪比泰姬陵,里面从未做过饭;另一间小一些,也有饭店厨房那么大,作为日常家用;第三间是专为大型派对提供餐饮服务的)、三个常规的酒吧、一间造型屋、两个餐厅和一个用作早餐区的面积达 1,000 平方英尺的"小角落",外加必不可少的藏书室、带穹顶的温室和一间可容纳三十二席的放映室。

对任何理智的人而言,这样已经很富足殷实了,然而拉斐尔之子竟厚颜无耻地抱怨这套房子"令人失望":是的,按照多数人的标准,它的确很大,但是在洛杉矶,它还不足以令人惊艳——"小凡尔赛宫"以拥有 3 英里[1] 半的慢跑跑道为傲,斯班林的豪宅里有一座全是纯种马的马厩,花花公子豪宅里住着休·海夫纳和几对孪生美妞。

拉斐尔之子去买劳力士那天,曾向阿拉姆兄弟提及这些。他们小心翼翼地问他在荷尔贝山是否住得愉快,想借此提醒他,他这么有钱,别要求折扣了吧。

"噢,过得不赖!"拉斐尔之子用讥讽的口吻答道,"手机没有信号,因为美国电话电报公司是个大坑货。一刮风下雨就断电,因为电缆太老太破,邻居又都是些没用的废物。"

花花公子豪宅里的人一周七天,每晚都在办派对。他们把音乐放得震天响,简直能引发地震,还允许来客把车停在马路中央。每次拉斐尔之子上门去抗议时,他们既不接电话,也不开门。如果你认为警

---

1 英制长度单位,1 英里约为 1.6 公里。

察能有点儿帮助的话那就太天真了；他们其实都巴望着能被叫到海夫纳的家门口。那样他们就能趁机闲站在门廊里，观赏漂亮的裸妞儿，仰脖痛饮几杯苹果马提尼酒；离开时，还能从豪宅里那些英俊漂亮的看门人那里收到不菲的小费。

　　隔壁的老妇是某位烟草大王的遗产继承人，她在家里草坪正中掘了一个湖，还执意要灌满水，到与沙质湖岸齐平，毫不在乎现在城里的其他人正面临缺水的困境。她的女儿结婚二十年了，有三个孩子，现在仍与她同住，似乎打定了主意要跟每个管道工、勤杂工，甚至是十八岁的比萨送餐员上床。马路对面有个印度制药业大亨，他一直在建造他那座有 1,700 个小窗户的难看得要死的棕黄色豪宅；而每当快完工时，又把它拆毁，从头再来。还有个俄罗斯黑帮的，在参加了不计其数的"里程碑论坛"[1] 讨论会以后，向妻子承认自己曾有 1,112 次对她不忠。几周以后，他便遭人腰斩，尸体在坎昆[2]的沙滩上被发现。

　　拉斐尔之子曾以过度用水为由起诉"烟草夫人"，以噪音扰民为由起诉休·海夫纳，还因服务质量糟糕起诉美国电话电报公司。他甚至打算以提供的基础设施质次价高为由起诉电力公司。

　　"我感觉自己生活在第三世界国家，"他对阿拉姆兄弟说，"一个人囤积占用了所有的水，警察都被买通了，而且我还得自行购置发电机，否则大晚上就只能摸黑。"

　　所有这些都无法解释拉斐尔之子为何能保住房屋的产权，天晓得这其中有什么猫腻，只听说他从前的"投资者"中有些损失了毕生的

1　里程碑论坛（Landmark Forum）是一种大型团体意识训练项目，旨在帮助参与者认识到他们真正的潜能，给他们的生活质量带来积极的、永久的变化。
2　坎昆（Cancun）：墨西哥的著名旅游城市。

积蓄，沦落到被迫住在自己的车里或是借住在邻居家的车库中。据大家推测，在破产前的十年间，他逐步将5亿美元暗中转移到了他那帮乌合之众的表亲及他们配偶、子女名下的储蓄账户中。他们在进入拉斐尔之子的势力范围之前，始终一文不名，被称作"杂牌军"[1]，散居在伊朗的多个省份，生活几近贫困。之后他们辗转去到以色列的"占领区"，住在煤渣砖房里，最终迁到了洛杉矶的北山与阿古拉山地区，住上了300平方英尺的公寓。2003年起，他们突然一夜之间在布伦特伍德比弗利山庄一带买下一座一万平方英尺的豪宅，他们妻子原本戴的极小的钻石骤然长到十克拉大，他们的子女进了昂贵的犹太私立走读学校。如果你问他们，这些都是怎么得来的，他们会一本正经地说，这是伊朗的"祖产"，他们的父亲都是百万富翁，拥有土地和马匹，珠宝古玩足够塞满一座博物馆，你不知道吗？

债权人认为"杂牌军"协助拉斐尔之子藏匿被他盗用的资金——他们会把钱在手里攥上几年，然后巧立名目，在扣减自己的佣金后，悄无声息地、一小笔一小笔地返还给他。这一招简单又易识破，但令所有人讶异的是，它极为奏效。那些倾家荡产的"投资者"不太可能承担得起起诉拉斐尔之子或其表亲的费用；而那些被掠夺了几百万美元却仍颇有余财的人，都在私下里得到许诺：如果他们不去找有关当局，或不起诉，就能拿回自己的钱。地方检察官相信所有"眼朗人"[2]都很富有，颇有来头，没兴趣追究他们族群内部某些人盗取其他人钱财的犯罪案件。破产清算受托人"调查"该案迄今已有四年，因耗时漫长而花费惊人。新闻媒体则忙着报道各种名人绯闻，谁谁醉酒驾驶

1　"杂牌军"（Riffraff Brigade）："riffraff"原意为乌合之众，此处既指拉斐尔之子的表亲成分复杂，地位不高，也因"Riffraff"与"拉斐尔"（Raphael）谐音，是对其家族的不屑戏称。

2　此处原文是Eye-ray-nians，与Iranians的形声都相近，是对伊朗人的戏称。

出了车祸、杀死老婆或是自杀。

拉斐尔之子造成这些损失，得到的唯一惩罚是在整个洛杉矶西区遭人唾弃，但这并没有听上去那么严重，因为他原本就从未被人高看过。他在一两篇博客帖子中被称作"荷尔贝山的匪徒"和"蹭吃蹭喝的贼"，可他知道重要人物根本就不看这些帖子。他的妻女也厌恶他，不过这一点既不新鲜，也不打紧。他那帮"杂牌军"表亲也每天都盼着他死，这样便可吞掉他委托给他们的所有钱财；不过他们太忌惮他了，即便真有那么一天，大概也连一块钱都不敢留。

最后我们可以说，或许唯独拉斐尔之子的母亲曾对他有些感情，不过她已经去世，葬于以色列——再说，她本人也绝非和蔼可亲之辈。四处遭人鄙视并非美事，但他的确陶醉于海外账户中的全部"免税"资产。不仅如此，他还醉心于自己对他人造成的伤害，且总能如此轻易地逃脱罪罚；另外，他非常确信，一旦事情告一段落，当债主们已经厌倦为损失钱财而悲号时，那些记忆就会消退，而他则能凭几亿美元的雄厚财力重建自己的商业信用。其实他早已参与幕后交易，以"杂牌军"为掩护，用现金陆续买断不少被取消赎回权的财产，并将资产藏匿于未经注册登记的公司名下，尽享一切——让债主们去啃陈面包吧，经济萧条时也能赚钱——但在2011年，他的计划出了一个小纰漏。

两个"投资者"设法使地方检察官确信，拉斐尔之子有进行电话诈骗和洗钱的重大嫌疑。尽管涉案金额不大——3,000万美元——但"投资者"都是美国人，这意味着他们不会轻易与拉斐尔之子"握手言和"，势必会要求核实查清自己存款的去向。因此，地方检察官不能坐视不理，他提出指控，并且立刻提出了调解方案：如果被判有罪，拉斐尔之子将面临长达二十年的联邦监狱生活，还必须还清所有投资款；如果他同意和解，则只需蹲六年监狱并还钱。

拉斐尔之子的律师们敦促他接受这笔交易，结果被他以懦弱无能为由，草草解雇。之后他聘用了一个更廉价的团队。他对律师们说，如果高盛集团和美国银行的头头们都还高枕无忧，那么他的案子简直就是小菜一碟。他对第二个律师团队说，法庭绝不会判他有罪，因为他是个严守教规的犹太教徒，在多所教堂的理事会任职。后来，他又解雇了他们，聘用了第三个律师团队。

庭审日期定在 2013 年 7 月 8 日，周一。随着压力不断加剧，律师们向他断言，他可不是劳尔德·贝兰克梵[1]；如果政府想判他有罪、让他坐牢，即便是贝兰克梵本人也不能幸免。拉斐尔之子开始考虑吐出一部分别人的血汗钱了。他让律师向地方检察官提出辩诉交易[2]，内容包括归还资金，但是不服刑。他称自己只能从那帮"杂牌军"表亲手中"借"钱。协商会议定于 6 月 24 日周一上午 10 点在地方检察官的办公室召开。而他在会议开始大约五小时前死了。

谋杀发生的当天午后 12 点 15 分，他的对头们还没来得及消化处理这则消息，就被第二条令人更加心烦意乱的消息震惊了。

内达拨打 911 报警之后，救护车迅速赶到。车刚到梅普尔顿街口，就迎面碰上一个歇斯底里的拉丁女人，她身穿下摆及地、蕾丝镶边的丝质长袍，脚踩一双三英寸[3]高的金色高跟拖鞋，每只耳朵上戴着六枚

1　劳尔德·贝兰克梵（Lloyd Blankfein）：2006 年至 2018 年期间，担任高盛集团董事长兼首席执行官。

2　辩诉交易（plea deal）是美国的一项司法制度，指在法官开庭审理前，处于控诉一方的检察官和代表被告人的辩护律师进行协商，以检察官撤销指控、降格指控或要求法官从轻判处刑罚为条件，换取被告的认罪答辩。

3　英制长度单位，1 英寸等于 2.54 厘米。

耳环。在短促的抽泣声间,她不停嘟哝着"噢,先生,可怜的先生"。她说,她名叫埃斯贝兰萨·瓜达卢普·蒂·基娅拉·瓦伦西亚,是"孩子们的家庭教师",然后带医护人员去了案发现场。

内达·瑞伊斯身高五英尺一[1],身形瘦小,像罐装沙丁鱼一般温顺。她默默站在汽车旁战栗着,睡袍上血迹斑斑。两个十几岁的小姑娘——内达和拉斐尔之子的女儿们——衣衫不整地赤脚站在供步行出入宅院的大门甬道旁。阿斯顿·马丁挂了停车挡,但引擎仍在空转。

急救人员在驾驶席和方向盘下方的地垫上发现了大量血迹。他们看到拉斐尔之子的上衣整齐地搭在副驾驶座上,并未看到劳力士腕表和小指上的戒指,可这些都不打紧,因为他们竟然也没看到拉斐尔之子究竟是死是活,是身受重创还是毫发无损。

他刚才就在那儿,内达向他们解释道,她的牙齿显然在打战。他当时就在车里,被人割了喉。那人绝对是他,当她留下他回屋报警时,他肯定已经死了。当她回来时,他却消失了。

---

1 约为 155 厘米。

消失。一种情形是：他假死，在一向受他摆布的妻子的帮助下，躲过审判，携全款潜逃了。

消失。另一种情形是：或许他现已逃出国境，正前往以色列或伊朗。他将躺在埃拉特[1]或里海的沙滩上，等到风浪平息，几年后在世界上的另一个地方重新抛头露面，依旧阔绰富态，还是那个假充良善的犹太教徒。

总之：这个狗娘养的又赢了。

安吉拉·索莱曼在汤博乐的页面上发布了尸体失踪的消息。她是个伊朗犹太裔律师，非常鄙视拉斐尔之子，幸灾乐祸地发布了这条消息。她声称该新闻出自《洛杉矶犹太太先驱报》网站。

安吉拉在汤博乐的帖子甫一上线，《先驱报》便开始接到读者来电，他们愤怒地谴责报社、汤博乐和所有社交媒体，尤其是安吉拉·索莱曼。致电者们向那天碰巧值班的倒霉接线员——一个十九岁的实习生告发说，安吉拉是个炮筒子，有很多大学学位，却没有一丁点儿常识来应付现实世界。她还是个大骗子，她在所谓的报道中（不知从何时起，

1　埃拉特（Eilat）：以色列港口，海滨胜地。

能上因特网的人都成了彼得·詹宁斯[1]？）回避了一个干系重大的事实，那就是她之所以经常对伊朗社群磨刀霍霍，是因为她过得不开心，是因为她虽已四十出头，却没能找到一个笨到会娶她的男人。另外，她多年来总是试图刁难伊朗犹太人，想败坏他们的名声。伊朗裔致电者们控诉《先驱报》应该炒她鱿鱼，加利福尼亚州应该从此禁止她再敲键盘。

致电的美国人表达的观点则包括：1）他们对降临到又一个伊朗富豪身上的命运毫不关切；2）他们长期以来对整个伊朗社群深恶痛绝，因为他们竟然胆敢居住在洛杉矶最令人觊觎的地段，把子女送进竞争最激烈的学校，在难度最大和最赚钱的行业中成为佼佼者；而与此同时，他们大都又很排外，不论走到哪里都讲波斯语，坚决反对子女与外族通婚。这帮"眼朗人"居然就住在被人视为美国文化象征与标志的隔壁，还在里面用餐，这简直是厚颜无耻，哪有一点儿移民的样子。他们的女人们也到越南人开的美甲店里，做 16 美元一次的美甲；尽管不是名人——尚且不是——却可以径直突破狗仔队的重重包围，到比弗利山庄的贝德福德街去购物，那可是代表洛杉矶文化的女神金·卡戴珊[2]经常光顾的地方。第一代移民只能住在令人嫌恶的地段，洗衣服、卖面条或在工厂里做苦工，靠吃糠咽菜才能供得起子女上学，日后让下一代上升为中产阶级。来自俄罗斯、波兰和西欧的犹太人刚登上美国大陆时，都是这么过来的。唯独这帮"眼朗人"不懂如何取号排队。

舆论对拉斐尔之子尸体失踪消息做出的一致反应让《先驱报》的

---

1 彼得·詹宁斯（Peter Jennings）：美国广播公司著名新闻主播。
2 金·卡戴珊（Kim Kardashian）：生于洛杉矶，美国娱乐界名媛，服装设计师、演员、企业家。

主编警觉起来，尽管他这个美国人从来也不理解他的白人同胞们为何对洛杉矶的伊朗裔群体如此深恶痛绝。

"我想指出的是，"在意识到这是一场必败之仗并因此改让实习生替他记录留言以前，他对最初几位致电者客套地说，"索莱曼女士不是本报的员工，也不代表本报的观点。"

美国人再次得出《先驱报》过于放任的结论，然后挂断电话。伊朗人则坚称不管是谁付她薪水，反正《先驱报》向索莱曼女士提供了"假新闻"。鉴于安吉拉总有办法将任何消息——不论好坏、甚或无关痛痒——变为让她的族群受辱和痛苦的源泉，《先驱报》此举可谓极其恶劣。

安吉拉·索莱曼身高五英尺九[1]，体重 138 磅[2]，在普林斯顿大学念了本科，再到耶鲁大学读了法律（然而她浪费了所有这些教育背景，舍弃了在私人律所年薪 18 万美元的工作，转而当起了作家，因为她信仰真理与正义，为此甘于受穷）。身为一名四十一岁的伊朗裔犹太女人，她已经得罪了洛杉矶（和长岛的大部分）伊朗社群中高收入阶层的人，因为她将率性直言发挥到了极致——这是对她的美国式和欧洲式评价；以波斯观点来看，她完全不懂分寸，粗鲁无礼，愤怒尖刻，一心想让自己的亲族难堪。她生于伊朗，但出国时还不满八岁，她的移民之路的确不轻松（又有谁不是那样的呢？人们把这称之为"流放"而非"旅游度假"是有道理的）。然而，个人遭遇并不能成为放肆胡言、口无遮拦的借口。更何况，她在美国要比留在伊朗过得更好。

1　约为 175 厘米。
2　约为 63 千克。

她从洛杉矶的高中毕业，带着全额奖学金飞往东海岸；七年之后归来，在一家从事刑事辩护的私人律所中工作，本将就此默默无闻了。不过后来，她认定所有辩护律师都是卑鄙之徒，于是到地方检察官办公室任职；可之后她又认为所有地方检察官都是刁滑的蠢货，故又在2008年辞去那份工作。这一回，她认定美国每年出版的三十多万种新书还不足以满足读者的胃口；如今国家又正处于两场战争之中，经济几近萧条，每晚都有年轻人在街头用机枪互相残杀，因此有必要再多出一本书。这部鸿篇巨制题曰《两个大陆，一个窃贼》，旨在将真相和盘托出，揭露恶棍的真实面目，揭发拉斐尔之子和他手下那帮好像莎剧里的恶棍同伙，还要将他的双膝打穿，看着他爬到诽谤诉讼法庭去。她根本不在意洛杉矶写书的人比读书的人多，也不在乎除了伊朗犹太社群外，几乎没人认识或想要了解拉斐尔之子。

　　她写这样一本书，即便全洛杉矶只有一个当地人读了，也"注定要让世界各地的所有伊朗人蒙羞难堪。因为你知道，人们会认为我们伊朗人都跟拉斐尔之子和'杂牌军'一样"——即便如此，情况或许还能令人容忍（至少能让她和她那张嘴在今后几年里消停一下）。不过后来，她报名参加了一个私人工作坊，教授课程的是一个不开心的俄罗斯胖女人，名叫巴贝特，她平生从未出版过一本书，却声称能教人写作。她跟她瘦削却也同样愚笨的未婚夫住在市中心的一个单间公寓里，还有他们那条"已老死多年可主人竟蠢到没注意"的狗。安吉拉能够忍受巴贝特兼作教室的公寓里到处弥漫的尿味，她也能（勉强）忍受两个女人之间的阿谀奉承，但她很快明白，这并非真正的写作课程，而是又一个洛杉矶式的自我提高骗局（排毒蔬菜汁、普拉提、回忆录），组织者自身显然更需要进修此类课程。"简而言之，她绝非纳博科夫。"安吉拉从课程中领悟到的唯一心得就是，要想把书卖出去，作者必须从事一种作践自己的活动，这被"绝非纳博科夫者"称为"平台搭建"（这个行话的意思是"寻找有兴趣买下这本烂书版权的人或自费出版它"）。因此，安吉拉在汤博乐上开了个博客。

出于某种原因，她无论在哪儿都自许是研究伊朗犹太社群社会及其文化的人类学专家，并认为治疗他们弊病的方法就是"无所畏惧又不偏不倚"地向世人揭露他们的每个重要秘密或各种生活琐屑，把他们的日常呈现给世界。的确，她也竭力羞辱美国人，但没人在意这一点，因为白人不必担心名誉受损。与此相反，少数族裔才经常被人以他们最差的群体特点来评判。可没人留意到，安吉拉对该社群的赞美力度跟她的批判力度其实不相上下。正如一位睿智的拉比¹所言，说出十几个赞美之词再加上一个批判之词，人们只会记住那个批判之词，还会为此恨死你。

毫无疑问，由于她痛恨自己未婚无子且前途无望，便得出一个笃定的结论，那就是伊朗犹太人许久以来始终沉默寡言，与世隔绝，畏惧别人的评判——首先，因为他们是遭受迫害的少数族裔，依靠默默无闻才得以幸存；因此当他们后来被允许走出犹太区并晋升至伊朗上流社会时，就需要树立和维护一种形象——于是他们需要她来带领所有犹太人走出阴影，以便他们能借助每台笔记本电脑高喊出自身和街坊邻居的个人经历、隐秘、缺陷与差异，喊出他们的忏悔和怨言，还有他们已试图隐瞒三千年之久的其他所谓的事实真相。

"死者是谁"，这个使安吉拉成为"超级实话王"的问题仍悬而未决；不过，她对一两个或是十几个人"直言不讳"是一回事，而操

---

1 拉比（Rabbi）：犹太教负责执行教规、律法并主持宗教仪式的人员或犹太教会众领袖。

纵一件大规模杀伤性工具就完全是另一回事了，并且此举也的确鲁莽。

在博客中，她总是在挖掘并经常试图揭露洛杉矶各主要族群文化中存在的这样或那样的缺陷。她挑刺儿的对象包括伊朗人和韩国人，犹太教徒以及基督教长老会。她对事物的观点并不算大错特错，可她不懂得"弦外之音"的艺术——不知道什么该用语言表达出来，什么应含而不露；哪些要含沙射影，哪些即便面对证据也要矢口否认——这些全都是维护群体内部团结与和睦的手段。

若非她已故的母亲——"了不起的"伊丽莎白·索莱曼——是洛杉矶犹太社群中最受爱戴和敬仰的一大人物，安吉拉一早就会被大多数人无视或回避了。"了不起的"这一称号是在大概十年前由民意授予伊丽莎白的，当时《财富》杂志在未得到她的配合且未经她同意的情况下，刊登了一篇介绍她的文章。在那之前，人们已经知道她是个自力更生的女人，虽然连高中学历都没有，却取得了非凡的成就。她的成就究竟有多么非凡已经很清楚了，因为那篇文章透露，她的税后净资产为27亿美元；而且最令人惊叹的是，她的成功之路诚实而坦荡。

尽管伊丽莎白的财富与声望在一定程度上使安吉拉更能为社群所容忍，但它们并未对安吉拉的所作所为起到明显的约束作用。一方面，伊丽莎白的行事作风与任何伊朗或犹太家长迥然有别——在由私人律师拟定的遗嘱条款中，她将自己的全部遗产捐给了她的慈善基金会。就像沃伦·巴菲特[1]那样，她给作为唯一继承人的女儿只留下50万美元，以及担任基金会执行总裁副手的义务。

---

1 沃伦·巴菲特（Warren Buffett）：全球著名的投资商人，曾为世界首富。2006年，沃伦·巴菲特正式决定向慈善基金会捐出其财富的85%；之后，他又进行过多次捐赠。

伊朗人并不是不愿资助慈善事业，事实远非如此。只不过他们希望把更多的财富留给子女，而不是完全陌生的人。话又说回来，不论伊丽莎白还是安吉拉都从不理解当富人是件多么有意思的事。

安吉拉在汤博乐上的博客名为"珍珠大炮"，名字来源于19世纪伊朗一位犹太铁匠打造的一门历史上真实存在过的大炮。像她一样，这门大炮开火时会喷射大量炮弹。像她一样，它也有自己的想法，常违逆别人的意愿：真实的珍珠大炮没有从炮口向前射出炮弹，而是从后部爆炸，摧毁了己方的人马。

唯一的差别在于，珍珠大炮在第一次试射时就暴露了致命缺陷，永远退出了战斗；可安吉拉却从未辍笔。她指责伊朗犹太文化中每一块重要的基石，使它们看起来既严苛又阴险：紧密的家庭关系意味着病态共生，传统价值观原本就是为了束缚女性，对长辈的尊敬夺去了许多年轻人追求自身梦想的机会。与此同时，年轻人则是一帮被宠坏的"妈妈的宝贝小子和宝贝姑娘"，心智永远停留在高中水平，除了赚钱以外在其他方面从来没什么新想法。女人们对自身受到的奴役也难辞其咎，因为她们一直在用自由换取安稳的经济条件。还有家庭纽带……算了，关于这一点，安吉拉即便写上好几本书也说不完。

她的大多数文章都反映出她对揭露与拉斐尔之子——"穿菲拉格慕乐福鞋的卑鄙家伙"——有关的一切真相怀有特殊的热情。安吉拉并非唯一一个在这个混账远未"破产"之前就憎恶他的人，但她显然是发声最响、写文章最多的人；庞氏骗局一经揭露，她便成为最积极支持先让他蹲五十年监狱再处以绞刑的人。在社群中的其他人明白真相之前，她便早已下了结论：他所做的任何事——不论是在经济、社交或私人领域——即使说得轻些，也是道德败坏、涉嫌违法的。后来，她充分发挥斗牛犬精神，不懈证明那群"杂牌军"是败坏全人类名声的害群之马。

"让我这么说吧，"在那个周一的专栏中，她写下这段结束语，"披着羊皮的狼即将犯下他迄今为止最重大的诈骗罪行，他的妻子和'杂牌军'会帮他，让他带着所有人的钱从人间蒸发，而这个城里的警察根本就无能也无心追查。"

最后那句关于警察的评论深深地戳进了那个周一被召到案发现场的警探心里。里昂·普利策也是一名洛杉矶作家，他坚信自己虽一直在平凡的岗位上忍受煎熬，但终有一日会名利双收。他执法已有二十年，从未写成过一本书，却仍自诩为"训练中的犯罪题材作家"。谋杀发生当天六点，当他的上司三级警司杰伊·奥唐纳发现受害者及其家属是伊朗裔时，便将他召到现场。

"快来，告诉我他妻子在说什么，"奥唐纳对仍躺在床上的里昂下令道，"这些人都讲英语，可我根本听不懂她们在说什么。"

里昂正要抗议说自己既不是翻译也不是读心术大师时，奥唐纳提到了拉斐尔之子的名字。

他赶到梅普尔顿时，发现那里已挤得水泄不通，警车、围观者、电视台新闻车、摄像师和狗仔队都在现场，还有所有那些爱凑热闹的人，洛杉矶的任何地方只要出现一星半点与名人有关的新闻，他们就会如雨后春笋般迅速从地里冒出来。在拉斐尔之子的案件中，仅是荷尔贝山这个地址就足以吸引大量媒体的关注，因为众多活生生的名流居住于此，并且已故巨星迈克尔·杰克逊于 2009 年在家庭医生帮助下"睡过去了"的地点，就在拉斐尔之子家附近的一座出租公馆里。而最近，拥有洛杉矶道奇队的那对夫妻的离婚闹剧，也使该地区备受狗仔队青睐。"道奇夫妇"的诉讼文件曝出，他们在荷尔贝山拥有两套房子，在马里布也有两套，国内其他地方还另有三套。那妻子精明干练，看上去像头饥饿的小兽，举止做派如同吉娃娃似的神经兮兮；离婚前，她每月付给美发师 10,000 美元，作为为她和丈夫打理发型的报酬。据她所述，第一套房子的买价是 2,100 万美元，他们本打算作为居所；第二套就在第一套隔壁，花了 650 万美元，准备用来"洗额外的衣服"[1]。

　　内达站在屋外，身上裹着染血的白色毛巾布浴袍，那是在比弗利山庄的卡侬街上那家又贵又难看的蒙太奇酒店[2]的洗浴中心里花 275 美元买的。她那双染血的白色毛巾布拖鞋上缀着一朵粉色玫瑰，是花 5.99 美元在酒店马路对面的来德爱[3]买的（那里所有的药剂师都是伊朗人，收银员都是菲律宾人，售货员都是拉美人；似乎白人都不在来德爱工作）。

　　她目光呆滞，惊魂未定，已经向身着黑白两色制服赶到案发现场的乔斯·蒙托亚警官做了陈述，现在正向奥唐纳再次叙述当时的情况。

　　里昂站在他旁边听着：内达解释说，她最后一次见到活着的丈夫是在周五晚上。那时，他们已有大概十天没说过话了，这对他们来说并不反常，可她已经想不起最近这次冷战的起因。她丈夫工作一直很忙，两人的卧室也是隔开的，他的卧室位于房子的另一头，这样他即

1　此处原文为 "extra laundry"，除了洗衣之外，暗含洗钱之意。
2　蒙太奇酒店（Montage Hotel）是五星级酒店，坐落于洛杉矶比弗利山庄的黄金地段，毗邻好莱坞威尔夏大道。
3　来德爱（Rite Aid）：美国的连锁药店。

使一晚上出入五六次，也不会被她发觉。

周日晚上，她在一层的"功能性"厨房里（这样说就不会跟同样位于一层的那个更为富丽堂皇的"摆设性"厨房相混淆）独自吃了晚餐。晚饭后，她在家庭娱乐室观看了一集娱乐时间电视网重播的《波吉亚家族》，之后在十点上楼回到自己的卧室。

并且临睡前，她没有见到两个女儿。她觉得老大一直在图书馆里学习，而老二呢——嗯，说句实话，她也不知道老二都做了什么。内达按照最近三年半以来——也就是拉斐尔之子使他自己和家人被社会鄙弃以来——养成的习惯，吞了两片阿普唑仑[1]、半片安必恩[2]，外加两粒褪黑素软胶囊来助眠。几个小时后，她被一声巨响惊醒。她觉得那时"大概三点半"，但也可能记错了。阿普唑仑的药效已过，褪黑素毫无作用，但她仍被安必恩搞得昏昏沉沉，所以此后一小时里都半睡半醒，最后终于从床上起来，她自称是在"出了什么事的预感"的驱使下，大着胆子走出房间，去查看惊扰的原因。

她一开始没检查房子里的情况，而是径直走进院子，又走了一段路去到院门那儿。她听到阿斯顿·马丁的引擎仍在空转的声响，随即发现车前部撞在了铁栅栏门上。

说到这里，内达停住了，一口气没吸完就瘫了下去，脸色愈发苍白，然后对奥唐纳说："我确定他死了。"

听到这句话，奥唐纳不加掩饰地笑了，他从内达转向警戒线边上越聚越多的看客们。跟任何正常的洛杉矶人一样，奥唐纳也厌恶狗仔队，认为他们连人渣都不如，只要他们追在别人身后，就应该没收他

---

1 阿普唑仑（Alprazolam）：镇静药药名。
2 安必恩（Ambien）：安眠药药名。

们的相机，朝着屁股一脚踢开。但如果他们追的是他自己呢……呃，如果是那样的话……奥唐纳的心为之一动，因为他想到自己可能会上TMZ或E![1]，被它们引述，甚至进行专题报道，甚至受邀参加以他为主角拍摄的真人秀节目，比如《荷尔贝山警察揭秘》什么的。谁知道呢，比这更离奇的事不也发生过吗？于是他收腹，岔开双脚站着，每隔几分钟就揩拭一下面颊，竭尽全力显得专业而上镜。

"女士，"他一只眼看着里昂，另一只眼盯着电视台摄影机镜头说，"这位是普利策警探。我知道他会讲波斯语，也许这样对您更方便。"

室外的监控摄像头只是用来吓走小毛贼的摆设。拉斐尔之子买下宅子之后就把它们给废了，因为他不想留下自己进出的任何记录。而自从水电局于2009年发起"一体式节能荧光灯运动"以后，那些本该照亮车道和大门的灯就一直黑着；这些灯泡用一两周后就会变暗，以便再次蓄能，有的在安装时就坏了。它们远比普通灯泡贵，还必须更频繁地更换，结果消费者的花销比节省的电费还多。在内达家，园丁杰拉多过去常把换灯泡当作举手之劳，但最后他划清了界限，坚决要求雇主为他花费的时间和动用他的梯子付钱。拉斐尔之子则回应说，杰拉多只是拎着吹叶机到处走，他为此得到的工钱已经太多了。因为这事他们发生了激烈的争执；那年吵到第十二次时，杰拉多辞职了，自此灯泡就一直没亮过。

奥唐纳派一个女警随内达进屋，让内达将现已成为证物的浴袍和拖鞋换下来，还让里昂也跟着进去，"你试试能不能和她套套近乎，

1　TMZ是美国在线旗下的娱乐新闻网站，专注于对名人的报道，曾率先发布流行天王迈克尔·杰克逊猝死的消息。TMZ是"三十英里区域"（Thirty-Mile Zone）的首字母缩写，主要指汇聚众多名流的洛杉矶地区。E！是美国全国广播公司旗下的娱乐新闻网。

多榨出点儿信息"。随后，他尽量装出极不情愿的样子，漫不经心地走向 9 频道的新闻采访车。

从大门通往主楼的小径缓缓蜿蜒而上，路面铺着光洁的白色石块，道路两旁是青翠欲滴的草坪，高大的棕榈树和白色大理石长椅点缀其间。左侧有个宽阔的湛蓝色泳池，它在一段通向露台的陡坡之上，露台上有个网球场，下面是一片果园。右手边，湍急的水流从一堆打磨光亮的黑色岩石间冲泻而出，注入一个热带雨林式的池塘，那里还有竹桥、瀑布、小酒吧、篝火坑和一座休闲小屋。

正门高十二英尺，是用黑色橡木做成的，安着闪亮的黄铜配件；门厅就跟体面的饭店大堂那样宽敞。内达换下血衣后，在家庭活动室跟里昂见了面。仅这间活动室的面积就和里昂的住宅一般大，室内被分成三个起居区，摆放着超大的扶手椅和锻铁基座与玻璃面的咖啡桌，挂着厚重的帷帘，铺着精致的波斯地毯，并且随处堆放着诸如《托斯卡纳别墅》和《伊丽莎白·泰勒的珠宝》这样又厚又大的书册。

内部装潢的设计者是个假充法国人的以色列男子，他的设计体现了当年洛杉矶西区伊朗业主们的整体品位。他个子很高，油腔滑调，故意穿得很暴露，让人看着不舒服。衬衣最上面四粒扣子敞开着，希望装出"日落大道大型广告牌上的汤姆·福特[1]"的风采，实则却更似"迪斯科时代的约翰·特拉沃尔塔[2]"。他的客户大都是百无聊赖、赋闲在家的中年女性，她们子女已经成年，又备受有钱丈夫的冷落，于是"迪斯科汤姆"会先以他完满幸福的婚姻故事取悦这些太太，其中包括诸

1　汤姆·福特（Tom Ford）：美国著名时尚设计师、导演、制片人，因性感迷人著称。
2　约翰·特拉沃尔塔（John Travolta）：美国演员、制片人，曾出演多部惊悚电影，代表作《变脸》《低俗小说》《矮子当道》。

多浪漫的传奇轶事，比如他二十四年如一日，每天都向妻子献上"一枝厄瓜多尔自家农庄中培植出的黑玫瑰，花茎上唯一的装饰是用酒椰树叶绑的蝴蝶结"。既然这些客户的丈夫中没谁能做到如此关怀体贴，那么他们理当为地毯和挂饰大出血。"迪斯科汤姆"十分乐意为太太们提供她们恰好想要的东西，而且他对此了如指掌，她们就想要自己的朋友拥有的东西，当然必须是更好的。

内达蜷缩在一张罩着浅蓝和橙绿色套子的大沙发里，看上去像一只小小的毛绒玩具，害怕自己会被女仆拾起，不等主人救走就已被丢进垃圾桶。她将浴袍换成了橘滋牌的黑色运动套装，这是去年圣诞节时她在棕榈泉外的卡巴松奥特莱斯买的。她已洗净脸上和手上的血迹，却无法彻底清除血腥味儿。她始终保持着一个姿势：脑袋稍向右偏，双手垂在大腿上，双眼黯然无神地凝视着面前的咖啡桌，她多年来已练就这副炉火纯青的状若沉思或者说是呆若木鸡的眼神。

里昂走近时，内达的视线径直越过他，脸上露出一丝微弱的表示友好的笑意："欢迎你，先生。"

×××××

内达对里昂说，她不知道有谁想让拉斐尔之子死掉。他的确跟某些人"不和"，但她声称他是个严守教规的犹太教徒，仿佛仅此一点便可使他免受伤害。他上周跟园丁杰拉多吵过一架，因为拉斐尔之子对 1,600 美元的"园艺"账单嗤之以鼻，还随口丢出一句："得了吧，那家伙只不过是在玫瑰正要开花的时候把它们齐根剪除，在我不允许的地方种了些凤仙花[1]——一个只会捣弄吹叶机的家伙怎么成园艺师了？"

内达回忆说，当时他们吵嚷了一阵，后来杰拉多再次辞职，还留

1　凤仙花的特点是花荚成熟后稍碰即爆裂。

下了一句警告。"把支票寄给我，"他当着内达和女仆的面吼道，"不然我会回来要你们好看！"

自上周三起，内达就再也没见过杰拉多；她不知道他姓什么，也没有他的手机或固定电话号码。她模糊记得他开的是一辆老旧的红色皮卡货车——洛杉矶的园丁都开这种车——车板上挂着一台摇摇欲坠的割草机。他没上保险，也没有驾照；既然你已经知道他的社保号是假的，又何必要问呢？

她不知道杰拉多是从哪个国家来的，也许是危地马拉、萨尔瓦多或墨西哥。不错，他当然是非法移民，要想找到一个不是非法移民的园丁那可要些运气。家庭住址？做什么用？这些非法移民每隔五分钟就换个住处，从某个姨妈、表哥或男友家搬去另一家；反正他们从不向雇主提供真实信息，这样，万一发生了什么事，雇主也没法找上门。

内达不记得她是怎么雇上杰拉多的了。她觉得可能是女仆埃斯贝兰萨推荐他来的。埃斯贝兰萨本身就是内达亲戚家某个女仆的表亲，而那个女人则是从日落大道和本尼迪克特峡谷的公交站雇来的，就在著名的比弗利山庄酒店前面。每逢周一和周二早上，想找工作的人都会在那条人行道上等待潜在的雇主开车经过，从众人中挑出自己。内达又改口说，埃斯贝兰萨也可能来自中介公司，尽管她不记得那家公司的名字了，可即便知道又有什么区别？那些中介都是打一枪换一炮。它们都在谷区的某条小商业街上租个单间店面，某个拉丁女人或以色列家庭主妇坐在里面，诓骗其他天真幼稚的家庭主妇。上午十一点左右开始营业，因为"木莎莎们"[1]——即未来的雇员——通常不会早起。"木莎莎"有"年轻姑娘"之意，不过这些女仆即使已年逾六旬，仍

1　此处原文为西班牙语"muchachas"。

会这样称呼彼此。无论如何，你永远没法知道她们的真实年龄，她们谎报年龄，就像谎报其他每件事一样，包括谎称拥有"身份证"。只有称女仆为"保姆"的年轻美国妈妈才会费心去向她们要证仵来看，或是相信中介公司的确曾像他们在收费项目里宣称的那样云核实过她们的出身，或者——最荒谬可笑的是——没发觉中介提供的'前任雇主证明'都是由"木莎莎"的表亲或隔壁邻居写的。

与其拥有安全的错觉，还不如醒悟到你是在让可能持斧杀人的家伙和珠宝窃贼进入自家花园和卧室。

到上午十点左右，内达已不再瑟瑟发抖，脸色也有所好转。汗珠濡湿了她的发际线，并从太阳穴边滑落下来，她身上泛起一股混杂着湿热和已干血迹的气味，犹如封闭很久的地方散发出来的腐朽之气。她回答完里昂的全部问题以后，允许他跟自己的女儿们谈谈。

长女妮可长着亮红色头发和淡褐色眼睛，圆圆的脸庞线条匀称，皮肤白皙无瑕，略带鹰钩的鼻子和那些精美时尚杂志中的姑娘很像。她是那类孩子——沉静、善良、聪明又刻苦——大多数父母都梦想拥有，但之后多年又忍不住为之心忧：沉静是不是使她显得缺乏生气，善良会不会让她容易被人利用，她的聪明会吓退男孩们，刻苦努力则意味着没有朋友。

妮可是布伦特伍德中学的高年级学生。她首次参加学术能力评估测试[1]时取得的成绩近乎完美；她还参加了越野跑，在音乐会上演奏钢琴。但她总是独自一人，在家或在图书馆里，啃着自己的指甲，避开旁人的注视——她看起来像正处于一种极为严苛的重压之下，需要拼尽每一口气来与之抗争。

她告诉里昂，昨晚九点前她一直待在图书馆里。后来她从车库进

---

1 美国学术能力评估测试（SAT）：由美国大学理事会主办，其成绩是世界各国高中生申请美国大学入学资格及奖学金的重要参考，俗称"美国高考"。

到家里，径直回到自己的房间，之后始终待在那儿，直到埃斯贝兰萨对着无绳电话冲急救人员咆哮的声音从门厅传来，才惊醒。妮可回家时没看到什么人，也不记得父母的车是否停在车库里。她不知道还有谁在家，而这对他们家来说也不算反常。

"我们不是善于交流的那类人，"她解释说，"大多数时候，每个人都锁着门待在各自的房间里。"

她说话时目光低垂，脸颊略微泛红。她没听到吵醒内达的撞击声，也不知道埃斯贝兰萨是从哪一刻开始尖叫的。当被问及是否知道有谁可能想伤害她父亲时，妮可打量了一下里昂的脸，然后轻轻耸了耸肩，用一种既疏离又心碎的声音说："所有人。"

妹妹凯拉身材高挑，胸部丰满，有一双修长的腿和一头淡棕色卷发。她坐在自己的床上，穿着 UGG 牌的旧拖鞋和磨破的超短裤；随着她身体的移动，轻薄宽松的上衣会时而暴露时而遮住背沟下部的"חי"[1]字文身。她长着棕褐色的大眼睛，尚未卸掉昨晚的浓妆，嘴唇丰厚，牙齿整齐漂亮，左肩头上还有一处文身。

她昨晚"出门去了"，直到凌晨三点左右才回家。她先是在一个朋友家玩，之后去了另一个朋友家。"后来我们去了海德，因为我的朋友们想去，可我不喜欢那个地方。我们占了一张桌子，点了一大瓶酒，但是觉得没意思，半小时后就走了。"

在海德夜总会开一桌至少要花费 3,000 美元，是凯拉的朋友艾提买的单，她是一位印尼"实业家"的女儿，有一个开赛车的俄罗斯丈夫。艾提跟她弟弟一起住在比弗利山庄中一套价值 1,200 万美元的豪宅里。家中有五个家仆照料他们的日常起居，但是艾提自九岁起，就再也没

---

1 希伯来字母，意为"生命"，此处原文为"chai"，是该字母的发音。

见过父母。她拥有一辆黄色的法拉利-恩佐汽车；她弟弟则驾驶着一辆170万美元的布加迪。

凯拉、艾提和朋友们从海德离开后又去了罗斯福区的酒吧，不过当时是周日晚上，很百无聊赖。她们回家时大概两点半，这个钟点即便是在上学的日子也不为过，因为凯拉上的是新路学校[1]——"父母把孩子搁在那种地方只是为了让他们上高中时别惹麻烦"。她对里昂说。在这个家里，她的姐姐才是负责刻苦努力的人。

谈及父母，凯拉认为他们都是初来乍到又自我认识完全扭曲的"波斯佬"。

"他们认为我们家是个正常的家庭，待人和善，受人尊敬，就像其他所有波斯人一样。"她对里昂说。每隔几秒钟，她手中的手机就会震动，不是短信就是电话，她每次都停下来查看屏幕。

"他们不想让我跟朋友们闲逛，因为那会有损他们的'阿比路'[2]，会败坏我的名声，会害了我的婚姻和小孩。可你看呀，我们根本就没什么名声。好吧，除了很烂的那种。别人都讨厌我们。就连那些没被我爸败了钱的美国人也读过关于他的报道，讨厌我们。犹太私立走读学校的小孩也互相拿我们开涮。"

她从床边站起来，从包里摸出一包特醇万宝路香烟，抽出一支，点上火。

"你不介意吧？"她在长长地呼出两口烟后才问里昂。

"所以我要说，让我爸见鬼去吧，我才不在乎他怎么样了呢。他死了我都不在乎，他就是个傻瓜、混蛋，他骗了所有的朋友，甚至还

---

1 新路学校（New Roads）：洛杉矶西区的一所较新的私立学校。
2 此处原文为"aabehroo"，是波斯语的音译，本意为名声、名誉或声誉，后文中亦多次提及。

对我妈不忠，天晓得他这么干过多少次了。她也知道的，可什么都没说，没有一次站出来替她自己或是我姐姐说话，你知道这是为什么吗？因为这样做会败坏我们根本就不存在的那个该死的'阿比路'。"

"阿比路"属于那种在英语中没有对应单词的词语。它的大意是指其他人对某个人的品行与受尊敬程度的印象。拥有"阿比路"意味着一个人极受世人尊敬；失去它——或从更贴近字面的意思来说，使它离某人而去——意味着此人将耻辱地活着，除非他能想方设法挽回自己的"阿比路"。有的人生来就因其家族历史而拥有"阿比路"，但要坚守住它则需要极大的自制力和自我牺牲精神。这意味着你做的每件事都必须符合社会对是非曲直的评判标准，你必须洁身自好，使家族的名声和美誉保持圣洁。并且意味着在一个求全责备、人数庞大的裁判团面前，你要具备对个人羞耻的深层感知能力。

　　里昂思忖着，你只有在像伊朗那种地方生活过，在成长过程中对规矩和耻辱具有强烈的感知，畏惧他人的评判，才能理解这个词。说实在的，如果你一生大部分时间都在美国生活，定然没法领会它的含义。在这片永远充满希望与无尽福运的土地上，这个国家的基石是许诺人民拥有"生存、自由和追求幸福"的权利——世界上还有哪个地方将幸福当作一种权利呢？——在这里，就连躺在棺木中的死者都显得体面而安康，他们穿戴齐整，遗容经过装扮，发式一丝不乱，形同他们的婚礼之日。他们意识不到，或许说是不需要，也无法容忍那种牺牲。

里昂可以理解，为什么生于洛杉矶、长于洛杉矶的凯拉会毫无顾忌地将这个词弃之脑后，或因为父母在意他人的评判而讥笑他们。如果没有身为伊朗人的经历，里昂恐怕也会跟凯拉一同嘲笑他们。

然而实际上，他完全赞赏这一点，也同样赞赏这种视优雅、和谐与精神成长高于一切的文化中的其他方面。即使当这种强调"阿比路"的做法走入极端时，将令人窒息，但它仍表明了做一个正直的人对于一个健康社会的重要性。拉斐尔之子这号人物不能代表里昂所知的伊朗人；他们是不幸的异类，因此，唉……才会格外显眼。

埃斯贝兰萨·瓜达卢普·蒂·基娅拉·瓦伦西亚在汽车旁大出洋相，因此在向她取证以后，乔斯·蒙托亚让她回到自己的房间，还让另一个警官陪护，直到里昂准备跟她谈话为止。她利用这段时间化了妆，粘上假睫毛，还把身体拼命挤进一条山寨的赛文·弗奥曼德牛仔裤里。当里昂敲她房门时，她打开门，脚蹬一双四英寸高的露跟凉鞋。

　　"我在家就穿这个，"她发现他正盯着自己的鞋，便解释道，"哪怕鞋跟再高也不妨碍干活儿。"

　　埃斯贝兰萨属于那种只在别无选择时才会从事家政服务的女仆。她喜欢向别人夸耀她在萨尔瓦多拥有自己的"雇员"，外加一辆汽车、一个泳池和两条狗，人们常说她长得像詹妮弗·洛佩兹[1]——"只不过我的眼睛更大"。她有六十岁，体态丰满，钱夹里装着她自己和詹·洛的照片。她在索莱曼公馆的整间卧室都被装饰成桃色和金色的，闻起来有股粉底和发胶的味道。她紧闭着窗帘，天花板上的灯罩里拧着一枚粉色灯泡，这样当她照镜子时，她的形象能永远笼罩在一种赏心悦目的，看上去好似布兰奇·杜波依斯[2]般神秘诡谲的光晕中。

1　詹妮弗·洛佩兹（Jennifer Lopez）：美国歌手、演员、电视制作人、时尚设计师和舞者，下文中简称为"詹·洛"。
2　布兰奇·杜波依斯（Blanche DuBois）：美国剧作家田纳西·威廉斯的代表作《欲望号街车》的女主人公。作品塑造了美国南方没落贵族女性布兰奇孤独、脆弱、心理畸形的形象。

埃斯贝兰萨告诉里昂，她已为索莱曼家工作三年零七个月了。此前，她给自己定了一条规矩，不伺候移民，无论是来自哪个国家的，因为他们总是比美国人更挑剔，给钱也更少，但她不介意为内达工作，因为她不是个好管闲事的老板。与她许多朋友的伊朗雇主不同，内达并不一周七个晚上都招待客人，也不会在每个安息日[1]时招来六十个人。内达沉默寡言，只是管好分内的事，在家时几乎不出自己的房间，埃斯贝兰萨猜测这是因为她害怕碰见"先生"。内达定期去见的人只有纳德瑞——她的治疗师、人生导师兼瑜伽老师，每小时收费 300 美元，而且从不提供上门服务。

埃斯贝兰萨是通过西区伊朗人家女仆间的社交网络得知纳德瑞的，这些女仆能让所有事飞出家门，让任何家庭都没隐私可言。她还从那里得知，内达嫁给拉斐尔之子是当年的一桩丑闻，有人说促成因素是她未婚先孕，结果生下了他们的长女妮可。埃斯贝兰萨也目睹了这场婚姻的不幸。除非不说话，否则他们一开口就要吵架。

"她大哭着说：'阿比路，阿比路。'"埃斯贝兰萨这样总结他们的交锋，"而他会尖叫着喊：'塔拉夫比格。'"

她正要向里昂翻译最后那个词的意思——离婚——时，一个警察敲响了她的房门。

有个勉强称得上是目击者的人，声称看到了"一切"，但不愿透露"一切"具体指什么。他不会跟"任何无足轻重的街警"讲话，只会向"警察局长"提供证词。

1　犹太历每周的第七日（每逢周五日落到周六日落）为犹太教的安息日。犹太人遵守安息日为圣日，在此期间不许工作。

目击者是个秃头，头皮被晒得鳌黑，长着椭圆形的长脸，右眼瞎了。他名叫乔治·P.卡特三世，又被称为"欧托滋[1]男人"。他算是洛杉矶西区一个众所周知的人物吧。他在 2005 年前后来到这里——身材颀长，体态优雅，合着一只眼睛，喜好洁净的毛衣和熨烫笔挺的黄褐色或浅灰色长裤。当年，他是加州大学洛杉矶分校的博士生，住在卡尔弗城[2]，习惯每周七天都去马里布的天堂湾冲浪。一天早上，他突然在圣莫尼卡的惠蒂尔街的街角现身，与他隔街相对的就是比弗利的希尔顿酒店——许多慈善晚宴、斥资百万美元的犹太成人礼[3]以及整整十年间的无数次奥斯卡午宴都爱在此举办。他举着一块标牌，上面用大写字母写着："洛杉矶警察局弄瞎了我的眼睛，却拒不道歉或赔偿。"

标牌的小字内容描述了他和警方在某个周末发生的争执：他当时正行驶于比弗利山庄和世纪城的交界处，警察无缘无故地叫他靠边停车；他提出抗议，因为"我们可不是活在中世纪"。结果警察们揍了他一顿，打瞎了他的一只眼睛，还把他关进监狱。事后，他们甚至拒

1　欧托滋（Altoids）：美国糖果品牌。

2　卡尔弗城（Culver City）位于洛杉矶。1917 年，哈利·卡尔弗（Harry Culver）首次提出建立卡尔弗城的构想，随后哈奇·罗奇和米高梅电影公司分别在此建立工作室，并出品了许多著名的电影。

3　犹太成人礼（bar mitzvah）：为年满 13 岁的犹太男孩举行的成人仪式。现代也为年满 12 岁的女孩举行。

不道歉。

他显得很老练，非常坚定固执地举着那块标牌，使得这个街角原本就已极为恼人的交通变得愈发迟滞。

在小字内容下方，他用更大号的字体宣称：乔治·P.卡特三世并非无家可归或饥饿难耐之人，不需要那些开车人的施舍或同情。他只想为自己讨个"公道"，为眼伤取得赔偿，还想让警察局局长、市长和警察委员会主席向他道歉。

他引来许多好奇的注视，有几个人按响汽车喇叭助威，还对他竖起了大拇指，但警方却毫无回应。因此，翌日他又回来了。

此后五六年间的每周一到周五，"欧托滋男人"都会乘早上七点的公交车准时"到岗"，然后待上整整十二个小时。每隔大约十分钟，他都会放下标牌，伸手从衣袋中掏出一盒"正宗的"欧托滋薄荷糖，扔一片到嘴里，然后恢复举牌的姿势。中午，他会花半个小时吃饭和休息；周末他不会现身，因为那时他所在的街角不那么拥堵。经年累月，他的外貌逐渐显出被岁月消磨的痕迹。他变得越发瘦削，蓬头垢面；变得衣衫褴褛，邋里邋遢；而他的标牌也饱经风吹日晒，上面字迹几不可辨——但他从未放弃咀嚼欧托滋薄荷糖的习惯，还坚决要求洛城警署给予赔偿。

最终，他和他的标牌都如同黑白胶卷上褪了色的形象；他沦为了又一个搭乘公交在洛杉矶街头游荡的愤愤不平者，却从未停止为正义而战。为防备再次受到警方的袭击，他在裤子口袋里随身装着一台拍立得相机，每当有巡警车在他身旁减速或停下时，他就把它掏出来。

他对蒙托亚说，他用自己的独眼目击了"一切"，能提供准确的描述。"可我不会跟你们这群笨蛋讲的，"他说，"把你们的头儿叫来，让他来这儿给我舔屁股吧。"

他说的"头儿"是指警察局局长查理·贝克，不过由于局长很忙，也不在现场，"欧托滋男人"同意改与里昂会面。

他告诉里昂，他乘坐4路公交车从市中心前往海滩，他经常这么做，整夜坐公交来来回回，免得露宿街头，因为在大街上他容易受到"警方的更多暴力打击"；他也不想栖身于收容所，因为他无法容忍那里的同伴：他本人"不喝酒，不吸毒，也不讲西班牙语或黑人英语"。他不得不在凌晨两点下车去应急，"我说的不只是撒尿"。他解释说，他喜欢梅普尔顿不只因为它是一条不赖的街道，在那里，"光屁股的男人"不会被"一帮同性恋"袭击或是被"吃豆子的墨西哥人"抢劫，还因为距日落大道不远处有一大片建筑工地。

"有个该死的土豪在这儿盖了十年房子，想必已经花费上亿，可这房子的唯一用处不过就是拉屎还凑合。"

在建筑工地时，"欧托滋男人"注意到有一辆灰色汽车开到拉斐尔之子宅院的大门口，并目睹了一切，"我能向你描述出每分每秒的细节，不过，在没从该死的洛城警署讨回应有的公道以前，你他妈的别以为我会告诉你他妈的任何事"。

里昂回到屋内，发现内达正在"功能性"厨房里，坐在窗边的一张大理石圆桌旁抽烟。埃斯贝兰萨用她最喜欢的从威廉姆斯 - 索诺玛公司购买的新式奈斯派索牌咖啡机，为内达准备了一杯意式浓缩咖啡，咖啡就摆在内达面前，但她一口都没喝。

　　埃斯贝兰萨已在餐台上摆好一套正式的午餐——一大杯百香果冰茶、一小份用瓷碗装的沙拉，配菜盘里是一个炭烤蔬菜三明治，有一面是抹了柠檬芝麻酱的藜麦和鹰嘴豆，酱汁是从第三大道的乔纳斯餐厅买的，还铺了一块黑色餐布——她刚坐下来准备吃午餐。甜点是在全食超市购买的一杯混合浆果，上面洒着从乔氏超市买的龙舌兰糖浆。

　　埃斯贝兰萨或许在饮食方面被惯坏了，不过内达雇用的所有管家只要一来为她工作，都会情不自禁地想起她们内心深处的公主梦，仿佛她们开始工作的第一天晚上睡觉时，就感觉到内达在堆积如山的床垫下为她们放的那一粒豌豆，醒来时已是受人侍奉的女王。在那之后，就要看内达对她们能有多容忍了。一般来说，解雇帮工绝非明智之举：一个心存怨恨的仆人只消透露些她曾服务过的家庭中的私人信息，不论它们是真是假，都会对前任或现任雇主的"阿比路"造成重创。

　　里昂在桌边停下，扫了一眼埃斯贝兰萨的三明治。"看起来不错嘛，"他说，"你该给你的女主人做一个。"

内达面前的桌上摆着一只银碗，里面盛了许多粉色和黄色小袋装的代糖，碗边放着一小排写有她名字的塑料药瓶：安必恩、阿普唑仑、安非他酮[1]、依他普仑[2]、加巴喷丁[3]、神经元修复再生素，以及其他抗焦虑、抑郁、偏头痛、烟瘾和失眠的药物。有一个瓶子里只装了一片剃刀刀片，这种刀片在五金店花一美元可以买一包。里昂揣测，这是用来将某些药品切成两半的。

"你可爱的姐姐还好吧？"

他的问题猛然触动了内达。

"妮洛和我在比弗利时是同一级的。"他解释道，随即后悔将自己的情况透露给嫌疑人。他拉出一把椅子坐下，解开上衣的扣子，将上臂搭在桌沿上。"我也记得你，"他补充道，"你很少说话。"

内达的脸涨紫了。

"我知道她是研究火箭的科学家，"他继续说，"在喷气推进实验室工作。真让人佩服啊。"

内达依旧沉默不语，但里昂留意到埃斯贝兰萨暂停了她的营养午宴，转而轻蔑地逼视着他。她明白他是想扰乱内达的内心，而且显然不喜欢他这么做。

"我有时会碰见她。"

在洛杉矶西区就是这样，你能年复一年地碰见同一个人，如果你上过比弗利高中的话尤其如此，而倘若你是个上过比弗利高中的伊朗犹太人，情况更甚。

1　安非他酮（Wellbutrin）：一种抗抑郁药。
2　依他普仑（Escitalopram）：治疗抑郁症和广泛性焦虑症的仿制药。
3　加巴喷丁（Gabapentin）：一种抗癫痫药。

里昂的目光又瞟回桌上的剃刀。突然，内达将双手掌心向上，摊放在桌上。

"另一位警官已经看过了。"她直截了当地说，可他明白她仍在因与姐姐做对比而感到刺痛，"他们还拍了照。"

她的手很干净，没有切口或伤痕，没有任何被剃刀割过的痕迹。里昂想：不过话又说回来，谁说车内的血迹是从刀口流出来的？除非找到尸体，否则里昂和奥唐纳所知的全部真相，就只是内达报警称她的丈夫失踪了。

正如安吉拉·索莱曼于那天下午两点在汤博乐上急切指出的，这甚至也可能是谎言："当我写下这些时，他最可能正睡在自己的床上。说真的，有什么人查验过吗？他很有可能就在他用别人的钱买来的那幢宅子里，历数自己在许许多多方面都比警察智胜一筹，嘲笑在全城大肆搜寻他尸体的傻瓜警探呢。"

尽管大多数人都不这么认为，但我们至少能替安吉拉说一句好话，她对自己公开谴责拉斐尔之子的动机很诚实：不是为受害者代言。除了年幼的孤儿和年迈的寡妇们，她觉得这些被骗的人都是一群白痴——竟然连问都不问，便将钱财委托给这种背景的家伙。她尤其厌恶那些更富有的债主，因为他们认为自己上千万的损失较之"小债主"的严重得多。

在拉斐尔之子的问题上，安吉拉毫不讳言，她的主要目的是为了报复。

有些人或许已经一针见血地指出，也许确实如此，她和拉斐尔之子都充满打击对方的欲望，对此她驳斥说，"卑鄙大王"已用连篇的谎话来摧毁索莱曼家族和其余大多数伊朗社群，而她则是在追求完全美国式的理想，即"据实陈述，句句实言，除此无他"[1]。

对拉斐尔之子而言，最具杀伤力的武器恰恰就是实话。

此外，安吉拉自2008年起就一直坚持发表博客。她与"卑鄙大王"的家族世仇可以回溯到她出生以前，那时索莱曼家族在德黑兰的上流社会广受赞誉，而拉斐尔之子却是个私生子，他的母亲妄称他才是索

---

[1] 原文是"the truth, the whole truth, and nothing but the truth"，即美国法庭上证人宣誓的内容。

莱曼家族遗产的唯一合法继承人。

那时，认识他的人都纷纷议论，在酷热的夏日里，那个身穿灰色羊毛裤的小胖男孩怎样站在德黑兰市中心费尔多西大街的每家商店门口，因为他只有这身衣服。他因天热、羞耻或两者兼有而汗流浃背，他听母亲对陌生人诉说，她是拉斐尔·索莱曼的遗孀，拉斐尔在索莱曼兄弟中排行老大，理当是他们父亲财产的继承人；她还说，丈夫死后，自己被不公正地逐出了家门，拉斐尔那狂妄无耻的弟弟剥夺了"站在这儿的这个男孩"（她晃得他的肩膀嘎嘎作响）的财产继承权。

那母亲年老色衰，语气尖刻，她甚至还出示了男孩的出生证明，表明他的名字的确是"拉斐尔之子"。她讲起话来像个骗子，咒骂时好似妓女，甚至让她儿子都感到害臊。她一直徘徊在安宁大道上的索莱曼豪宅门外，冲着上天和每个路过的盲眼乞丐与饥饿孤儿尖声高叫："这个男孩，我的儿子，拉斐尔的儿子，他才是这座宅子真正的主人。"每当看到她沿街走来，商店主们就会赶紧关门闭户，背转过身去，佯装没看见她和她儿子，也听不到她用拳头猛砸玻璃的声音。为打发她尽快走，他们经常会塞给她几里亚尔[1]——"你不适合干这一行，大姐，带你儿子回家，让他睡觉去吧"。

在那时，看来只有天意才能说服拉斐尔之妻放弃申索索莱曼家财产的权利，不论这权利多么可疑；也只有天意才能让拉斐尔之子从古都德黑兰那灰尘密布的暮色中走出来，转而与闻名于世的艾伦·斯班林和休·海夫纳为伍。但这一切恰恰就发生在他和其他许多生活在美国的伊朗人身上——前一分钟他们还在兜售旧自行车，下一分钟便已成为互联网巨头。只不过，拉斐尔之子从未真正离开过仆人们住的院

1　里亚尔（Rial）：伊朗的货币单位。

子和母亲带他乞讨过的那座大宅背后的狭窄街巷，也从未放弃过母亲代他设定的前途——有朝一日，他将奋起毁灭曾经窃取他的合法出身、剥夺他应享有的尊重与认同的每一个人，毁灭曾经嘲笑过他，或是认定他无权无势所以也就毫无权利可言，并因此拒绝接纳他的人——邻居的不屑一顾犹如尖利的刀锋，始终让他的内心滴血。

德黑兰

1952 年

大家一致认同，这个故事缘起于"赤脸"伊兹奇耶。人们这么称呼他是因为他长着火红色的头发和眉毛；而且他经常发脾气，那时他苍白的皮肤就会变成琥珀色；当他喝醉酒时，眼白会变得殷红如血。1901 年，他出生在德黑兰的犹太聚居区，与父母和九个兄弟姐妹挤在两间屋子里，自六岁起便在一家玻璃瓶厂打工。他于 1921 年结婚，生了两个儿子，在 1960 年成了鳏夫。他发家致富的手段是以远低于任何竞争者的价格，贩卖从俄国进口的羊毛和其他上等布料。礼萨·汗[1]掌权以后，命令全国无论男女一律必须挑选一个姓氏，伊兹奇耶选择了"索莱曼"。1954 年，他建造了"亚斯花园"，一座宏伟的宅院，后来成为他历经艰辛得来的财富和通过艰苦斗争战胜逆境的象征，且这个象征不仅属于他个人，更属于德黑兰所有的犹太人。

　　亚斯花园中有一座主宅和两座配楼，还有个占地 7 英亩的花园，那里种植着年逾百岁的槭树，它们伸展的枝干下是粉白相间的穆罕默德玫瑰花圃。院墙上覆盖着在德黑兰随处可见的茉莉那最富芬芳的藤蔓。通向"大宅"的砖路从波光粼粼的水池与倾泻而下的喷泉之间蜿蜒穿过，一直通到铺了花砖的游廊边，游廊上的法式大门通往宽敞的

1　礼萨·汗（Reza Shah, 1878—1944），伊朗国王。他于 1921 年推翻卡扎尔王朝。在 1925 年建立巴列维王朝，并出任国王，上台后进行了一系列改革。

客厅和长长的过道，黑色花岗岩楼梯盘旋而上，直通到位于五楼的舞厅，那里装饰着水晶吊灯和飘窗，音乐与欢笑从窗口飘浮到月色笼罩的街道上以及首都阴暗的后街里弄中。

伊兹奇耶的长子拉斐尔患有梦游症，他食量惊人，外表却看似饥馑过后的幸存者。他吃的东西抵得上三个成年男子，可还总是觉得饿。他的食量和梦游症是肠道里的寄生虫所致，这些虫子十分常见，也很阴险，原本可以治愈——实际上，对这个国家中其他所有受其困扰的人而言都能治愈——可无论运用何种疗法，它们都拒绝离开拉斐尔的身体。医生、信仰疗法治疗者和草药郎中都尝试过，却没能清除拉斐尔体内的虫子，他们认为这些害虫从另一种更为神秘莫测的源头汲取了复原之力，该源头是索莱曼家族所特有的，被拉斐尔继承——由于缺乏医学命名，这种症况被索莱曼家族称为了"白炽症"。

白天时，拉斐尔看起来与常人无异，但到了夜晚或暗处，他的心脏就会发亮，一道蓝白色光芒搏动着，照亮了心脏的全部血管，以及所有肌肉、肌腱和体液，仿佛他的胸腔是玻璃做的，皮肤是透明的。

没人明白"白炽症"的成因，但它已在索莱曼家族的血液里流淌了好几代。每隔十年左右，就有一个孩子——通常是家中的男孩——会带着一颗发光的心脏诞生。他的父母担忧在社会上会产生的不良反响，竭力掩盖这事儿，尽管根据大多数说法，发光心脏者并无其他症状，也不会发展出什么特别的疾病。若不是因为医生们在缺乏任何合理依据的情况下，假设幼年时期入侵拉斐尔体内的寄生虫似乎从他心脏发出的亮光中汲取了特殊能量和复原力的话，拉斐尔原本也可免受一辈子苦。可实际上，他的梦游症非常严重，乃至他起码每周都会在街头走失一次。有段时间，父母将他和弟弟同住的卧室的房门锁上了，但拉斐尔从窗户爬了出去。他们把窗户也封死了，结果他打破玻璃之后又爬了出去，流着血走进院子。

最后，伊兹奇耶决定对他放任不管，于是拉斐尔每隔几晚就会走上街头。他赤着脚，身穿白色棉布睡衣，心脏发出的光亮引来了城里的每一只飞蛾、萤火虫和夜间出没的鸟儿，外加一整群焦躁不安又难以入眠的孤魂野鬼——它们被活着的亲人从自己家中撵了出来，另外还有五六个一直在寻找刺激探险经历的街头顽童。拉斐尔走到哪里，他们就跟到哪里，一直尾随他回家，进到他和弟弟亚伦的卧室里。于是翌日清晨，当男孩们醒来时，空中总是充满了飞来飞去的家伙，地板上满是赤脚鬼魂从街上拖进来的枯叶、新土以及其他乱七八糟的东西。随后，亚伦会打开窗户，把已经化为蝴蝶的蛾子们放出去，让鬼魂们消散在天光里。

到十六岁时，拉斐尔已被国内所有的西医和巫医当作无法治愈的病例。二十岁时，他沦为了亲人眼中愚蠢的叔叔和令人难堪的兄弟，大多数家庭往往会让这类人与世隔绝，直至他们在家中某个僻静的角落里衰老死去。他没有结婚，并且毫无前途可言，没人指望过他在有生之年能工作一整天。至于继承权嘛，鉴于他的健康状况，他无疑将一无所有。的确，父亲去世后，通常会由长子继承全部遗产。如果长子已经去世，则按顺序由次子继承，由此类推，之后才轮到其他兄弟。

但拉斐尔的健康状况彻底排除了他能接管任何事务的可能性，他也无法生育。因此，亚伦将继承父亲的衣钵是不言自明的。伊兹奇耶早已这样决定，每个人都认为这样公平合理；若不是"布什尔[1]的黑母狗"——日后的"拉斐尔之妻"——的到来使这个家族饱受摧残，这家人原本可以诸事顺遂并将一如既往地过着安宁富足的日子。

---

1 布什尔（Bushehr）：伊朗西南部的港口城市。

她在 1950 年的热浪中进入公众视野。那年的漫漫长夏发端于南方，而后渐渐向北方扩张，在它无情而干燥的喘息中，全国一片荒芜。在波斯湾的港口城市布什尔，热浪煮沸了海鱼，迫使它们浮到水面上来——它们的鳞片在地平线上泻出的阳光的照耀下格外刺眼，光泽甚至遮蔽了白昼中海浪的碧色，在月辉下则闪耀着银光。港口周围的海滩上横七竖八地散布着红色、黄色和带斑纹的鱼，来自英国、挪威、俄罗斯、德国和意大利的外国船只投下的阴凉里，躺着瘦骨嶙峋的棕色皮肤的小男孩们。他们几乎一丝不挂，双脚用布或报纸裹着，以防被沙地灼伤。在热浪到来以前，他们的父亲曾是渔民、走私贩子、水手或码头工人。这些男孩曾潜水去找寻珍珠或沉没的宝藏，向随船到来的外国人求取口香糖和香烟。而今，海水中除了水母和海藻之外，一无所有，水手们也因为害怕中暑，几乎不下船。

　　拉斐尔之妻出身于一个充满看相人、巫师和闺房侍女的家族——他们是具有阿拉伯肤色和辛梅里安人[1]眼睛的犹太人，栖居在龙蛇混杂、习性各异的社会中灰色逼仄的边缘地带。那年她三十岁，其貌不扬，可悲的是她并不自知。她逃离了她的恶棍父亲和十一个土匪兄弟，离开布什尔去寻找凉爽一点的气候和对她仁慈一些的命运。她一路北上，

---

[1]　辛梅里安人（Cimmerians）：一支古老的印欧游牧民族，居住在黑海以北的俄罗斯草原上。

前往首都。据她自己讲，这趟旅程共计十八个月又十一天。她搭过火车，也骑过骆驼和骡子，在没有向导的情况下穿越了中部的大沙漠——除了蜥蜴、蝎子和偶尔路过的沙漠商队之外，始终孤身一人。她偷了一个贝都因人[1]的头巾来遮阳，乘巴士时还从身边睡着的一个年轻荷兰游客那里顺了一双磨损严重的牛津鞋。1952 年一个冬日的早上，正当宣礼的歌声飞升到砖砌的宣礼塔和城中每座清真寺的蓝瓦穹顶上空时，她跨过了德黑兰的城门。

她问明去珍珠大炮广场的路，那里是举国闻名的朝圣之地，在那里，最匪夷所思的祷告和最不合宜的愿望都能成真。她走进广场时，恰逢拉斐尔带着他那颗闪亮的心，跟一帮饿鬼、大群飞蛾和蚊子之类的东西，从对面的大门走进来。事后，"布什尔的黑母狗"坚称这是天意——平生第一次也是唯一一次，对她向来吝啬的全能之神向她摊开了他惯于紧握的拳头，向这个老姑娘丢来一两粒面包屑。她认为这都是因为她和拉斐尔当时站立的那片土地具有的神性，尤其那门神圣大炮具有的赐福之力。

1　贝都因人（Bedouin）：以氏族部落为基本单位在沙漠旷野过游牧生活的阿拉伯人。

位于南德黑兰的珍珠大炮广场是一片呈长方形的广阔古地，也是首都众多名胜古迹的轴心。它建于16世纪，当时是连接城市和城外荒野的通道，最初被命名为"斯塔德广场"，尚不具备大约三百年后在时运不济的法特赫－阿里沙·卡扎尔[1]统治时期被赋予的魅力与高贵。这位君王爱好艺术，妻妾成群，爱慕虚荣，是那种花花公子类型的人物，即使以国王的标准来说，他的虚荣心也堪称了得。并且每次战斗尚未打响，他就会习惯性地逊位。法特赫－阿里沙总是欣然接受任何以缴械投降为条件的不平等到极点的条约。他在忙于将广阔疆土和全国主要省份拱手让给外国列强的间隙，娶了158个女人（多为其他王国的公主），育有260个子女和786个孙子孙女。他还整修了玫瑰宫[2]——一座坐落于斯塔德广场一侧的16世纪遗迹，还供养了诗人、艺术家和各种各样装模作样的外国"顾问"。

　　他本该接受建议，将国库用于限制伊朗什叶派神职人员的权力，这帮人在那会儿几乎与法国人和英国人平起平坐，共同统治着伊朗；或是用于提升本国军队的战斗力，军队当时已沦为一群分不到饷银、食不果腹又经常缺少武器装备的悲惨的游兵散勇。但你无法告诉一个

1　法特赫－阿里沙·卡扎尔（Fath-Ali Shah Qajar，1772—1834），伊朗卡扎尔王朝第二位君王。
2　玫瑰宫（Palace of Roses）：即古列斯坦王宫，位于德黑兰市中心，巴列维王朝两父子的加冕典礼都是在此举行的。

国王何处该花钱，何处不该花——因为那是毛拉们和欧洲人的工作，而他们似乎就希望军队无能的状况一直延续下去。

为抵御步步进逼并觊觎伊朗各地的俄国铁骑，法特赫－阿里沙喜欢穿着他的"怒袍"，坐在孔雀宝座上。袍服通体红色，配以镶嵌着红宝石的皇冠，旨在激起沙皇及其侵略军对真主的畏惧，因为它们表明国王已处于激愤状态——这在伊朗本国的确意味着厄运将会降临到他泄愤的对象身上。他甚至还坐在宝座上垂问廷臣：当沙皇听闻本王穿上袍服时，究竟有多不安。廷臣们答道：非常、非常不安。有多恐惧？廷臣们答道：陛下，他极度恐惧，那种心胆俱裂的恐惧。直到将整个格鲁吉亚省都输给俄罗斯帝国[1]，并付出巨额赔款之后，阿里沙才开始考虑升级军队的武器装备。

由于沙皇拥有大炮，法特赫－阿里沙自己也委托制造了一门技术最先进的新式大炮。大炮的样机是由伊斯法罕市一位著名铁匠打造的，成本惊人，一路上以很大排场运送到德黑兰。这门大炮又大又沉，被组装起来后，放置在斯塔德广场上，毗邻着一湾浅浅的水池，影子映在水面上，对面是国王的宫殿。在揭幕仪式当天，法特赫－阿里沙召集所有廷臣和外国使节，营造出那种通常用于迎接盼望已久的先知到来般的盛大场面，许诺世人将得以一瞥波斯从一个支离破碎、疲惫不堪的古老帝国转变为充满活力的现代化国家的辉煌时刻。

在国王和大批宾客的共同见证下，大炮被装上弹药，炮口转向广场门外的沙漠，随后开了炮。炮声震耳欲聋，大地剧烈震颤，天空灰暗下来，油亮的黑色颗粒如雨点般坠落在四散奔逃、找寻遮蔽的宾客

1　在法特赫－阿里沙统治早期，俄罗斯帝国控制了波斯声称为其所有的格鲁吉亚地区，什叶派教士向法特赫－阿里沙施压，主张向俄罗斯发动战争，于是他在1804年远征格鲁吉亚，于1813年败给俄罗斯，并签订《古利斯坦条约》，割让包括格鲁吉亚在内的多处土地给俄罗斯帝国。

们身上，他们剧烈咳嗽着，耳朵被震得出血，眼睛被烟灰迷瞎。国王本人从尊贵的头颅到神圣的脚趾也都变得黑不溜秋的。当他询问惊扰的来源时，被告知，这门大炮似乎具有一种与生俱来的怪癖：它不像任何常规的大炮那样将炮弹从炮口射出去，而是偏爱从炮身后部将其排出。结果，那枚炮弹没有足够的空间被完整地射出，于是在炮膛中爆炸了，将油烟和火药喷到空中。

鉴于大炮令人沮丧的表现，若是换一个创造力稍逊的君王，或许会下令将大炮即刻拆毁，将制造者处以绞刑，将它的存在从历史的记忆中抹去。然而，没人会指摘法特赫－阿里沙缺乏虚荣心或想象力。1797 年登基后不久，他就将自己的皇室头衔从"众王之王""真主之影"和"宇宙之君"扩展到"最杰出的君主"以及"大英百科全书专家"。他不承认制造第一门现代型大炮的尝试失败了，反而为这堆废铜烂铁赐名"珍珠大炮"，还将其置于玫瑰宫外专门搭建的炮台上进行永久展示，炮台两侧还分别用锁链拴了一头凶猛的狮子和一头好斗的熊来守卫大炮，并将周围的区域指定为圣土。正如其他供人朝圣的地方那样，它将是任何到来者的避难所。在它的荫庇下，每个祈祷都将被满足，每个心愿都会成真。

从那天起，珍珠大炮广场成了一个避风港，它收容了毛头小贼、冷酷的杀手、暴露身份的间谍、失败的政变领导者、逃亡的罪犯和破产的商贾，他们只要待在这里，就能逃脱法律的制裁和敌人的追击，安全无虞。有些逃难者只待了几天，随后便投案自首了；也有人会住上几年，靠路人丢来的施舍度日；送来吃食的人中也有恋爱中的年轻女子、生病孩子的父母，甚至梦想拥有神圣婚姻的巫婆——她跋涉了十八个月零十一天，只为夺去索莱曼家族的一夜安眠。

拉斐尔之妻在朝圣路上的日日夜夜里领悟到，真相是什么并不重要，重要的是人们相信什么。

她自称对拉斐尔一见钟情。

从第一天开始她便这样说——对他和他的家人，对每个朋友和与她偶遇的路人，甚至此后三十年间，不论祸福贵贱，她始终重复着这句话。无论她正忙于替什么荒谬的谎言辩白，或是在实施什么粗率的计划，她始终如一地断言自己全心全意、毫无保留又极为无私地爱着拉斐尔。

且不说她是个无家可归、无处栖身的老妇，自然也身无分文；且不说她肤色黝黑，满面皱纹，长得很冒犯别人的眼睛；也不说当她发现拉斐尔时，他正半身赤裸地梦游着，体内害虫寄居，体外鬼祟缠身。她自称一见到他，便认定他是从天而降的天使，他那颗闪耀的心是纯洁的明证，赤裸的双足和枯瘦的身形是他神圣的证明。

不管怎么说，"赤脸"伊兹奇耶仍基于实际情况断定，她是个孤独、赤贫的女人，碰巧找到一个熟睡的富家子弟，于是不等他有机会睁眼便设计诱获了他。

那天清晨，她在广场上牵着他的手，说她知道他需要什么来清除肠道内的骚乱。她将混杂了被烘干碾碎的乌鸦脚和七滴松脂的地表煤倒入羊胃里，然后让他一饮而尽。片刻之后，他呕出一堆堆滑溜溜的蠕虫，它们躁动不安地扭动着，有的足有一百英尺长，其他短的也有四十英尺呢。此后，她让拉斐尔把头枕在她的大腿上，对他低喃着，直到他入睡。当他醒来时，第一眼看到的便是她的脸。

那天，她陪他走回家，然后坐在屋外，一直等到夜幕降临，当大家都已入眠，拉斐尔身穿睡衣出现在她面前。她引领着仍在睡梦中的他回到广场上，他们一直待在倒映着大炮的水池边，直到太阳升起，在此地办公的经文抄写员和毛拉们带着钢笔和念珠，脚步拖沓地走进来。拉斐尔之妻没向她紧抓不放的这个毫不疑心的年轻人询问他是否已婚，因为她不想知道。即便他是单身，她猜想他父母也断然不会同意二十二岁的儿子迎娶一个年长的女人，更不消说是像她这般家境贫寒亦无姿色的女人。不过，虽然合法的犹太婚姻毫无指望，穆斯林的临时婚姻却并非不可行。

伊朗什叶派伊斯兰律法允许一个男人在任何时候同时拥有四位永久性妻子，但他还可以拥有无数个"临时"妻子。"临时"婚姻的存续时间可以从一小时到九十九年不等，这取决于结婚之初明确约定的条款。临时婚礼可由一位毛拉在几分钟内办妥，不问任何问题，也无需任何文书，在协议约定的时长过后就自动失效。

拉斐尔之妻事后声称，他与她的"临时"婚期为九十九年。这也许是真的，尽管拉斐尔私下对弟弟亚伦说，他记得合约期是九十九天，但这已无法确知，因为这个合约是口头的，也没有见证人在场。然而，这一切都无关紧要，因为据说"赤脸"伊兹奇耶只瞧了拉斐尔之妻一眼，便转向他儿子说："休了她。"

后来，拉斐尔之妻声称索莱曼家族应当为亚斯花园而感激她。她的意思是，他们篡夺了她丈夫的房产所有权，住在那里的人本该是她——其他家族成员都矢口否认这种说法。但无可争辩的是，正是她与拉斐尔的婚姻促使伊兹奇耶建造了亚斯花园：在拉斐尔将"布什尔的黑母狗"带回家以前，他们家一直住在距离珍珠大炮广场不远处的赛帕大街。拉斐尔或许不是个理想的儿子，但他很顺从、随和。后来，他走向并落入了老巫婆的魔咒，先是在转瞬间找到了带她回家的勇气，仿佛带回战利品般，而事实上她根本算不上；此后，他又胆大妄为地拒绝遵照伊兹奇耶的命令"休了她"。

　　伊兹奇耶盛怒之下将拉斐尔逐出家门，于是他又回到广场，和"黑母狗"在那里一连住了三个月。他的母亲把眼睛哭肿了，央求伊兹奇耶怜悯她那生病的孩子；城中谣言四起，说伊兹奇耶的长子靠嗟来之食和残羹剩饭维持生计。亚伦被派去对他哥哥晓之以理，劝哥哥离开那个娼妇赶紧回家，可他没能说服拉斐尔；于是又有人主动请缨或是被召来在父子间调停。最终，伊兹奇耶屈服了。

　　自他身为一家之主以来，这是首次也是唯一一次失利，他将全部罪责都怪在拉斐尔之妻身上。他让他们俩回到家里，但前提是他绝不见拉斐尔之妻。为了确保万无一失，也为了修补这场僵局对他的声誉造成的损害，他建造了一座大到足以让拉斐尔之妻迷失其中的宅子。

伊兹奇耶买下一片四英亩半的钻石形地皮，这块地位于当时德黑兰的最北部。他和妻子将入住的"大宅"位于钻石的顶角，距厄尔布尔士山脉很近。因此山脉成了金砖外壳的房舍后一幅变幻多姿的背景——白昼下湛蓝一片，夜幕中树影憧憧，白雪皑皑的山顶在黎明破晓时分银光闪耀。地势从那里开始缓缓下降，在"钻石"中部渐渐拓宽，继而又在"大宅"对面收窄。"钻石"左右两边都有铁门，通向狭窄又有屋顶的走廊，这走廊如同带有顶棚的私密通道，最终各通到一座小平房的后门。

两套小宅子的形状和大小几乎完全相同，可由街上进入，因此居住者能够互不相遇地自由来去，这正是伊兹奇耶想达到的目的——在监视拉斐尔的同时又能对拉斐尔之妻眼不见为净。当建筑于1954年竣工时，他将左侧的房子分给拉斐尔，把右侧的给了亚伦。

在每个当事人和公正的旁观者眼中，这看似是很公平合理的安排。他们认为，拉斐尔能从父亲那里得到些许财产就算走运了——因为他违抗父命娶"黑母狗"为妻，令整个家族难堪；他也不具备管理自己或家庭财务的体能，他的健康状况正在加速恶化。经年累月，起初盘踞在他肠道中的虫群已扩散至全身，不仅以他的吃喝为食，还蚕食他的血液和骨髓，使他如同秋天的枯叶般脆弱不堪，渐渐地，他的皮肤皲裂，四肢稍遇压迫便骨折，他不得不一直躺在一床鹅毛上。他白天睡觉，夜间梦游；心脏仍在黑暗中放光，那是一种微弱而无邪的光亮，使他看似一个即将熄灭的灯笼，每当他父亲看到他时都伤心不已。

在此期间，拉斐尔之妻为拉斐尔擦洗身体、穿衣、喂食，为他包扎伤口，续接断骨。有时，她甚至追随他和他那群鬼魂在城里游荡，以保证他不被经常追逐他的男孩与野狗所伤。她声称自己这么干的动机纯粹出于爱情，但无需很强的疑心，也能察觉到她努力使他活下去的目的还包含利己的成分：只要拉斐尔活着又拒绝离婚，拉斐尔之妻便可确保自己有房可住，一日三餐无忧。

她努力维持了十年之久，直到生活被骤然打乱。

1962 年一个冬日的早上，伊兹奇耶醒来后对他的女仆宣布，他将在那天死去。这个十四岁的哑巴女仆是他在两年前花一千托曼[1]买来的。他当时六十一岁，非常健康，不打算自杀，也不认为自己会被谋杀。他只是明白自己的大限将至，在午夜到来以前，他必须将后事安排妥当。

他给在法国留学四年的亚伦打了电话，让他带上所有行李赶快回家，"因为你不会再回去了；我今天就要死了，你必须接替我的位子"。他本想亲自向其他人道别，但他们当时正被冬季第一场名副其实的暴风雪围困。全城的道路都被封锁了，许多屋顶坍塌下来，玻璃窗也被冻裂了。于是，他在主客厅大飘窗边的淡蓝色扶手椅里坐了一整天。他喝着加了番红花味冰糖的热红茶，给每个所能想到的自己之死将会牵连的人写信。

"我父亲在今天午夜将近之时等着我。"他在每封信的开头这样写道。

晚上九点，他沐浴更衣，穿上一身干净的西装，打上黑色领带，穿着鞋子躺在床上，将帽子安放在旁边的枕头上。他开着灯，没锁房门。

1　托曼（toman）：伊朗民间常用货币单位，1 托曼 =10 里亚尔。

因此，当他在距午夜还差七分钟那会儿召唤女仆曼佐尔时，她即刻在楼下自己的卧室中听到了他的声音。她在两分钟后穿好鞋，奔上楼梯，发现他仰卧在床上，仍全身穿戴整齐。他向女仆要了杯水，随后深吸一口气，缓缓地长叹一声，把身子翻向左边，便与世长辞了。

凌晨五点时，有人去请殡仪员。他们在一个半小时后赶到，被泪流满面的曼佐尔领进屋，带到伊兹奇耶的卧室。尽管时辰尚早，索莱曼家的房子里却已挤满了亲戚。他们在接到家庭厨师的通知以后，纷纷赶来吊唁，准备帮忙筹备葬礼和守丧仪式。殡仪员请求允许进入卧室，获准后，他们垂首步入，双手十指紧紧地交握着，以表达对逝者的敬意。但他们什么也没找到——活不见人，死不见尸——没看到伊兹奇耶的衣服鞋帽曾存在过的蛛丝马迹，也没在现场发现任何脚印或是其他隐遁的迹象。

根据信件和曼佐尔的手语，人们得出的结论是：与其说伊兹奇耶去世了，毋宁说他正如自己所预言的那样，只不过是在他父亲的陪伴下，永远地离开了。他们明白不会有葬礼了，因为根本没有可葬之人，但他们料想还会有守丧仪式，因为当你永远失去一个人（当他们死去、失踪、嫁给异教徒，或是最糟糕的情形，自愿皈依了其他宗教）时，你总会为之守丧。他们认为，之后亚伦会搬进"大宅"，接管伊兹奇耶留下的全部财产，像父亲过去那样继续照料患病的哥哥。他将迎娶一位美丽富有的姑娘，再生几个儿子。

　　后来的情形并不完全是他"从此幸福地生活下去"，不过故事的版本相当接近，他的人生对任何一个凡人（或许美国人除外）而言都可谓极其幸运。只有美国人才会厚颜无耻地想得到更多，或将"幸福"列为生活必需的要素。

　　亚伦面临的现实是，他永远无法逃避的出身使他自出生起便同时受到祝福与诅咒。你能从他的眼睛里看出这一点——他意识到他不得不担负起重大的责任。他是一个富有犹太人的子嗣，他的父亲借助国王的仁慈和自身的超凡能耐，一夜之间摆脱了犹太聚居区的艰苦与贫困，飞黄腾达，跻身于享受特权的富人世界；伊兹奇耶将往事铭记于心，决意永远不走回头路，甚至不会稍作逗留，去瞥一眼他们来自哪儿，走了多远。他将一个年轻人所能期望拥有的所有经济条件都赋予了亚伦，但也要亚伦完成极其艰辛的使命——此生中，亚伦要实现的是伊朗三千多年历史中，所有犹太隔离区和穷街陋巷居住并传世的历代犹太人所拥有的每一个崇高的理想、无谓的期待、恣意的愿景和未竟的抱负。

考虑到后来的事情及其后接踵而至的每一件事，你必须意识到亚伦生来拥有的特权也是他的枷锁，健康的身体和充沛的才智实际限制了他的自由，继承来的巨大财富却使他自身的权利变得极为有限。

当你继承的不只是金钱而是遗产，代表的不仅是你自己的梦想而是其他许多人的梦想时，情况将截然不同。

亚伦拥有一张稚气的面孔、一副紧致敏捷的身体，却长着一双老者的眼眸。它们看起来很暗淡——瞳孔外圈有道褪色的光晕，仿佛颜色慢慢地渗进眼白里，将它们变成了奶油色。这种反差令人不安：一位睿智的老者透过一张年轻面孔，凝视着他早已注视许久的世界。

他是家里唯一上过高中的人。他毕业时在班上名列前茅，参加大学入学考试时成绩位列全国第五，不过，父亲没让他在伊朗上大学，而是送他到巴黎去攻读医学。1958 年 9 月，亚伦在十八岁生日后不久便离开伊朗——一个温和、机敏的男孩，一只行李箱里塞满浆洗过的白被单，另一只行李箱里装着浆洗过的白衬衫，上面有手工绣成的他姓氏的首字母，叠得四四方方，印证了自幼便主宰他生活中每个琐细之处的极端苛求。四年后，当他被召回家时已变得更加自信，但严苛约束自我的程度却丝毫未减，他因无法完成学业成为医生而失落，但从未——一次都没有——质疑过自己的责任。

亚伦明白，他的首要责任就是捍卫索莱曼家族的名声和美誉。从抵达德黑兰、举行守丧仪式的第一周起，他就在努力这样做，无论会招致什么伤害，他在余生中也将持之以恒。他并非人们当时所谓的"过分拘礼"之人，也没有当今心理学家所谓的"强迫症"，他的驱动力出自他真诚的内心。他只是坚信做事应当完善并信守承诺，而这恰恰是他的不幸；因为亚伦刚一接替父亲的位子，就发现与他为敌的是"布什尔的黑母狗"，她正一门心思、狂热执着地想要玷污索莱曼家的名声。

在父亲过世三十天后，拉斐尔从病榻上起身，走到街上梦游。瘾君子"鸦片烟"莫拉德露宿于距亚斯花园一箭之地的人行道上，他看到拉斐尔时以为他会被冻死：那时正值午夜，气温远低于零度，天寒地冻，然而拉斐尔打着赤脚，只穿着棉布睡衣。莫拉德揣摩不出拉斐尔如何能在大冷天里仍一直睡着，但他却留意到拉斐尔这一次是踽踽独行。莫拉德猜想，惯常追随他的所有鬼魂和鸟虫都很明智地待在室内了。

　　莫拉德用身上裹的毯子围拢住加热鸦片的小火盆。他问拉斐尔要去哪里。

　　"去看我父亲。"拉斐尔说。由于伊兹奇耶刚刚离开尘世，这句话不禁令人警觉起来，但拉斐尔继续沿着马路中央向犹太墓地的大致方向艰难前行，墓地位于德黑兰城外好几公里远的地方，且只能经由一条危险的羊肠小道才能到达。"鸦片烟"莫拉德注意到，他发光的胸膛现在只剩下毫无生气的一丝微亮，他看似始终未醒，也从没睁开眼；他绝对没看到飘着墨绿色哀悼旗帜的那辆大卡车，没看到白缎标牌上写的《古兰经》经文——为逝者祈福的阿拉伯语祷文——也没看见映出卡车驾驶室轮廓的红绿灯，还有关于全能的先知穆罕默德及其门徒阿里和侯赛因的手绘训诫；又或许他看到卡车沿街疾驰而来，车灯冲刷着黑暗，却没听到一丝声响——它巨大的引擎悄无声息，庞大的车轮也没发出任何噪音，车窗没有哗啦啦地震颤，金属没有颠簸震动，也没有刺破静谧夜空的尖利声响——卡车犹如一艘静静行驶的航船，却以骇人的速度穿过黑暗的水道，它带动的疾风吹弯了树干，溅起了明沟里的水，掀起了尘土、枯叶和丢弃在路边的碎报纸，扯掉了深夜接完客徒步回家的女子的头纱——这幕场景既惊心动魄又美丽动人，就连睡在人行道上的邋遢野狗和瘸腿乞儿都坐起身来，瞠目结舌地注视着一切。"鸦片烟"莫拉德事后坚称，是骨瘦如柴、蓬头垢面的拉斐尔没有停下，反而毫不犹豫地径直向它走去。

事实上，他看似一个决意迎接自己命运的人，他也的确那么做了——"我知道你很难相信这事儿，先生，我确实容易看到根本不存在的东西，鸦片的确会欺骗我的头脑，但我向你保证，这件事千真万确。他径直走向卡车，卡车司机既没减速，也没踩刹车，甚至都没按喇叭，车就那么朝他开了过去，然后撞上他，把他撞倒了。整件事的发生连半秒钟都不到，我甚至没听到它撞上可怜的拉斐尔，我觉得它就像是把他吸了进去。然后，就在它从我身旁开过去时，我抬头看向驾驶室的车窗，我对着亲爱的母亲和尊敬的父亲的在天之灵发誓，驾驶室是空的，驾驶席上一个人也没有，根本没人握着那辆卡车的方向盘，就算我把用一整片罂粟制成的鸦片都抽光，也编不出那种事啊。"

亚伦又守了七日丧，在过了一段符合礼仪的时日之后，才开始着手整顿哥哥的身后事，包括处理拉斐尔和他妻子住过的房子、她从夫妻俩的零用钱中省下来的几千托曼，另外还有拉斐尔之妻本人，尽管她根本不是真正的妻子——只不过是个没有婚约的女人，对于她与拉斐尔共度的那些年甚至未曾得到任何口头的补偿承诺（在临时婚姻期间和之后都没有）。对于他们的结合，她没带来任何钱财作为嫁妆，因此也无权要求任何回报，再说她也没有子女需要抚养。从法律上讲，亚伦对她应尽的义务只是将她平安地送回她父亲家。按照习俗，一旦拉斐尔不在了，她根本不能继续住在夫家。不过，亚伦明白合法之事未必总是合乎情理，于是他决定公平地对待一直照看哥哥的人。当三十天的期限一过，他派 "哑女"曼佐尔去请拉斐尔之妻。

　　二十分钟后，这个姑娘回来了，看上去茫然无措，对亚伦打着他无法理解的手势。他叫来另一个女仆，让她解释曼佐尔的手语，但那位年长的女人也搞不懂，所以亚伦又派这个女仆去找拉斐尔之妻。

　　这个女仆回来时也没带来任何答复。她面色苍白，不停地颤抖，反复吟诵着一段反对亵渎神灵的祷告词，仿佛羞愧得不能面对亚伦。

　　亚伦被这出闹剧激怒了，他长途跋涉地来到拉斐尔房前，用拳头敲了敲门。"黑母狗"几乎当即就开了门。

"你不能把我送走，"她说，"我已经怀了你哥哥的儿子。他出生以后，就会成为这一切的第一顺位继承人。"

她这一步干得很愚蠢，图谋也过于贪婪，没给亚伦留下丝毫余地，让亚伦对她的警告只得反其道而行之。他绝不相信她所称的孩子——鉴于拉斐尔的疾患和她老大不小的年纪，她也愿意承认这近乎奇迹，可你别忘了亚伯拉罕和撒拉[1]——当他们有以撒时，他一百岁，而"年轻的"她也有九十岁了。正因如此，亚伦才意识到她的勃勃野心远超过他能容忍的程度。他决心在她变成需耗费全力对付的痛苦之前，要像拔掉一颗坏牙那样除掉她。

他准备了一万五千托曼——她与拉斐尔共度的每一年都按一千算——外加十五枚金币，限她三十天内搬出去。他等了一个月，可她没走，于是他又等了一个月。之后，他叫来两个警察将她强行赶了出去，还锁上门。她被获准带上自己和拉斐尔的衣物、一万五千托曼和十五枚金币。最后，为了确保她清楚自己是被永远地逐出家门，他卖掉了拉斐尔的房子。

---

1 亚伯拉罕和撒拉（ Abraham and Sarah ）均为《圣经》中的人物，撒拉是亚伯拉罕同父异母的妹妹，也是他的妻子。耶和华施行奇迹，让她在九十岁高龄生下儿子以撒。

新房主是一对犹太夫妇，带着八岁的女儿和一对六岁的孪生儿子。丈夫曾是德黑兰大学的数学教授，妻子是精通妊娠疑难问题的产科医生。他们于1950年相识，当时都是波士顿塔夫茨大学的学生。他们结了婚，又回到伊朗。她的事业蒸蒸日上；而他却在家赋闲了六年，因为他患有严重的广场恐惧症，无法忍受离开自己的房间。他把时间都用来做全国大学入学考试的数学题、记忆百科全书和照顾子女。

　　他们的长女伊丽莎白（以女王之名命名）拥有母鹿般天真的双眸、白皙的皮肤和浅色的头发。她聪颖过人，特立独行。在上幼儿园以前，她就能用心算解决复杂的数学题，十几页的文字看过一遍就都能记住。八岁时，她便以阅读科学教材为乐，还自学英语和阿拉伯语，而一般同龄的女孩还在玩梳妆打扮的游戏、央求妈妈为她们买金发碧眼的娃娃呢。她思考权衡自己该读哪所大学，选择哪些课程。读大学是她的梦想与目标。她总是身穿校服，甚至在周五不上学时亦如此；她将茂密的头发梳成一条马尾辫，别上一个她每天都浆洗和熨平的大大的白色蝴蝶结。她在这世上唯一的朋友是个比她大两岁的穆斯林男孩，侯赛因·泽莫罗迪，他和伊丽莎白差不多一样聪慧。他们的乐趣是整段整段地背诵《列王纪》[1]，此书堪称波斯的《奥德赛》，通篇由韵文写成。除此之外，她与直系亲属以外的任何人都没什么交往：她对其他孩子来说太过古怪，对成年人而言又聪颖得令人生畏。另外，她有体味。

这味道是从哪儿来的，究其原因，甚至连她当医生的母亲和身为教授的父亲都揣摩不透。八岁的伊丽莎白散发出一种如午夜的大海那般温暖潮湿、又甜又咸的气息，它能使人极为愉悦或明显反感，这取决于你对海鱼、海藻、沙蟹和潮水有何感受；不过无论如何，它总是挥之不去，令人抓狂。当第一缕气味渗透到空气中时，她还只不过是妈妈子宫里的一个细胞，那时，"医生夫人"喝下一瓶冰凉的可口可乐，打起嗝来。她和教授正在里海的港口城市拉姆萨尔度蜜月，可他们的婚姻却早已遭遇惨败，因为他很恐慌将与好几百人同处一个大厅的情景，于是从喜宴上落荒而逃，如今又拒不离开房间，因为不论碰上认识的、不认识的人，他都受不了。话虽如此，离开房间倒也并不可取，因为他们来海边时正值雨季；从他们抵达的那一刻起，直到返回德黑兰很久之后，拉姆萨尔始终在大雨倾盆，这本可构成一幅浪漫的场景——一对新婚夫妇同处一室，屋里除了一张大床外，再无其他消遣——倘若新郎不那么懦弱胆怯、容易受惊就好了。

怎么说呢，他做爱时就像在解答数学考题。

据说，"医生夫人"躺在酒店的床上，想着窗外的大海；教授的表现令人失望，所以她让自己体内充盈着又湿又咸的空气，一边聆听着涨潮的声音，一边想着点缀在海面上的小岛上的渔民，想着他们被

---

1 《列王纪》（*Shahnameh*）由波斯诗人菲尔多西所作，长达六万双行，叙述内容的时间跨度在四千年以上，从开天辟地写到公元 651 年波斯帝国灭亡为止。它简要叙述了波斯历史上的五十个帝王公侯的生平事迹，汇集了数千年来流传在民间的神话传说和历史故事。

暴晒的脸孔、肌肉发达的四肢，以及"向伊玛目礼萨致敬"的渔船。她每分每秒都变得愈发口渴，直到好事已毕，孱弱而心惊胆战的"数学家"仓皇奔进浴室以后，她才拿起电话点了一听冰凉的可乐，一口气灌下，然后颇有预兆地打出一个带有海水气味的嗝。

后来，她的肚子开始胀大，她一直不停地放屁打嗝，而且每个屁与嗝都是海水味的；她甚至像得了急性发热似的，排出的汗也是这个味儿。直到最后，她的羊水破了，伊丽莎白滑了出来，产科病房的护士纷纷逃离工作岗位，忙不迭地寻找避难之所，因为据她们推测，那滔滔的羊水一定是《圣经》中的大洪水，它从里海喷涌而出，向南奔流了350公里来到德黑兰。

对大多数伊朗人而言，里海及其周边地区要么会引人联想到令人惊艳的美景、金绿色的稻田里那种无尽的安宁，以及宛如神话故事中走出的白虎；要么则会联想到令人震惊的恐怖事件，比如有人在午夜投水自尽，俄国士兵在光天化日之下公然入侵，他们满手是血，枪尖上还挑着人肉。身体周围充斥着这种气味并不太好，但无论涂抹多少香茅和竹芋精油，洗多少次玫瑰水浴，或是用多少椰子油灌肠，都无法消除这可怜孩子身上那与生俱来的印记。她身上唯独一点或许堪称魅力的地方是完全没有鬼心眼儿，在某种程度上，她对世事浑然不觉，如果将之误认为是愚笨的话——便可为她赢得男士的青睐，使她不致到死是个发鬓斑白的老姑娘，一生埋在与下巴齐平的书堆中。

笨驴这一标签虽然有些离谱，但就伊丽莎白两个孪生弟弟的智力缺陷来看，确实会引发人们一定程度的联想。他们待人友善，活泼吵闹，总是乐于接受任何人，甚至会毫不犹豫地跟陌生人走。可他们却做不好最简单的小事，包括正确地握铅笔、系鞋带，唉……语言表达能力也总没长进。他们在听力方面还不错，也能理解词义，但大脑中那个用于遣词造句的部位想必在两个男孩成形的那一天被落在绘图桌上了，因为不管他们怎么努力，不管亲友们怎么尝试，父母、医生、老师和其他任何一个好心人都无法让他们说出或写出哪怕是一个能被人理解的单词。

他们勉强能通过一套数字代码与人交流，它的设计者嘛——还能是谁？——当然是伊丽莎白，她把数字代码记在日志里，方便"医生夫人"和"数学家"对照使用。这种符号语言深深地吸引着她，也能被弟弟们理解，因为它是线性的、一维的，摒除了常规语言中的细微差别与精妙之处。

人们说，孪生兄弟的许多"怪异之处"是由他们母亲自私地求取医学学位造成的，这让她和孩子们都承受了太大的压力。"医生夫人"在替自己辩护时，也指出了她丈夫自身的"怪异之处"——广场恐惧症、沉迷于逐一记诵1956年版二十三卷本的《大英百科全书》及其索引——以此作为他将异常基因遗传给孪生子的证据。她甚至将伊丽莎白高超的数学能力、非凡的沉着冷静和不同寻常的自制力，都看作头脑紊乱。

当亚伦首次邀请这个新入住的家庭来参加安息日晚宴时，她就对亚伦这么说过。当时她穿着实验室的白大褂前来，身后只跟着伊丽莎白。她解释说她丈夫"不出门"，孪生子"不太适合社交场合"，至于"这一个"——她朝伊丽莎白点了点头——"你甚至觉察不到她在这儿"。接着，她宣称要回医院，有个产妇要生孩子，于是丢下女儿，匆匆走了。

伊丽莎白身穿校服，将一个螺旋笔记本紧紧抱在胸前，怎么看都像是一个学霸去学校上课，却发现今天是节假日。在母亲走后的一两分钟里，她镇定自若地站在屋子正中一动不动，脸上满怀期待，容光焕发，头发编成了一条光亮的辫子。后来，她走到一旁坐下——腰板挺得笔直，双脚在离地几英寸的地方晃来晃去——她坐的扶手椅在能俯瞰花园的窗旁。

其他孩子呆呆地盯着她看，女人们公开议论她是谁，她的家人一直以来有多古怪，亚伦·索莱曼为何将哥哥的房子卖给这种怪人，以及仆人们有关拉斐尔之妻在离开前曾诅咒那栋房子和新房主的私下传言是否属实；然而，伊丽莎白似乎对这一切毫不介怀。她对亚伦本人也丝毫不感兴趣，尽管她甚至无须从微积分题目上抬眼也能感觉到，周围每个人的注意力都聚焦在他身上，注视着他的一言一行。

你瞧瞧他呀，他是个真正的王子，外表英俊，举止文雅，还会讲法语，才三十二岁便已拥有这一切。他是董事长，是王中之王，我敢打赌，这个城里的每位有女儿的母亲，都会花钱雇一个巫师对他施咒；每个与他邂逅的姑娘都会在他的酒里下春药。他将会被一把抓住，瞬间被整个吞下，我亲爱的，有些人可很是知道怎样抓住一条大鱼呢，他们有自己的手段；相信我，他们为了这个家伙会使出浑身解数。

她耐着性子挨过那晚最初的三个钟头，没跟任何人有过眼神交流。夜里十一点宣布晚宴开始时，她踌躇着到处观望，仿佛拿不准该如何是好，要怎样成功闯过下一关。她注视着那些年长的宾客们懒洋洋地鱼贯进入餐厅，一只手拿着香烟，另一只手举着水晶玻璃杯，里面装有加冰的尊尼获加黑牌威士忌；她注视着仆人们从花园、露台和宅子的其他地方把四散玩耍的孩子们赶了进来。正当她探头探脑、举棋不定的时候，她感到有一只手搭在了自己肩头。她回头看去。

一双被困于年轻面孔里的长者之眸正微笑地注视着她。

"你不饿吗，小家伙？"他问。

她回家后告诉父母，她已找到未来的夫婿。她说，他就是住在"大宅"里的那个人，那个所有女人都想招为乘龙快婿的男人。他叫她"小家伙"，因为他不知道她的名字，之后他没再跟她说过话，甚至看似根本没注意到她在场，直到午夜过后，她走过去跟他道别。她向他伸出手说："谢谢您，先生。您的邀请使我深感荣幸。"她对父母说，这句话似乎令他很惊讶，因为他把头稍向后仰，眯起眼睛，仿佛在第一次仔细端详她。

　　"一个小人儿竟使用这样的大词。"他说。直到那一刻，他才拉起她的手握了握。松手之后，他低头凝视自己的手掌，仿佛在寻找那种气味的来源，随后又转向她，这次对她有些着迷。

　　"你闻起来就像是北方。"他说。

　　那时，父母或许曾试图向伊丽莎白解释，她还这么小就这样迅速爱上别人是很危险的，尤其当她自己也表明那个男人对她丝毫不感兴趣时。然而，他们当时正忙于处理地下某处水管爆裂引发的小水灾，水流正以惊人的速度流遍整栋房子。由于无法准确锁定漏水的位置，他们只得彻夜不眠，眼睁睁地看着水位渐渐从脚背、脚踝一直涨到膝盖，结果家具在屋子里到处漂，孩子们不得不被打发到屋顶上去睡觉。早上，他们叫来一个管道工，然后又找来包工头，再之后是最初设计房屋的建筑师，但是他们当中没有一个人能阻断水流，最后只好将从街上连到屋内的埋水管的地面掘开，往里面填满水泥。

这一招倒是止住了水灾，却又招来了旱灾。

一连数周，家里的家具、衣物、书本和孩子们的玩具都摊在院子里晾晒。亚伦对此事颇为讶异，急切地想驱散关于他售出的这栋房子的流言蜚语，坚持承担这场意外的全部损失和所有的维修费。他知道管道没问题，自己也没有法定义务去维修任何东西。然而，在一个男人的承诺就是他最佳资产的社会里，在一个个人名誉在他死后仍将世代延续的地方，他出售的东西就代表他的人品，因此房子不能有什么差池。他下令将原先的管道挖出，铺上新管道，并更换了所有的水龙头，还修复了被损毁的墙漆、线脚和地板。但在家具被搬回屋那天，新的管道却停水了。

从此以后，在伊丽莎白一家居住期间，一直折磨拉斐尔宅子的"管道大战"拉开了序幕，这令亚伦和全城人都疑惑不解。无论采取什么补救措施，这栋宅子仍旧轮番闹水灾或是断水，院子里要么被浸透了，要么一片焦枯。蓄水池里出现了大批流浪猫和口渴的大个老鼠的腐尸，即使水池的闸口已关闭，它们还是能掉进去。潮湿的墙壁长霉了，木质家具都腐烂了，水槽里摞满盘子，衣服也洗不了，因为房子的供水又突然中断了；情况简直糟透了，给伊丽莎白一家造成了太多的困扰。这事也成了全城喋喋不休议论和猜测的话题。

"哑女"曼佐尔确信，这是在拉斐尔生前长期聚拢于他周围的鬼魂和幽灵在作祟。他死后，它们便成了孤魂野鬼，想必是爬进了管道或钻入了水井以躲避光亮，一活动时就会制造麻烦。其他人比女仆受过更多的教育，因此不太相信鬼怪作祟的说法，他们猜测拉斐尔之妻在被赶走前曾诅咒这栋房子，也许——这种说法最使亚伦气愤——他将一个走投无路的老妇逐出家门，全能之神因此降罪于他。

亚伦讨厌迷信，而他对于自己或许曾对"黑母狗"不公这一提法尤为敏感。部分原因是他确信已对她做到仁至义尽。他还担忧如果人心都向着那个老太婆，将有损家族的名声。然而，他还有一种隐隐约约却又纠缠不休的恐惧：那种声音来自他的母亲、祖母以及他在成长过程中认识的其他所有女人，她们经常说起自己在丈夫和父亲手下曾忍受的艰辛。那些女人提到过某种叫作"嫠妇之叹"的东西。她们说它是从世间最黑暗的角落刮来的一阵黑风，会惩罚那些令寡妇伤心之人。女人们坚称，它是守护弱者不受强者欺凌的唯一力量，是天网恢恢、无时不在的普世公义，是命运安排的正义之手，将会报复那些违背不成文的慈悲戒律之人。

亚伦在伊丽莎白周围察觉到的气息，也就是他说让自己联想到北方的那种气息，在她穿着鞍脊鞋和灰色百褶裙离开的第一个安息日夜晚后，一直飘浮在空中，许久不散。初次见面之后，他对她的全部回忆仅限于此——还有她那种古怪的成人举止和辞令。至于其他嘛，在他转身去招呼其余宾客的一刻便已忘记。

但是周六晚上，他在家中从大门通向厨房的过道里嗅到了里海的气息，瞬间记起一双白色及膝长袜和一只大大的丝质蝴蝶结。周日，他发现"大宅"外的空气比花园中其他任何地方都更潮润。之后，他始终能在室内的犄角旮旯和房子周围遇到那种气息，比如在地毯或窗帘上，有一次甚至是在厨师为他特别准备的米饭里。他把厨师叫到餐厅申斥了一番——你在食物里放盐和鱼总该有个限度吧——但可怜的厨师也不知道该如何解释那种气味；他小声咕哝了一两分钟，最后承诺下不为例。

可等到亚伦下次在家用餐时，厨师得又一次做出同样的承诺。再之后，他将大米淘洗了七遍而不是平时的四遍，先把水煮沸一道，再将米倒进水中煮熟，此外石榴煲鸭肉汤的每一步都亲自完成，确保没有东西会被污染。当亚伦退回饭食，斥责它闻着像海水时，厨师终于按捺不住，大步流星地走进餐厅。他身穿带有姜黄粉和番红花斑点的衬衫，用围裙下摆揉搓着两天未刮的硬胡茬，说："我没骗你，先生，这气味其实是那个每天在这儿探头探脑的姑娘带来的。"

亚伦不知道，从他首次发出邀请那天起，伊丽莎白每周一到周四的下午和周五一整天都泡在他家里，还打算在那儿一直待到自己成年，然后嫁给亚伦，把这座宅子变成她永远的家。放学后，她会带着书包和几摞活页纸径直来到这儿，然后待在厨房里。曼佐尔自己也是个十几岁的孤独少女，无亲无故，她允许伊丽莎白将书本、铅笔、圆规和量角器摊在一张小桌上，在距离厨师烹饪之处最远的角落里。起初，厨师允许她留下，因为她很懂礼貌，谦卑羞怯，也的确没给任何人惹麻烦。但是过了几天，他意识到她的体味经久不衰且非常浓烈，于是打发她回家洗澡，"直到你闻起来跟正常人一样再来吧"。不过，她翌日下午就回来了，身后仿佛拖着整个大海，她在被厨师赶走之前，只一心巴望着能看亚伦一眼或是听到他的声音。

亚伦传话给教授，让他管束自己的女儿。那个可怜人尽其所能——找她促膝谈心，告诉她这对你妈妈和我来说都很难堪，即使你不顾念自己的"阿比路"，也要替我们着想啊——但他想施加家长权威的软弱尝试却被又一轮管道爆裂和继而引发的水灾打断了；此刻他们都预计到，这还将引发一场旱灾。

到 1967 年，"管道大战"已进入第五个年头，激烈程度仍和从前相当。那种对未来的不确定性和管道每次喷发所造成的混乱场面，使孪生兄弟变成一对躁动不安、畏畏缩缩、一直疑神疑鬼的家伙，他们一刻不停地纠缠父亲，令他筋疲力尽。而这位父亲还被络绎不绝的管道工、砌砖工、粉刷匠和家具商搅得心烦意乱，这些人要么是来帮忙恢复家中供水的，要么就是在开始重新供水后来清扫破砖碎瓦的。他消瘦了三十公斤，开始酗酒，"医生夫人"则尽可能待在她的诊所里；孪生兄弟愈发精神错乱，伊丽莎白也成了"大宅"主厨房里名副其实的常住居民。亚伦让园丁砍掉所有的树，还将紧邻房子周围的所有花花草草连根拔除，又雇了两个人来用掺了水的白醋使劲擦洗各处墙壁、天花板和地板，以及所有的橱柜、衣柜抽屉、窗户、桌面和镜子。他让人把所有地毯都搬到室外，用木棍拍打，然后清洗、晾干；他还装上新窗帘，换掉了床垫里填充的棉花和枕头里的羽绒。

当伊丽莎白没在写作业或以消遣的心态攻读大学数学和科学书本时，她会帮曼佐尔做家务，然后让曼佐尔坐下，坚持要教她读书写字。这可真是极不寻常的一幕啊：穿着平底塑料人字拖鞋和别人传下来的旧衣服的哑巴村姑，坐在身穿白色圆领礼服衬衫的少女教授身旁，她们俩都趴在一个横格笔记本上，仿佛在共同揭开一个秘密。妮们一个是文盲，一个是天才；一个是穆斯林，被人教导说犹太人按照仪规来说是不洁的；另一个是犹太人，虽然对她本族的宗教一无所知，却能用阿拉伯语通篇背诵穆斯林的乃玛孜[1]。

尽管她们迥然不同，却都是彼此唯一的朋友，也最像彼此的保护者。曼佐尔是世上唯一会确认伊丽莎白每天吃过早餐和午餐的人，还会检查她上学时穿的袜子是不是干的，还是因最近一次水灾而受潮发霉了。伊丽莎白则用自己的零花钱，从不允许进入亚斯花园的街头小贩那里为曼佐尔买来口香糖、酸味水果卷和其他零食。她还带来自己的儿童读物、从铜版纸印刷的女性杂志中剪下的插页和一端带白色橡皮擦的铅笔。她为曼佐尔制订课程计划，布置作业，每次授课都极为

1　乃玛孜（Namaz）：穆斯林每日必做五次祈祷的经文。

严肃认真。

最终，伊丽莎白成了"大宅"生活的重要组成部分，仿佛她就是在那儿出生的。她的父母已不再试图挽回她的自尊和良好举止，而是越来越退入背景。亚伦也逐渐习惯了那种气息。

就在此时，"布什尔的黑母狗"回来破坏了一切。

拉斐尔之妻于1967年重返亚斯花园，距离她被不光彩地逐出家门恰好过了五年，如今她显得更加衰老憔悴。她用手扯着一个男孩，这男孩长着圆圆的脸盘，圆圆的眼睛，神情像个近视眼那样畏畏缩缩，茫然无措。她宣称："噢，你们这帮没信仰的家伙，这可是拉斐尔·索莱曼货真价实的合法子嗣。"

她走到宅子门口时，恰好赶上伊丽莎白放学后正从行人专用门进来。伊丽莎白碍于礼节，不敢走在长者前面，即使那是一个衣衫褴褛、皮肤干裂的人，于是她往后一退，让拉斐尔之妻和男孩先过。然而，那妇人在距离伊丽莎白几英寸的地方停了下来，用一双愤怒而无情的眼睛盯住她：打量着那白皙的皮肤、洁净的双手和一身校服，拉斐尔之妻看得出，她绝不是女仆，也不是女仆的女儿，可她却有从大街通往亚斯花园的行人入口的钥匙。拉斐尔之妻的目光从伊丽莎白扫向拉斐尔的宅子，然后又看回她，随即说："希望天遂人愿，让这儿成为你的葬身之地。"

亚伦没在家，见到拉斐尔之妻的女仆们误将她当作拉斐尔死后留下的众多孤魂野鬼中的一员，他们曾被迫潜入地下，躲进了水井、管道和树根里，每隔几周或几个月就会突然爆发一次，破坏管道，发动水患，在花园里漫无目的地游荡——他们是一群腹中空空、面无血色的家伙，穿着褪了色的衣服和破烂的鞋子，聚集在树阴下或躺在草地上晒太阳，甚至会爬进电视机壳里，然后一直待在那儿，和那些黑白颗粒融为一体，直到十一点电视节目结束电视被关掉时才消失不见。

她开口说话了，连珠炮似的讲述着令人难以置信的故事，她说这个男孩是拉斐尔之子，还不停地咒骂说，除非他们认这个孩子是合法继承人，否则永恒的地狱之火将吞没索莱曼家族七代人。直到此时，才有人认出她确实是活生生的拉斐尔之妻。她想必已年近五旬，尽管看起来还要再老上一二十岁；她的丈夫已去世五年，在那之前至少有十年是个废人。那个男孩跟她和拉斐尔长得都不像，也不像家族中其他任何人。不过，他此刻就在这里，他是亚斯花园曾经与未来的国王，由他的皇太后母亲陪伴着——你们当走上前来，装饰起厅堂，拜服在他跟前，让出王位和权杖，而最重要的是，献出你们宝贵的姓氏。

说实在的，这样做只会让人嘲笑她的肆意妄为。归根结底，姓氏不只是对某个人身份的界定，更是对他数十代后世子孙身份的界定。它决定了一个家族的地位、职业、他们实现抱负的限度、通过联姻和商业联盟提高身价的机会，还有他们能获得的各种机遇，甚至包括他们在法律面前被人看待的方式。拉斐尔之妻要求将索莱曼的姓氏传给她从街上搜来的这个可怜男孩，无异于痴心妄想，也让这个姓氏与她那本大魔法书中所有诅咒和毒愿的力量交织在了一起。

整个下午，她都在等亚伦回家。她自作主张地进入主客厅，一屁股坐在伊兹奇耶生前的专座上，那个座位如今是亚伦的。因为空气中弥漫着海水的气味，她深吸了几下鼻子，然后打开一扇窗。她命令曼佐尔为她和儿子奉上茶点和吃食，再端来些枣茶。当男孩变得焦躁不安时，她让他四肢摊开躺在一张木架沙发上，并在他脑袋下面垫了个绸缎枕头，又在他身上盖了一条羊绒薄毯，让他好好睡上一觉。九点钟时，她还在等亚伦。她从俯瞰露台的法式大门中向外窥视，看见伊丽莎白正从"大宅"里走出去。拉斐尔之妻一跃而起，打开房门。

"上哪儿去？"她的尖叫声令人毛骨悚然。

伊丽莎白停下脚步，随即走向露台。她碍于礼节，不愿对一位长者大声答话。她走得越近，拉斐尔之妻的鼻子也抽得越厉害。

"我要回家了，"伊丽莎白凑得足够近时才开口，"如果您允许的话。"

最后这个短语"如果您允许的话"只是敬语，但拉斐尔之妻却揪住它不放了。

"你没得到我的允许，你这个小恶魔，永远都得不到。你们偷了我儿子的房子，没得到我的祝福，就擅自占了那里，你们会为此付出代价的，等着瞧吧，你们将付出沉重的代价，我一定会让它成真的，我要诅咒你和你那小偷骗子父母，直到你们全都露宿街头，向我儿子讨食吃。"

关于拉斐尔之妻，你可以肯定的一点是：她的许诺可不是空头支票。

直到后来，当索莱曼家族土崩瓦解，"赤脸"伊兹奇耶的巨额财富丧失殆尽的时候；当他们的孩子在世间踽踽独行，女人守寡或遭人背弃，他们曾经珍视的美名和声望也随风而逝的时候，亚伦·索莱曼才开始思忖：会不会是拉斐尔之妻的不幸际遇、她受伤的心和辛酸的泪——拉斐尔的消亡带给她的"嫠妇之叹"——给他们带来了毁灭性的灾难？然而，在他担任族长的早年间，他总有好运相伴，机遇也顺服于他，索莱曼家族企业在全国同业中规模最大，也最成功，亚伦要对数百名家族成员、合作伙伴和员工的福祉负责——那时，他尚信赖逻辑和理智，相信法律不论对什么人、什么事都一概公平。若在当初，他宁可砍断自己的右手，也不会允许一个他明知视力很差且双腿极其肥胖的江湖骗子进家门。

在拉斐尔之妻首次登门的第二天早上，他曾对她这样说过。她从下午到晚上一直在"大宅"里等他回来；当他在翌日凌晨两点十分回家时，她仍守在那里。他从前门进来，开了门厅和楼梯间的灯，朝二楼的卧室走去。当楼梯上到一半时，他发现主客厅里亮着灯，以为是仆人忘了关灯和关门，于是又走下楼梯。当他正欲走进客厅时，突然看到"黑母狗"的影子如同火山喷发云一般铺展在地板上。

亚伦也不清楚究竟哪一样更令他震惊：是拉斐尔之妻回来站在他

的房内，还是一看到她，自己心中突然生出的强烈厌恶之情——这就像你认为已经痊愈的顽疾再度复发，又像你以为已经一笔勾销的债务又突然被催款。随后，她猛然爆出接连不断的恐吓与斥责，还一把将睡着的男孩揪起来。亚伦清醒地意识到，她已经失去理智，全靠痴心妄想支撑着。

他站在门口没动。"你究竟想要什么？"他问。

由于她提出的要求根本无法满足，亚伦的提问算合情合理。之后他走进了客厅，将身后的房门关上，这样那些被吵醒的想偷听的仆人，就听不到后面的对话了。他们所知的全部是，只过了几分钟，房门突然就被打开了，亚伦紧握着门把手站在那儿，手指的关节仿佛要破皮而出。客厅里，男孩发出一声凄惨的尖叫，可拉斐尔之妻却岿然不动。最后，亚伦折回去走到她面前，抓住她的胳膊，开始将她往外拖。她奋力朝他又抓又挠，于是他又钳住她的另一只手，继续向外拖曳，之后就像提一包老骨头似的将她拦腰拎起，带到大门口，伴着她那刺耳的尖叫，男孩高呼着她的名字。亚伦将她放在前门外通向庭院的最上面一级台阶上。

"不许再回来。"他一边关门一边朝外啐了一口，男孩勉强从门缝里挤了出去。

就在亚伦松开拉斐尔之妻的那一刻，她扭转身子，咆哮着猛扑向他。可她绊了一跤，脸朝下摔倒在自己的右前臂上。

假如一生中确实有造就和决定一个人命运的时刻，那么对拉斐尔之子来说，便是眼下时刻。数十年后，他仍能记起他和母亲被人从"大宅"里撵出来的那天早上天空的颜色，还有在过道里徘徊并尾随他们出门的海水气息。他记得他们刚迈出门槛的那一刻，大门是如何在身后砰然关闭，那声音如同一记爆破在他耳中炸响。

　　他也记得母亲的右侧前臂和手腕显得比左侧长出许多，更加扭曲变形，还记得她是如何痛苦地高叫着寻求帮助："他弄断了我的胳膊，这是我干活儿的那条胳膊呀，他让我变成残废了！"其实，是她自己脆弱的骨头和它们着地时的冲击力造成了损伤，但若不是亚伦关门时那么用力，若不是他将她推出家门、扫地出户，那么最后造成的影响和冲击也不至于如此剧烈。

　　终其一生，那个关门声都在拉斐尔之子的脑际挥之不去。他在睡梦中也能听到，惊醒时一身冷汗；每当有人提高嗓门冲他说话时，无论多么简短，他都会听到那个声响。他住在伊朗时一直听得到，后来在美国也如此；在洛杉矶时，他始终像局外人一样想要打入"社会"，可即便当他已被接纳，能够进入别人的家宅和办公室了，却也永远无法进入他们的生活。

　　他的确从来不曾赢得他们真心实意的尊重或敬仰，只是激起了他们的嫉妒。而那个声响也从未离开他的脑海，但他发誓，迟早会让所有与他不期而遇的男男女女，同样战栗在往昔那个令他倍感耻辱的声响中。

那晚，伊丽莎白梦见"医生夫人"脱掉了她一成不变的实验室白大褂，换上一件破破烂烂、打着补丁的衣服和一双用报纸做成的鞋。她的丈夫和孩子都可怜兮兮的，饿着肚子直挨到天黑，巴望着"医生夫人"把一整条鱼带回家来做晚餐。她说，那条鱼早不新鲜了，本来被丢在鱼贩子摊位后的垃圾堆里，但当她将鱼放在砧板上，用刀剖开它的肚腹时，一股洁净清澈的水流犹如芬芳的山泉流淌出来，浇到砧板和"医生夫人"手上，又流到她的鞋子和地板上，随后涨到她和伊丽莎白的脚踝。那水泛着波光，凉爽清冽。它从厨房门下滑过，进入隔壁的房间，又从那里缓缓地流遍整栋房子，渐渐没到膝盖。结果，当伊丽莎白醒来时，她的床铺已跟其他家具、她所有的书本、账簿和校服一起漂浮起来，窗帘随着水流翻滚，窗户和房门都在水流向外冲击的压力下凹陷了，整个房间好像一个被点染了蓝墨水的鱼缸——所有手写的笔记和活页纸都被洗得一干二净——随后，有块玻璃碎了，洪水冲向隔壁房间，而毫无防备的孪生兄弟正在那里熟睡。水流抬起他们的床，将他们冲出卧室，带到父母的房间，他们在酣睡中，随即一下子全被冲走了。仿佛是被一块不可抗拒的巨大磁石吸引着，屋里每样可以移动的和固定的物品，所有的地毯、窗户玻璃、塑料玩偶和皮革封面的百科全书，以及所有鞋子、盘子、自行车轮胎、黑白照片和彩色照片——父母的结婚照和子女的出生照——全都顺流冲过亚斯花园，经由在水流面前不堪一击的后门冲了出去，一路流到两侧有林阴的宽阔的安宁大道上，最后什么都不剩，唯余一片黑暗。伊丽莎白站在拉斐尔的房子曾经矗立过的地方，赤着脚，浑身湿透。

早上，园丁发现她独自站在一片湿乎乎的土地上，她的睡衣仿佛被一场暴风雨撕碎了，她那惊魂未定的神情宛如一个人本来在自己的世界中入眠，却在另一个世界中醒了过来。她周围的地面上覆盖着碎木板、玻璃碴、一缕缕头发、地下管道的碎片和坠落的天线。站在这片废墟之中，伊丽莎白好似一场海难的幸存者。

暗示着灾祸将要发生，亚伦将面对迄今为止难以想象的损失和失落的朕兆，终于被这场大水释放了出来，并如同低回不散的雾气般悬在这片土地之上。

她逃过了洪水浩劫，因为她梦见了那条引发水灾的鱼，由此惊醒。她自己是这么说的，也没人有理由去质疑她，因为唯有她目睹了前夜的事发经过，还眼睁睁看着家人被水卷走。那一整天里，关于四具尸体的传闻浮上水面：两个大人和两个孩子被骤发的洪水冲走，脸朝上漂浮着，平静得就像是睡着了；他们向北朝着厄尔布尔士山脉的缓坡和卡拉季河逆势漂去。当洪水退去后，地上铺了几百张带相框的4英寸×4英寸的黑白照片，都是教授为他的孩子们拍摄的，他着迷般地将它们收集归档在几十本超大的相簿中，整理摆放得极为精准。有些照片被冲到了树枝上和停靠车辆的挡风玻璃上，还有些被冲进了私人邮箱和商店的橱窗里。

几个好心人和军警为他们收了尸，运到亚斯花园。当四具尸体的身份全被证实后，他们就被抬上灵车，送往犹太墓地，他们将在那里被清洗干净，用裹尸布包好，准备下葬。这之后，伊丽莎白出门去寻回照片。她沿着洪水泛滥的轨迹向前走，握着手电筒，挎着邮差包。她爬过篱笆墙去敲人家的窗户，还跳进街道两侧及膝深的下水道里。待她收工时，一共寻回二百八十一张照片。她擦净照片上的烂泥和垃圾残片，小心翼翼地将它们归置到书包里，直到此时她才意识到已临近午夜，从前一天起，她就粒米未进，也没换过衣服和书包旦的课本，但她知道自己毕竟还有个归宿。

对此她从不怀疑——曼佐尔将为她准备一张干爽的床铺和许多吃食。日后，当伊丽莎白自己捐出几亿美元用于修建医院、孤儿院、病患收容所和老年之家的时候，她依旧认为，曼佐尔的热心关怀是一个人所能做出的最大善举。《密西拿》[1]中有人这样说：救人一命就是拯救全世界。

可她却出乎意料地发现，在一楼有个为她准备的房间，那里不仅有床单和毛巾，还有三套校服、三双鞍脊鞋、白色及膝长袜，外加一整卷白色丝质缎带——全都是亚伦向商店订购，让他们打烊后送来的。另外，还有一袭她翌日参加葬礼时要穿的黑衣和一个可供装新书的书包。曼佐尔以幼稚的字体和错误的拼写，向她转达了亚伦的承诺：她可以在"大宅"里多住几天，直到她找到新居，找到能同住的亲属为止。

一个未婚姑娘与一个单身男人同住在一个屋顶下，无论那个屋顶有多大，都是一桩酝酿之中的丑闻。若不是因为有失体统，如果伊丽

1　《密西拿》（*Mishnah*）是犹太教口传律法集《塔木德》的前半部和条文部分。

莎白需要，亚伦将欣然在亚斯花园里为她的余生提供一个安全的港湾。他不觉得此举带有什么讽刺意味：将嫂子赶出去，对她所谓的"儿子"不屑一顾，却收容了一个陌生人的女儿。对他而言，拉斐尔之妻是个江湖骗子，她巧借丈夫患病，钻入他们家族；而伊丽莎白却是个无辜的孩子，被牵连进"黑母狗"和他的交火之中。

只是亚伦要领悟到这个推论——伊丽莎白是拉斐尔之妻报复他的受害者——所暗示的未来：若洪水是拜她所赐，那么"婺妇之叹"也不会是空穴来风，还需一段时间。

当她翌日早上回来，将胜利的旗帜插到伊丽莎白人生中那片泥沼般的废墟上时，她便是那样说的，她还向亚伦保证将有更多灾祸降临。早上六点差十分时，拉斐尔之妻按响了门铃，要求来应门的女仆放她进去，因为她来谈的事情十分重要。她快步走进"大宅"，一手拽着男孩的胳膊，不停地低声咒骂。她站在一楼的门厅里，高呼亚伦的名字，如同死亡天使在召唤下一个罹难者。

他没有答话，于是，她继续高喊自己的祈祷已经如愿："你让人渣一样的家庭住在我儿子家里，结果他们就像渣滓那样被冲走了。这还只是个开始，你等着瞧吧，除非你公正地对待我们，为我儿子正名，否则我会让你承受比埃及七灾[1]更严酷的惩罚。"

此时，一个体态瘦小、衣着素净的身影出现在过道尽头，那是为参加葬礼而身穿黑衣的伊丽莎白。她彻夜未眠，坐在亚伦为她安排的卧房的床边，注视着敞开的衣橱中悬挂的黑衣。她不知道葬礼将于何时举行，也不知道自己必须在何时动身；她从未去过墓地，无法料想

---

1 埃及七灾（the seven plagues of Egypt），一说为十灾，源于犹太《圣经》。埃及法老不肯听从摩西和亚伦屡次的请求，让以色列人离开埃及，神就吩咐摩西、亚伦在法老面前多行神迹奇事，让七大灾难降临埃及，包括黑暗之灾、血水灾、青蛙灾、蝇灾/虱灾、冰雹灾、蝗灾和长子灾。

那里的情形。于是，她在凌晨四点穿上衣服，走进厨房等候曼佐尔。此时，在房内仍寂静无声的骇人时刻，伊丽莎白身处空空荡荡的世界中心，内心深处的每一分确信都已被掏空，她感到拉斐尔之妻的诅咒正以痛彻心扉的力量在她体内回荡。

从 1968 年那个无尽漫长的秋天到 1969 年冬天，伊丽莎白不停地在各家亲戚间辗转。每到一处，她都被同情的拥抱和怜悯的眼泪迎进门，还被告知想在那里住多久都行，但短短几天之后就会被默默地请出去。接待她的人担心倘若时间拖得再长点儿，就意味着他们会被她永远缠上：她是个接近婚嫁年龄的孤女，没有嫁妆，倒是有些基因的缺陷，命数也很不济。她身上散发的气味既浓烈又怪异，从她的头发和皮肤中飘出来，充斥着她走过的每一寸空间；它渗透在她的呼吸和尿液中，让她睡过的每一张床闻起来都像是船舱外的甲板，把她的洗澡水变成了体液，她触碰过的任何东西都会留下一道清澈透明却又令人不安的痕迹。它污染了主人家厨房里俄式茶饮中的开水，还糟蹋了配餐室里磨碎的番红花和莳萝。

　　三周过后，她已经没有亲戚家可去，只得站在学校大门口。她饿得两颊凹陷，及膝长袜以上露出的大腿冻得发青。此时，她的朋友侯赛因·泽莫罗迪正坐在他父亲停靠在路旁的橙色培康汽车[1]里。侯赛因的父母都是工薪阶层的穆斯林，他们相当幸运，机敏地抓住了高涨的油价与国王的现代化改革举措带来的机遇。他的母亲每天工作十二个小时，将珠子和水晶缝缀到富婆们的舞会礼服和婚纱上；父亲是出租

---

[1]　培康（Paykan）是伊朗第一台自主组装的汽车的品牌，于 1967 年投入市场。

车司机，但三个儿子都依靠政府奖学金上了一流的私立学校，如果再交点儿好运，很快就能摆脱贫农之孙和贫民窟外迁居民之子的身份，跻身迅速崛起的中产阶级之列。

当父亲开着出租车来接他时，侯赛因看见伊丽莎白独自站在校门口。他明白她站在那儿是因为走投无路。他既没跟父母商量，也没征得任何人的许可，便拉起她的手说："我们走吧。"

xxxxx

伊丽莎白在泽莫罗迪位于南德黑兰的家中度过的五十八个夜晚，将会影响她日后做出的每一项重大决定。这些陌生人心地善良，慷慨地与她分享他们用自己的血汗钱购得的食物。他们彻底摒弃了毛拉的教诲——"犹太人是不洁的，他们碰过的每样东西，按照仪规，也会成为不洁之物"。他们的信仰坚定、纯正：辛勤工作和奉献自我是每个人的命定之事。不过，对伊丽莎白而言，她还领悟到贫富之间，以及舒适安逸与朝不保夕之间的差距，远不及大多数人所理解的那么大；但也意识到复归昔日美好的路途漫长而艰苦，随处可见"也曾尝试者"的尸身；对她这个在洪灾过后困于泥沼的人来说，除了借助极端手段外，别无选择。

三月的波斯历新年那天，伊丽莎白将她的物品装进行囊——一套备用校服、两双袜子和校长捐赠的所有课本——她亲吻了泽莫罗迪夫妇的手，又吻了侯赛因的脸颊，然后转身离去。下午四点，春日出奇地寒冷，街上充满了节日的喧闹。冬日的最后一丝积雪刚刚消融，雪水汇入了道路两旁的小水洼。伊丽莎白用侯赛因给她的几个托曼买了一包水果形状的杏仁软糖，五颜六色的糖块排成几行，装在一个透明的塑料盒里。她用报纸将它包好，在步行前往亚斯花园的整整一个半小时里，始终把它抱在胸前。当她到达时，她的白袜子上溅满了泥浆，白色蝴蝶结也开始松散，但那盒杏仁软糖却完好如初。她对曼佐尔说，她是来见索莱曼先生的。

在主客厅里，亚伦正与六位西装革履的男士、他们衣着优雅的太太和极为乖巧的孩子们坐在一起。跟亚伦坐在一起的男士们抽着香烟，正在就国王与美国政府之间的最新分歧交换意见，事件的起因是美国石油公司拒绝偿还由于进口石油形成的十亿美元债务。太太们紧密地围成一圈，炫耀着各自的项链，挥舞着珠光宝气的手，热议着德黑兰犹太上流社会中条件最好的单身汉——亚伦——如何以及为何逃脱婚姻的羁绊。

在亚伦已近而立之年时，他比大多数同龄人都更久地躲过了迫切待嫁的年轻姑娘之家设下的种种圈套。与他同龄的其他单身汉，要么是太穷养不起家，要么是缺点太多吸引不了他们心仪的那类姑娘。有传言称，其中一两个人将自己与其他男性的暧昧关系看得比结婚生子的责任更重。少数几人被荡妇所骗，家里也不可能允许他们结合。

伊丽莎白走进客厅，下颌微颤，双手握拳，穿着明显偏小的破校服和鞍脊鞋，径直走向亚伦。她年方十五，身高还不足五英尺二[1]，胸部扁平，毫无姿色可言。

她将杏仁软糖敬献给亚伦，放在他身前的桌上，退后五步，双脚并拢站好，双手紧贴在身体两侧。

"新年快乐[2]，"她说，"如果你想要我的话，我愿意做你的妻子。"

---

1 约为 157 厘米。
2 此处原文为 Happy Nowruz，即"诺鲁孜节快乐"，"诺鲁孜节"是伊朗的新年。

婚礼规模很小，在德黑兰北部厄尔布尔士山麓的达尔班德餐厅举行。由于她比女子的法定婚龄小一岁，亚伦不得不从一位家庭法院的法官那里获得特许。伊丽莎白没穿礼服长裙，而是身着白色棉布上衣搭配百褶裙，用腰带在身前系了一个蝴蝶结。她拒绝了所有叔伯婶姨和表哥表姐们提出的帮助，独自去买了这套衣服。那些亲戚曾在她登门时笑脸相迎，留她在家中住了几天之后，他们就变得粗暴无礼，爱发脾气。自此以后，他们只要在街上碰见她，就会迅速看向别处，然后走到马路对面——直到他们听说她即将成为亚伦·索莱曼的妻子，突然间又重新顾念起亲情来，不断邀请她参加午宴、晚宴和购物之旅，还约她同去美发沙龙里泡上一整天。

她倒不是因为怀恨在心才拒绝他们提出的帮助与陪伴。她只是不明白为何要两人一起去买一件衣服；明明梳理十秒钟、再扎一个简单的辫子就足够了，为何要花费一个小时（更不消说一整天）去做头发。她从来不做其他女人和年轻姑娘爱好的事——在时兴的女裁缝的工作坊里花七个小时试衣服，赶着看下午早场的电影，还有每周一次的仪式：将头发浸在啤酒里，然后用发卷裹好，等头发干透再将发卷散开，最后用熨斗拉直。

她在波斯波利斯大道上的一家小时装店里买了衣服，但没告诉店主是要在什么场合穿，花销比起亚伦给她分配的预算金额来说微不足道。此外，自她向亚伦求婚直至他们婚礼当晚的三周里，她几乎没离开"大宅"一步，也不接打给她的几十通电话。她胆大妄为的（不消说甚至是自负的、放肆的，而且——能骗得了谁呢？——完全是恬不知耻的）求婚新闻在几小时内迅速传遍了德黑兰，甚至是最不感兴趣的人也感到诧异，纷纷关注此事。不论是为待字闺中的年轻女子暗中盘算的父母，还是已"嫁作人妇"随即后悔的沮丧妻子，甚至是富庶人家中最懒散的老鸦片烟鬼仆人，人人都想知道怎么竟会有这等事。

一个拥有亚伦那样优渥条件和良好声誉的男人，本可挑选世上任何一个姑娘——只要你开口，我亲爱的，她的父母就会将她放在一个金盘里拱手奉上——为何要选择一个十几岁的孤女呢？她最杰出的才能只不过是解决别人都不屑于做的数学难题而已。

对于直指他的诸多疑问——为什么、为什么、为什么你要娶她？——亚伦只微笑着淡淡一句"为什么不呢？"。

他向伊丽莎白承诺自己将"爱她、忠于她并愿意包容她"，而伊丽莎白对他接受自己的求婚则显得毫不惊讶。

当从黎明破晓前不安的睡眠中惊醒时，他便自我安慰说，他是在为维护索莱曼家族的声誉而尽义务。

这些都是真的。不过话又说回来，真相有许多层次，有些对未经训练的眼睛而言是可见的，有些则不然。

亚伦起程前往巴黎那年——1958 年——是他生命中最美好也最糟糕的一年。四月时，他将童贞献给了他从十二岁上初中时便开始暗恋的女人。八月，他犯下一个错误，向母亲吐露了情人的真实身份。九月，距他在德黑兰的大学开学只差几天时，他被公司的一辆汽车从亚斯花园接走，然后被带到机场。在那里，有人交给他一张机票和一份将他流放的签证。

亚伦的父母对朋友们说他在法国学医。事实的确如此，这在当时也是寻常之事。许多富家子弟都被送到瑞士的精修学校或英国的军事学院读书。一些被送去上学时只有八九岁，也有的是高中毕业，没能通过伊朗的高考，或只是单纯希望能接受欧洲的教育。大多数人都在取得学位后衣锦还乡，迎娶父母为他们选中的姑娘，接管家族企业，或在自己选定的领域内建功立业。少数人爱上了西方世界或是西方的姑娘，违背父母的意愿成亲，之后在欧洲或美国销声匿迹，默默无闻地过日子。

因此，尽管亚伦的离去出人意料，而且与其他留学生不同，他在外四年期间从未返家，但这些都没引起人们的猜疑。伊兹奇耶可不是那种会耽于休假这类琐屑小事之人。再说，亚伦是个极为严肃认真的小伙子，孜孜以求地专注学业，也不会耽于思乡之情或虑家的渴望。

至于他的风流韵事——曾使他父母高度警觉，以至他们将他驱逐到另一片大陆，除非他同意与那个女人一刀两断，否则就不准回来的机密——则始终秘而不宣。

她名叫费列什泰赫·加里卜，是个拥有母鹿般的双眸和沙哑嗓音的妖媚女子。她比亚伦年长十五岁，呃……还嫁给了他的舅舅。亚伦初次见到她时，她正安然裹在一百码长的白色蕾丝裙中，坐在未婚夫家的婚礼华盖下。她二十七岁，是个离异的女人，却完成了几乎不可能的华丽转身——她找到的第二任丈夫，既不是为年幼子女寻找免费保姆的鳏夫，也不是因贫病而无法轻易赢得"如意"新娘之人。

费列什泰赫的第一任丈夫与她离婚，是因为他觉得她不可能忠贞不贰。这取决于你究竟信谁：他要么是个竟会去指责流浪猫与其他男人打情骂俏的偏执狂，要么只是足够敏锐地在意图转变为实际行动前就未卜先知了。

她的第二任丈夫名叫杰伊·盖茨比（曾名贾韦德·加里卜），是个伊朗犹太人，拥有哈佛大学的英语文学学士学位，偏爱丝巾、领带别针和带宽大垫肩的白色西服。上高中时，他的癖好和文雅曾引发一些关于他缺乏阳刚之气的揣测，他为此默默忍受了巨大的痛苦。为了证实自己是个真正的男子汉，他诉诸非常手段，自愿报名去服兵役：在国王治下，尽管服兵役原则上是对所有年轻男子的强制要求，但实际服兵役的只有那些没钱贿赂军官、缺乏动力去读大学或是没法托人走后门的人。两年后，当贾韦德光荣退伍时，他把武器带回了家，置于父母的客厅中展览。这真是个不易的壮举；军方可不希望平民在家中私藏枪支，但贾韦德感到这么做意义重大，因为它将会消弭那些不雅的谣言，使母亲不那么发疯似的想让他赶紧结婚，而且如果走运的话，此举还将为贾韦德争取一些时间和空间去追求他的挚爱：阅读小说和写作诗歌。

他一直以来最喜爱的那本书讲述了一个不起眼的小故事，故事的主人公是北达科他州一座农场里的男孩，名叫詹姆斯·盖芸，他迅速发家致富，之后搬到纽约，改名为杰伊·盖茨比。此书于1925年在美国出版后，几乎马上就被人遗忘了。贾韦德碰巧在学校图书馆里见到一册。几乎从第一页开始，他就感觉像是在阅读他自己和他们民族的故事：那里面有脱贫致富的发展轨迹、新贵与世家权贵间的剑拔弩张，以及对美的渴望（尽管贾韦德当时懵然不知，还有不道德的爱情和对婚姻的不忠）。在从哈佛毕业返回伊朗之前，他将自己改名为了"杰伊·盖茨比"。

xxxxx

当亚伦向母亲坦白他对舅母的爱恋时，母亲斥责费列什泰赫·盖茨比是个有恋童癖的无耻娼妇。他的父亲则指责杰伊是个戴绿帽子的懦夫，连自己的妻子都管不住。不过，亚伦称是他从费列什泰赫婚礼当晚起便始终迷恋她，每晚都梦见她，在六年中每天找各种可能的借口去见她，直到他十八岁、她三十三岁那年的某个夜晚，他发现她独自在家，便痛哭流涕地央求她抛弃丈夫，与他私奔。

虽然他会极力否认这一点，但人们普遍认为费列什泰赫·盖茨比即使在年轻时也非娇媚尤物，那么当亚伦爱上她时，想必更称不上什么绝代佳人。不过，她确实有犹太人所谓的无形特质，即"行为举止犹如上层淑女"。这对任何女性而言，都是对其品行的高度赞扬，尤其是以男性视角来看：这意味着她自信的举止恰能构成一种挑战，但又不致令人望而生畏；她懂得如何着装、用什么颜色的唇彩、双腿交叠到什么角度才能显得热情，但又不致看起来轻浮；她能在满屋子男人面前翩翩起舞而不怯场，甩头发时不显得像个悍妇；多次暗中出轨，也允许她的丈夫这么做，却还能不败坏他们在社会上或国内的名声。

费列什泰赫·盖茨比必定具备上述所有品格，甚至更多——行事轻率就是可以想见的一点——因为她并没和亚伦私奔，而是不时与他在夜晚幽会，地点就在她自己家里，而与此同时，她的丈夫就安睡于自己的卧房中。他们住在莫拉维大道上一栋二层的楼里，离拉兹医院很近。按费列什泰赫的说法，除了生儿育女的失败尝试之外，她丈夫对她再无兴趣；他看到图片里的万宝路牛仔[1]、大卫·鲍伊[2]和英国的查尔斯王子比见到她赤身裸体还要开心。在结婚之初，他便宣称与别人同室而眠就睡不好觉，将自己的床铺搬到了屋里的另一处。

费列什泰赫和亚伦的私情如此持续了五个月，若不是他让良知毁掉了自己的人生，原本还能维持得更久，或许是一辈子。尽管他无时无刻不在期盼每周与费列什泰赫那短暂的幽会，但负罪感和对丑闻的畏惧也在折磨他。他明白，只要自己还与她同处一片天空下，就永远无力斩断情丝。于是，他利用上大学前那个夏天将自己的心掏出来，撕成血淋淋的碎片，还鼓足勇气向父母坦白了罪孽。临行前，他给费列什泰赫写了一封他这辈子写过的最长的信，落款是"今生来世，你最忠实的伴侣"。

1　"万宝路牛仔"（Marlboro Man）是万宝路香烟品牌的经典广告形象。

2　大卫·鲍伊（David Bowie）：英国著名摇滚音乐家，于20世纪60年代后期出道，是70年代华丽摇滚宗师。他具有双性取向，曾公开承认自己的同性性取向。

亚伦与伊丽莎白结婚是因为他迟早都要娶妻，然后繁育出索莱曼家族血脉的继承人；他觉得她太年轻，因此感受不到他的情感缺位和性冷淡；还因为她自身对周遭发生的许多事情，更多时候只是作为旁观者而非参与者。他知道她家人之死与他本人和拉斐尔之妻的世仇有关，于是欣然给予了她一个新住处和一个新家庭。他很喜欢她，足以将她的奇行怪癖当作趣事，而她对他的真挚情感也很讨他欢心。尽管他无法爱上她，但还是一心一意地想完全忠于她。

在伊朗给孩子起西洋名字的做法相当普遍，因此，当亚伦给他们的第一个孩子起名"安吉拉"时，没人警觉起来，甚至都没产生什么联想。实际上，他选择这个名字是因为"安吉拉"是"费列什泰赫"——"天使"——的英译说法[1]。这是亚伦对自己仍悲戚不已的内心给予的唯一让步——随他想说多少遍费列什泰赫的名字也不会引起怀疑——他有意向她发出信号，她依然并将永远是他的挚爱。从他处理个人问题和职业生涯的方式，你倒是看不出有什么非常不妥之处。两年后，当伊丽莎白生下次女时，他为她起名"诺尔"，意为"光芒"。此时，他已将索莱曼公司发展壮大，成为国内同业中的龙头，并树立起公平用工与诚信合作的声誉。他的妻子以其独有的平和方式爱慕着他，德黑兰上流阶层的其他人——犹太教徒、穆斯林和巴哈伊教徒——看似也都颇为青睐他，所以亚伦认为已经万事大吉，他没辜负期望，履行了作为伊兹奇耶继承人的责任，如今只需每天醒来，照常生活和呼吸，过着行尸走肉般的日子。

　　在东方国家，那些遭受了无可挽回的损失的人就是这样：为了能活下来，他们用自己的灵魂换来一副皮囊。

1　费列什泰赫："Fereshteh"是波斯语民族最常见的女性名字之一，其词根含义为"天使"，相当于英语中的"Angel"（安吉拉）。

只有在美国，那些没能将你打倒的困难才会使你更强大。

　　虽然亚伦的孩子们从没有机会告诉他，但在与他相处的全部时光里，她们都能感觉到他心不在焉。多年后，向来能言善辩的安吉拉将她与父亲产生情感交流的渴望比作"试图去骑一匹稻草马，你可以跨上它，鞭打它，踢它，并且随意命令它，你也可以给它喂糖和一满桶苹果，但冷酷的事实是，甚至在开始尽力之前你就已经明白，它永远都不会前进"。

　　母亲"冰女王"伊丽莎白能够接受亚伦在感情上的疏远，但这并不能使安吉拉心里更好受一点儿。他们结婚时，伊丽莎白甚至不满十六岁，也不曾享有正常的童年生活，因此她的举止从不符合常人的生活规范。她步入了有资产者的阶层，但自然不懂得如何像他们那样生活。那类人的妻子对孩子是生而不养的，起初会将他们交由保姆或仆人照料，然后送到欧洲的寄宿学校。那类妻子不会亲自哺乳、给孩子们洗澡或为他们做饭。她留意家中发生的一切，却不为生活琐屑羁绊。她的任务是了解上流社会的处世规则，然后加入他们的行列。她必须始终衣着考究、楚楚动人，还要出现在合宜的场所——高档美发沙龙或裁缝店，在新开业的俄国餐厅进午餐，在达尔班德餐厅吃晚餐——还要跟合适的人物在一起。她必须参加聚会，还要像其他所有人那样频繁地举办派对，在男人们面前表现得精神饱满、兴高采烈。她必须舞姿优雅，制订奢华的旅行计划，购买最昂贵的珠宝首饰。她这样做，便可确保家族的地位与自己的美名，为子女带来美满的婚姻。

　　若是对照上述标准，伊丽莎白就算不及格。她幼年时便表现出的超越年龄的成熟，未随岁月增长或减退。她在十二岁和十八岁时显不出有什么分别，而她似乎也没想得到更多。不论居家还是上街购物办事，甚至是偶尔与亚伦一同参加聚会，她都穿着朴素的布裙和平底鞋到处活动，几乎与她钟爱的校服别无二致。她不会为奢华享受而肆意挥霍钱财，因为她不懂那样做有什么必要；她始终与"哑女"曼佐尔一起在厨房用餐。对于访客带给安吉拉和诺尔的娃娃、玩具手推车和迷你茶具等礼物，她根本不知道该拿它们怎么办。

甚至对于自己只有女儿、没生儿子的事实，她似乎也毫不介怀。当别人善意地问她为何不急着给亚伦生一个继承人时，她看起来当真困惑不解。当被告知女儿当不了继承人时，她就更搞不懂了。

或许，孩提时她塞进自己头脑中的所有那些数字、数据和事实，没有为老派的有用常识留下任何存储空间。

或许，她的确在尝试生儿子，但没能成功。或许，亚伦对她失去了兴趣。又或许，她不想冒再生女儿的风险。一个女儿已经够糟的，两个简直糟透了；而说实在的，三个将会是灾难。

事实上，亚伦和伊丽莎白都没渴望有继承人，也不觉得有必要再扩大他们的家庭。他们各自都失去了太多——他失去了此生的真爱，而她失去了原本的家庭；他丧失了再爱上别人的能力，而她则失去了读大学的毕生理想——因此，他们除了已从命运和境遇中艰难得来的点滴满足之外，再也别无他求。

只是，他们还没明白一个道理：你向上帝索取得越少，他就越是吝惜赐予你东西。他很擅长这么做——在正要干涸的井水里下毒。

无论亚伦相信与否，上帝在亚斯花园投下的毒药正是"鳌妇之叹"。

每隔几周，拉斐尔之妻就会拽着她所谓的儿子来这里。她会在大门口，一直揿着门铃，直到有人来应门；等得越久，她的尖声咒骂和污言秽语就越多。

"让我进去，你们这帮婊子和臭狗屎，"她在门口尖叫。"快开门，你们这些惯盗，你们偷走了我儿子的继承权，还把我们丢到阴沟里。快让我进去，不然我就诅咒你们的孩子，让她们不得好死。"

街坊邻居和经常出没的街头小贩们都认识她，也知道她的故事；他们要么对她的暴怒熟视无睹，要么冲她大叫，要她闭嘴滚到别处去。路过的陌生人会停下脚步，打量着她和男孩，问明情况，随后难以置信地摇摇头，轻蔑地盯着她，仿佛在说他们知道她在撒谎。任何人都看得出，拉斐尔之妻太瘦太黑，根本吸引不了任何异性与之交欢；而且她的年龄也太大，根本生不出她声称是拉斐尔之子的那么年幼的男孩。

她手中紧紧攥着一个脏兮兮的白色塑料袋的袋口，这袋子闻起来就像死羊的内脏。她很警惕地守着那个东西，仿佛害怕它会被人偷走。只要她一到，就会有个女仆跑去开门让她进宅子来，以免她在大街上吵闹。她抢在女仆前面，大步流星地走进"大宅"，随后驻扎在主客厅里等待亚伦。倘若伊丽莎白想要跟她说话，拉斐尔之妻就会朝她啐上一口，骂她是"没娘养的荡妇"和"疯子的女儿"。如果曼佐尔拿给拉斐尔之妻一盘吃食，她会将它踢落在地，要是儿子胆敢伸手去够，她就打他的手。她只想跟亚伦说话，还威胁说她会一直等着，如有必要会等上一天一夜——只要她还有一口气在，或者除非他同意让她儿子随父亲姓，否则休想避开她。

亚伦毫不怀疑——不论在哪个方面——他对这个女人和这个男孩都并无亏欠，但他也不是铁石心肠，并非毫不在意别人的评判，所以他不会无视寡妇袜子上的破洞、男孩鞋上的泥巴和他们身上散发出来的公厕味儿，因为他们的住处没有室内管道或化粪池。每次她一来，他都会给她付房租和买食物的钱，还同意付孩子的学费；倘若不像拉斐尔之妻那样，认为亚伦只不过是归还本该属于他们的钱，这或可算得上慷慨之举了。

随着年龄的增长，拉斐尔之子渐渐明白，他们的那些造访只会带来耻辱与羞愧。为此，他讨厌母亲像携着一个耻辱的标记那样带他东奔西走，还拎着旧塑料袋，里面装着钱、钥匙和她值得保护的仅存物什。她把他的出生证装在衣兜里随身带着，每天会掏出十几次向愿意听她故事的任何陌生人展示。

就在那儿——她指着本该写着他姓氏的地方：

名：拉斐尔之子
姓：无

出身：私生子

1975 年某个夏日的午后，她来到亚伦家，显得疲惫而绝望，并且一副随时要发作的样子。如果拉斐尔之妻对她身边这个男孩的血统和身世没有撒谎的话，那么他当时该有十二岁了，脸上看似不带丝毫感情。在"大宅"里，拉斐尔之妻在亚伦面前挨着沙发边坐下，将袋子放在腿上，却仍紧握着它，然后一把攥住儿子的胳膊，想让他也坐下。可他始终站着，双手插在衣兜里，眼睛牢牢盯住地面，好像一根愤懑的柱子。

"你要送他去上学吗？"亚伦开门见山地问，提到男孩时仿佛男孩并不在场。

拉斐尔之妻讥笑道："我们头上几乎连个屋顶都没有，我们吃的东西连狗都不碰，我们需要的是新衣服和新眼镜，可你却问上学的事？"

亚伦身穿量身定制的西服和印有他姓氏首字母的衬衫，坐在一张罩着丝质椅套的天蓝色扶手椅中，木质的椅子腿上漆着金粉——这是伊斯坦布尔托普卡帕宫[1]中展出座椅的复制品。他徐徐地摸出一支香烟，点上它，吸了一口，吐出烟气。

"我已经告诉过你，他的学费付过了。"他说话时根本就没看她。

听到这话，拉斐尔之妻丢下塑料袋，将指甲深深嵌入儿子的手臂里。

"你告诉过我？"她将一腔怒火猛喷向亚伦，同时用力摇晃着那

---

[1] 托普卡帕宫 (Topkapi Palace) 坐落于伊斯坦布尔一个充满历史遗迹的半岛海角上，是昔日举行国家仪式及皇室娱乐的场所，也是历任苏丹工作和居住的地方。

个目瞪口呆又茫然无措的男孩。"你告诉过我？"她松开他的胳膊，抓住儿子的后脖颈，将他的脸推向前方，仿佛它与身体其他部分是脱节的。"你看看吧！他都快瞎了。我没法给他买新眼镜，因为我没钱。"

她松开男孩，又从地上捡起塑料袋，一股脑儿地倒在桌上。两打生鸡爪被倒在打磨光亮的木质桌面上，有些是淡粉色的，其余的则令人恶心地泛着黄。

"这个！"当腐肉的气味升到空中时，她尖叫道，"这就是我们的晚饭。屠夫免费送我们的，因为别人都不要。"

亚伦无动于衷地看着她，随后瞥了男孩一眼，他正一声不吭地站在那里瑟瑟发抖。亚伦将手伸进衣兜，掏出一叠一百托曼的钞票。他数出十张，然后把它们搁在拉斐尔之妻面前的桌上。

"拿去，"他冷冷地说，"但你要明白，你永远都不会从我这儿得到你想要的东西。"足有一分钟，两人彼此逼视着对方。之后，亚伦缓和了一下语气，又瞥向男孩，对他的母亲几近恳求道。"你必须明白这一点，"他说话时仿佛是在恳请能唤醒她的常识，"不论你想要什么，心情多么迫切——你都必须明白，在这个国家，在这个时代，你和你的同类要跟像我这样的人斗，想都别想。"

奇怪的是，词句在被说出口的那一刻显得那么微不足道；但随着时间推移，其潜藏的力量终将被证实是多么野蛮和凶残。在亚伦看来，他无非是宣告了一个显见的事实——甚至对拉斐尔之妻来说也是个务实的建议，这样她就不会白白浪费时间，让儿子去追逐他永远得不到的东西，因此毁了他的一生——但那句话对她来说，却变成了宣战的挑衅。

那晚在"大宅"里，她怒视着亚伦，直到眼里开始涌起泪水，然后她说："你很快就会知道我们这类人的厉害。"

十几岁时，他在许多个夜晚摸黑爬进费列什泰赫为他留的没上锁的门，爬过仆人的卧房，然后爬上楼梯，经过她丈夫的卧室，有时甚至还经过她公婆的房间；在所有那些夜晚，当他在欲望的驱使下颤抖着爬行，为求取欢乐甘愿赴死的时候，当他溜上她狭窄的木床，她已袒胸露腿，恣意饥渴地等在那里时；在所有那些夜晚，当他们自以为正独享二人世界，安然超脱于他人的评判之外时，拉斐尔之妻就在那里，她躲在杰伊·盖茨比家院子中阴暗僻静的地方，观望着。

"你那么看重名声，"她说话的语气已不再绝望，"可如果我开口把你和那个同性恋的老婆做了什么告诉别人的话，你的名声就连粪土都不如。"

有时，你伤害别人是想为自己谋得利益；而有时，伤害别人只是为了给对方招致痛苦。多年来，拉斐尔之妻对付亚伦时始终用的是第一种思路，但未能奏效。这次，她要试试另一种。

在"大宅"里，她对亚伦说，她当然什么事都会搞清。她曾是拉斐尔的看护人，当他体内发出的光亮开始燃烧，鬼魂和夜行动物将他引到屋外时，她便彻夜不眠。她不得不经常追着拉斐尔跑到街上，犹如母亲跟踪她任性的孩子。她自然会看到亚伦从亚斯花园偷溜出去。

如今，她意识到自己只有一个撒手锏了。如果她以公开羞辱亚伦相威胁，而他却拒不屈从的话，她唯一的选择就是兑现诺言。

"你是想声名狼藉，"她问，"还是想要你的'阿比路'？"

又是那种气息——芬芳的雨露在午夜坠入湖中——好似动物进行某次没有回头路的地理大迁徙前夕，被无形的力量激发出来的那种气息。它迅速扫过房间，宛若拂晓的和风唤醒了熟睡的婴儿与娇羞的新娘，将空气中的动物腐肉和心灵创伤之气涤荡一新，将受制于拉斐尔之妻的未来清晰可见地呈现在亚伦面前。

她本以为她是在逼视亚伦，因为他们正四目相对，但是光线太晦暗，而她又近视得厉害，因此看不出他凝视的目光中其实空洞无物，全然心不在焉。

渐渐地，一个关于亚伦·索莱曼和他舅母的谣言开始传开，内容骇人听闻，令人发指，就连复述它都是一种罪过。似乎是拉斐尔之妻这个疯婆子和她的野杂种（她干了什么——捡了个孤儿？从他父母身边偷走了孩子？反正肯定不是她亲生的）在到处活动，她把手放在她能找到的各种圣书上起誓，曾不止一次亲眼所见……呃，若再说余下的内容简直令人作呕。

起初，这就只是一个关于传闻的谣言。当它被重复了足够多次以后，就渐渐从一件不太可能的事情变成了恼人的质疑，继而演变为恶毒的怀疑，名誉轰然内爆迸发出的全副力量，重击着杰伊·盖茨比的灵魂。一时间，过去关于他长久盯视其他男孩、调情般地元弄自己丝巾边儿的闲言碎语又活跃起来，并再次被人细究。人们纷纷揣测，会不会是因为他无法满足自己的妻子，以至于她去向别人寻求慰藉？他是否已知这段风流韵事，却睁一只眼闭一只眼？他在某些夜晚没发觉家中有客，是不是因为自己也正忙着寻欢作乐？

杰伊·盖茨比的毕生精力和屡次牺牲都是为了维护他的名誉不被同性恋的指责玷污。盛怒之下，他斥责妻子竟会如此出格，才使别人产生这般恶心的念头。情况本已够糟的了，可他始料未及的是，局面还将愈演愈烈。

她原本可以道歉，保证改过自新，让他的怒火仅止于老婆招来了不实的谣言。然而，她却告诉他事实的确如此，那些全是真的，甚至包括她和亚伦是情人，他们就在他隔壁的房间同床共枕。一切都千真万确，因为他，杰伊，不是个真正的男人。

多年以后，伊丽莎白仍能听到黑暗中的电话铃声。那是在 1976 年 10 月 31 日，周日。在亚斯花园，女儿们已经入睡；仆人们结束了当日的工作，回到了自己的住处休息。伊丽莎白坐在主卧室旁边的休息区，全神贯注地阅读一份附带图纸的英文工程报告，内容是关于美国 1938 年建造的第一台可循环冷却的液态推进火箭发动机的。设计者詹姆斯·H. 怀尔德于 1953 年逝世，终年四十一岁；不过在此之前，他设计的发动机已升级更新并投入使用，首次成功突破了声障[1]。

伊丽莎白阅读科学书籍和工程报告就如同别的女人读小说期刊与《简·爱》《悲惨世界》的每周连载译文似的。自十五岁辍学时起，她的未来便已脱离原定的轨道，但这毫不影响她与自然科学保持联系的方式，比方说：她为溺亡的弟弟们发明创造的数字语言。她教"哑女"曼佐尔书写的词句——它们在旁人看来像是一大堆随机数字或是无法突破的线性迷宫，但对伊丽莎白而言却是有含义、有情感的诗歌。

电话响了两次，停了，随即又响起。伊丽莎白从椅子上起身，伸手去拿听筒，但她中途停下，转而望向窗外：她上一次凝视窗外时，天空透着德黑兰秋日的那种明亮的蓝黑色，当时空气干燥，漫天繁星

1　声障（sound barrier），又称音障，是指飞机等在飞行速度接近声速时，会出现的阻力剧增、操纵性能变差等现象。

一路铺撒在地平线上。此刻，一道厚重的湿气如同暴风雨前的浓雾贴覆在玻璃窗外。透过窗户，在她看不清的地方，波浪正穿越暗夜滚滚而来；电话铃响的时间越长，波浪也聚得越高，变得愈发响亮。

她握住听筒正欲将它拿起，突然感到被某种类似闪电的东西灼伤了手掌。她松开听筒，将手挪开，可电话仍响个不停。

"接呀。"五岁的安吉拉命令道。她穿着睡衣，光着脚站在门口。

电话铃已响了九次……十二次。伊丽莎白知道，在她接起的那一刻，潮水将会打在房屋的墙壁上，然后推倒它们，冲走沿途的一切。

"接电话，快啊！"安吉拉跑向电话，"可能是——"她正要说"爸爸"，但伊丽莎白拿走了她手中的听筒。

一个略带外省口音的陌生男子在电话里冲口而出："这是已故的亚伦·索莱曼先生家吗？愿上帝保佑他的灵魂。"

枪击发生在晚上 7 点 30 分，地点是索莱曼公司大楼顶层亚伦的私人办公室，它位于巴列维大道，马路对面是公园。据军警事后推断，杰伊·盖茨比行动迅速，且非常精准：在他走进亚伦办公室六十秒内，人们便听到了第一声枪响，那一枪摧毁了亚伦的半张脸，残余部分也已面目全非。秘书听到后，赶紧朝远离枪声的大厅另一头跑去，她的尖叫声比火车的汽笛声还响，所有男职员闻声都跑出办公室，飞奔到亚伦门前，却发现门已被人从内侧反锁住了。

在有人能破门而入之前，身高六英尺三[1]、体重一百八十磅[2]的杰伊·盖茨比已将他那具精瘦匀称、被呵护备至到令人不安的身躯从顶楼的窗户撞了出去，他的身体向下坠落，几乎已与头分离，一直跌到七层楼下两旁栽着悬铃木的人行道上。盖茨比用枪杀妻子传闻中前任情人的方式证明了他的阳刚之气以后，想必曾在饮弹自尽与跳楼自戕之间摇摆不定。或许，他把枪口塞到嘴里，在扣动扳机时手却发抖了；又或许，当他走近窗户时枪支意外走火了；但不论是哪种情形，总之，当他坠落到巴列维大道上时，脖颈已被炸开，脑袋靠仅存的一丝韧带勉强连在身上。

1　约为 190.5 厘米。
2　约为 82 千克。

在亚伦被枪杀当晚，伊丽莎白接听着那个男人的电话。"对，这里是索莱曼先生家……对，我是他的遗孀。"是的，她将开始准备他的葬礼。之后，她挂断电话，站在自己的床榻旁，垂头凝视床头柜和电话机。就连小安吉拉拽着她的手，大声喊着她的名字问"是谁"的时候，她也纹丝未动，一言不发。

若非"哑女"曼佐尔及时赶来救场，安吉拉肯定会尖叫到歇斯底里，而伊丽莎白或许会变成盐柱[1]，永远定在原地。曼佐尔不需要别人告知详情，就能从伊丽莎白那空洞无神的目光中读懂，伊丽莎白再一次彻底茫然无措，陷入无尽的孤独。

她出门时穿着她整日在家穿的那身衣服。那时已是午夜，要到几个小时后才能找到拉比或发布讣告，但她确实知道自己该去哪里，因为她曾在另一场水灾时到过那个地方。

墓地有数百年历史，地上没有铺路，位于离城很远的一座山坡上，这样能避免污染到穆斯林脚下的土地。直至礼萨·汗到来以前，犹太人都被驱逐到聚居区中居住，因为按伊斯兰教的仪规，他们的宗教是不洁的，穆斯林被他们稍碰一下就会受到污染，因此从不允许他们扩建墓地。无奈之下，他们只得将逝者在地下叠放了十多层，这倒是有助于保持家族的完整性。但在想要埋葬新来的逝者时，会发生令人不快的意外，掘墓人的铲子也许会戳到已故的父母或令人怀念的宝贝孩子。当一个男孩问伊丽莎白为何前来时，她只说了一句："我想确保你不会把他放在我的孪生弟弟们上面。"

丧葬承办人解释说，墓地是按照父系家族安置的，只有已婚女人

---

1 原文为"turn to salt"，源自《圣经》中罗得之妻不听天使警告，在逃难时回头一看，变成了盐柱。

和嫡妇才会与丈夫合葬，其他所有人只能和自己的父亲埋在一起。

"回家准备守丧去吧。"男孩建议道。他这么说既是为了帮助伊丽莎白，也是为了让自己能多睡上几个小时。

她一言不发，只是站在棺材旁边，垂头盯着自己的双脚。雨水顺着她的头发和衣服滴落下来，犹如一头悲痛欲绝的巨鲸之泪。

验尸官签署死亡证明时，并未提及是他杀或自杀，之后便直接将尸体送到波黑什帝尔下葬。由于两位死者都是拥有一定社会地位和财富的男人，所以大家都明白公开宣布的死因将会是"不幸的意外"。"自杀"只会出现在窃窃私语中，而"他杀"在有关他们的任何言谈中都是禁忌。因为这是众所周知的事情，所以它又成了必须严守的秘密之一；倘若这场雨能止歇的话，就等于是帮了所有人的忙，因为那将足以保守秘密，使两个家庭都免于诸多尴尬与痛苦。

当电话铃声响起时，伊丽莎白本以为她听到的是海啸以时速一千英里迫近的凶兆，但那实际上是平地突起的雷雨云炸裂的响声，云层聚拢在亚斯花园和安宁大道上空，一直蔓延到巴列维大道和伊丽莎白与亡夫之间的每一寸土地，甚至在她接到死讯之前暴雨便已倾盆，昏天黑地的，气势堪比《圣经》中的滂沱大雨。[1]

一连三天，雨势丝毫未减。雨幕中的天空灰白一片，如同暴风雨中的海水那般浑浊晦暗，白昼时暗淡无光，夜晚则黑暗沉重得像是在棺木里。波黑什帝尔那位年轻的丧葬承办人好像被嫉妒的女王给诅咒了似的，从他世世代代的祖先手中继承了这份职业。他特别仔细地用

---

1 据《圣经》记载，耶和华"见人在地上罪恶很大，终日所思想的尽都是恶"（创世记6:5），于是说"我要降雨在地上四十昼夜，把我所造的各种活物都从地上除灭"（创世记7:4）。

碱液清洗尸体，用多余的长袍将它们层层包裹起来。他选出破损程度最轻的两副棺材来成殓逝者，把它们运到墓地，然后走到外面去掘墓。

他刚在地上掘出一点凹痕，雨水便将一铲子泥土冲回去填平了。第一天过后，土地太过湿软，就连走上去都会陷到膝盖。翌日夕阳西下时，墓碑都漂在泥淖里。第三天早上，一场泥石流将许多泥土从墓地上冲走，尸体露了出来，向山下漂去。

在一片混乱之中能看到腐烂的裹尸布，凸起的头盖骨从土里冒了出来，像鱼儿一样快活地漂游着。唯有一幕比这更加触目惊心，那就是亚伦的遗孀——年纪轻轻却怪想联翩的天才，她能全凭记忆绘出宇宙飞船的发动机，却不能指挥厨子烹饪一日的饭食——她穿着朴素的薄毛料连衣裙和鞍脊鞋，站在掘墓人的木屋里注视着一切。她仿佛是某样从船舷边坠海的物件，对风吹雨打都无动于衷，当可怜的男孩一再保证他将在能举行葬礼的第一时间通知到她时，她也置若罔闻。

到了第四天，国内首席拉比——拉布·耶胡达召集了一小队人马去寻回流落的尸体和被冲走的墓碑，然后将它们各归其位，放在用石头压住的防水油布下面。他们在索莱曼家族的墓地附近支起一顶帐篷，用临时搭建的水坝阻住泥沙，赶在雨水还不及将帆布和用于固定帐篷的杆子与绳索全都冲垮之前，迅速把亚伦放进墓穴里。他们也用同样的方式处理了盖茨比的尸身。随后，拉布·耶胡达用他有生以来最快的速度宣读了送走死者的祈祷词，高声哀叹为亚伦这样一位"伟人"送葬的人如此寥寥，却对盖茨比不置一词。最后，他宣布葬礼结束。

"回家吧，"他轻拍着伊丽莎白的肩膀，"逝者不复归。"

他不必对费列什泰赫·盖茨比说什么，因为她根本就没在杰伊的坟墓附近，甚至根本没在墓地现身。她要么是躲在家中等待雨停，要么就是由于丧尽"阿比路"而被迫隐居了，免得抛头露面。若是如此，那可能会是这个愚蠢荡妇几十年来最明智的想法，这对伊丽莎白来说也未尝不是件好事。

拉布·耶胡达开始对伊丽莎白咕哝着他重要宝贵的建议："你也不是完全没被丑闻玷污，我亲爱的，因为你的丈夫放荡度日，还有关于那个'布什尔的黑母狗'的问题，我记得别人是这么叫她的吧。是该到结束这场战争的时候了，在她再次叹息之前，给她点儿东西，让她离开或是闭嘴，但愿这次别让她夺走你的孩子。"

从没有任何人问起，因为也没那个必要——答案再显见不过，就连乡下的白痴都能自己琢磨出来——伊丽莎白在八岁时初遇亚伦便对他死心塌地，自此从未罢手，甚至在当他现在浑身湿透地下葬时也未能释怀，但她这样其实是有原因的。你不必了解弗洛伊德的理论也会发现，亚伦具备了伊丽莎白的父亲所缺乏的每一样东西：自信、力量和英俊，还有假如房子失火能迅速逃生的能力。除了这些特质以外，他还拥有相当殷实的家产、全方位的社交魅力和令人肃然起敬的名望，此外你还能再列举出一千条理由。

她最初倾心于亚伦时还是个孩子，当她把自己献给亚伦时则是个孤儿，尽管如今她已是两个孩子的母亲，尽管她竭尽所能去完成为人妻和为人母的历程，却从未甩掉让亚伦彻底顶替自己的依赖心理，他不仅是一个能代替她的成年人，更是一个使她能与外界保持密切联系的人。

当拉布·耶胡达步履艰难地缓缓下山走向他的汽车，当掘墓人把空棺材、手推车和铲子全都拖走时，雨势渐渐减弱。此后的一小时里，正当伊丽莎白终于离开她守望的地方时，雾气渐渐散去，阳光照亮了山麓和城市，这座城市已将其内里倾吐一空，此刻满目疮痍，凌乱不堪，亟须一条新出路。

亲戚们没来参加葬礼，事后他们纷纷声明根本不知此事，但还是抢在天气干爽后的第一时间在亚斯花园外排起长队，带来哀悼和问询，向伊丽莎白和她的女儿们表达关切之情，也愿意提供建议和帮助。因为你知道吗，你太年轻，又太天真，现在还不懂这些，可世上尽是江湖骗子和狡诈的勒索犯，这个城里的其他所有人都正千方百计想从你丈夫的财产和利益中分一杯羹，一个女人带着两个女儿，你又能怎么办？我猜他也没写遗嘱吧，他怎么会写呢？像他那么个年轻人，怎能料想到盖茨比会失去理智，向他开枪呢？这种事只有书里才有，真的。可你必须分清敌友，否则就会跟女儿们一起被赶出去，孤独地流落街头，名下连一分钱也没有，只不过成为又一个在风中喊冤的寡妇罢了。

　　亚伦的遗孀和女儿们很可能面临他曾迫使拉斐尔之妻和她儿子遭受的相同命运，人们对此并无争议，也不认为她们的下场特别悲惨，因为这是早已司空见惯的事；人们也不觉得这极其不幸，因为在亚伦结婚的候选对象中，本来有一大批人比伊丽莎白资质更佳，也更为出色，而她自己已从那些人手中把好处都抢走了。大家真正关心的——甚至在亚伦被抬上验尸官的卡车之前——是他的远亲和新老生意伙伴们会如何猛烈地互相攻讦；还有伊丽莎白接招时那种头脑冷静、看似不动声色的态度。

葬礼之后她回到家，拿起一把剪刀对准头发，"刺啦"一下绞断了辫子，然后用报纸把断发包起来，装进匣子。当天晚些时候，她把头发交给了查姆杜尼，他是个身材矮小的古怪男人，常拎着一个破旧的公文包到处转悠，以买卖女人的头发为营生。大部分头发是他从女尸上偷的——包括没人敢认领的妓女、老寡妇和政治犯——他贿赂公共停尸房的看守让他趁夜潜入，之后把头发卖给北德黑兰那些时髦高档美发沙龙的假发制造商。伊丽莎白交给他头发时没做任何解释，而他无需超凡的洞察力也能明白，一个年轻女子舍弃她仪容中如此重要的组成部分究竟意味着什么，也明白她的脸为何蓦然间刻上了中年人的笑纹和鱼尾纹。

她将在墓地穿过的衣服和鞋子丢进垃圾箱，锁起了主卧室，在亚伦的居家办公室里给自己搭起一张窄床，着手为守丧仪式布置房子。不出几个小时，窗户玻璃、镜子，甚至连带相框的照片，都被蒙上了黑布。家中禁止播放音乐，并切断了电视机的电源。每个人——包括伊丽莎白、女仆们、五岁的安吉拉和三岁的诺尔——都一身黑。当第一批访客到来时，伊丽莎白已然长大、变老，成长为她从不指望成为的妻子。

她将这些记在了拉斐尔之妻的账上。

伊丽莎白带着她那副人所共知的旁观者神情，感谢善意的人们提供的良好建议以及他们想要帮忙的意愿，可你能感觉到她并没认出任何人，也不记得他们跟亚伦是什么关系。想必没有丝毫迹象表明她打算给他们中的任何人致电，或是依赖他们的帮助和建议。男人们因此受到鼓动——她显然对未来毫无头绪——女人们却很警醒，因为她们更懂得女人心，如果她毫不惊慌，早已准备抓住一切机会来捍卫女儿们的继承权免遭恶狼的侵犯，那她必是打定了主意。

她不信教，除了犹太教的哀悼祈祷词之外对希伯来语一字不识，祈祷词是她在家人溺亡后学会的（尽管大家不允许她念，因为她是个女人）。她坐在女人聚集的那半间屋子的前排，目不转睛地盯着一位冒牌的拉比，他是被请来做祷告的，从黎明一直做到了天黑之后。他的白胡子又长又脏，嘴唇开裂，他只在必须上厕所时才停止进食，讨厌与人目光相交。他轻轻地前后晃动身体，咀嚼时的咕哝声极为轻柔。他总是盯着别人的手看，仿佛是在鼓动他们变出钱来交给他。说不定，他那张永远都在反刍似的嘴会突然诵读起当天的新闻或冒出污言秽语，又或将他饱受糖分摧残、满是烟渍的那颗仅存的牙齿浸在源源不断的加糖红茶和滚圆多汁的枣子里，可他却是你在这种时候必不可少的同伴，他对伊丽莎白来说似乎有种特殊的魅力。

后来她说，他让自己想到内心安定之人会是什么样子的。

不过话又说回来，内心不安定本身就有许多危害。你只消提起拉斐尔之妻的名字就会赢得这场论辩的胜利，尽管那个女人自己被野心过分蒙蔽，根本无法理解这个道理。那些厌倦了看着她自取毁灭的人曾多次试着跟她理论：亚伦愿意给予她的那一小部分聊胜于无；让她儿子舒坦地当个私生子总要胜过受穷；她本该编造一个能自圆其说的故事，即使那无法将她儿子置于索莱曼家族的财富中心，也至少并非全然不可信。

然而，即使拉斐尔之妻或许曾一度厌倦代表她那个目光斜视、沉默如退休数学老师一样差强人意的蹩脚货儿子从事西绪福斯[1]般的事业，那么当杰伊·盖茨比在亚伦办公室关上身后的房门十秒钟之后，那种厌倦感便永远消失了。且不说看到敌人死去时的欢欣鼓舞，也不说她发现自己力量所及时的欣喜若狂，就论如今亚伦不在了，而与他亲缘关系最近的第二男性继承人又只是个远房亲戚，那么拉斐尔之子成为继承人已是顺理成章之事。

1　西绪福斯（Sisyphus）是希腊神话中的人物，由于他触犯众神，众神为了惩罚他，便要求他把一块巨石推上山顶，而每当巨石到达山顶时就会再次滚下，让他前功尽弃，于是他不得不反反复复、永无止境地做这件徒劳无功的事情。

拉斐尔之妻很识时务,没在守丧仪式那一周露面,但这之后她没打算给伊丽莎白多留哪怕是一天的喘息机会。她几乎就站在街角那儿向世人高叫,正是她——被虐待的寡妇——让"灾祸"成为索莱曼家的家常便饭。她还得寸进尺,传话给以前在布什尔的家人。她曾经非常急迫地想甩掉那些亲戚,和他们十多年都没有任何来往。她没有他们的地址,也不知道在当地政府开始强令每个人必须拥有姓和名以后,他们都为自己挑选了什么姓氏。

"去找犹太屠夫[1]," 她对德黑兰-布什尔巴士线路上的年轻巴士司机说,一边往他手里塞了几张皱巴巴的钞票,"告诉他们,从现在起,拉斐尔·索莱曼未亡人的儿子随时都能只凭他兜里的零钱,就倒卖他们所有人的店铺。"

她心里盘算着,既然亚伦这个拦路虎已经不在了,她该去民政部为儿子申请一张新的出生证。在其他觊觎者有机会采取行动之前,她将代表儿子向法庭提起诉讼——这在亚伦活着能动用他的影响力时是办不到的。若是在十年前,她可能会完败于挑战拉斐尔之子权利的男人,不论他是谁,也不论真相或他的声明的公正力如何。不过,20世纪70年代的伊朗与十年前相比,变得更加善待妇女了——至少纸面上如此。

这一切对于生活在南德黑兰的女人来说,或许过于野心勃勃。她和儿子合住在一间租来的房子里,那种老式房屋带有下沉式院落和室外公厕,靠便携式煤油灯供暖和做饭。邻居大多是从偏远省份迁来的穆斯林;他们抛弃了世代耕种的土地,来到德黑兰寻找更好的工作机会和更高的薪水,但最后往轻里也可以说却发现自己被这座大城市及

---

1 此处原文为 "kosher butcher",意为按照犹太教规供应洁净肉食的屠夫。

其全部的残酷和诱惑给压垮了。与这些人相比，拉斐尔之妻和她儿子算得上相当幸运了：她在拉兹医院当护工，还能从亚伦给的月钱里省下一些，外加他仅仅是为了避免她在亚斯花园高声叫嚷偶尔多给的钱。他还向礼萨·汗学院的校长直接支付了她儿子的学费和购买校服与书本的钱——确保资金用于那个私生子的教育，而不是被拉斐尔之妻挪作他用。

倘若她接受自身的局限，放弃自己的期望，本可过得更加快乐，也能教导儿子更好地做人。然而，拉斐尔之妻与伊丽莎白·索莱曼一样，不愿只是一味屈从。她不会将自身与周围随处可见的那些牙龈黢黑、骨质疏松的驼背老奶奶们相提并论，也不会将儿子视作赤脚的乡下男孩，或是得到一份为富人新建的豪宅砌砖的差事便会认为自己很幸运的毛头小子。

没人想得明白，拉斐尔之妻为什么认定她自己有权得到比命运安排得更多。

但有一点是清楚的：对应的，权利的天然观念引发了她的一系列行动，从而导致了所有的破坏，无论那种感觉有多么不切实际，她都认为自己像任何一个快乐的富翁那样，有权走在上帝的乐土上。

革命运动往往是这样开始的。

她无须等上太久，便可与伊丽莎白一较高下。拉斐尔之妻早已准备停当，要在亚伦葬礼后的第八天发动攻势。第七天晚上，她嗅到了海水和所有海洋生物的气息，于是出门探查它的来源。她发现伊丽莎白就站在门口。

从拉斐尔之妻最后一次见到伊丽莎白至今，她身上唯一没变的是那双月长石色的眼睛，还有对不可避免的事态流露出的"不计一切代价"的眼神。

拉斐尔之妻对伊丽莎白的出现深感震惊，认为自己可能遭到了偷袭，即将为亚伦之死付出某种代价。她偷偷向周围扫了一眼，找寻值得警惕的征兆，然后本能地转向屋子，唤来儿子。让她倍感沮丧的是，伊丽莎白觉察到了她的恐惧。

"我不想伤害您，"她恭敬地说，"我是来讲和的。"

那种态度恳切的老一套又来了。伊丽莎白身上那种"即使我想撒谎可也不会"的天真劲儿令别的女人对她起疑，简直把拉斐尔之妻给气疯了。她感觉到儿子从背后走过来，站在她身旁。她将一只手搭在他肩头，仿佛是要站稳身子，然后花了几秒钟来寻思恰当的语气。最终，她决定使用讪笑加讽刺的口吻。

"你们这种人就是这样，"她说着，脸上裂开一个勉强的微笑，如同做了个鬼脸似的，"当你什么都没了的时候，才会来求和。"

她们站在距离出租房子门口几步远的窄巷边，路旁的明沟里充斥着垃圾和流浪动物粪便的恶臭。尽管天色已暗，大多数邻居仍待在室外，避开迅速蔓延的霉菌、腐烂的地毯和家具、潮湿的灰泥、摇摇欲坠的瓦砾和孩子们破烂的课本，还有连续三天降雨带来的溺亡野猫的残骸。他们都看到伊丽莎白坐着她那辆梅赛德斯轿车来了，这会儿又在观望她和拉斐尔之妻的交战。

当然，伊丽莎白对此丝毫未觉。

"我的确失去了丈夫……"她刚开口便被拉斐尔之妻打断。

"哼！你丈夫！失去他对你来说根本就不算什么。"她觉察到伊丽莎白愈发迷惑不解，"你可能还不知道吧，因为你的驴脑子还不明白，但你已经彻底输了。你是个没儿子的寡妇，没人会对你表示一丁点儿怜悯。你跟你的兔崽子们会被赶出那座宅子，就像我当年被赶出来那样，而现在将要赶走你们的，也是当年被赶的那个人。"她紧紧钳住儿子的肩膀，使他不由得蹙起眉。"他会像你丈夫当年对我那样对你。"她再次使劲儿晃他，直到他挣脱开去。"那人就在这儿。好好看看吧。如果我带他去见你那么多次，你都从没注意过他的话，你现在总算看到他了吧。"

她气得呼呼直喘，满足感像电流般刺激着身体。她的兴奋劲儿似乎吓住了儿子，也令伊丽莎白更加困惑。

"您瞧，"伊丽莎白开了口，尽管拉斐尔之妻勃然大怒，她却仍很恭敬，"我不清楚您跟我丈夫之间斗争的真相。我不是始作俑者，也根本不想搅和进来。"

伊丽莎白刚来时天色就晚了，此刻更加昏暗。未铺地的巷子里没有树和街灯，在这片灰暗背景的映衬下，她那辆汽车的白色显得愈发刺眼。大约有十几个男人和女人正聚精会神地观望着，唯有烟头末端的火星照着他们的面孔。

"你根本不想搅和进来？"拉斐尔之妻尖叫一声，好像有人从背后捅了她一刀似的。

她的叫声使看客们凑得更近了，巷子里的人也越围越多。结果，耻辱感激怒了她的儿子。他虽然没有退进院子，也没有关门，却尽量远离母亲。他站在那儿，眼睛眯成一道缝，用右脚的鞋尖猛戳地面。

"我是来讲和的，"伊丽莎白重申道，"我会尽量满足您，不计一切代价。"

就连拉斐尔之妻都被这句话给镇住了。她仔细琢磨了三十秒，随后试探道："你没什么可给我的。"她想借此探明伊丽莎白究竟打的什么算盘。她当真会带着女儿们心甘情愿地搬离亚斯花园，将一切留给对手吗？她会——又有什么人会——蠢到那种地步？

"这样好了，"拉斐尔之妻继续试探下去，之前的叫嚷使她嗓音沙哑，她措辞谨慎，小心不让自己落入陷阱，"你还是先趁早离开我儿子的房子吧。"

"为了让您和您的儿子放过我们，我什么都愿意给您，"或许拉斐尔之妻眼中重燃的怒火让伊丽莎白戒备了起来，她顿了一下，"我们有足够的钱……我敢肯定……足够供您——"

"原来如此啊，"拉斐尔之妻冷笑道，"这就是你的诡计。你以为能买通我跟你讲和，给我足够的钱，让我离开。因为你心里清楚，也亲眼看到我会怎么对付你们全家。"

她知道自己说中了，因为海水的气息变得愈发强烈而沉郁。

"你知道，我不仅能带走你的丈夫，还能夺走你在乎的一切。"

谁说报复行为并不美好？那就让他们站在这里，站在这条腐臭的巷弄里吧，周围尽是断壁残垣，晾衣绳上挂着凄婉的故事；就让他们注视着"世界女王小姐"被吓得脸色发白，软了下去。

由于亚伦将拉斐尔之妻的宅子卖给了教授和"医生夫人"，她便发愿让一场洪水夺走了伊丽莎白的父母和兄弟，让她在十五岁时变得孤苦伶仃，身无分文。又因为亚伦拒绝让她的儿子姓"索莱曼"，拉斐尔之妻揭露了一件阴私，夺走了伊丽莎白挚爱之人，让她在二十岁时成了寡妇。

然而，当伊丽莎白说出那晚的最后一句话时，她所透露出的心意和决绝是绝对错不了的。

虽然她不是来讲价的，也不愿加入一场她至今都不想参与的战斗，可也不想让自己白白地失去一切。

"你说得没错，"她说，"我怕你，我是来花钱求和的，但那些你让我付出了血的代价的东西，我是不会还给你的。"

假定他母亲所说属实——也就是说，他是在拉斐尔生命中最后几天里被怀上的，经过十三个月的孕期之后，于 1963 年出生；他出生时重达十二磅，第三天就会翻身，没满月就会坐起身子——那么在伊丽莎白尝试命定会失败的和解当晚，拉斐尔之子该有十三岁了。问题在于，他母亲所言不可能是实情，就连为让公众信服而改头换面的真相都算不上。索莱曼家族对此心知肚明。其他所有听过她故事的人亦如此，即使他们佯装相信她，也只是为了让她别再自说自话，赶紧闭嘴而已。而如今，拉斐尔之子已从受人打击的弱小孤儿成长为一个不易对付的躁动少年，对母亲的故事，他的态度也跟众人一样。

他自幼便已全心全意地接受了那些不容置辩、了如白昼的事实，因为小孩子就是那样的——开始时相信他们的父母，直到最终不再相信；当他上小学时，那些事实已变得日益难以向其他孩子解释。上初中时，他发现每次应对质疑时，唯有对指责者抛出一连串咒骂，才能为自己的故事辩白，树立母亲的诚信之名。长到十几岁时，拉斐尔之子就不得不诉诸暴力了，可这对他很不利，因为他太笨重，身体协调性也不好，无法准确出拳，但作为挨打的靶子倒是不错，所以他每天回家时都带着一堆新鲜伤口和淤青。他极力掩藏伤势和平添的羞耻，不断告诉自己他不会对那些男孩就此罢休，让人为自己的行为付出代价的手段也不止一种。大多时候他母亲都不在家——她在医院打扫卫生或是向别人掏心窝子，一并展示他的出生证、伪造的拉斐尔的遗嘱和已死去多时的动物的腐尸残骸；她仍把它们装在那个塑料袋里随身带着，作为证明索莱曼家族残酷无情的证据。

他觉得对不起她。他感到自己没能如她宣称的那样成为王储，让她失望了。她不屈不挠地维护他的权利，他不胜感激。然而……

在他最初的记忆中，他和拉斐尔之妻站在亚斯花园外面，她尖叫着，咒骂着，路人向她丢来硬币或放慢脚步，只是为了对她说一句："算了，大姐，带孩子回家吧，别再犯傻了。"他记得每次被母亲拖上向北去往安宁大道的公交车时所感到的恐惧，记得年幼的自己是如何在每一站都扭动着身子从她身旁挤过去，然后奔向车门，希望在他们抵达令人生畏的目的地之前就溜下车去。那种恐惧如影随形——当他们在大宅门外等待时，他感到皮肤因羞耻而近乎在灼烧；当他最终被放进门后，他站在"大宅"里，想象着自己的半个身子变成了隐形的，只留下脑袋和双腿让别人看——那种自认为多余又不受重视的强烈意识一直伴随他到生命的尽头。

那么，这种痛苦该归罪于谁呢？

等他长大了，敢于面对母亲的暴打并公然反抗她之后，他曾多次冲她尖叫着说她应该罢手，别再去乞求那种只有对她而言才看似是"对公正的合理诉求"了。

"我长大了，要自己挣钱，"他许下诺言，"我会让咱们比那些犹太人更阔气。我要让他们明白，咱们用不着他们。"

"可那对你又有什么用？"拉斐尔之妻每次都这样质问他，"还是个没名没姓的杂种。哪儿都不要你，也没人想要你。"

拉斐尔之子不敢告诉她，但他从不认可母亲只因为亚伦已死，便兴冲冲地认定"我们的机会来了"的想法。他片刻都不曾相信，这个驼着背、膝盖痛且全身骨头快要散架的老妇有能力指挥整个宇宙按照她的旨意行事。他比任何人都更明白，她不仅在宏大的宇宙事务中无能为力，也无力在每天奋斗打拼、力求生存的同时还保持着个人尊严。在伊丽莎白来访当晚，他突然发现母亲与这个年轻女子相比显得多么可悲，当她发愿要威胁报复时是多么弱小、苍老和寒碜。他讨厌母亲这个样子，但他更痛恨伊丽莎白。他讨厌她的眼睛——它们看似既已洞悉一切，又对一切熟视无睹。他也厌恶她那辆昂贵轿车上的白漆在黑暗中泛着亮光的样子，这让他和其他所有人都不禁想到，唯有她能逃脱他们深陷其中的肮脏环境和每时每刻遭受的匮乏。

　　那天晚上，拉斐尔之妻的儿子得出结论，母亲绝不是伊丽莎白·索莱曼的对手，于是重担将落到他的身上：他要把自己全副武装起来，让伊丽莎白也遭受她如此轻易便可强加于人的痛苦与折磨。

在 20 世纪 70 年代的大部分时间里，伊朗因石油收入变得繁荣富足，许多开发项目蓬勃兴起。德黑兰飞速发展的经济，加之大量涌入的游客、外国工人和从全国各地的村庄与小城镇迁入的居民，史无前例地为这座城市营造出一种令人沉醉的机遇与危机同在、风险与希望并行的复杂多变的气氛。在短期内，新与旧、虔诚与渎神、严苛与宽容相互混杂不清，却又难以融为一体。闪亮的高楼大厦在古老的纪念碑旁拔地而起；身穿超短裤和超短裙的姑娘们与从头到脚都裹在黑色罩袍里的妇女们同乘公交车；小伙子们每天在清真寺中祈祷五次，晚上则聚集在地下室里学习马克思和列宁主义；豆蔻少女听着大卫·鲍伊的摇滚乐，暗中策划着反抗资本主义腐败的运动。

在亚斯花园，伊丽莎白凭借在女人身上不近常理的（有人会说是毫无可能的）理性主义和合乎逻辑的决心化解了悲伤，承担起责任。那个近乎客人般害羞而不打眼的伊丽莎白一去不返了，过去的她即使在与亚伦结婚生子之后，仍觉得和"哑女"曼佐尔在厨房餐桌上吃饭比在宽敞堂皇的餐厅里更为舒适。那个敏感稚嫩的女学生也一去不返了，那时的她虽然手握"亚斯花园女主人"的名分，却似乎不懂得如何善加利用。

取而代之的是守护着战后残存之物的忠实而坚定的卫士，她守卫着名声、财产和索莱曼家族残留的一切，尽管并非参战方，却为此付出了毕生梦想。她做的第一件事是在守丧仪式结束翌日出现在丈夫的办公室里。那时，她早已变成一个看不透年纪的铁面人，对于从各个角落向她投来的尴尬微笑和侧目斜视毫不在意，还能轻松自如地盘问亚伦的秘书、助手，以及那天不敲门就走进他办公室的一连串员工，这些人来就是为了亲眼见识传说中的亚伦遗孀有什么能耐，要搞什么名堂。

他们发现她正坦然自适地坐在他的办公桌后，查阅他不在的这段时间里堆积如山的信件和报告。

从第一天开始及其后数月内，她击败了每一次明目张胆或是暗中策划劫夺遗产的图谋；在此期间，她唯一的盟友是个"朋友遍天下"的律师。他衣着极为考究，注重梳洗、剃须，会喷古龙香水，他曾是亚伦的商业事务顾问，出于对亚伦的忠诚，认为自己也应当效忠他的遗孀。他告诉伊丽莎白，在国王推行伊朗现代化的举措中，强制实施了一部引发高度争议又广受抵制的法令。这部法令被称为《家庭保护法案》，早在1967年便已颁布，但直到1975年才开始强制实施。在这部法令的条文中，女性被赋予了继承权。女儿被获准继承的财产是儿子的一半，遗孀可以继承丈夫高达八分之一的遗产。这已经够革命性和刺激的了，然而法律还规定为实现分割遗产的目的，民事法庭具有高于家庭法庭和宗教法庭的裁判权。

该法令受到抵制既源于男人们在财务利益方面的考虑，也源于人们认为女人兜里揣着钱到处游荡会造成的社会影响。更糟的是，允许世俗法官介入历史上一向由毛拉和拉比处理的事务，这引起了群情激愤。没什么人相信这部法令会有任何现世意义，除非是在极端特殊的情况下。迄今为止，这个国家的大多数人，尤其是与外界隔绝、未受过教育、没有男性陪同几乎不允许出门的女人们，始终全然不知这一部业已成文的法令的存在。而确知此事的人除非是白痴，否则也绝不会相信男人或清真寺在自己的地盘上能容忍这种混乱无序。这在犹太人之中尤为凸显，从传统来看，他们处理家庭事务较之人数更多的穆斯林社群而言更为私密。

不过，如今出现了百万分之一的小概率事件——一个非常富有的男人死去时，他的父亲和兄弟都已不在世，他也没有子侄，只留下妻子和两个年幼的女儿，她对于女人该如何行事毫无头绪，却能像她父亲背诵《大英百科全书》那样背诵《家庭保护法案》的全文。并且你面对的是一个手提公文包、援引法律条文的律师，他身穿双排扣西服，打着丝质领带，口袋里揣着配套的手绢，代表伊丽莎白·索莱曼发表了简短正式的声明。当一个寡妇不只会啜泣和叹息时，这个世界成了什么样子？

1977 年的大暴风雪始于二月的一个周二，持续了二十二天之久。到第五天时，德黑兰的交通陷入瘫痪，学校被迫停课，流浪狗和街头醉汉冻僵的尸体被新雪层层覆盖，一夜之间就会结冰，整个冬季都被冰封起来。在亚斯花园，伊丽莎白正和女儿们一起坐在正午昏暗的光线中背诵乘法口诀表，完成写作练习，进行阅读训练。家里断电了，电话也不通，因为线路被积雪压垮了；自来水也很稀缺，因为水管结冰开裂了。

　　2 月 24 日晚 8 点，伊丽莎白哄女儿们上床睡觉后，锁上每一扇门，走进亚伦过去的书房工作。11 点时，她又去看了看她们，关掉了过道和楼梯上的灯，之后也睡了。早上 7 点，安吉拉使劲摇着她的肩膀将她叫醒。

　　尽管到了这个钟点，天色却依然很暗。一阵冷风如同毒蛇信子般从女儿们房间那边戳来。伊丽莎白还来不及完全睁开眼，便听到安吉拉说："我找不到她了。"

　　伊丽莎白跳下床，赤脚奔向诺尔的房间。房门是敞开的，灯也亮着。窗户的插销没插上，打开的窗页挂在铰链上，随风拍打、开合着。在窗户底下的院子里，地面上覆盖着五英寸厚的新雪，除了仅有的一排足印之外，再无任何痕迹。那道足印从诺尔窗下一直延伸到院门，然后通向门外这座拥有四百五十万人口的城市。

他们搜遍了整栋房子，之后又从头再搜了一遍。伊丽莎白给军警打电话，召集了一队军官，请他们和她自己的雇员一起对亚斯花园的周边地区进行地毯式搜索。她请求亚伦所有身居高位的旧友联系他们在国王秘密警察组织中的熟人。他们向德黑兰及其周边地区的大批间谍和线人放出话去，称一个长着淡褐色头发、身着白色睡衣的四岁女孩被人从床上劫走了。

院子里的足印看起来像是男人的。它们通到距"大宅"最近的正门，从那儿开始就混入了安宁大道人行道上的其他十多种足印里。"大宅"中的所有房门都始终锁着，而且没有一个仆人曾经看到或听到有人闯入。

伊丽莎白最初的冲动是怪罪拉斐尔之妻。她告诉警方，如果有什么人痛恨索莱曼家族竟到了偷小孩的地步，一定是那个好斗的寡妇和她野蛮的儿子。曼佐尔和她丈夫以及家中其他仆人也附和了她的怀疑，于是警方突袭了拉斐尔之妻，当时她刚从肯尼迪大街附近的拉兹医院下夜班回家，她的工作是倾倒床上便盆和清洗弄脏的床单枕套。公共交通由于暴风雪的影响几乎陷于停滞，结果她冒着清晨的严寒，在海关广场的公交车站等了一个多小时后，终于决定冒雪徒步回家。她到家时又冷又累，身上溅了不少烂泥，却发现三个穿着深蓝色制服的男人正在威吓拉斐尔之子，要挟如果不说出母亲将"索莱曼夫人的女儿"藏在哪里，就把他送进监狱。

"包在裹尸布里，埋在地下六英尺深，上面还有一只狗虎天撒尿。"拉斐尔之妻这样替儿子回答，"我很快就会把他们全放到那儿去。"

尽管她害人的愿望如此强烈，但她声明自己与诺尔的失踪毫无关系。

"我整夜都在清洗金属便盆里的屎，"她说，"去拉兹医院自己打听吧。"

儿童绑架案在伊朗很罕见，可也不是没有过。在已知的几乎全部案件中，被绑架者都没受到身体伤害。他们被人拐卖用以营利，或被无法生育的夫妇收养，也有的被拿来勒索赎金，还有的让吉卜赛人拐走后被逼行乞。过去，女孩在七八岁时就要早早出嫁，有的孩子从家里逃跑出去，又在附近的城市露面。最近一段时间，少数女人在丈夫的要求下离了婚，又被剥夺了探视子女的权利，于是便从孩子的父亲家将他们偷走。

一连几周，亚斯花园的仆人们不断接受警方和私家侦探的审讯。邻居、街头小贩、乞丐，甚至连姑娘们学校里的老师都被问讯过多次。在初次面谈后，拉斐尔之妻又两度被军队的吉普车带到警局接受问讯。现已成为私家侦探的前萨瓦克[1]特工主动与她儿子联系，表示愿意出钱向他换取情报。

伊丽莎白已将亚伦的办公室变成搜救工作站。不论多么无关紧要

1　萨瓦克（SAVAK）：伊朗在巴列维王朝时期创设的秘密警察组织。

的细节她都存记于心，酬谢每位提供线索的人，还派曼佐尔的丈夫或是亲自驱车赶往每个发现线索的地点。她在所有日报、周报和杂志上刊登寻人启事，悬赏线索，又雇了一位政府的线人监视拉斐尔之妻和她儿子。对于她认识的每个人、联系过她的每个陌生人和警察，她都在记事本上逐一写下他们的姓名和提供的有关诺尔的情报。她自己无需这份笔记，她能毫不费力地记住每个词、每个数字和每个地址。她保留书面记录是为了方便警察、侦探、曼佐尔和曼佐尔的丈夫，甚至包括安吉拉，以防要花费许久才能找到诺尔——久到安吉拉已经长大成人；以防她死了，可以将找孩子的任务交给曼佐尔；以防这批专业搜救人士放弃后，必须再雇用新人。

这座城市每天都满是新面孔和新移民，大部分女人还把自己藏在罩袍下面；隐蔽的小巷和带穹顶的门廊纵横交错，连接着老旧的商店和挤满住户的房屋；出租车和公交车里塞了双倍、甚至三倍于其运力的乘客，出没于迷宫般的古老街道和新建的高速公路之上。对一个既不抱有乐观幻想却又无法就此屈服的女人而言，这简直是一种痛苦的折磨。她永远不会停止搜寻，可她却比任何人都更清楚，找到诺尔几乎是不可能了。诺尔可能在任何地方，可能就在视线中，但人们看不见；又或许，她已远在许多个国家和时区之外。

在对诺尔的正式搜救结束多年以后，她的失踪之谜已演变为城里的一段传奇故事，时常萦绕在德黑兰富贵美满家庭的孩子们心头，那些记得拉斐尔之妻的人仍旧相信，是她凭借"嫠妇之叹"的力量，吞没了那个女孩。

每天都有人上门或打来电话——这其中有好心人，有用线索换钱的贪财之徒，还有想额外创收的警察，以及街道清洁工、当地的女乞丐，甚至还有个消息灵通的吉卜赛人。有人见过与诺尔特征相符的孩子，有人在某处的墙上见过一张照片，还有人听说一个不孕女子身边突然多了个蹒跚学步的小孩。

　　1977 年三月的波斯新年到来前几个小时，德黑兰拉兹医院的值夜护士接收了一名严重脱水的五岁男孩。带他来的是个独腿的吉卜赛女人，开始自称是孩子的母亲，还对护士说孩子一连多日都拒绝进食和饮水；他被逼着吃东西，这才勉强活下来，可现在还是面黄肌瘦，无精打采，一天多没尿过尿了。他有个男孩的名字，叫"阿马德"，并且剃了个常见的光头。但是当值夜护士解开他身上的层层包布时，却发现患者其实是个女孩。

　　还没等值夜护士打完报警电话，独腿吉卜赛人就改了说法：这是她朋友的孩子，亲生母亲很害怕带这样状态的女儿来看病会受人指责。她可能五岁，也许上下差那么一点儿。她一直被当成男孩养活，这样就不会遭人排挤，也不会被其他沿街乞讨或贩卖香烟和彩票的孩子殴打。护士仍坚决要求警方介入跟这个女人谈谈。

　　护士在新年的凌晨 2 点 15 分时报了警。值班的警察队长说他马上赶到，却不慌不忙地喝起了加糖的热茶，抽着他喜爱的欧诗奴香烟，直到护士于 5 点 15 分再次来电。8 点时他还没到，那时已是护士的下班时间，她觉得自己有责任按照报纸上或广播中发布的诺尔寻人启事里留的电话号码打过去。当护士离开二楼时，独腿吉卜赛人和她的"小男姑娘"病人还在那儿，大厅里有三十张床位，预留给没患传染病的病人。她又给警局打了最后一通电话，提醒他们说她马上要离开医院了，让其他护士密切注意那个女孩，直到伊丽莎白或警方到来。

等到 8 点 40 分，那层楼里已没人记得有段时间曾见过一个独腿女人或是一个脱水的孩子。

那天晚上，一个男人打来电话，电话里像是有静电般一直刺刺啦啦地响。

"原谅我这么晚才打电话，"他说，"我一直在美国，刚刚得知这场灾祸。"

他自称是侯赛因，在那种情况下，伊丽莎白根本没反应过来是谁，因为她记得有二十多个与之同名的陌生人在诺尔失踪后给她打过电话；在狂乱又绝望地搜寻那个抱着孩子从拉兹医院逃跑的吉卜赛人时，警方、她手下的人，甚至连她自己和曼佐尔的丈夫，都曾拦住过几个叫侯赛因的人问话。

"如果我知道的话，本来会早点儿打给你，表达我的惋惜。你知道，我自己没有小孩，但我想你肯定很痛苦。"

他说话的方式听起来紧张兮兮的，既想马上解释清楚，又急于挂断电话。

"你是谁？"伊丽莎白用她能积聚起的最后一丝力气问。

男人顿了一下。"噢。"他过了一会儿才开口，显然她的问题令他诧异。他想必认定她知道他是谁。

"我是侯赛因啊，"他满心失落地说，"你过去的朋——"随即改口，"同学。"他又顿了一下，仍期待无须多言她就能明白，最终放弃了。"侯赛因·泽莫罗迪。"

仿佛出于自我安慰，又或因为无法忍受那番介绍之后随之而来的沉默，他又补充道："当然，我不指望你记得我。有段日子没联系了。你肯定很忙。"

伊丽莎白因为无处栖居而求助于泽莫罗迪家，那已是八年前的事。在此期间，他从高中毕业，在伊朗上了大学，后来在国王的政府奖学金资助下转学到波莫纳加州理工大学。而对她来说，这段日子如同漫长的一生，她成为人妻、人母，变成寡妇，最后成为现在这个寻找丢失孩子的女人。

"我想说的是，"他嗫嚅道，"除了惋惜以外，我是说，我母亲……我本来是打电话给家人祝福新年的，你知道。她告诉我，警察正在家里找一个女人。他们认为她……总之，我父母都想要帮你。他们说警察挨家挨户地到处找。"

"你有什么事想对我说吗？"伊丽莎白终于开口问道。她的声音沉着冷静，既没显出对诺尔失踪的痛心疾首，也没流露与老友交谈的喜悦之情。

侯赛因思忖着这个问题。

"我是在想，总有办法找到你失去的人。总有比我们现在更好的办法，肯定有……"

他再度沉默，呼吸急促，仿佛是在努力跟上头脑中奔涌的思绪。

"我跟你说，"他最后说道，"记下我的地址和电话号码。这段时间我会跟进这事，只要我有点儿头绪了，就会尽快联系你，不过在此期间，你随时都可以……"

她在心中默记下他的信息，但根本没打算致电或写信。

快到三月底时，天气终于转暖。德黑兰到处是被铲到路边的成堆脏雪，它们整个冬天都没融化，现在消融成带着泥浆的细流，流经街头巷尾，最后汇到路面的凹坑和蓄水池里。

　　1977 年 4 月 1 日，有个街道清洁工在拉兹医院后街边一个臭水横溢的阴沟里，碰巧发现了一件又脏又破的白色棉布儿童睡袍。他本想把睡袍拉出来，丢到正要拖走的垃圾堆上，但他感到有什么重物在阴沟里扯住了它。于是，他把扫帚放到一边，取出铲子，掘起泥土、石块和其他七零八碎的垃圾，它们想必是被从医院后面的某个冰堆里冲出来之后，又被拖到水沟里的。最后，他找到了一具被睡袍拴住脖子的小孩尸体。

　　这具尸体被大石头或重物砸得稀烂，血肉模糊，头发，还有伤口中流出的内脏，都被冰封住了。睡袍看起来曾被血水浸透，不过大部分血迹已被水流冲刷掉了，睡袍被冲力从尸体上拽了下来，套在头上，领口卡在了下颌。尸体面目全非，但能明显看出是个光头。在警方向伊丽莎白透露此消息前，认定吉卜赛女人是从医院后门逃走的。因为她害怕被人发现跟被偷的孩子在一起而受到侦讯和逮捕，于是重击诺尔的头部将她毁容，又砸烂她的身体，塞到堆积如山的医疗垃圾下面。由于下雪，这些垃圾已堆放了一周还没被拉走。

人们所谓"没能将你打倒的困难会使你更强大"并非事实。那是无法接受失败的人虚构的信念，即使他们此刻正披枷戴锁，被拖向命运的绞刑架。"没能将你打倒的困难"终会留下痕迹，如同地震后你在勉强支撑未倒的房屋里看到的裂痕：房子仍矗立在废墟中，被细如发丝的裂纹分割成一千块小碎片，却并未坍圮——一小时、一年或许十年之后——直到地壳再次运动，一次根本未被记录的小小余震就能——嗬，你瞧！——将房子夷为平地。

从悲剧中幸存下来，虽然外表坚硬内在却已支离破碎，这并不意味着一个人变得更坚强了。一味忍耐也不代表你已击败对手。它的真正含义——当他们将诺尔的遗骸交给伊丽莎白，当她将它们葬到亚伦之上，然后回家对安吉拉说只剩她们母女二人相依为命时——对伊丽莎白而言意味着：你学会了压制痛苦，扼杀渴望，抛弃心愿，接受一切。

伊丽莎白没有为诺尔悲恸，因为她明白风暴一旦发动，就再也不会平息。她清点了自己的损失和与敌人——拉斐尔之妻的过往，把账算清，然后决意不去在意她，而是继续前行。在被迫卷入的这场战斗中，伊丽莎白既未参与，也毫无罪责，可这些都已不再重要了。在余生中，她每天醒来都要抗击"布什尔的黑母狗"发出的恶毒叹息。她每晚都会梦见诺尔，梦见她孤单一人，战战兢兢，手脚冻得乌青；她在黑暗中无助地摸索前行，默默哭泣着想找伊丽莎白。

诺尔死后那年夏天，德黑兰燃起了熊熊大火。烧焦的高楼残骸、被烧化了的小轿车和公交车的架子以及成堆燃烧的轮胎冒出滚滚浓烟，让空气笼罩上一层黏滞的油膜，它随风飘荡着，在人们的胃里和肺里数日不消。每天，关于国王政府进行秘密逮捕、发生人事剧变和颁布法令的消息混杂在军事政变、军队镇压和外国入侵的传闻之中，甚嚣尘上。八月，477人在南部城市阿巴丹的一家电影院里被活活烧死。起因是有人纵火，所有出口都被从外面封锁了。国王与反对派互相指责对方应就此事负责。

九月开学时，每个班级都有近半数的座位空着——有的孩子跟家人一起出国了，有的独自一人被送往寄宿学校，还有的投奔了住在西方国家的亲友，等待"动乱"平息。有些老师也已出国，其他许多同情国王反对者的人正在罢工。当月，军队的坦克和直升机在德黑兰的叶拉赫广场向示威抗议者开火。军方宣称有88人死亡，而反对派公布的数字是几万人。

十月，石油工人加入全国范围的罢工运动，罢工使经济陷入瘫痪，日常生活也停滞了。十一月，穆罕默德·礼萨·巴列维，这位"众王之王""真主之影"和"宇宙之君"在电视上承认"错误已经铸成"，请求民众再给他一次机会。

自诺尔被绑架后便弥漫在亚斯花园的焦虑和悲痛气氛，因为一种渐渐郁积的毁灭迫近之感而加剧了。"哑女"曼佐尔不断告诫伊丽莎白不要相信其他任何仆人，不论有什么理由都别放陌生人进家门。她每天早晨来上班时都眼泪汪汪，双手颤抖，显然是忍受了跟十几岁的儿子在小纸片上用潦草字迹展开的又一场争执。她儿子就像那个时期的其他许多蠢货一样，发现真主借毛拉之口对他讲话。

XXXXX

曼佐尔是一个来自恰卢斯的村姑，当她父亲应聘将她送到伊兹奇耶家中做事时，她还是个孩子。她为了微薄的收入和食宿，每周工作七天。每年一次，她会搭乘巴士返回恰卢斯，在那儿住上两周。她十五岁时，父亲来到德黑兰请求雇主允许她出嫁。几个月后，一个满口闪亮白牙还装了条木腿的小伙子叩响了伊兹奇耶家的门。

曼佐尔和她丈夫被安排住到亚斯花园大宅后的仆人房舍里。曼佐尔的丈夫上了驾校，在取得驾照后，开始在索莱曼公司当司机。当家里不断添丁之后，他们又从仆人房舍搬到一座为他们特别增建的房子中。他们的四个儿子全都被送去读书，学费由索莱曼家负担。几个哥哥最后都去为亚伦工作，婚后搬了出去。老幺名叫默治塔巴，在诺尔失踪时仍与父母同住。

他爱发脾气，经常公然违抗父母、老师，甚至哥哥们，因为哥哥们排行都在他前面，理当对他施加权威。他们告诉他应该感激索莱曼家给父母的工作，还应当感谢真主赐予他上学的机会，让他能总是吃喝不愁，不必只为了挣钱谋生在孩提时就被迫与家人分离，被送去与陌生人同住。默治塔巴根本不把这些东西——饱食的肠胃和头上的屋顶——当成一种福气，他将它们看作必须加以修正的不公平现象。

他从小到大都眼见父母为索莱曼家效力，仿佛是在遵从一种自然法则——好像有的人生来就是主子，而其他人则生来就是奴仆。诺尔出生时他十一岁，此后他就感觉自己失去了母亲，因为曼佐尔每周七天不间断地照料那两个女孩，对她们视如己出；当伊丽莎白或亚伦晚上外出时，她甚至会睡在她们房间的地板上。曼佐尔让儿子们穿着他们挨个传下来的旧衣服，却花费好几个钟头为姑娘们领口的蕾丝花边上浆，漂白她们白袜子上最小的污点。当自己的孩子违抗她或顶嘴时，她会用棍子痛打他们，直到他们就范为止。可当诺尔尖叫着想引人瞩目时，曼佐尔会使劲亲吻她，还唱歌哄她入眠。

儿子对索莱曼家的强烈仇视引起了曼佐尔的警惕。她将其归咎于儿子最近经常去见的那个毛拉，见面地点是她和丈夫在穆斯林圣日去做礼拜的清真寺。在他年纪更小时，他们曾试图说服默治塔巴去学习《古兰经》课程并参加周五的聚礼，但直到老毛拉被一个新来的年轻人排挤掉以前，他对此从来不感兴趣。此人对默治塔巴和其他男孩讲话时颇有一套，能激发他们的热情。他们每周五都去见他，后来每天放学后也去。他们学习阿拉伯语，还学习阅读《古兰经》，但大部分时间他们都盘腿坐在脏兮兮的地毯上，聆听毛拉讲话。

十三岁时，默治塔巴已变成一个虔诚的穆斯林，他指责母亲穿罩袍时太过随意，每次看到杂志或广告牌上有衣着暴露的女性照片时都低声咒骂。他坚决主张父母和哥哥们不该为犹太人干活，曼佐尔也不该在犹太人家里吃饭。十五岁那年，他辍学了，因为他不愿每天早晨上课前唱国歌并宣誓效忠国王。在诺尔失踪前几周，他开始告诫父亲不要用公司汽车搭载没戴面纱的女人，不要因为每日五次的祈祷与工作日程相矛盾就疏漏它们，也不要称已故的亚伦为"阿迦"[1]——"老爷"。

"世上只有一位'阿迦'。"他说，意指所有伟大的毛拉当中最伟大的那位，他曾宣誓要推翻国王的统治，在世上重建伊斯兰王国。他流亡到伊拉克，将自己布道的录音带走私到伊朗，让话语通过遍布全国的清真寺网络广为传播。有传言称，在晴朗的夜晚，在月亮表面能看到他的侧影。

1　此处的原文"agha"有宗教领袖、将军、大官、老爷等多种词义，在书中各处取义也不尽相同。

有一年多时间，默治塔巴一直逼迫母亲不再为"犹太人和君主制的拥护者"工作。十二月，他和另外四个年轻男子来到亚斯花园，威吓说除非曼佐尔立即辞职，否则就要将她的老板暴打一顿，甚至杀死。她临走时啜泣着道歉，安吉拉拽住她不放，但她最后还是被默治塔巴扭送走了。

　　在索莱曼公司总部，除了少数几十个员工以外的绝大多数人要么在罢工，要么来上班只是为了成天讨论阿亚图拉的那篇反对君主制宣言所蕴含的神圣性。那些胆敢提醒员工要注意工作职责的经理们被打上"革命敌人"的烙印，以备秋后算账。

　　犹太教徒像国内其他少数宗教群体那样，极为效忠国王，感激他近年来赐予他们自由、文化、民权和财富，终结了 1,400 年的隔离区生活和大屠杀，不再迫使他们皈依其他宗教，还允许他们自命为"真正的"波斯人。许多人开始尽可能将资产兑现，然后出国等待动荡结束。然而，伊丽莎白却没有这种打算。她的一个孩子和丈夫还葬在这个广袤而动乱的国度的一角。无论国王是否在位，她唯一的关切是要忠于她逝去的亲人。

一月时，曼佐尔曾两度从默治塔巴的严密控制下偷溜出来，急匆匆赶到亚斯花园向伊丽莎白预警。她说，毛拉们和他们的武装力量已拟定了大量犹太复国主义者和拥护帝制的伊朗人名单，他们全都家境富有、声名显赫，以至于也堕落腐败，不信神。从现在起，伊斯兰武装力量会随时砸烂专制的铁拳，国王的军队将被解除武装，真主的部队将公正地惩治罪人。到那时，任何与索莱曼公司有牵连的人都将成为被打击的目标。

当月晚些时候，国王和他的妻子逃到国外。二月，霍梅尼在流亡十五年后重返伊朗。三月，伊朗犹太社群的领袖之一哈比卜·艾尔甘尼安[1]因犹太复国罪被捕入狱。在四月举行的全民公投中，82%的选民赞成在伊朗建立伊斯兰共和国。5月9日周三，艾尔甘尼安成为因"腐败""勾结以色列"和"与真主之敌为友"而遭处决的第一个伊朗犹太人。

艾尔甘尼安被捕的消息震惊了伊朗境内外的犹太社群。此后几天中，又有其他若干犹太人被捕，因犯下犹太复国罪的指控被监禁。犯人无权聘请辩护律师或要求审判；他们经常下落不明，任何试图联络他们的人也可能会锒铛入狱。照此看来，伊丽莎白迟早会落入毛拉手中。

女士，你知道在那些监狱里，他们会对女人做出什么事来吗？

1　哈比卜·艾尔甘尼安（Habib Elghanian）：伊朗犹太裔巨贾。

7月22日，伊丽莎白的名字被刊登在下午报上的一份犹太复国主义间谍和真主之敌的名单中。当晚和翌日早上，由国家操控的广播电台和电视台勒令她和其他人尽早自首。7月23日下午2点，整整一卡车蓄着黑色大胡子的武装人员涌入索莱曼公司的总部来逮捕伊丽莎白。他们的领队赛义德·默治塔巴（"赛义德"的头衔是一位毛拉为表彰默治塔巴对革命的贡献而授予他的）宣布他们要来"清除共和国颜面上的污点"。

　　默治塔巴拔出手枪，肩上挎着自动步枪，带领手下人闯进安静的过道和大都空着的办公室，沿途有一些尽力躲藏不想被发现的战战兢兢的员工，还有震惊的旁观者，他们眼见这帮人闯入大楼，于是好奇地尾随而来。这伙武装民兵一边高喊着伊丽莎白的名字，一边踹开房门，砸碎玻璃隔墙，直至他们搜索完全部七层楼和车库，却仍一无所获。随后，默治塔巴命令大家回到卡车上，指挥司机驶向亚斯花园。

她是趁着万籁俱寂的夜晚离开的。7月21日，她走出灭了灯的二楼卧房，怀抱着熟睡的安吉拉。为了不吵醒仆人，她拎着她们俩的鞋子，走下黑色花岗岩楼梯。院子里藤蔓上盛开的诗人茉莉在一轮圆月的映照下泛着光，散发出香甜黏腻的芬芳，使得从院墙缝里钻出来的蜥蜴都变得懒洋洋的。

　　早在那天的午睡时间，伊丽莎白就已为她自己和安吉拉各装好一箱行李，藏进汽车后备厢。晚上，她一直等到仆人们锁上房子，上床睡觉。她原本期盼夜里能乌云密布，但天空却是一片清澈湛蓝，月亮闪动着电光般的银辉。苍穹之下的花园——古老的槭树、玫瑰花圃、蜿蜒于草坪间的红砖小路和淡水池塘——很像一座沉睡于千年魔咒下的童话王国。

　　当伊丽莎白打开金属大门时，大门发出尖锐刺耳的声音。门外的巷子空荡荡的，表面开裂又凹凸不平的沥青地在月光下映出暗淡的光。伊丽莎白没有发动引擎，而是挂上空挡，让车徐徐向后滑行，直到完全退出金属大门。随后，她坐在方向盘后面，透过依旧敞开的大门，凝视着她童年和青少年时代那片被施了魔法的森林和高耸的灰暗城堡。她看到八岁的女学生独自去参加她的第一次安息日晚宴，那个目光澄澈的年轻人称她为"小家伙"。她还看到"医生夫人"开着车准备去办公室时向她挥手，看到教授在及膝深的水中艰难前行，猛抓书本、玩具、厨具和相框，因为住在管道里的鬼魂再次让它们漂浮了起来。她看到诺尔最后一晚睡在自己床上，还有雪地里那串从房子远去的足印。之后，她下了车，关上大门。

xxxxx

在北德黑兰瓦纳克大道外的一条土路岔道上，曼佐尔的丈夫在破旧的出租车里等候她们，自从默治塔巴强迫他从索莱曼家辞职以后，他就开始驾驶这辆车。伊丽莎白下了她的汽车，和安吉拉钻进出租车。他们行驶了三个小时，前往曼佐尔的家乡拉什特。一路上，曼佐尔的丈夫都在祈求隐遁伊玛目帮助他们顺利通过岔路口。在最后一段路上，伊丽莎白在车里睡着了，还梦见了"大宅"。虽然现在仍是黑夜，但只为监视她和女儿才留下来工作的那些仆人都已醒了。伊丽莎白的床铺没收拾，仍带着余温。她的衣物也还在衣柜里。每样东西都与短短几小时前一般无二，只有她——伊丽莎白——从画面中消失了。

他们必须一路躲躲藏藏，横跨一千英里路程。从德黑兰到土耳其凡城[1]的途中危机重重。如果他们能避开两国的军警和边境守卫，在恶劣的条件下幸存，就能在凡城稍事休整，之后乘坐巴士再走五百英里到达伊斯坦布尔。伊丽莎白就只知道这些。

他们抵达里海沿岸的拉什特之时，天已破晓。七月的空气滞重潮湿，但透着甜味。里海实际上是一片广阔的湖泊，湖水的含盐度不高，否则盐味会渗到空气中，随风飘荡。他们去的那座屋子与港口隔街相望，屋后是缓缓起伏的翠绿山峦。屋内有两个房间，厕所在屋外，加盖出来的棚子歪歪斜斜的，天花板很低，成年人如果不弯腰就无法通过。屋外有个女人跪坐在地洞旁，将几片新鲜的生面滚成球，用手掌拍打，然后将它使劲儿拍到地洞的内壁上。几分钟后，她又直接伸手去将馕撕下来，馕上还粘着洞壁上的煤渣和熏黑的石子。她用手指剔掉了这些仍烫得发亮的东西。

一个梳着马尾辫、戴着亮黄色头巾、年纪比安吉拉还小的女孩，端来了茶水和馕。此时，曼佐尔的丈夫跟另一个男人走了进来。

1　凡城（Van）：土耳其东部山区城市，是凡城省省会。凡城省位于凡湖与伊朗中间。

"我表弟会载你们去赞詹[1]，"他说，"从那儿到大不里士[2]的路上，你们会换几次司机。我不认识他们，但他们都很可靠。"他把手轻轻搭在表弟肩上，点了点头，"我的兄弟们知道你是我们的贵人，他们不会向坏人出卖你们。"

他搓着双手，低头盯着自己的鞋子。

"你一定要原谅我，夫人。我是你的仆人，阿马德也是。"他再次转向表弟，"但是后面的路，"出于窘迫，他的声音几乎断断续续，"我不知道这话该怎么说，我知道，这事对曼佐尔和我都不利。"此刻，他的头垂得更低了，也不抬眼看她，于是阿马德帮他打了圆场。

"夫人，这差事很危险，他们只要抓到偷渡贩子就会绞死他，而您——阁下您——"

"我在抓捕名单上。"伊丽莎白替他把话说完。

伊丽莎白猜出了这两个人的意思。

"我不指望谁来白干这事。"她说。她把手伸进手提包里，掏出一沓美钞。凡是有门路的伊朗人都知道要在家中和银行的保险箱里藏些美钞，以防经济衰退或政治动荡。更精明的人还在美国开立了储蓄账户，置办了房产。"这是 3,000 美元，"她说，"我只有这些。"

他们商定向伊朗边境内的偷渡贩子支付 1,000 美元，对土耳其人也付相同金额。据说，土耳其人经常在拿钱之后又把难民交给边境守卫，所以他们指点伊丽莎白在旅程开始时只付一半，等她和安吉拉最终安全抵达凡城后，再付其余的钱。

---

1 赞詹（Zanjan）：伊朗西北部城市，赞詹省省会。
2 大不里士（Tabriz）：伊朗西北部城市。

他们把钱缝进伊丽莎白的衣服内侧，之后又把她的手表和婚戒缝到安吉拉的内衣裤里。曼佐尔的丈夫保证他会到亚斯花园尽量取出些值钱的东西，拿到黑市上去卖，一旦伊丽莎白在土耳其安顿下来，就把钱寄给她。

"那很危险，"伊丽莎白说，"如果你儿子发现了，或是其他仆人告发你……"

听她这么说，曼佐尔的丈夫眼中迸出了泪水。他为儿子的恶行一次又一次地道歉，发誓如果他早知天意如此，绝不会生下这个孩子。

"你一定要给我们写信啊，这样我们就知道你平安无事，"他向伊丽莎白恳求道，"不然曼佐尔再也睡不着觉了。只要你一到土耳其，一定要让我们寄钱给你。"

他吻了她的手，又轻抚了安吉拉的头发，跟她们走到汽车旁，将一碗水倒在地上，祈求获得佳音。车开走时，伊丽莎白透过后窗回望：他站在那儿哭着，奋力挥着手，直到他们驶上高速公路，他才消失在视野里。

她们在大不里士的一家小旅店过夜。司机为她们办理了入住手续，陪她们走到房间，然后趁侍者到一旁接电话之际偷溜出去。

"祝你们好运，"他用在伊丽莎白听来十分真诚的语气说，"代我问好。"至于是向谁问好并没说清。

伊丽莎白和安吉拉都饥肠辘辘，但安吉拉不敢离开房间，伊丽莎白也认为最好不要出门，以免别人注意到她们。于是她们坐在唯一的那张床上，吃着已变味的馕和奶酪，这是她们从拉什特带来在路上吃的。伊丽莎白用手撕下一片馕饼，裹上一点儿奶酪和半颗核桃，递给安吉拉。然后她又用洗手池旁的玻璃杯接了一杯自来水，拿给安吉拉。

"吃吧。"伊丽莎白平静地说。

安吉拉盘腿坐在粗糙的毯子上，没理睬她手中的"三明治"。过了一会儿，她的膝盖开始颤抖。

伊丽莎白很疲惫。"没关系的。"她将信将疑地咕哝道。

听到这话，安吉拉开始抽泣。自从她们离开亚斯花园，她始终沉静而坚忍，严格按照母亲的要求做，可她现在放声大哭起来，伊丽莎白怎么安慰都无济于事。她根本搞不懂这都是怎么一回事；她想回家，但她明白"被政府通缉"是件坏事。她曾经见过报纸头版刊登的照片，上面是一排排赤裸的男人躺在血泊里，头部和胸部有弹孔；并且每小时都能从广播里听到被通缉者和死者的名单。

她们和衣而眠，凌晨三点醒来，走下楼梯。在旅店马路对面，有个男人站在一辆有凹痕的棕色沃尔沃汽车旁抽烟。当他看见她们拎着行李箱走近时，将香烟扔在地上，摇了摇头。

"能穿的都穿上，其余的留下。"他说完就走到汽车前面，背对她们。"快点儿。山里一到晚上就冷了。"

伊丽莎白两手各提了一只行李箱。她没有立即按男人的指示去做，而是站在原地，盯着他的后脑勺，仿佛在搜寻某个谜题的答案，直到安吉拉扯了扯她的衣服。

"我们不能丢下这些，"安吉拉说着，双手使劲握住行李箱的把手，想从母亲手中把它们夺过去，"我们不能丢下自己的东西。"

司机是那种饱经沧桑并已厌倦一切的中东男子，他们从童年便径直步入了老年。前一分钟他们还在街头赤脚将塑料瓶当足球踢，下一分钟就每天工作十六小时，赚取微薄的收入供养父母和弟妹。他们的皮肤由于长期暴晒而黝黑开裂，嗓音也因为吸烟过多变得粗哑难听。肌肉会因焦躁而抽搐，因为天随时可能塌下来，对他们这种人来说的确经常如此。

他走到安吉拉面前，单膝跪地，温和地说："小姑娘，你们要去的地方装不下行李。"他又抬眼看着伊丽莎白，"他们告诉过你要骑马吧？"

他们没说过。

"要么从我们的地盘经过，要么就得被装进集装箱运过海湾去。"他说着站起身，语气中透着对她们的同情。

"这不像被锁在某条偷渡轮船的箱子里那么糟，但你们只能带走穿在自己身上的东西。"

在她为女儿打包的行李箱里，伊丽莎白装了一些安吉拉与诺尔的衣物和爱看的书。她自己的行李箱中大多是照片：所有已经褪色又浸透过水的黑白照片，都是她在父母和弟弟们溺亡那天，循着潮湿泥泞的洪水流经之处寻回来的；还有亚伦和孩子们在一些特别场合拍摄的专业摄影照片，那是她在临行前最后一刻从相册里撕下来的；再有就是安吉拉小学一二年级的成绩单、孩子们的出生证和诺尔的姓名牌。

她将姓名牌偷偷塞进自己的外衣口袋。尽管正值仲夏，她还是让安吉拉尽量穿上所有保暖的衣服。之后，她跪在摊开的行李箱中的那堆照片旁，挑出一张她与亚伦在婚礼上的合影，还有两张诺尔的照片。她将它们塞进自己的外衣口袋，然后取出那个记录了有关诺尔下落的全部信息的笔记本，把它放在地上。

司机焦急地守候在她身旁，不停地扫视大路，但伊丽莎白始终像着了迷一样，仿佛并没意识到危险。她浅浅地吸了口气，抬头看着司机。

她默默将掌心朝上摊开，举起手伸向司机。最后他终于明白了，从衣兜里摸出比克牌打火机递给她。她的生命就在这里——生命中残存的东西，她选择留下的一切。她点燃打火机，将火苗凑近照片的一角，然后把它放进摊开的行李箱里，眼见整个箱子燃烧起来。

从大不里士开始，道路蜿蜒进入群山，朝西北方向通往乌米尔湖，湖对岸便是伊朗与土耳其的交界处。临近傍晚时，他们过了桥，进入库尔德人[1]的领地。司机带她们来到一座小泥屋前，这个村中的居民不足百人。她们刚一下车，就被一群库尔德小男孩团团围住，他们的眼睛水汪汪的，一副什么都明白的神情，开始问安吉拉一些她听不懂的问题。他们说话时混杂着库尔德语和波斯语，之后又试着说土耳其语和库尔德北部方言，最后讲起了支离破碎的英语，这是他们从走私家用录像带里翻录的美国电影中学来的。

　　"从这儿开始，后面的路就难走了。"司机对伊丽莎白说，"算你们走运，现在不是冬天。"他踌躇着，仿佛在估摸她们幸存的概率，"你们会没事的，只要别跟向导以外的任何人讲话，别提问题。在你们平安到达凡城以前，别向土耳其人付钱。"

　　她们在藏身处住了一宿。早上，偷渡贩子让伊丽莎白骑上一匹马，让安吉拉坐在另一匹上。一个十几岁的男孩手握长木棍，肩上挎着步枪，骑马走在前面；一个沉默的高个子男人跟随在后，也带着武器。

1　库尔德人（Kurd）是西亚库尔德斯坦地区的游牧民族，在中东是人口仅次于阿拉伯人、土耳其人和波斯人的第四大民族。

当伊丽莎白问起路上要走多久，或是他们打算如何避开沿途的边境守卫时，他们谁也不答话。

他们选择了走私贸易在几十年间开辟出来的一条迂回路线，爬上高出谷底数千米的山路。这些路都是原始小径，几乎与马匹同宽，路旁悬着许多摇摇欲坠的巨石，他们始终都有被某块巨石阻住去路的危险。

他们在约摸正午时休息了一会儿，坐在山石的阴影里，又就着干核桃吃了些馕和奶酪。那天下午，太阳很早就落山了，周围一片漆黑。他们在山边凹陷处搭建的一个小泥屋前停下。男孩用煤油灯烧水沏茶。沉默的男人一根接一根地抽着万宝路香烟。

"如果我们死在这儿，"安吉拉和母亲躺在地板上的一条粗糙的毯子上，她对母亲耳语道，"如果这些人杀了我们，或是狼把我们吃了，根本没人知道我们曾经活在世上。"

伊丽莎白正仰面躺着。她用一条胳膊肘撑起上身，凑近安吉拉。"所以我们不会死，也不会让任何人杀死我们。"她轻抚着女儿的面颊说，"不论付出什么代价，我们一定要让别人知道，我们曾经活在这个世上。"

她们骑马走了九天，由两对不同的向导引路。为了避开盘查，他们趁夜色进入土耳其境内，仍旧骑马走山路。边境没有标记，但向导们一直催马向前，直到另外三个库尔德人开着一辆载有二手汽车部件的破旧小货车来接应他们。他们命令伊丽莎白和安吉拉蜷坐在货车后部，盖上一块油布，还堆放了许多金属部件挡在她们身前。土耳其警察就像没有道德节操的向导一样，经常将难民交给伊朗的边境守卫以换取贿赂。有时，他们还把年轻女子卖给妓院老板或有钱的男人。

在土耳其，她们住在一个破旧的寄宿公寓里，与其他伊朗难民挤在一处。

难民们遭遇了始料未及的困境，他们就连最基本的信息也搞不清楚：怎样以及在哪儿能找到按月出租的公寓，去哪儿买毛巾和杂货，怎样寄信，去哪儿交电话费，怎样找到一个割礼执行者为刚出生的男婴割包皮[1]。男女老少两三代人挤在廉价旅店和肮脏的寄宿公寓里，焦躁不安又不知所措地团团转，安慰着彼此并向孩子们保证，很快一切又都会好起来的；过不了多久，美国中央情报局就会采取行动，进军伊朗，帮助国王复辟。

与此同时，他们密切关注从伊朗接连传来的无情的坏消息，而他们企盼的电话从未打来，排队等候的巴士也根本没到。他们整日站在大使馆、公证处和律所的等候室里，等候任何能认定他们的政治难民身份并发给他们去别国签证的人。

"该向何处去？"

伊丽莎白毫无头绪。

xxxx

从新来的人那里，她听说索莱曼家的财产——包括地产、公司业务、银行账户和珠宝首饰，甚至连他们的波斯地毯、古董家具和昂贵的衣物——已经在一场"先占先得"的运动中被赛义德·默治塔巴据为己有。他跟两个妻子和三个孩子一起搬进了"大宅"，宣布要将此地变为一所宗教学校。他穿得像游击队一样到处活动，以反人类罪或

---

1 按照犹太教教义，割礼为与上帝立约的标志，犹太人一般在男孩出生第八天行割礼。

涂抹指甲油为由逮捕别人，把他们送交至城中各地设立的由毛拉把持的审理委员会面前。

当这一切发生时，拉斐尔之妻当街呼喊，屡次向"无辜与贫困者保护委员会"提出申诉。在试图确立她对包括亚斯花园在内的先前索莱曼家族全部财产的所有权时，她一边晃动着已褪色的文件档案，一边破口大骂。

"该向何处去？"

1979年下半年，伊朗政府不同派系之间爆发了一场斗争。在尔虞我诈的投机行动中，任何参与方事后都无法为自己辩白：各方都曾私下密谋，在"利用"伊斯兰作为战斗口号推翻国王以后，再由自己取而代之，接管政权。

他们本该料到这一步。

在一段时期里，各派系为掌控国家政权相互攻击，也与毛拉斗争。然而，期盼比较温和的势力能战胜教士、让流亡者安然回国的全部希望被彻底粉碎了，因为毛拉在全民公投中获胜，确立了政府未来的形态，授予霍梅尼"最高领袖和人民监护人"的头衔。

霍梅尼登上神圣宝座已成事实，将被载入史册。

"该向何处去？"

十二月，伊丽莎白拨打了侯赛因·泽莫罗迪给她的电话号码，接电话的是一家好莱坞的餐馆。

前面三个来接电话的人都不认识什么侯赛因；第四个人自称约翰·韦恩，当他明白找不到人的原因时大笑起来。

"当然喽，他是在这儿工作。"他说。他用带有浓重口音的美式英语交谈，但寒暄几句后便改用波斯语。

"只不过，他是个很孤僻的家伙，"约翰这样说起侯赛因，"没人知道他到底叫什么。他们叫他'霍尔'……就像电影《2001 太空漫游》[1]里的……机械大脑……你看过那部电影吗？"

伊丽莎白是霍尔的妻子还是女友？她身在伊朗还是已经出逃？她有签证和对未来的打算吗？她缺钱吗？

"过几个小时再打来吧，"末了他说，"那时霍尔会在这儿。我们保证会把你尽快接过来。"

---

1 《2001 太空漫游》（*2001: A Space Odyssey*）是 1968 年在美国上映的电影，其中的电脑名叫霍尔（Hal）。

贾汗沙·瓦拉斯泰（又名"约翰·韦恩"）是伊朗犹太人，他的餐馆坐落于日落大道和克莱森特高地的街角处，就在好莱坞西北角的比弗利山庄外面。他身高六英尺四[1]，瘦高的身量，神经高度紧张又极为活跃，喜好穿牛仔靴，这些靴子是他每年一度到得克萨斯州奥斯汀旅行时在某家商店买的。店主是个爱尔兰男人，店员全是墨西哥人。贾汗沙伊朗名字的发音难倒了他们，所以在他造访过六七次以后，为了方便，他们开始叫他"约翰·韦恩"。贾汗沙不是狂热的电影迷，但他明白拥有一个既好拼又好记的名字是有好处的，于是他顺势改名，并让新名与自己本名的首字母相配[2]。

　　早在伊朗人开始大规模迁到洛杉矶以前，约翰·韦恩就已经因为乐善好施而著称。他从不吝惜自己的时间和善心，常慷慨解囊，对每位贫困潦倒的朋友或是偶遇的陌生人出手相助，他有一个提供全方位服务的支持体系。革命以后，在那些老前辈中——20世纪70年代早期移民到洛杉矶的少数几个家庭——他是最先帮助新来者安家落户的。近两年里，他向出现在他家门口的每位无助的母亲或受惊的少年

1　约为193厘米。

2　他的本名是"Jahanshah Varasteh"，而"约翰·韦恩"是二十世纪三四十年代经常出演西部牛仔的电影演员，其姓名拼写是"John Wayne"，此处指贾汗沙将这个名字改为"John Vain"，与他本名的首字母相配。

敞开大门，允许男人们把他的餐馆当作临时办公室来做生意，耐着性子听完每个新来者感到理所应当要分享的一连串没完没了的故事。

约翰·韦恩对别人说，他所做的一切都是为他自己好——他结识了那些他若不这样做或许就永远无法相遇的人，因此感到愉快；他力所能及地让别人日子过得更容易些，从而让自己感到内心平静。大多数时候他给出去的钱都不是他自己的，甚至这也没令他烦恼。"幸运99"总是挤满二线演员（约翰·韦恩坚称他们是"超二线"的），还有他们那些衣着暴露的追随者，但这从未带来利润，因为约翰·韦恩开出的支票总比收回来的多。他位于特劳斯戴尔庄园的房子早在所有伊朗人搬到那里并抬升了房价之前，就已价值近20万美元，但它被抵押的金额是这价格的两倍。他那辆黑色限量版凯迪拉克塞维利亚古驰轿车在乙烯基材料的车顶、车座弹性头垫和轮圈盖上，都有代表其设计者的两个紧扣一起的字母"G"，还有个性化车牌"ALAMRCN"[1]——"全部美国造"——是为一个阿拉伯王子特别定制的，他开了一个夏天之后，就把车以远高于初售价的价格卖给了约翰·韦恩。

从表面上看，侯赛因·泽莫罗迪只不过是约翰·韦恩的又一个帮扶对象而已，韦恩雇用他是因为他在追求更高远志向的同时也要糊口。他年纪轻轻，肤色黝黑，头发却已过早花白，不具备任何实际的技能，也不懂得如何与平常人交往。他应征了《洛杉矶时报》上一则招聘启事："电气工程师，有能力提升富丽堂皇餐厅的现代化水平。"他去应聘时，在右臂和胯骨之间夹着一个小公文包，因为它的提手断了。他主动承认自己对应聘的工作一窍不通。"可是，说实在的，先生，我毕生的使命是创造出别人从没想到过的东西。"随后，他把公文包放在约翰·韦

1　"ALAMRCN"是"All-American"的缩写。

恩的办公桌上，开始整理一大堆乱糟糟的纸张和表格，寻找任何能帮助约翰·韦恩理解他的东西，他神色激动，又显得苦恼而抱歉。

此前，侯赛因一直睡在自己的车里，在公共浴室洗澡，在图书馆打工，买得起什么就吃什么。他自然愿意在幸运99"帮厨"，因为这样他就能在晚上上班，利用白天绘制图纸，获得免费的三餐，还能睡在储藏室里。他甚至还能因为倒垃圾、堆放罐子和箱子、清理冰箱和从洗衣房取回桌布之类的差事挣点儿现钱。他经常心不在焉，耗费半天时间完成一件本来只需半小时的工作，然而这些都不打紧，他待人礼貌，也不妨害别人，对约翰·韦恩感恩戴德。

约翰·韦恩的会计和餐厅经理都很明智，不想多费唇舌去向他解释，霍尔只是尸位素餐，最后很可能会因精神问题被某家县立医院扣留七十二小时；他在这儿简直就是多余，他为挣工资而干的活儿原本属于其他员工的职责范围。无论约翰·韦恩要付出多大代价，他就是不认为帮助有困难的人是件坏事。更重要的是，无论他行事多么草率，也从不认为自己做的任何事会带来严重的损害。

多年前，当他还是个生活在伊朗的小男孩时，曾遇到过一个女人；她以九十九托曼的价格，卖给了他九十九年的福运。他在伊朗时已消耗了几年的福气，将剩下的大部分都带来了美国。

伊朗人很快发现，对流亡者来说最难以忍受之事莫过于"消失于无形"——不是说你的身体从人间蒸发，而是说你从别人眼中消失了。

一开始，你看到的是父母眼中映出的自己。你日复一日地看着那个形象，由此明白你是谁，为人如何，直到你的世界开始扩大，又在许多双眼睛中找到自己的形象；在你察觉到以前，已经变成真正的人——一个完整而独立的个体，别人对你的看法雕琢和塑造了你，赋予你生机与活力。你对自身的点滴了解都是对那种看法的证实或偏离。无论你做什么事、成为怎样的人，都是在践行或挫败那种观念。

后来，镜子骤然破碎，世界灰暗下来。你遭人驱逐或被迫逃命。你的家变成绞刑架，你的同胞成了刽子手。十四岁的男孩，被希伯来移民救助社解救出来，因为举目无亲，而受哈巴德派[1]监护；十岁的小女孩被送去与姐姐或姑姑住，此后三十年间再也见不到父母。诗人舍弃了他用于写诗的语言；作家在新的国度既无法理解别人，亦不被人理解。在避难之地，他们在邻居们眼中发现的自己，除了白板一块，还能有什么呢？他们如同铅笔素描人像，没有姓名，也没有过去，失去了曾用于描绘他们的色彩和色调，根本无法定义自己。

---

1 哈巴德派（Chabad）：最重要的犹太正统派之一。

这种身份的模糊性也具有摆脱束缚和解放自我的积极一面，它允许一个人重新设计和创造自己，轻装上阵，从头再来。这其中也包含自降身价和自我贬低的成分。对大多数人而言，它将"我是"变成了"我曾是"。

这就解释了移民为何总群聚在一处，因为他们可以借此守住自身在别人记忆中仅存的东西，这也解释了为何革命之后那么多伊朗人都定居在纽约和加利福尼亚。无论他们从哪一侧海岸抵达美国，从那一刻起，他们便可称呼其他伊朗人为"兄弟""老同事"或是"朋友的朋友"。他们聚在彼此的旅馆房间和韦斯特伍德庄园的公寓中，等待国王镇压"动乱"和能够安然返乡的消息。他们整夜坐在韦斯特伍德"轮船咖啡店"的大窗旁，喝着热茶，彼此安慰说伊朗的"动乱"会很快结束，国王是不会倒台的，西方世界也不会让他倒台。他们寻找比自己更早来到美国的少数伊朗人，向他们咨询如何租赁家具以及去哪儿求医看病。对大多数人而言，凭借这种联系便足以找到新的立足点。

但是，伊丽莎白的家庭早已脱离社群，又因悲剧性遭遇而减员、失势，支撑她们活下去的除回忆之外一无所有，这样的家庭又当如何？这个家里只有一个半女人，二十五岁左右的母亲和快八岁的女儿，她们被迫抛弃了已故亲人的坟墓。她们初来乍到时领悟到的第一件事就是，尽管在别人眼中找到自己十分艰难，但要找到她们遗留在伊朗的任何印记更是几乎不可能。

逝者与失踪者无法跨越国境，他们的流亡便是我们的遗忘。

伊丽莎白于 1979 年 5 月抵达洛杉矶，此时距她和安吉拉逃离那个决意要监禁她们的国家已时隔近一年。她没受过大学教育，甚至没有高中毕业证，也没有工作经验。她读写英文都没问题，但在理解或讲"美式英语"时却遇到了困难，因为她在伊朗时的老师（通常是外交官或派驻该国的石油公司高管等等的配偶）大多是英国人。在等待约翰·韦恩为她和安吉拉办理签证期间，她几乎花光了所有的现金，还向约翰·韦恩欠下了律师费和其他与申请政治避难有关的费用。最艰难的是，她无依无靠。

伊丽莎白无法像其他大多数伊朗人那样，刚一抵达洛杉矶便迅速加入自己的大家庭或是投靠旧友，她衣兜里只有约翰·韦恩的电话号码，此外再无任何财物。她不是第一个带着小孩去求助约翰·韦恩的年轻母亲。别的家庭也有这样被打散的。有的丈夫把妻儿送出国，而自己仍留在伊朗守护家中的财产；还有些人因为正在接受审讯，被禁止离境；另有一大批人身陷囹圄或是已被处决。

然而，妻子们自小接受的教育就是"尽量少思考"，只要关心家务事，无论如何都不要主动采取行动。倘若她们走运或是明智点儿的话，就会在年近二十或二十出头时，从娘家直接嫁入夫家。她们从不独自旅行，也不能在未经配偶书面允许的情况下，从伊朗的一个城市去另一个城市。突然间，她们被迫要自己做出每一项决定，这些决定不仅关乎她们自身，也关系到她们的子女。她们会朗诵诗歌，缝缝补补，但还必须学会如何开立银行账户和写支票；她们能即刻精心策划出接待百人的盛宴，但在每天要给孩子们带什么午餐的事情上，却必须有人指点。然而，她们很快便迎难而上，适应了环境，在约翰·韦恩心目中，这证明她们具有内在的能力，这种能力数百年来被东方的律法和传统压制了；不过，如果要达到那一步，还需要有人伸出援手，帮助她们稳步前行。

　　他在洛杉矶国际机场的海关外等候伊丽莎白和安吉拉。他没让霍尔来接机，而是亲自前来，因为你永远无法信任那个男人会守时——他的本意很好，但可能会把约定的周四记成周二，或把晚八点记成早八点。"再说，"约翰·韦恩对霍尔说，"那个可怜的女人一见到你，可能马上会被吓回土耳其去。"

　　当伊丽莎白和安吉拉从航站楼走出来时，她们已经历了两天多的旅程，十分困倦，不知所措；身上散发着机场的气味，充满焦虑；她们犹豫着要不要直视别人的眼睛或是回应所有陌生人的微笑。可对约翰·韦恩来说，她们看上去正如他一直渴望拥有的家人。

约翰·韦恩最后一次见到父亲是在 1960 年，那年他八岁。他们当时正在里海沿岸城市贡巴德·卡武斯。他和父母一起去了那里，因为父亲要出国旅行很久，所以希望一家三口能共度一段时光。有一周的时间，他们沿着高低起伏的湖岸线驾车兜风，走访主要的城镇和小村庄。在贡巴德，约翰·韦恩的父亲带他参观了一座纪念碑，这座城市就是以它命名的。

公元 11 世纪，有位国王为自己建造了一座完全由砖砌成的陵墓，它状如两百英尺的高塔。他去世后，遗体被殓在一口从塔顶悬下的玻璃棺材中，远离世人干扰，他在那儿每天都能看到日出。

"这就是成为王者和始终为奴的区别，"约翰·韦恩的父亲对他说，"奴隶认识到自己的局限，而国王即便在死亡的黑暗中也要追求太阳。"

多年以后，约翰·韦恩终于明白，父亲讲这则寓言的初衷更多是向他道歉，而不仅是阐述人生哲理。在"考察旅行"之后，他们又去西部旅游。有一天，约翰·韦恩和母亲在拉姆萨尔的汽车旅馆房间里醒来时，在各自枕边发现了一百托曼的钞票。他们以为父亲一大早就去外面散步了。后来，他们觉得他是出去买午餐了；再后来觉得他是乘船出游一整天，到外海去捕鱼或被走私犯劫持了；被边境守卫逮捕并监禁；被折磨至死，然后喂了野狗；又或许——或许他是去追求太阳了，独自一人，无拘无束。

两周后，约翰·韦恩因望眼欲穿地等待父亲归来而心碎了，他离开痛哭的母亲，走进一个小镇。日暮降临，带来一阵夜晚时分大海的气息。到处都是汽灯忽明忽灭的淡黄色星火，照亮了渔民们如皮革般粗糙的黧黑面颊；一些十几岁的男孩蹲踞在人行道上，烧烤串在金属签上的鸡肝与鸡腰子，他们眼里映照出火盆中炭火燃烧的烈焰。小姑娘们身穿印花棉布裙，戴着大大的金耳环，赤脚跑在姐姐或是年轻母亲们前面，她们一水儿的鬈发，咯咯娇笑着。

正当他觉得该回汽车旅馆时，忽然听见有人低语："嗨，就是你！"

招呼他的是个黑发短眉的女人。"你有钱吗？"

她穿的透明白色罩袍已从头上滑落到赤裸的肩头，露出她身上大大的白色耳环和一串串白珍珠。

"干什么？"约翰·韦恩问。

"那要看你有多少钱。"

"你卖的是什么？"

"你想要什么？"

他给了她一百托曼的钞票，说他想让父亲回来。

"他走了多久？"

当他告诉她时，她哈哈大笑起来。

"可你还在等他？"她将钞票塞到乳沟里，又掏出一托曼，将这枚硬币放到约翰·韦恩手里，然后把他的手指合上，将他的小拳头握在她胸前。

"我要给你的东西比你父亲好多了。闭上眼睛，数到九十九。"她将他的手按在她心口，"我会给你九十九年的福运。"

他只要一嗅到伊丽莎白的气息，闭上眼，想起当年在拉姆萨尔照亮夜晚的魔力之光，就知道她是穿越了二十二载光阴和 7,500 英里[1] 长路来与他结合的。他与她还有安吉拉握了手，解释说是他主动提出来接她们的，因为他的时间远不如霍尔的那样宝贵："他是天才，而我只是个快餐厨子。"

有伊丽莎白在身边，他兴高采烈，因为想到自己获得的祝福而开朗愉悦。他都忘了问她想去哪里，也没问她是不是已经有住处。

"霍尔告诉我，在他认识的人里，数你最聪明。"他一边说，一边驶离停车场，进入通往高速公路的世纪大道。"这可吓着我了，因为他是我见过的最聪明的人。他要么是个天才，要么就只是个疯子。"

他一路上滔滔不绝，直到还差几分钟就到他家了，在日落大道和山麓区等红灯时，他突然沉默下来，仿佛须臾间对境况所做的评估让他泄气：他还没告诉伊丽莎白他要带她们去哪儿，她们也没问起。她们一同坐在乘客席，孩子坐在母亲腿上睡着了，把头枕在母亲的颈窝里；母亲一动不动，显得恬淡寡欲。

当信号灯变绿时，他挂上停车挡，在座位上转身面对伊丽莎白。这是他第一次真正看她。她长得貌似不着岁月，犹如一幅古老的年轻

1　约 12,070 公里。

女子画像。

"在霍尔把你的故事告诉我以前，我本以为自己经历过不少事情。"

他说这话时目光低垂，因为他无法承受她目不转睛的凝视。

"我挺幸运的。几年前，来到这儿，来到这座城市。我曾经帮过几个人，也愿意尽所能来帮助你。"

他发觉自己听起来就像是在背诵一段预先准备好的独白，脸涨红了。

"我的房子也还算大。"他转头面向侧窗，想掩饰脸上的红晕。排在他们后面的车都在狂按喇叭。"欢迎你们住下，在我家做客。"

信号灯变红了，又变绿了，后面的司机透过敞开的车窗朝他大吼大叫，于是他亮起汽车的警示灯，想等伊丽莎白说点儿什么。

"这只不过是……"他搜肠刮肚地寻找恰当的说法，"这只不过是个……"他顿了一下，随后继续道，"你什么都不欠我的。现在不欠，以后也永远不欠。"

母亲将约翰·韦恩送到美国挣钱那年，他十四岁，穷得就像个诚实正直的银行家。当他在梅赫拉巴德国际机场登机时，只会说几个英语单词，口袋里总共揣着三十美元，根本不知道他在纽约降落后要做什么，但这在当时看来并不打紧：几年前，他们在德黑兰隔壁的邻居就让她年仅十二岁的儿子乘船去了英国，他带走的东西甚至比贾汗沙还少，可之后每个月都会给家里寄一大笔钱。贾汗沙的母亲一开始也考虑过送他去英国，但他的高中老师提出了异议：他不是个好学生，不算最懂规矩，纪律性也不强，"像他这样的男孩应该去美国"，这种说法对男孩本人和美国而言都算不上赞美，但在母亲听来却合情合理。

　　他于 1960 年 7 月 1 日降落在纽约。他在机场里度过了最初的三夜，在航站楼之间走来走去，望着窗外的停机坪，猜想纽约城会不会也不过如此。他在洗手间里遇到一位巴基斯坦来的医生，那人提出可以开车捎他去曼哈顿，他这才终于鼓起勇气走出去。从医生用英语对他说的话中，贾汗沙大致听出医生来美国时也一文不名，没有朋友。"我在地铁上睡觉，在一个教堂里吃饭。"他是这么说的，也没准这是贾汗沙事后能记起的内容。

　　一连几周，贾汗沙搭乘地铁穿梭往返于曼哈顿、皇后区和布鲁克林及其周边地带，研究琢磨地图；他害怕在街上迷路，几乎不踏出地铁站半步。他以地下商店卖的面包圈和咖啡为食，偶尔从站在地铁入口处的街头小贩那里买热狗。那会儿正逢仲夏，又湿又热，让人透不过气来。到了九月，他已身无分文，于是鼓足勇气，壮着胆子走出去，在位于第四十街和第八大道的港务局巴士总站[1]周围半径很小的范围内活动。

他的第一份差事是在距离巴士总站一个街区的餐馆里当洗碗工。他每天工作十二小时，从晚九点开始，月薪150美元。工资以现金支付，每次当班时供应两餐。有段日子，他在第四十一街上一家又脏又破的汽车旅馆里租了个廉价房间；后来，他发现第十大道和第三十九街交叉口有座教堂，里面有段楼梯单独从街上通向阁楼，每晚都有十几个甚至更多男人在那儿打地铺。当贾汗沙早上来时，夜宿者们已清场走人；他每天花三美元就能租下这间屋子，外加一个带洗手池和镜子的厕所。

日子过得并不容易，但总有些东西在刺激着贾汗沙，令他精神振奋，比如肮脏浑浊的空气、沾着油污的衣服、餐馆的霓虹灯和铺着油毡的长餐桌，还有他与粗暴失落的老大哥和双眸放光的热切青年共事的时光，他们来自许多遥远的地方，比如孟买、圣胡安、的黎波里和阿克拉。短短几周后，他便被提拔为勤杂工，因为只有两个人来上夜班，所以他就跟服务员一样，但这意味着他能跟顾客们聊天，为他们的咖啡不断续杯，当他们将棕褐色纸包里的某样东西掺入咖啡时，他会将目光转向别处。到圣诞节时，他跟所有雇员和餐馆的常客都成了朋友。

1　纽约港务局巴士总站（Port Authority Bus Terminal）是曼哈顿和纽约之间州际公路的主要交通门户，最初只占据了第四十街和第四十一街之间的一个街区，后扩张至第八大道和第九大道之间的街区。

他认识这个地区的商店老板、流浪汉、妓女和警察，在吃午饭和工休时会一边抽烟，一边站在巴士总站对面，跟出租车站的司机们互相聊着对付难缠顾客的故事。

新年后的一周，老板的妻子去世了。老板是个上了岁数的拉脱维亚犹太人，在餐馆收银台后面日复一日地坐了三十七年，从没休过一天病假或外出度假。他为守丧仪式请了一周的假，之后回来上班，宣布他准备卖掉餐馆，去洛杉矶与女儿同住。他有一辆崭新的林肯大陆汽车，打算驾车穿越美国，但不愿独自出行，因为害怕在‘像堪萨斯那种地方"有"浪人和杀手"埋伏他。就在一年前，克拉特全家在他们的卧室里被堪萨斯州立监狱释放的两名罪犯杀死了。这个拉脱维亚人可不希望遭逢同样的厄运，于是主动让贾汗沙搭便车，一同前往洛杉矶。

在洛杉矶的大多数伊朗人眼中，伊丽莎白和安吉拉是两个神秘人物——既衣衫褴褛、惹人怜悯，又独立自强、令人生畏。她们毫不相像，却又形影不离。伊丽莎白身材瘦小，寡言少语，端庄娴静得与其年龄不相称；安吉拉则活泼好动，吵吵闹闹，刚愎自用。任何知道她们故事的人一见她们，就会难过地想到当一个家庭爆发内战时会是什么样儿。对陌生人来说，她们在洛杉矶是日益常见的一类人物——一种不易归类的新型难民。

　　可对约翰·韦恩而言，自从他第一个晚上将她们载到他家，带她们看了厨房和客房再回到餐馆起，伊丽莎白和安吉拉就成了上苍降下的吉兆：他确信有朝一日，他将拥有他曾经渴望获得的所有美好事物。

　　"我要娶你的朋友，"那晚他在"幸运99"的里屋一见到霍尔便宣布道，"你将成为我的伴郎。"

　　可怜的霍尔一时没记起伊丽莎白，听了这话回应道："我根本没什么朋友。"

　　那周的后几天，约翰·韦恩帮伊丽莎白在比弗利山庄最远端的奥林匹克和斯伯丁两条街的交叉路口租了一套公寓。他选择此地，是因为它是全国最出色的学区之一，而且这栋楼距离城市的奢华地段较远，让母女俩能付得起租金。他为她们购置了床铺、碗碟和家具，为伊丽莎白报名参加驾校和罗克斯伯里公园的成人英语班，教会她如何从公寓乘公交车去安吉拉的新学校。晚上，他把她们载到"幸运99"，让她们坐在餐馆中最好的席位上，向她们介绍每一位常客，并对伊丽莎白的聪明才智和出身门第赞不绝口。

安吉拉有美食和美眷为伴，兴奋不已；但对伊丽莎白来说，那些都是难挨的夜晚。她因为一路奔波，仍旧筋疲力尽；由于对未来茫然无措，而焦躁不安。她感到一种警醒，一种模糊不清却持续不断的忧虑，它始于亚伦被枪杀之日，随着时间的推移有增无减。她根本不懂得如何与人寒暄，或是怎样对脚踩高跟鞋、身穿绸缎衣的陌生人佯装感兴趣。

她曾以自己客套的伊朗方式，试着婉拒约翰·韦恩的邀请而不冒犯他。如果承认自己兴致索然或没有精力接受他的热情招待，对她而言简直可鄙至极。不过，虽然她每次都以"我们已经太麻烦您"为由婉拒，可约翰·韦恩想时刻在她近旁的热情却丝毫未减。他在美国待得太久了，已不记得某些表达方式背后隐藏的含义，也无法区分它们的字面意思和弦外之音。他始终坚持每晚七点带着礼物在伊丽莎白家门口现身，为她们打气加油，向她们保证好事将至，然后开车带她们到"幸运99"。当约翰·韦恩招待其他客人时，他就让霍尔闲下来去陪她们。

霍尔很高兴——简直是满心喜悦地——与老友重逢；他心中怀着许多美好的回忆，包括他们共度的童年时光、假期时同玩的数学游戏，还有他们一起生活的那两个月。他很荣幸能认识安吉拉——她显然跟她母亲一样聪明，也同样博学多闻。他告诉她，东方国家的孩子成熟得要比西方的孩子快得多。他们在更年幼时便被寄予了更高的期望，他们周围的世界更加古老，对他们的要求也更高；责任、务实和勤勉等等被灌入他们的头脑——只有在这儿才不一样，在美国，就连死亡都不那么真实；你知道吗，他们把尸体装进一口绸缎镶边的棺材，为它穿衣打扮，做发型，又化妆，好像它不是要进坟墓，而是要去参加高档的舞会。哎呀，如果你过于哀痛或是难过太久，如果你不在立好墓碑以前就宣布自己将开创一项事业、创办一个基金会并坦然接受现实，你肯定会被人瞧不起的。

　　他说话时，下颌微收，贴近胸口，避免因直视伊丽莎白而显得对她不敬。他双手十指交握，放在面前的桌上，仿佛是在祷告。他甚至还努力穿得体面一些，打着救世军的领带，穿着他从公共浴室的失物招领箱里翻拣出来的白色短袖网球衫。他的头发有些长，下巴偏窄，一周没剃过的硬胡茬略显花白，每隔几秒他的左眼都会跳动一下。

跟任何出色的科学家或工程师一样，霍尔·泽莫罗迪忍受着一种未经确诊的强迫症的折磨，这使他能不计其他一切代价地去追求某个目标。然而，与出色的科学家和工程师们不同的是，他太执迷于实现理想，竟没发现他计划中的内在缺陷。

创造一种在无论有没有光的情况下，都能依靠探测人体散发的热量对人进行远程追踪的设备：这就是他天马行空的想法。他感到自己已接近目标，方方面面几乎都已思虑周全，可每当他自认为已准备好要制造一台样机时，总有什么东西出错，接着整个架构便会土崩瓦解。他跟这一问题缠斗了许久，差点打算撕碎所有的演算纸，把钢丝衣架插进电灯的插座里，直到他的大脑被烧焦为止。

每当约翰·韦恩招呼他来陪伊丽莎白和安吉拉时，他都会带上所有表格、图纸和大量笔记坐到桌边，还有世上为何需要他的热量探测雷达却还不明白这一点的 307 个理由。礼节性的寒暄刚完，他便将杯盘推到一边，把演算纸铺展在伊丽莎白面前，旋即开始非常礼貌却又十分急迫地解释每样东西的含义，甚至当她们的饭菜端上来时还没完没了。他滔滔不绝，仿佛认定伊丽莎白对这个话题就像他自己那样兴趣盎然；他还一直向安吉拉道歉"说这么一大套让你烦了吧"，却从未考虑要就此打住。十点时，餐馆里闹哄哄的，喧嚣达到最高潮，安吉拉将头枕在母亲的大腿上睡着了，伊丽莎白也愈发苍白憔悴、筋疲力尽，但可怜的霍尔的陈述报告还远没有结束。

一天晚上，伊丽莎白终于打断了他。

"这是错的。"

可能是因为他没听清她的话，又或许是因为她的话让人摸不着头脑，总之霍尔继续说了下去。她在听了整整一分钟后，又重复了那句话。

霍尔被激怒了，他摇了摇头，仿佛在驱赶一只纠缠不休的苍蝇，然后重新开始。她向他伸出手去，掌心朝下压在他正论述的表格上，对他说道："侯赛因！你的数字加起来说不通。"

她倒是不妨干脆告诉他，他这辈子都一事无成。他茫然注视着她，深吸了口气，然后垂下目光，看着桌上的图表。

"这些东西你不可能懂。"他听上去很受伤，伊丽莎白真希望自己什么都没说。"你没研究过这些数字。"他兀自咕哝着，根本没抬眼看她。

若是在三年前，她会毫不犹豫地回应："我根本不需要把数字摆在眼前去研究它们，我记得每一个数字，我知道是你弄错了，我的朋友，无论你多想证明，它们就是说不通。"

三年前，她仍相信有些真相是颠扑不破的，而且必须据实相告，这一点绝对重要。那时她尚不懂得，真相要杀死你或把你解放出来都同样易如反掌，也不明白"有太多的真相"这么一回事。数字可以代表太多的损失、历经了太久的时间，也意味着出现奇迹的希望极其渺茫。

"你说得对，"她说话的声音很轻，几乎要被周围的嘈杂所淹没，"可能是我错了。"

第二天晚上，霍尔没来上班，也没跟伊丽莎白共进晚餐。再之后那晚，他从后门走进厨房，但每次约翰·韦恩进来找他，他都躲着不见。他不跟任何人讲话，甚至也不回答问题，听到什么吩咐也不确认；他不再睡在储藏室里，而是睡回到自己车上。翌日，他花了一整天时间仔细研究文件资料。晚上，当伊丽莎白和安吉拉跟着约翰·韦恩走进来时，他已经在等她了。

"来吧！"她们刚坐下，他便将公文包"啪"的一声扔到桌上。他明摆着是在挑战什么人；可你也说不清他挑战的究竟是她，还是他自己。

霍尔把手掌在磨损的上衣翻领上擦了擦，随后突然打开公文包的锁头。公文包的上层骤然崩开，一张张字迹潦草、皱皱巴巴的横纹纸喷了出来。他低声咕哝着拾掇好演算纸，挤出一丝微笑，然后将它们递给伊丽莎白，神情好似一个人将病重的孩子托付给世上唯一有可能妙手回春的医生。

在革命后的第一年，洛杉矶当地人不知该如何看待城里突然迁来的数千名伊朗人。几十年来，城中最富裕地区的居民们已经习惯了一种特定类型的移民——工人阶层，不会讲英语，勉强度日，大都来自南美或东南亚——但现在他们突然发现了一批受教育程度高且深谙世故的伊朗人。这些人居住在韦斯特伍德、圣莫尼卡和比弗利山庄的大片地产上，他们在威尔夏大道的萨克斯与马格宁百货商店购物，在查森与佩瑞诺餐厅和罗迪欧大道上的卢奥餐厅用餐，付账时你争我抢，因为每个人都想为别人买单。男人们就连周日下午去公园时都身穿正装，打着领带；女人们到处闲逛的架势，宛若正被一大群皇家侍从前呼后拥着。他们走到哪里都成群结队，前半夜围坐在威尔夏和韦斯特伍德的轮船咖啡店里，周六聚集在世纪城商场的克里夫顿咖啡馆中，仿佛这片土地归他们所有。他们每天都去彼此的旅店房间和公寓串门，工作日晚上十点才吃晚饭，周末用餐时间更晚。

在学校里，美国家长发现那么多黑眼睛、黑头发的孩子，突然间坐到了他们金发碧眼的孩子身边，不禁吓了一跳。图书管理员无法有效推行馆内"禁止交谈"的理念。老师们因为不知道伊朗的父母不允许干涉学校事务，常抱怨他们缺乏主动精神；按照中东的习惯，对于一个二十分钟的家长会，他们通常会迟到一小时，却不明白自己做错了什么。人质危机[1]爆发后，前往伊朗播报的每台电视摄像机前都是怒目圆睁、胡子拉碴的年轻男子在高呼"美国去死吧！"。在美国出生的金发碧眼、身高腿长而又充满自信的孩子会欺负那些有着深色头发和皮肤的孩子，管他们叫"绑匪"。

在伊朗住户大量涌入的居民区，业主们怀疑这些不守规矩的陌生人恶意控制了本地区，他们为了对抗暑热，竟然关掉自家的空调，而采取每天用水管冲刷院子两次的办法（毫不在意当地的旱情）；他们对每样东西都讨价还价，因为在他们老家"询问价格"只是谈判的开始。在比弗利山庄，白人纷纷撤离的现象已对地区构成严重威胁：那些留下的人之所以这么做，大多是出于爱国主义精神和一种佛罗里达式的"不退让"[2]心态，这种心态促使五十年前的东欧和南美老牌移民与今日的伊朗移民形成对抗之势。

不过另一方面，作为美国立国基石的法律制度和宽容精神，在一定程度上确保了它拥有比在世界其他地方都较少见的包容与机遇。

伊丽莎白必须去找工作，可她根本不知道该怎样着手，甚至不清楚她能胜任什么工作。每天早上天还没亮，她就起床了，将盛美家牌果酱抹在烤好的白面包片上，给安吉拉当早餐；之后她们俩同乘公交车，沿奥林匹克街前往雷克斯福德；到那儿以后，她们还要再走十二个街区才能到达霍索恩学校。安吉拉入学时是三年级的学年中期。她在伊朗的学校里是尖子生，可以毫无障碍地用英语和法语沟通交流；

1　伊朗人质危机（Iran hostage crisis）：伊朗革命后，美国驻伊朗大使馆被占领，52 名美国外交官和平民被扣为人质。这场危机始于 1979 年 11 月 4 日，持续长达 444 天。
2　此处背景为 2012 年一名 17 岁的黑人少年在佛罗里达州被一名白人协警枪杀，该协警被判无罪，依据是"stand-your-ground law"（"不退让法"）。所谓"不退让法"，就是如果别人侵害你，而公权力又不能给你以应有的保护，那你有权使用致命武力来保护自己。

但在这里，她却被归为"将英语作为第二语言的学生"，自动被分入"慢"班。她对此很气恼——善意的老师对她讲话时音量很大，咬字吐音极慢；白人小孩避开伊朗同学，而伊朗小孩拉帮结伙，丝毫没兴趣跟白人交朋友。她发现伊朗的孩子们以前或是在别处就已彼此相识，他们的父母在伊朗时就认识对方，在洛杉矶也是朋友，他们中有许多人似乎都熟稔索莱曼家族的全部历史。

"他们知道关于你和爸爸，还有你们的父母以及亚斯花园的每一件事。"她告诉伊丽莎白，"他们问我，我们究竟找到诺尔没有，你有没有查出是谁偷走了她，她又是怎么被杀的。可你怎么会不认识他们呢？"

要如何向一个九岁的孩子解释，即便你待在家里也能成为流亡者呢？归属感对许多人都至关重要，可伊丽莎白既没寻求过它，也不觉得这是种缺憾；她的独立自主在解放她和安吉拉的同时，也使她们与外界格格不入。

xxxxx

伊丽莎白从学校继续走向市政厅旁的图书馆，坐在外面的长椅上，逐一阅读《洛杉矶时报》中的招工广告。她根本不懂"简历"是什么，再说也没什么可写的，所以只打听不要求简历的工作。有几次，她用图书馆外的公用电话拨打了报上登的号码，却发现自己说话结结巴巴，语意也不连贯，对别人的提问太过恐惧，对自己无奈的回答又颇感羞惭："不，我没有大学学位，我连高中文凭也没有；我以前从没在'外面'工作过；我没有汽车；我不知道在零售店里怎么'接待'顾客。"然而，她却能轻而易举地认路，记住路线、门牌号和公交车时刻表；她对那些东西几乎过目不忘。于是，她开始按照广告中的地址去应征需要"当面申请"的职位，甚至打算在一些办公室或商店随便停下碰碰运气，问问那里是否需要打工者。

他们看着她——瘦弱、苍白，有着与年龄不相称的严肃——不知道在想些什么。她看起来家境太过富裕，又成熟老练，因此不适合做日间托管中心的助理或杂货店柜员；可她又太缺乏经验，根本没法让她照管孩子或负责收银机。她只能在早上八点以后开始上班，下午两点就得走，因为她要接孩子。她不会速记，也不会打字或操作电话交换机，可她坚称自己能按时完成一整天的案头工作，无论什么都一教就会。平生第一次，伊丽莎白的聪明才智既不被认可，也不被特别看好。

还有就是体味。

别人觉得她想必喷了某种产自异域的奢华香水，能勾起人们已遗忘许久的回忆——他们儿时听过的故事、在海边度过的一天、奇特的期望，或是初吻。每次她无论是走进房间还是过道，无论是登上公交车还是步入楼梯口或电梯，那种气味都会先她一步，引来好奇的注视和试探性的询问——你喷的是什么香水？它是用哪种花或植物提炼的？哪个国家生产的？

尴尬的伊丽莎白只好轻描淡写地说："我不记得名字了，是别人送的。"然后垂下头，挨过这一刻。迷惘的感觉为这番对话蒙上了一层阴影，她比以往更能体会到，她既不能解释，也无法逃避这与生俱来的东西。

在伊朗时，情况可就不同了。她极少出门，几乎见不到生人。差不多每个与她打交道的人对她的怪异体味不是习以为常，就是知道真相。

"你打算在上班时喷这种香水吗？你愿意少用一点儿吗？倒不是说它令人不快——没有这回事——只不过它太浓烈了，这味道错不了的，甚至让人有些陶醉，它会让人想要躺下来，望着天边的云彩。"

　　她找工作进行到第三周时，早餐和午餐只吃点儿胡萝卜和西芹，以便节省所剩不多的钱；约翰·韦恩这才发现她白天都在做什么。他仍旧每晚专程赶来或顺路拜访，带她和安吉拉去"幸运99"吃晚餐，但谈及作业和第二天一早上学的话题时，他就搭不上话了，只得咽下自己的失落，如他向霍尔坦承的，"像男人一样面对"。他离开伊朗已经太久，不清楚这一切是多么不得体——一个男人借钱给一个独身女人，给她买东西，而他既不是她的配偶，也非直系血亲；他出现在她的住处时，没有他人在场陪同；他称呼她时甚至使用了比较非正式和亲密的称谓"你"，而不是"您"。

　　他能觉察到她的羞怯，她在接受他的礼物时踌躇不定，但他将这些归为她自尊的表现。他能把握好分寸，不至于站在每个屋顶高喊他想分分秒秒与她相伴；毕竟她成为孀妇的时间不长。可每当他在她近旁时，时间就会自动缩短，于是一小时变成了一分钟，宝贵得令人心痛，短暂得令人癫狂；而之后当她不在时，却又漫漫无期。所以，他想出了一些更具新意的"互通情况"的理由，正如他平时喜欢说的，这意味着无论是否受邀，他也会每天拜访，哪怕只有短短的几分钟而已。

　　这种冲动鲁莽、"全力以赴"的行事风格正是约翰·韦恩的本色，甚至在他做出那次世纪交易、为自己买下永恒的福运之前，当他还只是个失去父亲的孩子，赤脚走在海边小镇泥泞的人行道上时，他心中就没有一丝一毫的谨慎或疑虑，能使他放慢脚步。他是伊朗人所谓的"豪放派"——就像说一个人总是慷慨解囊那样。他一眼就能看出自己想要什么，无论遇到何种障碍，也不计要做出多大牺牲，他总有把握设法得到它。他带给人持久而坚定的希望，黑暗中的道路终将通向光明。

一个周日，他手里拿着一包早午餐，身后还拖着霍尔，按响了伊丽莎白家的门铃，按他的话说是"为了面子上好看，这样我看起来就不像个骚扰狂了"，可他发现只有安吉拉独自在家。

"她去找工作了。"小姑娘解释道，努力让自己听上去既不满怀希望，也不失落懊恼。她们需要钱，但安吉拉也需要母亲。

"她回来时可能会说，没人愿意雇她。"

约翰·韦恩将食品袋放在三英尺长的料理台上，思忖着安吉拉的话，以确保自己正确领悟了她的意思，然后他默默地祝福那个在很久以前，当他心灰意冷时，以微薄报酬卖给他九十九年褔运的陌生女人。

伊丽莎白应征了一则"家政公司"多次刊登的招聘广告。她知道"家政"一词与家庭、住宅和住户相关。于是，她先搭三趟公交车来到谢尔曼·奥克斯，又从文图拉和塞普尔韦达的街角步行二十分钟到达凡奈斯，最后爬上购物中心的两层楼梯，终于到了广告中的地址。

房门敞开着，有二十四个女人坐在屋里的金属折叠椅上，她们腿上放着手提包，讲着西班牙语，看起来相当自在随意。室内光线昏暗，墙上只有一扇似被油漆封死的小窗。在远处的角落里，一个描眉画眼、戴着假睫毛的中年女子坐在金属办公桌后面盯着电话，仿佛盼望它响起来。

"早上好。"她边说边用手示意伊丽莎白进去。其他女人顿时安静了，从头到脚又从脚到头地来回打量着伊丽莎白，之后开始彼此用西班牙语议论起来。伊丽莎白挤出一个微笑，朝她们点点头，用英语道早安，然后缓步走向办公桌。

"住家还是不住家？"那个"假睫毛"用西班牙语问。当她看到伊丽莎白的反应时，仍用西班牙语问："你不讲西班牙语？"

过了片刻，她用英语重复了一遍问题："住家还是不住家？不管选哪种，你在签约时都得付一百美元现金介绍费。等你找到工作以后，每周五十，一共四周。你有证件吗？"

伊丽莎白恍然大悟，原来她误解了"家政"一词的含义。她不想因为承认自己不打算找家庭保洁工作而得罪"假睫毛"——无论如何，她还没沦落到那个地步；可如果什么工作也找不到，她只好随便找份力所能及的工作了。她实在羞于承认她不知道"家政"一词还有这层意思。如果只是出于礼貌，她也会填一张申请表，可她实在没有闲钱。她尽量心平气和地把这番话告诉那个女人，因为她意识到屋里的所有人仍在背后盯着她看。

"别骗我了。"女人厉声说，她扬起下巴指着伊丽莎白，仿佛是要把伊丽莎白本人的样子当作她不说实话的证据。"你看上去可远不止有一百块钱。"

她回到公寓时，看见安吉拉盘腿坐在沙发前的地板上，腿上摊着一本书。约翰·韦恩正在洗碗。霍尔坐在双人餐桌旁，伊丽莎白已将与他发明有关的一大堆文件和草稿纸规整为干净利索的几摞，放在餐桌上。她还没来得及像她主动提出的那样仔细研究它们，任她刚一开门，便从霍尔脸上的神情看出他已有所醒悟，正眼睁睁地看着多年的苦功和堆积如山的梦想慢慢凋零，强迫自己学会放弃。

安吉拉一见伊丽莎白，立即跳起来。"你找到了吗？"她满怀希望地叫道。她用手将翻开的书使劲儿压在右侧的大腿上，仿佛是在阻止自己冲向房门。"他们给你工作了吗？"

伊丽莎白不愿接受约翰·韦恩的施舍与救济，而以她的聪敏不会看不出他提供的"职位"——"财务顾问和商务协调人"——是专为她一个人创设的。因此，她的第一反应是衷心感谢并婉言拒绝。

"你已为我们做了许多事，我不能再麻烦你了。"她周一早上对他说，当时他特意赶在她送安吉拉去上学前的七点钟打来电话。

她不是会计也没关系。"霍尔说你数学很棒。"

她要在家陪伴安吉拉，因此晚上没法上班也没关系。"你可以来去随意。"

当晚约翰·韦恩顺路来访，邀请她们陪他到"幸运99"共进晚餐时，她再次拒绝了他。她打算坚守立场，即使余生只能受穷，也要保持尊严，因为那些东西很重要，你知道——比如节操、尊严、享用他人的善意时不得寸进尺，这些是我们离开后留下的小小足印，遗留在世上的痕迹。

伊丽莎白试着对安吉拉解释这些，那天早上她跟约翰·韦恩讲电话时，安吉拉一直注视着她。

"你为什么要拒绝？"

安吉拉肤色很浅，有一双大长腿，还有一头爆炸式的闪亮褐色鬈发，这头头发很不听话，无论何时只有一部分梳在脑后，其余的都散乱地飘在脸庞周围。青春期的飞速生长会使她比大多数伊朗成年女子更加高大，不过这种蹿个儿是一两年以后的事儿；"无所不知"的态度在十年内也尚不会显现，但她已变得果断而执拗，没错，还有点儿"愤青"。

"我记得你说自己连女仆的活儿也找不到。"

周二早七点刚过，电话再次响起，安吉拉抢在母亲伸手之前猛扑向电话机。

"你必须接受。"她提醒道。她用一双小手紧紧抱住嗡个不停的电话机，话说到半截就哽住了。她那双警觉的黑眼睛始终保持着戒备，此刻还蒙上了一层恐惧。"你不能什么事都想怎么决定就怎么决定。"

伊丽莎白事后断言，她就是在那一刻意识到女儿已经变成美国人了。

伊丽莎白在约翰·韦恩账簿里发现的第一个问题就是他不该雇用她和餐馆里半数的员工，因为他没有足够的资金，很久以前就没有，或许从来没有过——他用借来的钱付账，而这些钱他在短期内无法偿还。她对此忧心忡忡，但他对她这番报告的反应更令她担忧。

"别为这事儿担心。"当她告诉他这个坏消息时他说。他这种处世豁达、认为"不会出事"的做派能使许多人安心，也很讨人喜欢，却没能说服伊丽莎白。"我一直就这么穷。"

他很想在那句话后面跟上一番极为迫切的表白：他不关心她在账簿里发现了什么，只要他能坐在那儿，看着她翻阅账簿就行。

若不是认为向身处不利境遇的女人主动出击有点儿不正派，他本想告诉她这些，然后单膝跪地，向她求婚。当然，他明白自身的局限性：他曾经是一个流落街头的孩子，几乎没受过教育；而面前的她，则是一位上流社会绅士的天才遗孀，人们提到她的亡夫时仍语带敬意。不过话又说回来，他有半个世纪的福运可供取用，也愿意耐心地等上至少那么长时间。再说，他还有餐馆呢。

"幸运 99"烧烤店位于日落大道和克莱森特高地的交叉口，坐落在山顶上，占地一英亩。餐馆的建筑结构松散，有挑高的天花板，宽大的窗户，还有能俯瞰洛杉矶的露天游廊。餐馆后面有个停车场，餐馆前面停着一排豪华轿车，包括劳斯莱斯。这些轿车是以每日三百美元的（折扣）价格租来的，司机都身穿黑色阿玛尼制服套装，鎏洁利落，他们负责接送尊贵富有的食客和住在城外的朋友。往返接送属于附加服务，如同每张贵宾桌只要有客人落座就会赠送一瓶凯歌香槟那样，还随赠主厨特供的每日开胃小菜和由约翰·韦恩奉送的一碗里海欧洲鳇鱼子酱。

他开办餐馆时曾获得一个贷款经理的帮助，该经理在一家小型区域性银行——加利福尼亚联合银行——工作，待人和善，家中人丁兴旺，经常帮助小企业家"建立"信用。巴拉迪·麦克弗森是来自回声公园的五旬节派[1]基督徒，因婚姻成为加拿大宗教复兴运动的布道者艾米·森普尔·麦克弗森[2]——国际四方福音会的创始人——的甥孙。尽管修女艾米及其子女多年来承蒙上帝的恩典收入不菲，但余下的家族成员也得跟平常人一样靠奋斗谋生。

在事业发展早期，巴拉迪曾利用姨母的人脉来维持他的贷款经纪公司——"四方贷款公司"。十余年间，他替自己教会的成员取得了特别的"上帝贷款"：贷款人用现金向他支付百分之十的佣金，他则为心地善良、敬畏上帝的人们伪造贷款申请材料；倘若没有巴拉迪帮忙虚增信用，他们根本没资格申请贷款。当多家银行发现问题，联邦政府介入调查时，他已经赚了几百万美元，结了婚，有三个孩子。他蹲了二十七个月监狱，出狱时身无分文，离了婚，还得承担子女的抚

---

1 五旬节派（Pentecostalism）：新教教派之一，产生于19世纪末20世纪初的美国。五旬节派强调受领圣灵的能力，注重神学研究。
2 艾米·森普尔·麦克弗森（Aimee Semple McPherson）：生于加拿大，是五旬节派复兴运动的先驱，20世纪初美国最著名的宗教人物之一。她还曾成立广播电台、圣经学院和福音传会，于1927年成立国际四方福音教会。

养费。于是，他编造了一份全新的简历，刻意回避了那段仅提供"床铺和早饭"生活的"小插曲"——因为那就是牢狱生活的全部；不过说实在的，他待的监狱是安保级别最低的监狱，拥有宽敞开阔的空地和新鲜的乡村空气——没过多久，他又在贷款申请上玩起了戏法。他帮约翰·韦恩取得了 80 万美元的贷款和年利率为 11.25% 的 20 万美元循环信用额度。那是 1972 年 4 月的事情。截至 1980 年，他在原始金额上又追加了 70 万美元。

约翰·韦恩根本不晓得麦克弗森在贷款申请表上写了些什么，表格都是麦克弗森先填好，然后放到约翰·韦恩面前，签字即可，他只确信上面的信息都是银行想要见到的。直到伊丽莎白开始检查账簿，他才明白自己在银行看来是多么富有和成功。贷款文件显示，他拥有大量资产，收入也相当可观——约翰·韦恩对此毫不介意，麦克弗森和他的银行老板们亦如此。

伊丽莎白是这伙人里唯一的搅局者，自从接受了约翰·韦恩为她创设的职位以后，还真拿它当回事了。她尽管初到美国，却感觉虚增一个人的资产价值或是在看似正式的文件上堂而皇之地虚构财产的做法是错误的。为了让她满意，约翰·韦恩与麦克弗森商议了一番，回来说银行可以随时验证麦克弗森做出的每一项报告。如果他们并不打算验证，那就说明有关责任方对各项条款都很满意。他解释说，这就是美国的生意之道，这就是为什么钱会在这里迅速增值、每个人都能发达的原因。你必须信任贷款经理，他们知道应该在表格上填什么，银行也清楚该放多少贷款，至于"实际情况"与"应该是什么情况"之间的漏洞，迟早能以某种方式来填补。在这个国家，每个人都是这样致富的，他说：靠大量贷款和富于乐观精神。

然而，伊丽莎白认为负债如此之多并不明智。她能理解约翰·韦恩对赚钱没有对花钱那么感兴趣，却无法认同他的鲁莽行径。她不相信数字能骗人，也不会仅凭希望就把它们一笔勾销。她建议他精简部分员工以节省管理费用。他却说无法想象自己裁掉那些非法雇用的拉丁勤杂工，因为他们没有身份证件，又尚未成年。他付的薪水是最低工资的三倍，每晚十点都送他们回家，以便孩子们能在早起上学前睡个好觉。他充当着他们的"监护人"，所以当他们学习成绩下降或逃课时，学校都会给他而不是父母打电话。他还会检查他们的成绩单——因为他也曾有过同样的经历，做过同样的事情；他告诉他们，自己雇用他们是因为他们需要钱，但前提是他们必须继续上学。

　　要是他在"幸运99"的开销远超过收入，他又该怎么办呢？他告诉伊丽莎白，香槟和鱼子酱是为了餐馆能长盛不衰进行的投资——是一种吸引名流的方法，他们希望每样东西都免费，而他们的光顾又会引来花钱消费的常客。他说，在洛杉矶，你必须显得有钱才能变得有钱；不过，成为富人从不是约翰·韦恩的首要目标：在他年轻时待纽约的那段日子里不是，那时他睡在教堂阁楼的地板上，冬天时周遭都是潮湿的行军毯和疲惫的脚掌散发的恶臭以及它们沾染的污渍，夏日里身边则都是肮脏的身体与腐烂的垃圾；后来，当他身处装有空调的五星级酒店大堂或在清澈的私家泳池边时，也从不以守财为乐。他刚到美国那会儿，几乎把挣到的所有钱都寄给了老家的母亲。后来，她死于肺炎，却没人告诉他，所以他还不断寄钱，亲戚们把钱领走花掉了。直到有一天，他给母亲打电话，一个邻居才告诉他她没法接电话了，因为她早已死去，埋了。

　　可亲戚们的背叛非但没使约翰·韦恩更加谨慎地对待花销，反而让他加倍努力去结识新朋友和帮助别人。至于那些贷款嘛，到1982年末，巴拉迪·麦克弗森已被提拔为副行长，加利福尼亚联合银行正要从一家网点扩展到三家。

$$\sum_{k=1}^{n} \mathrm{I}_k = 0$$

电气工程的两个基本定律之一：所有进入某节点的电流的总和等于所有离开该节点的电流的总和[1]。内容虽然很基础，但如果你不把它搞对，就无法继续下去或在此基础上开展建设。除非你是具有非凡想象力和无限干劲的数学天才，是来自南德黑兰工薪家庭的贫穷青年，此刻正流离失所，说不太好外语，也不信教，唯一可走的道路只能由数字来照亮，那就另当别论了。

他来自塞勒斯大街，在伊朗全国高考中名列榜首，是巴列维政府遴选出的三位最有前途的工程专业学生之一，荣获全额奖学金，被派往波莫纳加州理工大学攻读学位；当他被故国如废品般遗弃后，便醉心于这个念头——他认为某个具有变革力量的重要事物正待成形，霍尔甚至比看到自己的双手更加清晰确切地看到了他的热量探测雷达。他于 1979 年离开波莫纳加州理工大学，以便将全副精力投入到发明创造中。他为弄清楚是否能造出这种机器困扰不已，满脑子都是对制

1　即下文的基尔霍夫电流定律。

造原理的梳理，他几乎都想仅凭意念造出机器，硬让方程式算出结果，所有问题也就迎刃而解。他反反复复地计算，制作图表，将思路从头展现出来，可临近收尾时却总功亏一篑，然后他又回头倒查每一个步骤，每一个问题，找寻自己在哪里转错了弯。由于他在工作时狠命磨牙，他的牙齿都被锉成了短小的牙茬儿，头发也未老先白；每当他吃东西时，肠胃就开始出血；身体动辄痉挛——可他仍旧连一个错误都没发现。

对工程师来说，基尔霍夫电流定律等同于建造中国万里长城时立下的第一块基石。霍尔·泽莫罗迪可以看到城墙，甚至是每一小块城砖、每一道缝隙、城墙每一处的曲度和转角。对每一块城砖，他都要称量、搬移并替换数百次，但他从未想到返回那第一块石头，把它敲开，看看那片维持他整个世界平衡的中空。

伊丽莎白发现了霍尔的计算错误，为此感到震惊。数月来，她一直纠结于这种情绪中，在后果无可避免的情况下，苦思该如何向他透露消息。他的设想没能付诸实践，因为它根本就不存在——甚至连可能性都谈不上。霍尔基于一个错误的假设创造了它，如同单凭一颗死掉的种子来建造整座花园。她最终决定在一个中立的场所告诉他，这样会比较容易些——不在他的车里，因为那是他的住所；也不在她的公寓，而是在"幸运99"，最起码他们确信在那里约翰·韦恩会积极出面调停。

尽管正值仲夏，但那天到了晚上，热气也丝毫未减，这在洛杉矶很罕见。为了帮助约翰·韦恩控制不断增长的债务，她已说服他在周一晚上将餐馆打烊，因为那时就连吃白食顾客的上座率也很低。

她在储藏室里找到霍尔，他正在漫不经心地整理罐子和箱子，"挣"

工资，尽管他能做的事根本证明不了该付他那么多钱，或抵得上为他提供的住宿待遇（一张折叠床和一间雅致的洗手间，并且他可以不需要去公共浴室，随时到约翰·韦恩位于特劳斯戴尔的家中淋浴）。当他听到伊丽莎白在身后的门边喊他时，他停下工作，却没有转过身。

"我对你的数字有点儿想法，"她柔声说，"想让你看一下。"

当年，他们还是两个小学生，他身穿打着补丁的灰色长裤，靴子是别人家的孩子淘汰下来的，他母亲在那户人家做保洁工；她穿着浆洗熨烫过的校服，头上扎着白色丝质蝴蝶结；他们一个是出租车司机的儿子，一个是教授与医生的女儿。

在伊丽莎白解释时，侯赛因·泽莫罗迪始终静默地站着。当她讲完以后，他不停地扫视演算纸，仿佛在等待接受更多的惩罚，当他发现事态并未如此发展时，便开始微微颔首，一上一下地，好似人们喜欢摆在车窗里的那些宠物狗玩具。他点了太久的头，让伊丽莎白开始有些担心了，于是在那一刻，她做出了不同寻常的举动，伸手碰了碰他的肩膀——在那个年代，伊朗异性之间不会随意触碰彼此——此举想必将他从紧张症中唤醒了，因为他不再颔首，而是直接转向她，笑了。

他仿佛退回到好多年前，并非回到人之初，而是回到了早年间，无论那时他的头脑是否机械而呆板，他仍是仆人的儿子，清楚自己的身份地位，行为举止也与之相符。因此，他突然在伊丽莎白面前挺直身子，深深鞠了一躬，一边避免与她目光交会，一边说道："夫人，我对您感激不尽。"

有人最后一次见到霍尔·泽莫罗迪时，他正驾着他那辆黄色的破车，沿好莱坞大道驶向 101 号州际公路，没开前灯。

本不该酿成如此灾祸的。

霍尔只不过是在创造雷达时走了一条错路，并不意味着他找不到别的方法。他足够聪明，想象力也丰富，必定能想出另一种方法，或是创造一种全新的发明。他的确感到羞惭——在根本不可能的事情上耗费了那么多年，忽略了如此明显的错误——但他本可以坚强地挺过来。他没有那么骄傲自负，也远没有那么虚荣，不至于认定自己不会犯错。真正令霍尔心灰意冷的是因为他悟出了此番经历的真正含义：他对机器运转的原理或许略知一二；或许他曾使几个人误以为他具有天生的才能，但最终却名不副实。

如果你的父母是工薪阶层的文盲，又出身于以血统设定重重界限的地方，情况便会如此。无论你跨过了多少重界限，或多或少总觉得自己是个冒牌货。

霍尔失踪几个月之后，一个女人带着两个小姑娘出现在"幸运99"，还带来一张由霍尔签名的手写便签。在一张泛美航空公司的机票背面，用铅笔潦草地写着约翰·韦恩的名字、餐馆的地址和霍尔姓名的首字母——H. Z. 。那个女人名叫吉芭·瑞伊斯，声称便签是一个伊朗出租车司机给她的。他的牙都掉光了，连一缕头发也没有——甚至没有眼睫毛。当时他从她叔祖家在纽约皇后区的公寓接上她和女儿们，载着她们去肯尼迪国际机场。

吉芭·瑞伊斯对约翰·韦恩说，她已经奔波了将近两年。她的丈夫在伊朗躲避着毛拉，而她和女儿们则从陆路经由巴基斯坦边境成功出逃。她们在白沙瓦[1]的一个难民营里待了十一个月，依靠红十字国际委员会的救援才离开那里。第一个发给她们签证的国家是意大利，于是她和姑娘们去了那里，等待下一个机会——去美国。她和丈夫都是穆斯林，但她的曾祖父是犹太人。二十一岁时，他爱上了一位毛拉之女，皈依了伊斯兰教并与她结婚。

于是，吉芭·瑞伊斯抱着侥幸心理，向希伯来移民救助社申请援助。她在哈巴德派的资助下飞到马里兰。她感激他们的帮助和热情招待，却无法像犹太人或至少像哈巴德派的犹太人那样应付这一切。她的叔祖——皈依者和毛拉之女的儿子——与其子女一起住在纽约。自从她逃离伊朗，曾十几次乞求他们伸出援手，却从没收到回音，但她仍心存侥幸，带着两个女儿和三只行李箱出现在他们家门口。他们留她住了十天，之后建议她去洛杉矶。那里的气候宜人得多，公寓也更宽敞，更适合留宿那些不请自来又不受欢迎的房客。

"到韦斯特伍德去吧。"他们说，"只要在那儿高喊一句波斯语，街上每个人都会转头的。"

当吉芭在皇后区搭上伊朗男人的出租车时，心中就只有这个打算。她告诉他说，她要去洛杉矶，那儿有她认识的几个伊朗人，他们曾在德黑兰有过辉煌的历史，可她不知怎样才能找到他们，也不知能否指

1　白沙瓦（Peshawar）：巴基斯坦城市，邻近阿富汗。

望他们帮忙。于是出租车司机写下了约翰·韦恩的名字和地址。

她将便签折好，放进包里作为备选方案，在飞往洛杉矶途中也没怎么多去想它。她们在晚上降落，在一家机场旅店里过了夜。翌日早上，她们的出租车司机又是个伊朗人。她开玩笑似的问他，是否听说过在好莱坞有家餐馆的老板叫约翰·韦恩。

"当然了。"司机正儿八经地说，"这么多年来，我至少在他门口撂下过两百个人了。"

吉芭·瑞伊斯属于那种"我可不认账"的女人，她认定自己是一场惊天骗局的受害者：她嫁给了一个人，醒来时身边却是另一个人。她嫁的男人资质聪颖，受过高等教育，是特权阶层的儿子。他的父亲为瑞伊斯医生和吉芭举办了一场奢华的婚礼，还给了他们一栋房子住。瑞伊斯医生年纪轻轻，仪表堂堂，富于理想主义——他属于那种华而不实的知识分子（在洛杉矶他会被称为"尼曼马克思主义者"[1]），他心目中的美好时光，就是身处德黑兰的某条著名窄巷，在一株槭树的树阴下一边啜饮波尔多红酒，一边品读让-保罗·萨特。与吉芭结婚时，他已拥有崇高的理想，希望慷慨地奉献自己的专业医疗技术，为真主和祖国效力。不久之后，他建立起一支由年轻医生和护士组成的卫生队，自愿向医疗服务水平普遍低下的省份和偏远山村努力进发，帮助当地预防诸如由沙眼导致的目盲和由小儿麻痹症造成的瘫痪之类的常见灾病。在 20 世纪 60 年代末的一段时间里，此举既值得称赞，又切合实际：家中没有孩子，要用钱的只有年轻的妻子，他可以在充当弗洛伦斯·南丁格尔的同时，挣足够的钱让吉芭高兴。

可就在那时，孩子们先后降生，吉芭的朋友和兄弟姐妹们纷纷从

1　原文为"Neiman Marxist"，其中"Neiman"是指美国奢侈品连锁百货商店"Neiman Marcus"，由于"Marcus"与"Marx"音形相近，此处是一种戏谑的说法，用于讽刺那些名不副实的"马克思主义者"。

各自的第一套房搬进了更加宽敞奢华的住所；过去曾被瑞伊斯医生当作休闲消遣的事情，现在却渐渐地妨害了家人的利益。吉芭开始竭力劝说丈夫别再"萨德"了——对"犯傻"的一种委婉说法——要摆正"个人荣誉"和"职业责任"的位置：口头说说即可，无须实干，应当转而顾全自家人的需要，而非那些根本不认识的人。

瑞伊斯医生始终否认这一点，但妻子认定他助人的动机更多源于虚荣而非原则：就算穷人付不起钱，他也要为他们治病，因为他喜欢别人对他表达感激；他以学者而非商人自居，因为他要依靠人们给予文人墨客和科学家的敬仰才能事业有成。赞赏他为公众服务的那些人自己死也不愿将这事置于赚钱牟利之上，瑞伊斯医生始终对此不明所以。吉芭越是频繁地抱怨他因过度施舍自己的"财产"而没能让家人过上足够舒适的生活，瑞伊斯医生就越想证明他对自己的决定具有充分把握。

与此同时，吉芭一直不停地计算着因丈夫固执己见而让她和孩子遭受的每一项社会地位和经济上的损失。她将其他每家每户的收入和财产登记在册，以便向孩子们说明父亲每天都替她们舍弃了多少本该属于她们的钱财。她说，瑞伊斯医生如同有人畏惧老鼠和蛇那样，生来就讨厌成为富人；还说他为人自私，因为他坚持免费为穷孩子治病，结果他自己的孩子就不能有去欧洲购物旅行一个月这样的"基本享受"。就因为他，女儿们将来只能嫁给不如意的人家，或是根本嫁不出去。

吉芭那些不祥的预测很难说有多少会成真，不过在伊朗，从来没人因为打赌会发生灾祸而赔钱。瑞伊斯医生和妻子在婚后前十年中，都在为他的工作争吵不休；后来，1978 年，当德黑兰街头爆发骚乱和暴力冲突时，他们又开辟了新的战场。吉芭想让他听从"那些更为明智者"的建议，在伦敦、瑞士或纽约开立银行账户，将存款汇到国外。她认为他们应将值钱的物什换成便于携带的珠宝，再打包好，连同孩子们一起，在夏天时送出国去。倘若她能独立完成这一切，她肯定会这么做，但即使在国王统治之时，在形势最好之际，女人在没有男性"监护人"书面许可的情况下，也不能出国旅游、带子女出境或在国外银行开立账户。

在瑞伊斯医生看来，他不相信军队会彻底垮台，美国会撤销援助，也不认为国王会下台。他对吉芭说，即便当真发生意想不到的事，他对新政权也毫不畏惧，因为他没做过任何错事。他问心无愧，除了当吉芭把他叫醒发泄情绪时，他一直睡得很安稳，只消看看法拉赫·巴列维王后陛下在 1976 年为表彰他对国家的无私奉献而授予他的荣誉奖章就足够了。

奖章是 18K 金的，挂在代表巴列维王朝旗帜的红、白、绿三色天鹅绒绶带上——证明他品行端正，向世人提供了专业服务。国王在位期间，奖章被装裱起来，悬于瑞伊斯家客厅壁炉上方最显眼的位置。后来，瑞伊斯医生在吉芭的多次恳求下退让了，将它取下，藏了起来，因为"现在，某个仆人或邻居随时会向毛拉举报我们，说我们与王室交好——你明白那意味着什么——若非咱俩都完了，至少你是完蛋了"。她带着女儿们离开三周后，他便被政权认定为"塔夫提"——"人间败类"——被勒令前往艾文监狱报到。

那一晚，瑞伊斯医生收拾好所有荣誉证书和嘉奖状，连同奖章一起装进防火保险箱，把它埋在后院里。他把手电筒握在胸前，右手抓着一把汤勺。凌晨两点时，气温最多零下十度。瑞伊斯医生又冻又怕，双手和身体直打战，但他又心急火燎，头发都被汗水濡湿了。手电筒不断从他绵软无力的手中滑落，每次他试着用勺击破坚冰时，勺把儿都会愈加弯曲。他意识到应该用铲子，但那会让仆人们起疑。他们一直在监视他，翻找垃圾，偷听他与别人的谈话，甚至连最平淡无奇的琐事都向当地委员会报告。前一天，他趁厨子午睡时，偷偷将勺塞进自己的衣兜，现在趁着夜色来掘地。

"真相是什么并不重要，"吉芭曾对他说过一千次，等他醒来时已浑身是血，遍体鳞伤，赤身裸体地被绑在艾文监狱地下室里的一把椅子上，"重要的只有别人相信什么。"

瑞伊斯医生将毕生都押在单单一条真理上，可他输了。

吉芭·瑞伊斯需要一个住处，而伊丽莎白若是没有约翰·韦恩的资助，又付不起自己公寓的房租，于是她邀请吉芭搬进比弗利山庄只有一间卧室的公寓里。吉芭和女儿们睡客厅的沙发床，伊丽莎白和安吉拉睡在卧室的双人床垫上。如此逼仄紧凑的住所——几乎不足八百平方英尺[1]——在德黑兰简直超乎想象，但在洛杉矶，它却成了这里每位房客舒适安逸的源泉。

两个年纪大些的孩子，安吉拉和妮洛，很快成了朋友。妮洛——意为"蓝色花瓣"——是个漂亮的姑娘，头脑清晰可靠，散发着朝气蓬勃的魅力。安吉拉则敢作敢为，心直口快，在争辩任何问题时都能置对手于死地。和她们相比，吉芭的小女儿内达显得毫无个性可言，她就像八月灼热的人行道上一只将死的鼻涕虫。

她是学校里的怪人，根本不会跟别人交朋友；虽然每周末都有几十场聚会和派对，可没有人甚至只是出于同情而邀请她。除妮洛和安吉拉之外，她能整日都不跟任何人说上一句话。如果有什么人当真留意到内达，就会发现她每天无时无刻不在学习，包括学校课间休息和午餐时间，下午在家时也是，甚至是周五晚上。她的社交生活就是，当妮洛和安吉拉在家招待朋友时，她也踅进房间，缩在其中一隅。别

1 约 74 平方米。

的孩子只有在想问作业和备考科目时，才会给她打电话。

开学期间，她每天下午乘公交车回家后，就一直宅在家里直到翌日早晨。周末和节假日时，她不是学习功课就是步行前往罗克斯伯里公园，独自对着墙练网球。她习惯啃指甲、咬嘴唇，咬到流血，在课堂上只有当被老师点名时她才讲话，尽管她对课业了若指掌，还是经常嘟哝着说出错误的答案。

她平淡乏味，反应迟钝，连面对自己的影子时都会瑟瑟发抖，安吉拉宣称她是"濒危物种，就像无法独立存活的那种，你必须始终将她置于保护区中看护起来，这样她才不会被别人撕碎或枪杀"。小小年纪，安吉拉讲话就已经很有一套了。

多年后，安吉拉在伊朗的小学同窗会将她的锋芒毕露归因于在德黑兰拉兹学校接受的法式教育。她的老师都是法国人，许多同学也是，这意味着他们都无暇顾及用词上的细微差别、分辨废话或是被称为"顾及他人感受"之类的无稽之谈。他们始终不伦不类，因为他们曾经"拥有"波斯，却让它被俄国人和英国人、最终是美国人占了去；他们认为自己拥有世界上最优美的语言和最精致的文化，但他们在这场"战斗"中却也败给了英国人和美国人。因此，他们始终热衷于告诉世人究竟出了什么问题。每隔一句话，他们就会开门见山地说："Je vais vous parler franchement"——我坦率地跟您说吧——这意味着后面的话会伤害、得罪别人或是更糟，并且根本没有提出异议或协商的余地。

最终，安吉拉将她的战斗精神归结为"生来就不会翻过身装死"。正如有人认为的那样，这并不意味着她主动以斗争为乐，只不过生活摆在她面前的选择只有两个，要么是低头挨打，要么每天随时准备好冲出门去迎战。在洛杉矶上初中时，别的女孩在课间休息做游戏时排挤她，她会在以一对十二的情况下跟她们对峙，要求得到一席之地。当男生们冲她过度发育的胸部指指点点、叫她"奶牛"时，她会将他们推搡到一边，坚守阵地，直到被打得挂彩，身上青一块紫一块的，然后被遣送到校长办公室去。上高中时，美国孩子嘲笑她大妈似的穿着和怪异的眼镜，叫她"抹布头"[1]，问她德黑兰人是不是还骑着骆驼或驴子去上学上班；当陌生人在街上拦住她，让她滚回老家去，还叫她"浅色黑鬼"[2]和"绑匪"时，她会高叫着回敬，说她认为他们是多么无知，被人误导得有多深，他们的生活想必很空虚吧。

坚韧的性格帮助安吉拉熬过了流亡生活最初几年中那些不可预料的事情和格格不入的感觉。执着与专注帮她克服了语言和经济上的难关，抵御住惰性和无助感的死命拖曳，否则当她在短短三年间连续失去父亲、妹妹和自己的家园以后，就已被彻底吞没了。

可话又说回来，在某些事情上，她也是身不由己。她融入这个地方并非完全出于自己的选择。

1　抹布头（rag head）：对阿拉伯人和某些其他人群的民族性蔑称，因其戴着包头布或头巾之类的传统头饰而来。

2　浅色黑鬼（sand nigger）：对中东人的蔑称。"nigger"原本是对黑人的蔑称，"sand"是形容中东人肤色较浅。

她们抵达洛杉矶两年后的一天，一位年长的美国女人在见到伊丽莎白短短几分钟后，便赞美了她的手表。她们当时在"幸运99"，女人是那里的顾客，而手表是亚伦送给伊丽莎白的新婚礼物。

　　"我喜欢你的手表，"女人说，"它简直是装饰艺术。"

　　伊丽莎白根本不懂何谓"装饰艺术"，但她明白应如何得体地回应年长女子的恭维之辞。她摘下手表，把它递给那个美国人。"它根本配不上阁下。"她边说边将它奉上。

　　这种做法叫"塔罗夫"，即"唯一有教养的回应方式"。在伊朗的每一个角落以及在美国的伊朗人之间，这种事每时每刻都在发生。出租车司机将乘客载到目的地之后，会一视同仁地拒收任何阶层人的车费；商店老板卖东西时也拒绝收钱；吃晚餐的人会邀请陌生人来共享食物。

　　但"塔罗夫"是双向的。接受敬献的人势必会回绝，唯有数百年来承袭尊位的皇室成员才不受这种约束。他们是国内每样东西——人和物都包括在内——的真正主人，其他所有人只是看管者而已。皇室成员不需要开口请求，对于本就属于他们的东西当然亦无须付钱；他们只需"欣赏"即可——不论房子、农场，还是漂亮的女人——他们当场就会得到相应的敬献，否则对方不言自明便是死罪。换言之，平头百姓可不会妄想要接受"塔罗夫"。

对伊丽莎白而言可悲的是，"幸运 99"的那个美国女人对"塔罗夫"一无所知。她接过手表，"天啊！"赞赏道，"你真是太大方了！"

她将自己的表摘下，放进手袋里，戴上了伊丽莎白的表。

"谢谢你。"她的语气听上去有些迟疑，仿佛那件东西随时都会爆炸。随后，她便要转身离去。

安吉拉目睹了此事，此时的她已长大到足以明白刚才发生了什么，却又没老成到敢畅所欲言。她扯了扯伊丽莎白的胳膊，大声说道："你为什么那样做？"

伊丽莎白很窘迫，担心那女人会听到安吉拉的反对之辞，于是想让她闭嘴，可此举更是惹恼了安吉拉。

"把它要回来！"她大叫道。

伊丽莎白把安吉拉拽到那女人听不到的地方。"别闹了，"她说，"这不合礼数。"

安吉拉讨厌那个词。"不合礼数"这把斧子在波斯人家里每天都会斫下几十次。

违背已经做出又被人接受的敬献就意味着你言而无信，将物质财产看得比"阿比路"还重。

"但美国人不讲这一套！"安吉拉恳求道，"他们不知道你是在'塔罗夫'。把它要回来也没有不合礼数。"

当伊丽莎白和安吉拉走过女人的桌位，准备离开餐馆时，她们听到她对同伴们说："这帮阿拉伯阔佬真是不知道该拿他们的石油收入怎么办才好。"

当然，石油收入遍地横流，可就是没流进伊朗犹太流亡者的腰包，而是被上层严密把控着。倘若它没被用于围捕、折磨和屠戮他们的政敌，那就是被藏匿于瑞士、开曼群岛和美国的银行账户中。革命后，逃难到西方的绝大部分伊朗人几乎就只保住了一条命。的确，他们大都比一般移民的受教育程度更高，几世纪以来，法国、英国和美国在伊朗的影响不仅使他们熟练掌握了西方的语言，而且使他们熟稔了西方的文化。在这方面，跟其他地区的移民相比，他们还是与西方国家的移民更具共性。但正如所有移民一样，他们努力工作，为取得成功付出了高昂的代价。故事书里描绘的那种生活——宫殿式住宅、红色法拉利汽车和尼曼·马库斯百货商店的购物之旅——只属于伊朗移民中的极少数人。

吉芭向伊丽莎白讲述了据她所知索莱曼家族的家产在伊朗的命运。吉芭说，当时她还在国内，这些情况大都是道听途说来的，还有的是从报上刊登的或广播里宣布的零星公告得知的。她说，亚斯花园已变成赛义德·默治塔巴的私宅，里面住着他的两个妻子、小孩和众多亲戚。伊丽莎白刚一出逃，索莱曼公司及其资产立即被"收归国有"，换言之，少数几个毛拉因此暴富了。

　　从其他许多新来的难民那里，伊丽莎白已经听到过同样的传闻。近来，她在跟曼佐尔丈夫为数不多的几次电话交谈中，也收集到了这些情况。在离开伊朗之后的一年多里，她都没给他们打过电话或是写过信，因为所有信件都受到监视——在寄送前会被拆开检查——电话也被监听。对于曼佐尔家，情况甚至还更难办，因为他们跟其他八户人家共用一条电话线。她的邻居们知道她曾为伊丽莎白工作，而伊丽莎白现在又逃亡了。正如革命初期的大多数信众一样，他们相信毛拉初心良好，动机纯洁。毛拉们每天都在广播和电视里宣称，美国、以色列和"塔夫提"共同密谋镇压革命运动，准备在伊朗搞王朝复辟。国王或许已死，但他的两个儿子和众多兄弟还活着，正在策划阴谋。为了防止他们接管国家，每个公民都有义务监视其他所有人，父母与子女、学生与老师、兄弟姐妹之间都互相监视——无论关系多么亲密，信仰的神圣都凌驾于人际之上。

曼佐尔的邻居们互相偷听，还监听电话。他们会毫不犹豫地向毛拉的私人卫队举报她，或是向默治塔巴控诉她煽动叛乱。

两伊战争爆发以后，事态有所改观，因为政权被迫集结资源用于战争。伊丽莎白用假名给曼佐尔及其丈夫写信，他们也回了信。他们说，另外两个儿子在战前一直照顾他们，不过现已被征召入伍，送走了。至于默治塔巴，曼佐尔和丈夫日日夜夜都在诅咒他，因为他令家族蒙垢。他们的诅咒还有"布什尔的黑母狗"从旁助阵，她原本认定自己的梦想已触手可及，却眼睁睁看着它再次被人抢去——这次，是被默治塔巴。

致使昔日上流社会垮台的那段血雨腥风的岁月，对拉斐尔之妻而言却是一个涅槃重生和巩固权力的时代。她幸灾乐祸地眼见汽车被烧毁，商店的橱窗被砸碎；她听着国王离开伊朗和此后辗转于各国之间的传奇故事，他没被获准进入任何一个国家，就连他曾忠实代表其利益长达三十年的那个美利坚合众国也不例外。她喜欢"革命卫队"发动的午夜突袭，信奉民族主义的世俗部长和军队首领被拖到革命法庭上，经过三分钟的审判后，便在屋顶上被草草处决；她还喜欢看那些刊登在晚报头版的富人死后赤身裸体、满身弹孔的照片。在她看来，那些人当中的每一个都是亚伦·索莱曼，那些军人、银行家和政客中的每一个都曾为他撑腰。

曾冷言冷语地说出"在这个国家，在这个时代，你和你的同类要跟像我这样的人斗，想都别想"的那个人，如今安在?

拉斐尔之妻忙不迭地庆贺索莱曼家族的灭亡，却忘了自己也是犹太人——至少名义上是——而这却是一场伊斯兰革命。她找准机会，在第一时间冲到新民政部，她想必认为，新任统治者会像举办火灾受损品拍卖那样贱卖公平与公正。她排队等了一天半，一如既往地带着装着真假材料的塑料袋。等终于轮到她时，她将袋里的东西一股脑儿倒在办公桌上，桌后坐着一个既未洗脸也没剃须的办事员，身穿天晓得是从哪个军队补给站里偷来的迷彩服。她说："我是来为儿子正名的。"

你不得不同情这个女人。她要么是精神错乱，要么是愚笨到家，竟会认为毛拉们在流亡近一百年后，创造了 20 世纪规模最大的东山再起，只是为了将国家的财富拱手让与任何前来讨要的人。

办事员给了她六十秒来陈述情况，然后问她索要的是不是被宣判为"塔夫提"的那个亚伦·索莱曼的房产，而他的寡妻正被政府通缉在逃中。

是的。

那座宅子，亚斯花园，是不是位于安宁大道的那套豪宅？

是的。

就是属于赛义德·默治塔巴的那座吗？

革命曾许拉斐尔之妻以宽慰，而今却在她心头猛戳了一刀，结果她再也没恢复过来。

当她再次无助地站在一旁，眼睁睁看着默治塔巴及其妻小搬入亚斯花园时，她悟出的第一件事就是，在伊朗，有两种被压迫和被剥削的人：一种人始终受压迫，而另一种人却继而变成了新的压迫者。她悟出的第二件事是，在旧政权统治下的每件坏事，在新的政权下只是变得更糟而已。

旧政权或许蹂躏了弱者，只向人们丢些面包渣；这个新政权却会人兽同戮，然后再把皮剥走。拉斐尔之妻明白了这一点，因为当她向受压迫者保护部门请求援助，想要抵制默治塔巴时，结果招来长达两天的审讯，随后的严刑拷打导致她余生大小便失禁，胯骨也被打断了。她的儿子也悟出了这一点，因为当他以"拉斐尔·索莱曼之子"的身份申请新的出生证时，即刻被逮捕，遭受鞭答，被迫招认自己是犹太复国主义者，因为他与亚伦·索莱曼有"牵连"。

在贪婪、虚伪和杀戮成性方面，伊朗上层执政者使在世或已故的任何统治者都相形见绌。这一点既已昭然，拉斐尔之妻至少在道德层面还能承担责任，承认是自己将赌注押在了魔鬼身上，拯救自己脱离上帝的残酷意志。其他"被剥夺权利"的百万伊朗民众曾高举拳头上街游行，要求霍梅尼回国；但如今他们纷纷叫骂，并吁请"国际社会"出手援助。他们之中比较诚实的那些人事后承认，自己要么是疯子——重演历史却寄望于收获不同的结果——要么就是蠢货；其余的人则控诉革命成果被人从自己手中"窃取"了。

如果你把盗贼请进门，交出钥匙，还请他接管一切，又怎能控诉自己被抢劫了呢？

拉斐尔之子十八岁那年，被一卡车身穿军装、携带自动武器的街头青年逮捕了。他已不再是那个缄默而无助的男孩，穿着男人的羊毛长裤，挽着裤腿，被母亲在行乞征途上东扯西拽，穿梭于对他这类人可谓禁区的高档社区、奢侈品商店和高层办公楼间；他的行为举止像个街头顽童，受教育程度近似农场帮工，毫无魅力可言，既不英俊，也没有钱。教育、外貌、钱财方面他一无所有，取代这些的是他在"那些有钱的犹太人"手下遭受的一点一滴的屈辱与难堪，如同在他身上深深地砍下一刀。他目标专一，决意报复他们所有的人。

　　他毕生都在研究他们，了解他们的弱点和软肋。他对人性的脆弱了若指掌——他是一个私生子，而他的母亲惯于被人不公地对待和轻侮。他的确痛恨加害者，但也同样痛恨自己的母亲就这么任人伤害。她所做的只是呼吁刽子手要有正义感，或在斧子一次次落在身上时诅咒行刑者。她将自己与儿子的尊严践踏在脚下，将它们踩进一团散发着恶臭的动物内脏里，再举起来向人展示，证明她在面对自己希望击败的敌人时是多么无能为力。

　　甚至早在他没有长大、不会算术之前，就已认清母亲是个贪婪的老太婆，她怀上他的故事堪称傻瓜信条；拉斐尔之子经明白，根本无法以弱势来抵御强敌。与所处的境遇相比，更让他痛苦的却是当众受辱的羞耻感，那些看似比他自己更了解他的人，对他完全不屑一顾。他本可容忍自己生活贫困，没有父亲，甚至有个精神失常、专事邪恶的母亲；可他几乎无法容忍被人指指点点，就仿佛他根本不存在似的，被人说三道四时，就好像他根本无关紧要一样；无法容忍日复一日总有人说他根本就是个冒牌货。

于是，他反窥自己的内心，透过无影无形的有利角度，揣摩自己受到痛苦折磨的根源。多年后在美国，他仍记得亚斯花园的门铃声，记得金属大门上油漆的色泽，还有他和母亲获准踏入庭院和房舍的每一寸土地。尽管他自己并不承认，但还是将自家房子的墙壁漆成了同样的颜色，选择了同样款式的家具。他鄙视聪明伶俐、心直口快的女人，因为他将她们想象成幼年时的安吉拉；他厌恶"事业型女人"，将她们视为伊丽莎白的翻版。即使在事业的鼎盛时期，每当他进入一个同侪云集的房间时，都会听到很久以前每天早上老师点名时其他男孩的嘲笑声。她点到其他人时都连名带姓地叫，却叫他"拉斐尔之子，无姓[1]"。

这是一种令人气恼和痛苦的窘境——你渴望属于那个惩罚你的世界，渴求那些嘲笑你的人能接纳你。倘若他需要做的只是摆脱痛苦的根源，事情会变得更容易些，也会少一点儿固有的分裂性。但如果你是渴望在一提到名字就会使你畏缩的人那里受到欢迎，那又有什么结果呢？

他知道，他的身份和为人并非如母亲所宣称的那样；他看得出自己与索莱曼家的任何人都不相像；拉斐尔之妻比大多数老祖母还要老；他明白，没人能怀胎十三个月之久。不过，明白这些是一回事，而相

1　此处原文是"Raphael's Son None"。"无姓"暗指拉斐尔之子是不被认可的私生子。

信什么却是另一回事。

难道要相信你无依无靠，只有个被你厌恶的母亲？难道要相信谁都不要你，谁都不认可你，也不重视你？

所以，他别无选择，只得认为社群和家庭本该接纳和欢迎他，欢迎并惧怕他，但他们却将他拒之门外。

后来，正当他强壮到足以抵御母亲，成熟到足以策划他自己去打的战争时，在革命扯平了"有产者"和"无产者"的竞技平台时，他认识的穆斯林与他反目成仇，就因为他是犹太人；他希望能被犹太人认同，可他们却放弃了斗争，偷逃到西方。他们仍随身带着曾生活在犹太聚居区的贱民身上的那种鲁莽和无畏，却在一夜之间变为伊朗主流社会的一分子，犹如不够成熟的冒险家认为他能将一国的全部文明装进单薄破旧的公文包般。

拉斐尔之子渴望获准进入的那座镀金城堡，还有传说与现实、欲望与异议交织而成的模糊世界，都曾将他拒之门外。伊丽莎白·索莱曼和她那个幸存的女儿已去了别处，使他再度变得无影无形。

在经历四个月遍体鳞伤、多处骨折的痛苦以后，拉斐尔之子终于使抓捕者相信，他既不是犹太复国主义者，也不是"人间败类"。获释时，他已经意识到，无论自己有权继承什么，身为一个被打倒的没落王朝的子民没有什么好处。被囚禁数月后，在从监狱回家的路上，他喃喃地背诵着："我作证，万物非主，唯有安拉。"在伊朗任何想皈依伊斯兰教的人只需这么说即可。

　　他改变宗教信仰，与其说是放弃了自身的权利与抱负，倒不如说是在以另一种手段宣战。平生第一次，他发现不为人知和微不足道竟变成一种资本：他蓄起胡须，穿着白色正装衬衫到处活动，扣子一直系到领口，却不打领带，帅气的运动上衣搭配卡其裤，脚踩战斗型马丁靴，那是从经销商的仓库里洗劫来之后，被以四分之一的零售价在街角上出售的。他命令母亲待在家里，躲出众人的视线。他选了一串排忧念珠，开始在大家都看得见的地方，每天念上五遍乃玛孜。他去清真寺参加聚礼，还参加本教区中自封为道德警察的家伙们组织的晚间集会。他对当地革命卫队的分队队长说，他知道有几十个"人间败类"——有男也有女——他们应该调查那些人到目前为止的罪行。这些人一旦被捕入狱，他便传话给其家人，说他或许能通过在卫队成员中的人脉，安排释放他们。

被他盯上的每个人都明白这是在敲诈勒索，却仍被迫就范。因犯的家属为了让拉斐尔之子出面干预，不惜付出现金酬劳、信托契约、财产所有权凭证、本票、婚戒、古玩银碗、丝毯和毛皮大衣，这些东西不能确保他们所爱之人能够获释或安然无恙，但是不交出它们的后果显然不堪设想。

当与伊拉克开战时，青年男子和十几岁的男孩被征召到前线，拉斐尔之子便将生意扩展到为免于参战能够付钱买通他的任何人。在战争的前半期，这很容易办到，那时国内到处都是肢体健全的无业游民。只要拉斐尔之子的一通电话，加之他与作战部中的"人脉"共享的百分之二十的佣金，就能使一个十三岁的男孩不必在坦克前面开路。可是后来，墓地被塞得满满当当，新坟也来不及挖掘。萨达姆·侯赛因如同开展野外演习一般，大开杀戒，并在美国帮助下制造了大批危险武器。罹难者家属要参加为自己的儿子和兄弟殉国而举办的所有庆祝活动，已经筋疲力尽。拉斐尔之子别无选择，只得抬高价码；即便如此，他还是不能保证他取得的豁免参战资格永久有效。

六年间，他积聚了近三百万美元，大部分来源于那些已经居住在美国和欧洲的"客户"的家族成员。此时，他母亲只剩下破破烂烂、颤颤巍巍的一把老骨头，裹在黑色罩袍里，只有个牢骚满腹的儿子在照料她。她穷尽毕生精力去捶打和抓挠那些她始终没能为自己和儿子打开的门，她一辈子让别人遭受灭顶之灾，可自己也没能有所建树；她还利用他——他是这么看的——为她自己争取合法名分，这使她被彻底地孤立了，成了完全多余的人。

1986年春天，拉斐尔之子付了5,000美元给当犹太屠夫学徒的远房表哥约书亚·辛查，让他将拉斐尔之妻偷运出伊朗。如今他再无羁绊，没有母亲在旁碍手碍脚，转而将全副精力用于报复"塔夫提们"，以及幼年时曾对他犯下过错的人。他们或许已忘记他——那些富有和受过教育的伊朗人已离开祖国，逃避自身已不再有权有势、受人尊敬的事实；但他——拉斐尔之子——却记得他们。

洛杉矶

2013 年 6 月 25 日 周二

"我不管这事儿看起来怎样，"里昂在奥唐纳的办公室里对他说，"他的妻子或许有协助他逃走，但并没杀他。"

　　奥唐纳的办公室里只有两把椅子——符合人体工程学原理的那把总裁办公椅是他自己的，另一把不带坐垫和扶手的钢管椅，是勉强凑合着为来客准备的。那把椅子很窄，几乎容不下里昂的整个身躯。

　　"你就不能搞个带扶手的？"他每次坐在那把椅子上时都这样问。对此，奥唐纳总是微笑一下，将两手摊开，仿佛在说：我已经尽力了。事实并非如此，他们彼此都心照不宣。奥唐纳不喜欢别人在他的办公室里待着不走，不喜欢他们随身携带的细菌、病毒、烟味和大蒜味，以及其他无论什么附着在他们皮肤和衣服上的东西。事实上，他在这个 25 英尺 × 30 英尺[1] 的空间里，摆了两台超负荷运转的空气净化器。

　　里昂在椅子上扭来扭去，直到感觉差不多坐稳为止，随后用"现在可以开讲"的语调继续说，想让上司了解案件调查的最新进展。

　　暂且不考虑内达只有拉斐尔之子一半重，她骨架娇小，力气还不足以在健身房里将十磅重的哑铃举过头顶；就算遭到她偷袭，拉斐尔之子也能用一只手打断她的小臂；也暂且不提她任何一根手指上都没有丝毫的伤痕或伤口；而且近十八年来，她一直忍耐着与拉斐尔之子

1　约 70 平方米。

共同生活，如今也没有特别的理由要摆脱他；再者说，如果他死了，她将变穷，失去现有的生活水平：拉斐尔之子没上人身保险，也没留下任何关于资产藏匿之处的文字记录；当然，更不必提尸体和凶器都没找到，现在也没有目击证人或其他线索。

里昂想让奥唐纳明白，像内达那样的女人从来不会——一次都没有、也永远不会——独自做出如此重大的决定。尤其是内达，从外表和举止来看，她仿佛要是不照着餐馆的菜单点餐，就连焦虑症都会发作。

里昂凭直觉认为，拉斐尔之子并没死。他只不过是携款藏在某个地方。他上演了一起"意外事故"，教唆内达报警说看到他浑身是血、一动不动，这样他就会被宣布死亡，对他的起诉将被撤销，债主们会放弃收回任何资产的企图，而他便可继续欺骗无助的老寡妇，直到她们风烛残年。即使他真死了，可无论如何，内达也不会——绝对不会——是凶手。

自从成为警探以来，里昂第一次感到身为伊朗裔为他解决案件提供了便利条件。

"实际上，"他向奥唐纳解释道，"伊朗犹太女人是不会杀人的。"即使她们确实杀人——可她们不会这么做——也不会杀死自己的丈夫。她们无论如何不会采取暴力手段，也没法做到一击毙命。事情就这么简单，即便内达没有察觉，她也肯定明白这一点。就连萨巴亚——传说中过去德黑兰犹太聚居区的疯婆子，最终化作了名垂千古的形容词——"萨巴亚式的"，意思是"令人胆战心惊的、无法遏制的、极度精神错乱的"——也没杀过人。在女人不能选择离婚的年代，或许有那么一两个妻子，给她们讨厌的丈夫下慢性毒药，直到他的肝脏都能透光；又或许，她会凭借自己撩人的狐媚，诱使他突发心脏病，可即便那样也无法准确断言谁该对此负责。在那个年代，男人确实抽烟很凶，而这些香烟大都不带过滤嘴。再者说，这里可是加利福尼亚，是"夫妻共有财产"和"无过错离婚"制度的发源地。你无须杀死丈夫也能甩掉他。

自从来到美国以后，伊朗女人在某些方面的确变了。对丈夫不忠原本极为罕见，几乎根本就没这回事，可如今却并非不可能。不过，当你的配偶跑到东南亚追妓女的时候，你在贝莱尔跟朋友的丈夫享受一段美妙而隐秘的风流韵事，可跟让男人一命呜呼大相径庭。三十年间，人们只知道在 20 世纪 80 年代早期，出现过一个企图谋杀丈夫的伊朗犹太妻子：他们结婚已有半个世纪，可他却仍令妻子心烦不已。事情发生在他们移居美国后不久，当时所有人都在谈论到了美国以后子女是多么容易沦为娼妓和瘾君子，多么轻易就跟"外国人"结婚了，又是多么容易在从图书馆回家途中被某个持枪的疯子击毙。那个妻子听说，有人会为了抢人兜里的几个零钱而杀人。于是，她询问家中的南美裔园丁，如果给他三百美元，能不能杀掉她的丈夫。他同意了，条件是她得付钱买武器。然后，他向警方告发了她。

那个案例不作数，因为没有死者，地方检察官甚至没起诉那个妻子，因为她上了年纪，丈夫还需要她回家做饭。在那之后，伊朗女人取得了一些大成就。她们中有的成为脑外科医生、首席执行官、知名艺术家、工程师或建筑师，却从没出过杀手，而且永远都不会有。

"我本来想说下去，"里昂总结陈词道，"但我看得出，你时间紧迫。"

在里昂陈词的最后三分钟里，奥唐纳看了三次手表。他又看了一次，然后抛出一句："得了吧，这是我一整天里听到的最胡扯的话。"

　　奥唐纳是南卡罗来纳州土生土长的白人，公开承认自己是同性恋，还打算竞选西好莱坞地区的市议会议员。他认识许多伊朗人，其中大多数他都喜欢，所以无法理解洛杉矶当地人对伊朗人的愤恨；在他看来，他们只不过是一群相当圆滑世故、经常穿着考究并乐于炫耀卖弄的人。奥唐纳本人也经常剃须、沐浴，让自己闻起来仿佛刚走出一座清爽而芬芳的花园。即使是在上班，他也钟爱身穿法颂蓝牌的粉色衬衣和唐纳·卡兰牌的橙绿色羊毛衫，系着爱马仕的皮带，脚踩古驰的乐福鞋。他的早餐是鸡蛋白和酸奶，午餐是藜麦沙拉，晚餐是鸡胸肉和芝麻菜沙拉。不过这些年来，他也参加过几次伊朗人的派对，他喜欢那堆积如山的食物、诱人堕落的甜点，还有作为主打的源源不断的酒水。在一户人家，别人告诉他，那里热带瀑布景观的原材料用的是从巴西和阿根廷交界处的伊瓜苏瀑布进口的石头。那时奥唐纳心想，詹尼·范思哲会喜欢这些人的。

　　甚至早在接到验尸报告以前，奥唐纳就已了然于胸——从车内的血量和内达的荒唐描述判断——拉斐尔之子死了，而他妻子就是凶手。还有一点也很清楚：除非能找到尸体或凶器，将凶手与被害人联系起来，否则内达便会逍遥法外。

　　对此，奥唐纳倒是不那么忧心。据蒙托亚称，在挨家挨户地询问邻居之后，他发现他们大都不知道拉斐尔之子是谁，而少数确实认识他的人也说不出他什么好话。这意味着在那个有权有势的居民区不会有任何人打电话给市长或警察局局长，为督促逮捕凶手向奥唐纳或警局施压。情况甚至正相反，业主们宁可让警察赶紧走人，好让房价不再继续下滑。

内达本人看起来也不像是那种会再次杀人或以杀人为乐的人——这意味着没必要急着把她关起来。

至于奥唐纳嘛，现在是下午 1 点 20 分，而他预约了 2 点在威尼斯区的普拉提健身班。

假如你相信内达发现拉斐尔之子死在车里的故事，那么最后一个见到他还活着的人，就是他的会计兼私人仆役爱德华·阿拉克扎缅恩，地点在索莱曼公司位于世纪城的办公室里，时间是 2013 年 6 月 24 日周一晚上。办公楼的监控摄像和登记记录显示，阿拉克扎缅恩在那个周二早上 9 点 40 分到岗，在将近十四个小时后，于晚上 11 点 30 分离开。在此期间（据过道和电梯摄像头显示），他去了卫生间八次（他在办公室厨房里的手提炉上煮土耳其咖啡，不停地喝，所以膀胱格外活跃），借抽烟间隙休息了十三次（他为拉斐尔之子工作得越久，长期以来一直想死的愿望就愈发迫切），还在午餐时休息一次（他在办公楼大堂的星巴克买了一个不太新鲜的百吉圈，咬了三口，扔了，接着抽了两根万宝路香烟）。他的门禁卡进入大楼停车场的刷卡时间是 11 点 34 分，他被拍到驾驶着一辆老式蓝色沃尔沃旅行车，那是他从橙县一个名叫玛丽莲的美丽中年女子手里购得的；她对他自称是诗人，还把他介绍给她的猫认识，之后主动从汽车报价中扣减了 1,000 美元，"因为我感到你有压力"。她说得没错，如果"有压力"意味着一天之中屡次想要自焚或纵火去烧别人的话。

　　从外观来看，艾迪住的公寓楼好像已被宣告不能住人了，而且也似乎无人居住。房子没有阳台，必须始终关着窗户才能阻挡来自高速公路的噪音和污染，而窗框也经常扭曲变形或是卡住。对讲机还是从七十年代传下来的，一排排按钮旁没有住户姓名或单元门牌号，或许是因为住在这儿的大部分房客都是黑户，不想被人找到吧。

里昂把车停在大楼对面的 7-11 便利店门前，拨打了艾迪的手机。手机已经关机，可能是为了避开别人一窝蜂地来电打听案子的情况，他的语音信箱也满了。不过，7-11 的孟加拉国店主告诉里昂，艾迪就在家里。店主的妻子是艾迪母亲的紧急联系人：艾迪的母亲卧病在床，几乎没法用电话，当艾迪去上班时，她便整天独自在家。7-11 是 24 小时营业的，艾迪每次离开或回家时都会跟孟加拉国夫妇打个招呼。

"我很担心，"当里昂问起艾迪时，店主对他说，"以前他可从没耽误过上班。"

前厅电梯的质量不怎么样，自从安装那天起就坏了，所以里昂只好爬了三层楼梯。他敲了三次门，才听到一个男人的声音叫他"滚开"。结果，他只得亮明身份，并威吓说会一直敲到门板脱落为止。

爱德华·阿拉克扎缅恩，又被称为"艾迪·阿拉克斯"，白人男性，身高五英尺十一[1]，体重一百四十三磅[2]，患有高血压、心律不齐、重度抑郁症和创伤后应激障碍。他与疾病缠身、几近失明的[3]六十八岁的母亲同住在一居室的公寓里，这座公寓楼是一栋三层的灰色水泥建筑，与格伦代尔市 134 号公路通向圣费尔南多路的出口相距一个街区。他的公寓与 21 世纪的格伦代尔风格不同，那里拥有超级购物中心、

---

1 约 180 厘米。

2 约 65 千克。

3 原文为"legally blind"，这在美国指"法定盲"，用来界定接受政府福利的资格。其定义系指较好的一只眼（better eye）的视力经最佳矫正后在使用眼镜的情况下，仍在 20/200（相当于 0.10 度）以下。

要价高昂的寿司吧和亚美尼亚人开的波斯面包房，橱窗内摆放着一排排四十二色包装的杏仁软糖，还有原汁原味的烤肉摊位——由一个名叫拉菲的亚美尼亚人经营的露天餐馆，只供应米饭和烤肉串，跟韦斯特伍德和比弗利山庄的那种"波斯皇家美食"完全不沾边。艾迪的房东是从苏联来的亚美尼亚人（与来自伊朗的亚美尼亚人不可混为一谈，因为这两派之间结怨颇深）。房东每隔两周收一次房租，只收现金，纳税申报表上从来不提这笔钱。城市视导员——大部分是拉丁裔，依靠房东的慷慨贿赂才能为妻子购置豪华轿车——保证这栋公寓楼的情况不会被人发现。

艾迪善良诚实，记忆力惊人，但他没有高中或大学文凭，也没受过任何特别训练，只会抽烟、喝土耳其咖啡。他还擅长躲避炸弹、绕开地雷，这是他从在两伊战场上为伊朗长达三年的"效力"中学会的，他险些殒于萨达姆投下的一枚炸弹，最后因病退伍了；但洛杉矶可不太需要这些技能。他讲波斯语时操着浓重的亚美尼亚口音，英语至多是初级水平。然而，他却知道大量孟加拉语词汇。

除了语言问题以外，艾迪是凭旅游签证来到美国的，而签证已于六年前就过期了。那时，他花了一年时间寻找会计工作，但当被问及在哪里取得执业资格时，他说出的学校根本就不存在，公司账户里稍微有几个钱的美国人都不会信任这样一个人。他向一些伊朗企业主寻求工作，他们倒不会拿他的非法移民身份为难他；毕竟，他们自己也是初来乍到的难民。他们不愿雇他，是因为不敢看他那张脸。

艾迪的面颊、脖颈和双手的皮肤颜色很浅，拜萨达姆的炮弹所赐，上面布满了大片淡黄褐色的斑点。他的右侧上颚骨已经塌陷，导致脸颊上鼻子和耳朵之间的肉耷拉下来，如同被熔化后复又冷却的塑料。

因为臼齿都掉光了，他的左侧脸颊向内凹陷。他额头上的皮肤皱巴巴的，头皮的前半部分满是疤痕。他脸上唯一完好无损的部位是眼睛，可是无论什么人只要对着他看上足够长时间，都会发现这双眼睛是一对充满忧伤的无底洞。

正是由于这种忧伤，以及他不会读写英文，没有驾驶执照，浑身散发着烟味等情况，致使别的伊朗人不愿雇他当会计。不过，他们的确很想帮助艾迪，于是就给了他"一点儿小意思"——一百美元的钞票，这或许是为了帮助艾迪解决困难。可是他们这么做，倒还不如朝他父亲的坟头上啐唾沫呢。

公寓很狭小，闻上去有股洗衣粉和织物柔软剂的味道。一个难看的棕色皮沙发摊开着，权当艾迪的床铺。一张玻璃圆桌被用作餐桌兼书桌，款式就是威尼斯与罗伯特森大道上，随处可见的韩国人开的小店里出售的那种。餐椅扶手上架着一台老旧的电视机，三屉式的胶合板碗橱漆成了淡粉色，有白色塑料把手，紧靠在离厨房区最近的墙上。这碗橱看似是从一个小姑娘的房间中抢救出来后，被丢在庭院旧货市场上出售的。厨房里有个两灶的便携式炉子、一个狭小的冰箱，洗碗烘干机挤在一个带水池的凹槽里。炉子和砧板置于洗碗烘干机之上，碗橱顶部用来存放厨具和调味品。那天，艾迪本人看起来仿佛是土耳其咖啡喝过头了。

"说吧，到底怎么回事？"里昂边说边四处搜寻能坐的地方，"你把他藏在哪儿了？"

艾迪并不觉得好笑。"我已经跟美国警察谈过了。"

"跟谁？奥唐纳吗？"

"管他叫什么名字。有个亚美尼亚女人也打来电话，但我让她滚蛋了。"

"可你不介意跟我聊聊吧。"里昂说，显然并无讽刺之意。这恰恰表明他是个多么差劲的警探：你只消看看艾迪一见到里昂时那畏畏缩缩的模样，就会明白他其实非常介意。

在艾迪身后的卧室里，有个女人每隔几秒就会发出令人怜悯的呻吟。

"去吧，"里昂朝房门点点头，"我等着。"

不过，艾迪转身走向了厨房。

"那么，他死了没？"他用一种明显装出来的漠不关心的语气问道。

实验室已经确定，车内只有一个人的血迹，全是拉斐尔之子的。验尸官也认定，拉斐尔之子失血太多，如果不立即接受大量输血，是活不了的。鉴定小组尚未在车外的任何地方找到有关那个男人身体所在的蛛丝马迹。

"你怎么看？"里昂试探道。

又是一阵呻吟。艾迪叹了口气，用拳头揉了揉左眼。

"他妈的，我知道什么？"

"如果他死了，你就是最后见到他的人，我敢说，你知道很多事情。"

艾迪满面怒容。"我希望他在地狱里被火烧，我就知道这个。"

这个露骨的说法让里昂的脊梁骨直冒凉气。他尽力不把视线从艾迪身上移开。

艾迪开始用叉子背面将蒸熟的苹果捣成泥。里昂小心翼翼地坐在沙发床的扶手上，因为它显得太老旧，也太不稳当，难以承受他的体重。

"那么说，你认定他已经死了。"

艾迪打开了一个共有七层、每层十二个小格子的药片收纳盒，取出一粒胶囊，掰开它，将药粉倒在苹果泥上。

"这东西的味道像毒药。"他边说边用力搅拌药粉，确保自己只盯着盘子。他加了些甜东西，在里昂看来，好像是巧克力粉；他又把糊状物碾了几下，最后拿起盘子和茶匙。

"我得去喂她吃这个了。"他说着，从里昂身旁走过，又走了两步，停下来，发出好似嘲讽的讪笑，回头盯着里昂。

"我不知道他是死是活，"他说，"不过，如果他死了，我敢发誓是'杂牌军'干的。"

"杂牌军"——共有二十七个坏蛋，外加他们头脑迟钝的配偶、不计其数的子女、愁眉苦脸的岳父母与公婆，还有备受虐待的女仆们——对警方说，这个周末他们是在新近购买的兰乔米拉市的家族庄园里度过的。他们在周五中午离开洛杉矶，恰好赶在日落前安然下车，为安息日做好准备，还打算在周二早上返回。

　　这趟旅行是为了庆贺他们用1,200多万美元——全部以现金支付，并经担保三十天后兑现——买下了房子，自此以后，这房子至少也可用来向他们自己证明"杂牌军"家族的血统和"世家贵族"的身份地位。他们的购房开销比实际建造成本还低，这当然也占了便宜。对"杂牌军"来说，房子是用别人的钱买的则更让他们尝到了成功的甜头。

　　杰基·凯欧克因整理的报告记录了以上全部内容。杰基警探喜爱黑色眼影和带有边角的、染了红色指甲油的长长的假指甲。她总是心情不佳，因为每天至少有一次，她会被人或打趣或认真地问，是否确实与协助别人自杀的那个著名的杰克·凯欧克因[1]有关系。她没有。

　　当然，"杂牌军"的周末出逃很可能是个障眼法：庄园周围有高尔夫球场、两道瀑布、两个泳池和四个网球场，有谁进出庄园本就不

1　杰克·凯欧克因（Jack Kevorkian），祖籍亚美尼亚，美国病理学家。他是美国推行安乐死合法化的第一人，曾帮助多名病人实施安乐死。

易被人觉察。更何况许多人同时待在庄园里，有一两个人暂时缺席，其他人很难注意到。他们全都是骗子和窃贼，甚至比拉斐尔之子（至少，他还能以童年时受苦受难为借口）更加腐化堕落，因此，他们当中的任何人都可能作伪证。

还有一个与此密切相关的事实，在他们的社区中人尽皆知，但"杂牌军"不会主动向警方透露：他们家族的祖传行当可以追溯到三百年前，辗转了两个犹太聚居区外加德黑兰的塞勒斯大街，那便是按照犹太教规宰杀牲畜以供人享用。你或许会据此产生一些可能的猜疑吧。

按犹太教规，屠宰时必须使用一柄锋利光滑如剃刀般的长刃刀，飞快地一刀切断动物的颈静脉、动脉、气管和食管，再将尸体的血控干。

即使你不是研习犹太法典的学者也会知道这一点；你也不必格外偏执才会相信那套动物像人类一样拥有灵魂的理论；按照犹太教的教规，屠宰解放了动物的灵魂，只留下肉体供人享用；而以其他任何方式宰杀的动物，其肉体会一直携带着灵魂，从屠宰场到肉店，再到人类的餐桌上，最终，兽类那不幸又不安的灵魂会随消化过程被吸收进肠胃并留存在人体内。不过，只有当你对"杂牌军"足够了解之后才会明白，他们当中没人敢冒杀死拉斐尔之子后又撞见他灵魂的风险——因此，割喉时必定会干净利索地一刀毙命，又在车内先控干一加仑的血，才将尸体运走。

里昂对"杂牌军"很了解。据他所知，对伊朗犹太人而言，他们就如同俄克拉何马城的炸弹犯[1]之于美国武装部队的普通士兵，都是某

---

[1] 俄克拉何马城爆炸案发生在 1995 年 4 月 19 日，它是一起针对美国俄克拉何马城市中心艾尔弗雷德·P·默拉联邦大楼发起的本土恐怖主义炸弹袭击。爆炸案的两个主谋蒂莫西·詹姆斯·麦克维和特里·尼科尔斯于 1988 年在班宁堡接受美国陆军基本训练时相识。

种痛苦的悲剧性畸变，但背信弃义本身并不能构成杀人的罪证。

"他们以为，他会把他们当成替罪羊。"艾迪在公寓里解释说。他站在电炉旁，正要新煮一壶土耳其咖啡。

"他们以为？"

艾迪搅动着黏稠的黑色液体。

"是谁让他们那样想的？"里昂追问。

艾迪耸了耸肩，继续搅拌着。一分钟后，他从电炉上拎起咖啡壶，然后转向里昂。"他的律师们想打退堂鼓。他没给他们任何打官司要用的材料，律师说他会蹲二十年监狱，这将会有损他们当律师的声誉。"

艾迪连问也不问，便将咖啡倒入两只小杯子里，把给里昂的一杯放在电视机顶上，然后举起自己那杯。里昂没去理会咖啡。

"那么说，他把他的表兄弟们交给了律师？"

艾迪像喝小杯龙舌兰酒那样，将咖啡一饮而尽，随后从衬衣口袋里摸出香烟："我得出去一分钟。"

他不能在公寓里吸烟，在母亲身边时，他的头发和衣服上也不能带烟味。所以，他差不多每小时都会下楼，一口气抽上两根烟，有时可能是三根，然后上楼，在去照顾母亲之前，他要更衣洗手，还要弄湿头发。

"戒烟岂不更简便些吗？"里昂一边跟随艾迪下楼，一边字斟句酌地问。

里昂站在人行道上，一直等到艾迪点燃香烟，吞下一肺烟气。"行了，继续说吧。"他催促道。

艾迪又深吸了一口。他的双手发颤，胸口瘦骨嶙峋，里昂似乎看到烟气从他体内飘了出来。他属于那种看似随时可能突发心脏病或中风的人，可不知怎的，他竟熬过了一年又一年，最终会在没人留意时死去。

"我就知道，总有这么一天。"他说着，又抽起下一根烟。

应里昂之邀，"杂牌军"派出三名代表在周一下午来到警局。他们每人分别代表着"杂牌军"整体的某一方面：代表"大脑"的是约书亚·辛查，他身高五英尺[1]，脚踩礼服鞋，已经六十三岁，但一双小手就跟孩子的似的，他还戴着圆圆的眼镜，嘴巴状如一张宽大的鸟喙，紧绷而单薄的肌肉组织也像鸟类的似的；代表"肌肉"的是丹尼尔·辛查，三十二岁，身高六英尺二[2]，肌肉结实凸起，头发浓密，鼻音浓重的纤细嗓音与他身上其余的部分完全不相称；代表"美貌"的是哈达萨·辛查，四十九岁，糟糕地混合了两兄弟的特点：约书亚的鸟嘴和坏视力，丹尼尔的身材和胸肌，在她身上变得更加不堪了。她来时身穿白色礼服裙套装，这是在韦斯特伍德大街的罗斯服装折扣店买的，第一次穿大约是在十年前她大女儿的成人礼仪式上。在上衣外套里面，她穿了一件黑色棉质礼服衬衫，这是她于史上著名的 2009 年"一件不留"大甩卖那天，在比弗利山庄的萨克斯第五大道购得的，据亲历者和警方报告称，那天世界上最富有地段的成年女性们为了半价出售的 5,000 美元的香奈儿手袋，竟然大打出手。

哈达萨握手时用力很猛，几近挑衅。丹尼尔四处张望，可就是不

---

1 约 152 厘米。

2 约 188 厘米。

看里昂的眼睛，他不停地抽动、摇晃和摆动着身体，舒展着紧绷的肌肉，如同赛前的篮球运动员般。约书亚头戴犹太小圆帽，手握一盒波斯牛轧糖，这是他刚从威尔夏以南韦斯特伍德大街上的六七家伊朗杂货店中的一家买来的。他把盒子放在里昂的办公桌上，在两把不带扶手的轻便铝质椅中拣了一把坐下。

在伊朗，送见面礼向来是社交礼仪之一，礼物通常是牛轧糖或开心果：在拜访别人或请人帮忙时，你绝不能不带些糖果或献上一束花；如果是跟政府官员、警察或军队打交道，那就塞给对方满满一袋现金。革命刚结束那几年，在美国和欧洲的白人收到的牛轧糖礼盒与袋装开心果，比他们整整一辈子能消受的还多。从银行柜员、理发师到伊朗人聚集地区的交通法庭法官，每个人的办公桌上都摆着一摞棕黄色盒子的伊斯法罕牛轧糖。白人不知该如何处理这些礼物，碍于礼节也不便询问。结果，伊朗人觉察出白人的别扭劲儿，自己也觉得尴尬，却不明所以。大多数人等过了一两年之后才明白，在案件调查过程中给警探送伊斯法罕牛轧糖，会被当成一种考虑不周的廉价贿赂。可三十年过去了，辛查一家还是记不住教训。

约书亚·辛查告诉里昂，他和兄弟姐妹们通过姻亲关系成了拉斐尔之子的远房亲戚。感谢上帝，他们的父亲是伊朗的大地主，为他们在美国的众多投资提供了种子基金。

"我们干得还不错，感谢上帝。"他用手扶了扶犹太小圆帽，希望让里昂注意到它，"但最近，我们一直蒙受损失，因为表弟敲诈我们。"

就像其他少数伊朗犹太教徒那样，辛查一家也把在美国拥护正统宗教观念作为一种商业策略——这样可以建立良好的人际关系，而且人们普遍认为有信仰的人比没信仰的人更讲诚信——辛查们只要一有机会就打出宗教牌。他们对里昂说，他们本身也是拉斐尔之子"庞氏骗局"的受害者；只不过因为与他沾亲，所以才被单拎出来，受到其他债主的责难。

上帝为证，他们当中的每一个人整个周末都待在棕榈沙漠，包括周一在内，绝对身处荷灵贝山半径范围五十英里之外。

他们不知道谁有可能犯下如此骇人听闻的罪行，只有上帝才能决定我们将在何时以何种方式死去。他们确信凶手不可能是伊朗犹太人，简而言之，那是因为伊朗犹太人是不会杀人的。

你可以回溯三千年去研究一下这个部族的整个历史，除了那些服役、参战的军人以外，你找不出伊朗犹太人谋杀别人的任何例证——一个也没有。大约每十年当中，或许会发生一次暴力或（最近出现在美国的）枪击事件，但涉案者都是精神失常者，他们因惧怕失去"阿比路"而逃避治疗；或许还有几起自杀事件，但我们从来都无法断言，因为死者家属绝不会承认有那种事，这也是为他们的"阿比路"考虑。

说到此处，三个辛查中断了他们的叙说，彼此交换了几个意味深长的眼色，用波斯语互相咕哝了几句，最终达成共识。

"如果我是你，"约书亚伸出孩子般的小手，按在里昂的手上，"我会在咱们自己人以外寻找罪犯。"他一边用波斯语低喃着，一边用眼角的余光扫视左右，以防在听力范围内有什么人能听懂波斯语。"但愿我没犯下诽谤罪，可你知道吗，索莱曼先生跟吉米·罗满丘那个流氓有过一些交易。"

吉米·罗瑞丘脑袋半秃，体重严重超标，从来学不会扣好自己的裤子扣。他六十九岁，是个只有高中文凭的酒鬼。他臃肿的红脸上长着化脓的红疖子和痤疮。在市政厅之外几乎没人听说过他，也没人会认出他那如同佛爷般的身材和尺寸过小的脑袋；出于虚荣，他将所剩不多的一丝头发染成了微微泛绿的金色，但没起到什么作用。他本该更好地拾掇一下牙齿，总之，他坐在办公桌前一开口，体内冒出的不管什么恶臭，都散发着一股强烈的硫黄味儿，而那时他多半在享用威凤凰波本威士忌，每天下午 3 点都是如此。

　　到下午 5 点时，他会对着电话破口大骂任何一个蠢到会在那个时段接起他电话的人；7 点时，他已烂醉如泥地倒在办公室的沙发上或办公桌后。二十年前，妻子跟他离了婚，还获得了禁止他骚扰的限制令；他的子女也都改名换姓，搬到了别处；他余下唯一健在的亲人是住在佛罗里达州的姐姐，但她自 2001 年圣诞节后就再没联系过他，也不回电话。

　　不过，尽管吉米·罗瑞丘的外表糟糕透顶，口臭强烈难闻，却能让市长、十五名市议会议员、五名县级长官和其他每一个洛杉矶的民选政府官员始终心存惧意。作为全市规模和权力最大的工会组织——城市员工国际兄弟会的会长，他能通过命令工人们进行定向投票，轻而易举地操纵任何选举。他经常利用自己病态的报复心和不讲情面的名声——的确名不虚传，他感兴趣的只是向任何胆敢挑战他的人，炫耀谁才是拥有这座城市的终极权威之人。

多年来一直有人猜测，罗瑞丘维持和控制势力范围的手段不仅限于对政客们采取简单老套的打击报复。在被解雇前自行离职的员工经常会发现，他们无法在城中任何地方另谋工作；对罗瑞丘做出的任何一项裁决稍有质疑的经理们，会被扣上行为不端或是不折不扣的疯子之类的罪名，被草草炒鱿鱼。关于他的种种谣言甚嚣尘上，涉及不明原因的房屋失火，非法安装电子监控设备，以及从二十层楼的屋顶上意外坠落等等。没有人——包括需要罗瑞丘支持以获得城市事务的合同或要在市议会上提出议程的警察、地方检察官，甚至私人企业主——胆敢大声提及那些谣言，更不消说去证实其准确性了。主流报纸在电子时代力求生存，它们厌倦了随时可能爆发的工会罢工，因此甚至也卑躬屈膝地避免得罪这位后台老板。

"吉米·罗瑞丘跟索莱曼先生有过一些交易。"哈达萨·辛查为了不犯下"诽谤罪"，也附和着她哥哥的说法。

里昂明白她这话的意思，却不打算就此放过。

"就是说呢，"她说，"他们通过罗瑞丘的代理人搭二线，大家都叫那家伙'蛇'。"

路西[1]的左膀右臂之一是个九十岁的职业骗子，他在市政厅里声名狼藉，人称"帽中鼠"。"鼠"不仅代表了他黄色谷壳般的大龅牙，

1　此处的"路西"（Luci）是对吉米·罗瑞丘（Jimmy Lorecchio）的戏称，"Luci"本身是下文中"Lucifer"（路西法）的简写。按照《圣经》的说法，路西法是撒旦在没有堕落之前的名字。

还表明他具有狡诈不忠的性格；"帽"指的是一顶油乎乎、尺寸也不对的破牛仔帽，他不分昼夜地在屋里屋外都戴着。路西的另一位得力干将是个肤色黝黑的东亚人，曾经当过司机，后来成了间谍。他浑身散发着香火味，长得与孟加拉水牛出奇地相像。他的本名叫纳吉，但因一贯明目张胆地行骗，本性龌龊卑劣，所以大多数人称呼他"那该死的蛇"。他们二人共同执行路西不想直接牵连其中的卑鄙勾当。

哈达萨仍在等待里昂露出认同的神情。在她身旁，她的弟弟又开始研究自己的骨节，而约书亚一动不动，嘴巴半张，目光在镜片后游移不定。

"你知道他们前段时间在报上登的那失踪的 3,000 万美元吧？"

里昂点点头。

多年来，工会基金及旗下财产全由吉米·罗瑞丘一人全权处置。这些钱他随心所欲地花，常用来支持就职后能由他掌控的竞选人，或是推动其他工会在合法或非法的问题上——只有天晓得还有其他什么问题——支持他本人的立场，因为工会、新闻界，甚至整个城里没人敢冒疏远他的风险，要求查他的账。在他的众多开销中，有一项是在 2000 年设立的特别基金，目的是为"协助劳资双方增进理解"。在设立之初，罗瑞丘将 3,000 万美元从工会的金库转到该基金名下。此后的十三年里，没人再听说过该基金的下文。

2013 年，《洛杉矶时报》的一名记者在询问基金时，被告知它已经空了。他又问起资金的用途，但未获答复。按说，考虑到路西的权势，事情到此就该结束了，但是勇气经常从最不可能的地方冒出来。该报那一整年都在追查此事。2014 年，一位新任的市审计长官——显然不打算竞选连任——渎神不敬，竟要求法院命令路西公开基金的账目，否则就得报告那 3,000 万美元的下落。最终的结果是，路西以打击工会为由指控了那名审计长官，还召集了一次全市范围的大罢工。

"唉，"哈达萨叹了口气，仿佛在为被迫吐露这则消息而由衷地难过，"我敢打赌，你能猜到，一旦索莱曼先生宣布破产，那笔钱到底怎么着了。"

按照哈达萨·辛查和她两个兄弟的说法，拉斐尔之子曾诱使罗瑞丘将基金的资产委托给他。他们于 1998 年相识，当时拉斐尔之子正想购买工会名下的一块地皮。严格来说，这项资产并未公于出售，于是拉斐尔之子遵循不成文的规定，与"那该死的蛇"联系，请他将开价转达给老板。那块地最终以远低于其市值的 1,000 万美元被买下。他花 200 万美元买下路西出售土地的许可，由艾迪·阿拉克斯将钱存到开曼群岛的一个账户上。对拉斐尔之子而言，这还只是一段硕果累累的长期友谊的开始。

他说服"那条蛇"安排他与"帽中鼠"会面，"帽中鼠"最终又捎信给路西法。当时，银行定期存单的利率是 3.5%，而拉斐尔之子承诺的回报率为 10%。他建议路西可以从收益中抽取 3.5% 返还工会，其余差额自己留下。

他们从小额存款开始——每次几十万美元。每月一次，"老鼠"会带来一捆现金交给艾迪，再以现金形式取走前期存款的利息，然后扬长而去。但之后路西的胆子越来越大，存款数额也越来越大，最终设立了基金。3,000 万美元被转入基金的金库，随即移交给艾迪·阿拉克斯。

"可你知道，普利策先生，"哈达萨露出她酷似戈尔迪·霍恩的微笑，"你要是得罪了吉米·罗瑞丘，就别指望能毫发无损地逃脱。"

再说，里昂将思路引向一个合乎逻辑的结论：如果审判进程对拉斐尔之子不利，谁知道他为使自己免于被起诉或接受认罪协议，会揭发出什么事情来？

为了看看能否进一步了解"杂牌军"或罗瑞丘，里昂拜访了法院指定的破产受托人。

　　受托人和他的律师阵营、司法会计以及其他各式各样的专家并不是这笔买卖中受欢迎的人物。截至目前，他们通过起诉曾从资金池里取过钱（不论本金或利息）的每个投资者，已聚敛了近8,000万美元。他们还负责记账，为此又收取了近8,000万美元的服务费。

　　作为服务成果，他们已成功挖掘出如下事实：1）拉斐尔之子损失了"投资者们"的5亿美元或是把它们挪用到了别处；2）他没有留下任何关于资金是如何或因何损失的文字记录；3）受托人怀疑大部分资金都被挪放到了海外账户中，其余部分存在拉斐尔之子二十七个亲戚的账户里。

　　仅就受托人价值8,000万美元的"发现"，安吉拉在"珍珠大炮"上连篇累牍地进行剖析：拉斐尔之子的任何一个受害者都能对智商在10以上的随便哪个法官提出这些发现。唯一从受托人的调查中获益的是受托人自己及其团队；受害者应当停止内斗，试着对受托人示好，避免再次被他起诉。他们应当转而团结起来，要求指定受托人的那位法官对其严加监管。

　　五年后，受托人"分散击破"的战术（对他而言）仍在发挥作用，而法官也依旧没进行任何干涉。

受托人的办公室位于世纪城一栋高楼的二十四层，马路对面就是拉斐尔之子过去的办公地点。创新艺人经纪公司[1]占用了底层和其他六层楼，因此大堂里动感十足、热闹非凡；有大批靓丽迷人的青年男女穿得宛如拉夫劳伦的模特般，手持咖啡杯或拖着洗衣袋。里昂就像洛杉矶的其他每个大活人一样，将创新艺人经纪公司视为一个由恶魔般的疯子经营的神话似的存在，其内部情况比五角大楼更难刺探。在他们将总部从比弗利山庄迁到世纪城以前，里昂曾两度试图近距离观察这座美国的"紫禁城"。尽管他戴着警探的徽章，但试图接近这家经纪公司的门卫，仍会自取其辱。这次，他竭力不去朝大门看（它真是防弹玻璃的吗？），但就在从街上走到电梯的短短距离中，他发现自己还在痴痴地幻想：某个擅长销售影视书籍的经纪人会将他截住，要求与他当面谈谈。

在办公室里，受托人坐在里昂对面，双肘撑在玻璃办公桌面上，十个指尖顶在一起。里昂觉得，他看起来像个差劲的治疗师，而非能干的律师。他穿着宽松的白色棉质正装衬衣，下面是宽松的黑裤，腕上套着必不可少的双色劳力士手表；脸上戴着电视新闻主持人中最近流行的那种昂贵眼镜，因为他们认为它能使自己显得更值得信赖。

他告诉里昂，从"受托机构"能证实的情况来看，二十年间，拉斐尔之子共持有过113家公司，其中大多数均未注册登记。他将资金

1　创新艺人经纪公司（Creative Artists Agency）是在演艺经济代理领域里最具影响力的公司之一，总部设在洛杉矶。

在不同公司之间转移，直到无法追踪为止；他对最重要的交易都没留存书面记录，因为他和艾迪都是推崇"记忆力为王"的伊朗教育体系的产物。

"我听说，那里的孩子们必须熟记整本整本的书，从第一个字到最后一个，包括标点符号，这样才能完成学业。为了通过大学入学考试，他们必须牢记一万道数学题，还要能立即把它们释放出来。他们不需要用财务管理软件来记账。"

里昂知道，事实的确如此，尤其是像拉斐尔之子这么聪明的人。不过话又说回来，这简直是一种浪费——他付出这么多努力，就是要成为人肉记账软件，从孤儿寡母手里偷钱。

"记账员保存了一份日志，"受托人挑起一侧的眉毛，强调他是多么蔑视这种记账方式，"手写的，铅笔字。要是能看明白算你走运。"

里昂问起拉斐尔之子与罗瑞丘的关系。

受托人僵硬地微笑着。"我对此一无所知。"

里昂问受托人是否已取得有关 3,000 万美元存款的记录，时间大概是在 2003 年。

"跟其他的相比，那只是个小数目。"受托人的手指尖再次碰到一起。

"这是个富有的社群。"他说这话的意思，好像是作为富人本身已自动成为腐败的标志。

"这是个富有的城市，"里昂就他对伊朗人所获成功的含沙射影的批评发起挑战，"你不会是对那些人怀有成见吧？"

受托人微笑了一下，不置可否。在里昂看来，这简直令人无法忍受。

"事实上，我听说你单单做这份差事，就已经发大财了。"他啐了一口，随后站起身。

他快走到门口时，受托人开了口："我不会在这件事上跟罗瑞丘作对。"

里昂转过身，义愤填膺地瞪着受托人。既然已经收了 8,000 万美元，难道调查债权人资产的去向和命运不是他的职责吗？

"你知道吗，普利策先生，伊朗人问我为什么麦道夫[1]的受托人用三年时间就结束了调查，而我的调查却仍在继续。"

里昂等待着答案。

"我告诉你我是怎么对他们说的吧：因为麦道夫的计划远没有这起案件复杂。"

---

1 伯纳德·麦道夫（Bernard Madoff）：美国著名金融界经纪，前纳斯达克主席，操纵了美国史上最大"庞氏骗局"之一，涉案资金超过 500 亿美元。

在上大学以前，里昂把自己的姓氏"普尔达"改为了"普利策"，因为他觉得，如果其他警察不知道他是伊朗人的话，会更拿他当回事；他也觉得，这姓能更好地界定自己的身份，因为"普尔达"意为"很有钱的人"，而里昂当时几乎身无分文。

　　他十四岁时来到美国，是在希伯来移民救助社的帮助下被偷运出伊朗的一群犹太男孩中的一个，逃过了上战场的厄运。有些男孩被送到以色列或美国的亲戚家；其他在伊朗境外没有亲友的孩子被安置在了阿什肯纳兹犹太人[1]家中。直到那时，大家才开始留意到东方犹太人和西方犹太人在文化上的重大分歧。

　　里昂寄宿的那家人发现他有礼貌又害羞，对他们的热情招待心怀感激。他英语语法使用得很正确，但发音和口音却令他们捧腹。每当有成年人进出房间时，他都会习惯性地站起身，仿佛在立正似的。在学校里，每当有老师走进教室，他也会这么做。他的寄宿家庭第一次带他去看电影时，他竟询问什么时候奏国歌，观众何时起立向总统的肖像致敬。在家时，他看到电视上任何一个笑料都乐不出来，也不明

1　阿什肯纳兹犹太人（Ashkenazi Jews）是指源于中世纪德国莱茵兰一带的犹太人后裔（阿什肯纳兹在近代指德国）。其中很多人从 10 世纪至 19 世纪期间，向东欧迁移。从中世纪到 20 世纪中叶，他们普遍以意第绪语或斯拉夫语为通用语，其文化和宗教习俗受到周边其他国家的影响。

白为何女儿女婿与邦可[1]和伊迪斯同住时,邦可那么闷闷不乐。并且他每次祈祷时根本合不上拍,说的希伯来语经常出错;只要有长者对他说话,他就会低低地垂着头,脸羞得跟大红布似的。

寄宿家庭着手教导里昂应如何得体地"融入"美国社会。他们的努力成效显著,所以当他去巴尔的摩大学读书时,几乎再也没人问他是从哪儿来的。

他选择以执法为业,这对伊朗犹太人而言很不寻常。另外作为男人,他想成为犯罪题材作家的抱负更是非比寻常:写作似乎是纽约和洛杉矶每个百无聊赖的伊朗家庭主妇选择的武器,但它不是有自尊心的男人们乐于从事的工作。家庭主妇们可以写作,那是因为她们的丈夫会付账,她们还可以动员朋友们购买、甚至赞美她们的书。不过,要是男人将"写作"与"工作"混为一谈,就要冒着被人笑掉大牙的风险。对一个男人而言,工作是要拿工资的。

里昂不仅需要工资来养活自己,还要照料父母和妹妹。他们于1997年搬到美国,也就是在他们将里昂送走后的第十三年。现在一家子同住在凡奈斯区瓦诺文街上的两居室房子里。里昂当初买下这套房子是作为"投资性资产",那时他仍相信自己将来每年都会卖出一部电影剧本,达到好莱坞式的收入水平。如今,他睡在较小的那间卧室里,穿着曾在伊朗当裁缝的母亲为他做的衬衣。

他的父亲是被迫面临抉择的数千个伊朗男人中的一个:是担惊受怕地住在国内,还是逃到西方享受安全却被社会抛弃的生活?当所有家人都已搬走时,是独自一人留在伊朗,还是搬到美国与儿子同住?但是没有工作的话只得完全依赖儿子。他每天醒来后就穿上正装,打

---

1 此处的阿契·邦可和伊迪斯都是 20 世纪 70 年代在美国颇受欢迎的电视剧中的人物。

好领带，尽管无处可去。下午，他会乘公交车去参加正统派的伊朗犹太教徒集会，举办地点在某购物中心二层的一间屋子里。之后，他闲逛到一楼的波斯杂货店，花上半个小时，挑选最纤细、脆嫩的波斯黄瓜。

　　每天下午在回家路上，里昂的父亲会坐在公交车的后排，为他被荒废的人生和被践踏的尊严默默落泪。

在走出世纪城时，里昂心里盘点着越来越长的犯罪嫌疑人名单：妻子内达，契约仆役艾迪·阿拉克斯，"杂牌军"的贪婪表亲们，还有恼羞成怒的园丁杰拉多，工会头儿罗瑞丘，或者说不定哪个愤怒的债权人。最末这类人范围甚广，身份各异。一个极端的例子是拉斐尔之子的岳父瑞伊斯医生，一名七十九岁的伊朗儿科医生，曾一度想驾驶他那辆老式沃尔沃从拉斐尔之子身上碾过去，但结果未遂。另一个极端的例子是施恩鲍姆夫人，一位八十四岁的阿什肯纳兹犹太老妇，家住皮科－罗伯逊区，她将毕生的积蓄交给了拉斐尔之子，因为她是在一次正统派的犹太教徒集会上认识他的，对他表现出的虔诚印象深刻。当她意识到他"挪用"了资金又不回电话时，料想自己来日无多，看不到他接受惩罚了，于是选择了速战速决的方式。

　　某个周一下午，她穿上漂亮的外套和舒适的鞋子，搭乘公交车前往市中心。她在斯台普斯中心的出口下车，在人行道上站了很久，等待某个长得像雇佣杀手的人出现。当她确实看到这种人时，却因太害怕而不敢接近他们。最终，她看到一个身穿正装衬衣和牛仔裤的黑人男子，从马路对面的一辆雷克萨斯上下来。他是个中年人，长相不甚吓人，但具备其他的必要条件，于是她走到他面前，问他是否需要"工作"。

开雷克萨斯的黑人其实是南加州大学管理层的三把手。他让瘦小的施恩鲍姆夫人上了他的车，载她回了家，之后还让她的房东留意她，以防她冒险出门，再去寻找杀手。就这样，整个皮科－罗伯逊区都通过房东听说了施恩鲍姆夫人在市中心的冒险，拉斐尔之子也因此派艾迪·阿拉克斯向警方举报了她。两个月后，正当施恩鲍姆夫人在皮科区奥克赫斯特大街上的波斯洁食商店"本尼农产品店"买葱时，她突然感到太阳穴一阵剧痛，随后便因中风倒地身亡。

从警探的角度看，这可真是起糟糕透顶的案件：有杀人动机者太多，没有尸体、证人或凶器，许多利益相关方甚至仍深信受害者根本就没死，只是逃跑了。里昂明白，因为他是伊朗人所以才被指派负责此案，这倒还好说。他知道自己能发现和解读一些蛛丝马迹，而这些东西在圈外人可能要花上一辈子才能明白。你必须熟悉这个社群，知道每个人的故事都能向前追溯好几代人，明白过去是如何左右当下事件的发展进程的；还要搞清该关注哪些方面，甚至是该问什么问题。你无法将这种调查方法运用到普通的加利福尼亚人身上——他们出生在别处，只是暂住于此，只在每年感恩节举行一次家庭聚会，共进晚餐，而此前六个月都在讨厌这一天；对自己的表亲们根本不熟悉，甚至是从未谋面；完全不了解邻居和同事的私生活，只知道朋友们有选择性公开的自身情况——但你却能对犹太人应用此法，三千年来，他们彼此的生活紧密交织，命运休戚相关。跟伊朗人打交道时，重要的事实或许会被隐瞒，不过这可能只是因为你问的人觉得它不算新闻；或是担心会被社群中的其他人指责说，他告诉警方是怀着不可告人的目的；又或许，他知道某些事情却守口如瓶，因为他认为这是因果报应——

受到伤害的人已经够多了，为何还要只为了施加惩罚而扩大受害范围呢？

里昂对这一切心知肚明，另一个事实是，倘若奥唐纳认为这个案件足够重大，就会指派一个级别更高的警探来监督里昂的工作，但实际上正相反，他让里昂独当一面，只让凯欧克因帮着胡乱应付差事。

仿佛是在里昂思绪的感召下，凯欧克因恰在此刻打来电话。这次，她听上去兴高采烈，洋洋自得。

"你会喜欢这个发现的，"她宣布道，"依我看，他妻子有外遇。"

根据杰基·凯欧克因挖掘出的通话记录，内达有两部手机，分属两个不同的运营商。其中一部购于 2013 年 6 月 2 日，只用来拨打一个电话号码——格伦代尔市布兰德大街上的 7-11 商店。自购买日起，内达几乎每天都打到那儿去。凯欧克因在六月的三周内，总共查出二十八通电话。

内达给 7-11 打的每通电话时长都在一分钟之内。不过，她也接到过来电，一共三通，均来自同一个号码。通话时长都在二十分钟以上。最后一通电话是内达在 6 月 25 日下午 3:21 拨出的，但无人回拨。

艾迪·阿拉克斯就住在格伦代尔市的布兰德大街。

洛杉矶

1987 年

有人证实第一次在洛杉矶见到拉斐尔之子是在 1987 年 10 月，地点在阿塔里韦斯特伍德大街和威尔金斯大道转角的波斯杂货店兼咖啡馆里。时间是上午 11 点，他走了进去，坐在院子里的一张桌子边，招呼店内食品柜台后面的中年伊朗男人。

"过来，伙计！"他隔着店门高喊，"拿两听可乐，要冰的。"

坐在邻桌的几个顾客不以为然地盯着他。就连店主——一个双手精心保养、明显带有"塔夫提"举止的娇小女子——都从后面的办公室里冒出来，要亲眼看看那个称呼五十多岁男人为"伙计"的家伙。

移民们离开伊朗近八年，但社群中的社会构成大体上一成不变。仅凭言谈举止、行立坐卧和处世方式，你仍能判断出一个人的宗教和民族背景，也必能看出他从前的经济和社会地位。

所有这些阶层的伊朗移民具有一个共性，那就是他们都意识到保持社交礼仪的重要性和必要性，在两千多年的时间里，它将形形色色的民众凝聚在一个国家里。在此背景下，一个后生晚辈称呼长者为"伙计"，不仅冒犯了别人，而且可以说是在明白无误地挑衅。

阿塔里的店主认定拉斐尔之子是个伊斯拉米——流亡社群对政府特工的称谓，他们被派往境外暗杀潜在的威胁者，或将政府高层从国家石油收入中窃取的资金用于投资，将其安然藏匿于美国及瑞士的银行账户中。她有心出言斥责他，但随即记起距这儿一个街区的某家波斯餐馆上周被付之一炬，原因是有人纵火，而关于行凶者及其动机却始终众说纷纭。店主被排除在嫌犯之外，因为他的店没上保险；他声称韦斯特伍德大街沿线的竞争者都难脱干系。他的许多顾客都知道，他曾不计后果地拒绝为伊斯拉米们提供服务，因此认为悲剧发生是因他最终激怒了那伙人。

在十分钟里，拉斐尔之子灌下了两听可乐，吞掉了两个牛舌三明治，抽了一根烟，之后又点了一听可乐。当年长的男人为他拿来可乐时，拉斐尔之子问："来这儿很久了？"

男人始终盯着自己正在揩拭的桌面。"没几年。"他说。他那疲惫不堪的神情好似一个已奋斗太久并最终屈服的人，三天未剃的短胡茬和深陷的双眼，与许多因流亡而失去工作和头衔的伊朗男人很相似。

"从哪儿来的？"

"设拉子[1]。"他转身离去，犹豫了一下，然后再次面向拉斐尔之子，"我以前是土木工程师，"他的声音令人心酸，"我们建过高速公路。"

拉斐尔之子从头到脚打量了男人一番。"再瞧瞧你现在吧，"他给出了致命一击，"在美——国——擦桌子。"

1　设拉子（Shiraz）：伊朗南部城市。

拉斐尔之子在韦斯特伍德开业后的一年半时间里，几乎没有任何人来敲他的门。他去了法院，依照法定程序将自己的名字从"穆罕默德·贾迪德·阿尔"改为"拉斐尔·S.索莱曼"。他在威尔夏和韦斯特伍德街角处一栋高楼的第十七层租了间办公室，大楼是几个伊朗犹太人在轮船咖啡店的旧址上建造的。他接到了大量来电，但这些来电都是被他的名字引来的。他们一上来就问，这里是不是亚伦·索莱曼的办公室，考虑到他众所周知的命运，这么问是够傻气的，可它还是激怒了拉斐尔之子。

　　"是索莱曼没错，"他冷冷地回答，"是 R. S. 索莱曼。"

　　电话的另一端沉默了，接着淡淡地"噢！"了一声，继而又是一阵沉默，他始终猜不透这究竟说明来电者被搞糊涂了，还是在表达难以置信的心情。部分致电者继续追问"R. S."代表什么，当他回答后，对方又沉默了，接着抛出一句半冷不热的"祝你好运"，最后挂断了电话。

　　在那个年代，皇室家族的每个侍女和远房亲戚都到处自称是王子或公主。起初，他们这般向毫不知情的欧洲或美国当地人做自我介绍，等过了些时日，他们自己渐渐地信以为真，也会对别的伊朗人这么说。

有些人出了书，描写他们假想中的贵族家庭，稍微没有那么厚颜无耻的，就只罗列出他们在逃离伊朗时被迫放弃的众多城镇和村庄、镶嵌宝石的王冠和被窃取的权杖。

利用西方人对伊朗王朝的好奇向往来行骗的，并不只有这些新皇族：数量多到荒谬可笑的一大帮从前被征召加入伊朗军队的士兵，似乎都摇身一变成了"国王的御用飞行员"；每两个业主中就有一个似乎在为失去海景大宅而痛心疾首；每个失落的妻子都能回忆起早年间有个追求者为了娶她，宁愿献出生命和一笔非常可观的财产。

没人说得清这些虚构和杜撰中有多少是故意欺骗，又有多少只是对往昔理想化回忆的结果。于是，尽管洛杉矶当地人很快便相信了每个关于贵族血统或英雄身份的故事，伊朗人却变得尤为不信任陌生人。对拉斐尔之子而言还多了一个不利因素，那就是他不光彩的童年之后，紧随着的违法犯罪的青年时代。因此倘若有人疑惑这小子与最不可能信任他的人接触，脑子里究竟是怎么想的，你也许能表示谅解。

可话又说回来，你不得不认为，他能在洛杉矶的韦斯特伍德大街站住脚，可见并不是个十足的傻瓜。

早先他就发现，如今和在伊朗时不同了。原先在那里，身为犹太人是社交和经商的劣势，但在洛杉矶，他的犹太人身份反倒比可冒充的其他任何身份更占优势。于是，他剃掉了三天未刮的胡茬，脱下系着扣子但没有领带的正装衬衣，不再吹嘘他在伊朗政府里结识多少有权势的朋友，将他用无辜者的鲜血买来的珠宝收进保险箱，否认了此前关于他出国时携带了大量现金的说法。在加州大学洛杉矶分校附近的韦斯特伍德村，他发现了哈巴德派的犹太小伙子，他们为学生提供捆扎经文匣[1]或以橄榄枝赐福的服务。这是他第一次遇到既不认识他，又不在乎他是谁的犹太人，那些人没问他的姓名和出身，似乎还热切地欢迎他成为他们中的一员。他领悟到，皈依宗教或许能帮自己重树在社群中的形象，于是他参加了洛杉矶西区的哈巴德派犹太教徒集会，短短几个月内就结识了两个客户。他意识到自己越是显得严守教规，别人似乎就越对他青眼相加，因此他决意成为一个现代的正统派。这在与阿什肯纳兹犹太人相处时颇为奏效，可是跟伊朗人么……

伊朗人仍旧在乎一个人的名声和"阿比路"。对他们来说，家族的历史始终是他们的最佳担保，比任何法律文件都更重要，比法院的任何判决都更有效力。伊朗的年轻一代无论向父母解释多少次——在这里，人人都有东山再起的机会，人人都有权从头再来；在美国，名字只不过是一层皮，为了继续前进，你需要蜕多少次皮都行——都无济于事。

要蜕皮随你的便，父母会说，可重要的是表面之下的东西，我亲爱的，那个东西是你无论选择什么包装都不会改变的。

在这些伊朗人眼里，那个自称"R. S. 索莱曼"的人是个过分富有的无名小子，他要是本本分分地干，挣不到这么多钱。他的前身"贾迪德·阿尔"是个欺诈勒索犯，曾将数十个无辜者送去受折磨或遭杀害。而他最初的身份拉斐尔之子，是一个被"布什尔的黑母狗"从街角捡来的杂种。

有一阵子，拉斐尔之子祈求自己能耐住性子。他不得不相信，那

1　经文匣（tefillin）：犹太教徒在祈祷时佩戴在身上的两个黑色的皮质小盒子，盒内放有手抄《圣经》经文。

些曾中伤过他的声音迟早会消退，"贾迪德·阿尔"那蓄着胡子、身穿系扣衬衣的形象将会被严守教规的犹太教徒头戴小圆帽、身披晨祷披巾的形象取代，终有一天——它必将到来——拉斐尔之子的财富和权力将遮蔽他早年间耻辱的回忆。

于是他对自己说，族人说了什么并不重要，他就是"赤脸"伊兹奇耶真正的继承人，所以也要表现得像那么回事儿。他开始在每次谈话中把"伊丽莎白"和"亚伦"的名字挂在嘴边，在谈及家族时使用"我们"和"我们的"。他佯装没注意到别人怀疑的神情和讪笑，每当有人无心或有意地问起"这么说他们最终接纳你了？"的时候，他会用意志力让心跳放缓，让皮肤不因愤怒而冒汗。

每次，他都会面对不屑的哂笑和无声的冷落；每次，当别人收到请柬时都没有他的份儿；每次，别人看见他时都会将眉毛一挑——这的确令他感到尴尬和孤独，可难道他的钱没有其他人的那么好使吗？——在时尚服装店或是雅致的餐厅里，拉斐尔之子变得越发热衷于"秀给他们所有人看看"。

晚上，他独自坐在韦斯特伍德的波斯语书店的二楼公寓里，盘算着第二天的会谈，练习自己的声调、肢体语言和握手姿势。每到周六早上，他会步行八个街区前往威尔夏大道和比弗利峡谷，然后坐在西奈寺的犹太教徒集会上，只是为了观察像在故国那般聚集于此的所有伊朗人。他们沿袭了在故国的习惯，到得很迟，成群结队。男人们诚挚地祷告；女人们社交联谊，思量着各自处于适婚年龄的子女。他们在大堂和过道里讲波斯语，在成人礼上抛撒糖果，宣布婚礼定于晚8点举行，希望拉比届时依然在那里耐心等候、心情舒畅，可到了10点，新郎新娘却仍未到场。

在整整三个半小时的礼拜祷告中，拉斐尔之子一直站在后排通往圣所的入口处，竭尽全力表现得严肃认真、颇具权威，俨然犹太会堂领导小圈子中的一员，被赋予了审查新来者是否重要合宜的权力。他不去理睬别人质询的神情和会堂的真正管理者让他就座的邀请，他们都是阿什肯纳兹犹太人，因此看不出伊朗犹太人之间的区别。他记下了所有认出他的伊朗人，佯装他们没认出他所以才没跟他握手；他记下了不认识他和不想结识他的人；还有每次从他身旁经过，出于无知、怜悯，或只是出于旧礼而冲他微笑和点头致意的人。他鄙视最后这类人，其程度至少不逊于鄙视其他人；他们让他想起了自己始终拒不接受的一切——没权没势、卑躬屈膝、老老实实接受自身的局限。如果家境富有和门路颇多的人因看重名分、漠视公正而理当被消灭的话，那么其他这帮只因对方有钱、有门路就对其表达尊敬的人，理应被当作毫无眼力的白痴，遭人践踏。

他最大的愿望是在某次犹太教徒集会上碰见伊丽莎白。在洛杉矶，掌握她的行踪、了解她的境况并不难。他知道她的住处，还曾数十次开车经过那栋带有乡村式奶酪色屋顶和老旧管道的二层灰楼，她和吉芭·瑞伊斯还继续合住在那里。他知道她在为约翰·韦恩工作，而约翰·韦恩又安排她为另外几个餐馆老板做记账员。他们付得很少，因为她并非真正的注册会计师，但他们又极为信赖她的能力，一个劲儿地夸赞她"甚至比菲律宾人更聪明、更诚实，也更有条理"，这可是他们能给出的最高褒奖了。拉斐尔之子听到伊丽莎白得辛勤劳作的消息时幸灾乐祸。他觉得，她或许不像在伊朗的拉斐尔之妻那样贫困，做拼死一搏，结果落得元气大伤，但她也不再拥有曾经轻而易举便可施加于他和他母亲身上的那种权力。

　　在这个国家，在这个年代，他想对她说，你和你的同类要跟像我这样的人斗，想都别想……

　　他估计自己最有可能在重要的圣日时在某个犹太会堂中找到她，她会去西奈寺，因为约翰·韦恩肯定会去那里。然而两者都想错了——约翰·韦恩不属于任何犹太会堂，而伊丽莎白也要到许多年后才会踏入西奈寺。尽管如此，拉斐尔之子依然穿上他最好的黑色正装，在

1990 年的赎罪日[1]前夜，出发前往威尔夏和比弗利峡谷的街角。他之前已来过西奈寺很多次，从没碰上什么麻烦；但是这一次，入口处的一名保安要查他的"门票"。

"我又不是来看电影的。"拉斐尔之子一边窃笑，一边想从那男人身旁走过去。在他旁边，还有个保安正撕掉别人门票的一角，之后才放他们进去，看着就像一名本该护卫美联储金库的以色列伞兵。

"今晚只有有票的会员才能入场。"前一名保安说。

拉斐尔之子从未听说犹太会堂还要求会员制。据他所知，犹太会堂就跟清真寺和教堂差不多，都是由慈善家和社群领袖们出于纯粹的慈善目的，或是为了实现个人目标而建立的。一整年里，它们通过募集资金的方式维持运营，而最终的高潮就是在重要的圣日"购买"《托拉》[2]。其实你购得的只不过是手持羊皮经卷穿过集会会众的机会，而花费则要看拉比认为你能负担多少。

保安都是大块头的以色列男人，对社交礼节几乎不感兴趣，也没有耐心对又一个犹太移民解释会员制的概念。拉斐尔之子以为他们的粗鲁举动是针对他个人的，于是拒绝离去。他这么做起初是因为不相信他们的借口："你必须有票才能进；没错，就像看电影一样，只是更贵罢了。"后来是因为他要求对方道歉却始终未果。不知不觉间，已有二十多个伊朗人目睹到一个身高是他两倍的以色列人冲他大吼大叫。一个伊朗人宣称就是这种人让"我们所有人"背负恶名，另一个

1　赎罪日（Yom Kippur）：犹太人一年中最重要的圣日。在新年过后的第 10 天，对于虔诚的犹太教徒而言，这一天也是"禁食日"，当天不吃不喝、不工作，要到犹太会堂祈祷，以朝赎回他们在过去一年中所犯的或可能犯下的罪过。

2　"托拉"（Torah）是希伯来文"律法"的音译。犹太人所称的《托拉》，广义上是指整部犹太《圣经》，狭义上是指《圣经·旧约》的首五卷，即《创世记》《出埃及记》《利未记》《民数记》和《申命记》。

人主动提出为他们充当翻译，以防因语言不通产生误解。

拉斐尔之子倒抽了一口气，用英语低声咒骂了几句，随即转身，沿威尔夏大道走向他在韦斯特伍德的公寓。

在阿沃克剧场外的米德韦尔街，有个女人正坐在老式现代汽车的驾驶席上，等待信号灯变绿。她身旁的副驾驶席上坐着一个粗壮的孩子，戴着大大的眼镜，有一头褐色卷发。那时已是黄昏，尽管汽车前灯亮着，他仍能透过挡风玻璃看见车内。

拉斐尔之子走下人行道来到车前，瞥见了左侧的那个女人，但又拿不准以前是否见过她，或许她只是让他想起了某个人而已。他稍停了片刻，更加专注地凝视着那张苍白的脸：颧骨很高，神情极度专注于某样唯独她一人可见的东西。他又继续往前走。

在迪迪里斯附近的布罗克斯顿大道，他感到胸口发紧，不得不停下。人行道上涌动的声响、脚步和汽车前灯错杂交织。片刻间，拉斐尔之子害怕自己会被人群吞没，就像在德黑兰街头被母亲拖在身后的那个小孩那样，被人抹去和遗忘。他摘掉眼镜，闭上眼，垂下头，用大拇指和食指紧压住泪腺。

某样坚硬而沉重的东西打在他身上，让他歪歪斜斜地趔趄了一阵。他重新站稳时，发现旁边有个体态丰腴的年轻女子，她涂着草莓香型的润唇膏，看上去好像被她的某个男伴推了一把，那人此刻正哈哈大笑。只有在面对美国小孩时，拉斐尔之子才会如此胆怯。与世界上其他地方的同龄人相比，他们太过自信——甚至是傲慢。没人指望他们对成年人表现出一个后辈通常会有的那种尊重，而他们每次犯错时又都会被原谅，因为他们"还是孩子"。

在穿过村子和沿着老兵大街走的一路上，他感到太阳穴一直火辣辣地痛，可直到他将钥匙插到房门上准备开锁时，才感到手一软，一阵冷飕飕的惧意从胃里升起：他见到伊丽莎白了。他甚至就从她面前走过，驻足凝视她的脸，却没有认出她。

　　那个他自幼便认识、从此穷追不舍的伊丽莎白，远比现代汽车里的那个女人更加苍老、高大，也更令人畏惧生厌。

拉斐尔之子自变成"穆罕默德·贾迪德·阿尔"以来，第一次怀疑自己的潜力。的确，他没有认出伊丽莎白，但她也没认出他。她看到他了——这一点他能肯定。当他透过汽车挡风玻璃凝视她时，她也正盯着他看。

　　他恍然大悟，或许她并不在意他的存在，并不像他所以为的那样惧怕他。或许，她不会夜不能寐地躺在床上，回想着拉斐尔之妻曾对她造成的伤害，哀悼亡夫和失踪的孩子，明白那孩子是因为自己和家人的残忍行径才遭受惩罚的。

　　他决定向她开战。他不打算再去会堂里偶遇她，也不想冒着被羞辱的风险出现在她家门前，以免吃个闭门羹，他决意直接去"幸运99"找她。一个周六的早上，他去了罗迪欧大道的贝尔尼尼男装店，这家店的风格很迎合那些热衷烧钱的阿拉伯男人。他买了一套正装、一件正装衬衣和一条领带。之后，他走到马路对面，买了一双菲拉格慕的乐福鞋。正装需要改一改，而他却惊讶地得知，这里不像在伊朗，裁缝随时能在一小时内完工，他必须要等上五个工作日才能取回正装。最终，他决定就这样穿着去。

　　他预约了9点半的桌位，但是到达以后，女招待整整五分钟没搭理他，之后她问过他的姓名，连正眼都没给地说："还有四十分钟。"

他抗议说他预约了；她屈尊俯就地冲他一笑，然后说："别人也一样。欢迎先去吧台喝一杯。"

此后半小时里，拉斐尔之子眼看着那个典型的加利福尼亚金发女招待亲吻每位后来者的脸颊，带他们从他身边走过，坐到一张桌旁。最后，他走过去问他为什么还没桌位，店里明明那么多桌子都空着呢。

"因为那些都被预订了。"她说。

他再次指出他也预约了。

"别人也一样。"她假惺惺地笑着重复道。

可空桌又怎么说？

"那是预留的。"

他抗议说，她都请那些显然没预约的顾客落座了。

她的眼珠滴溜溜一转。"他们不需要预约。"

拉斐尔之子穿着超大的崭新正装直冒汗。他越是冲女招待厉声说话，她就变得越发轻蔑。他要求跟经理谈谈。

"我就是经理，"她说，"你要是愿意，可以等店主来。再过两个钟头。"

在他身后，一个面部整形糟糕透顶、打着厚厚粉底的高个子秃头男人对他的同伴耳语道："你还以为他是搞那一行的咧。"

直到多年以后，拉斐尔之子才明白，"那一行"在洛杉矶指的是电影产业，它比其他一切都更能操控人的情感与理智。盛怒之下，他转过身，用响亮过头的声音冲"整容男"吼道："如果我愿意，我能在一天之内把这地方连同你一起买卖个三次。"

随后，他快步走了出去，那个男人的笑声在身后追着他跑。

在安吉拉和妮洛高中毕业那天晚上，约翰·韦恩在"幸运 99"为她们举办了一场庆祝宴会。那是在 1990 年 6 月，他邀请了 99 位来宾。他对外打烊了餐馆，将菜单印在一卷卷羊皮纸上，做成毕业证书的模样，还请了一支弦乐四重奏乐队演奏背景音乐。"把你们所有的朋友都请来。"他热切地鼓动姑娘和她们的母亲。吉芭和妮洛每人都请了十几位宾客，安吉拉邀来了三位，而内达和伊丽莎白谁也没请。在最后时刻，为避免宴会上因来宾寥寥而尴尬，约翰·韦恩打了几通电话，填满了空位。他甚至为自己请来了一个约会对象。

约翰·韦恩自从遇见伊丽莎白，便在心里和她结了婚，以至近十年来，他带去吃中饭、晚餐或看电影的女性连十几个都不到。甚至在同等条件下，他宁愿连那些时间也用来陪伴伊丽莎白和安吉拉，他半开玩笑地称她们是"我真正的家人"。即使他迫于压力，屈从于追求他的女性或坚称他每隔一段时间就该"出门"玩玩的朋友，也只是为了免得自己因为钟情于索莱曼家而闹出更大的洋相。任何认识他的人哪怕没有深交，都不可能觉察不出他对伊丽莎白迷恋之深和对安吉拉喜爱之切。他未经她们同意，也不需她们参与，就已经实实在在地把她们变成了名人。他甚至把吉芭·瑞伊斯和她的女儿们也庇护在羽翼之下。可因为他的心地太过善良，又或许是因为他爱得太深，所以甚至从未斗胆向伊丽莎白本人吐露过自己的情感。她会拒绝我，然后一切就全完了。

他的想法是对的——伊丽莎白不会回应他的激情，也绝不会同意嫁给他，或是比朋友关系走得更近。至于安吉拉，她喜欢约翰·韦恩，也渴望重建她在伊朗失去的家庭，母亲默默地回绝了为她们付出那么多的男人，只是证实了她有关"冰女王"的猜测。

据安吉拉说，伊丽莎白最后一次真情流露，是当她走进女儿们的房间，发现诺尔失踪的时候。从那以后，每次经历考验时，她虽显得备受打击却从未被击垮；当他们将诺尔的尸体带给她，当她在停尸房里，注视着无头玩偶般的小小尸体被洗净和包裹起来；当她在坟头撒下第一把土时——在所有那些时刻和此后的全部岁月里，伊丽莎白展现出的决心都多过悲恸。

在那天晚宴上，约翰·韦恩端上香槟向姑娘们敬酒时，他就像任何一位父亲那样满怀喜悦与赞赏。他早已写好演讲稿，对着镜子排练了六次，还让他将要"约会"的对象——一个生物钟快速运转的迷人伊朗女子——帮忙纠错，用"更好"的词汇来替代他的用语。他一直是这么做的——试图完善自我——他自遇见伊丽莎白后，一直对此坚持不懈。他阅读关于礼仪的书籍和"伟人"的传记，穿得更加正式，大部分时候甚至将牛仔靴换成了系带的牛津鞋。他明白在思想深刻和门第血统方面，自己根本赶不上她，但也想尽力做到最好。而大多时候，这意味着要花大钱。

"我感激上苍和阿亚图拉，"他在为安吉拉和妮洛发表演讲时说，"将你们带到我身边。"

他热泪盈眶，顿了一下，将泪水吞下肚去，想要铭记此刻光景——两个姑娘洋溢着欢乐与兴奋的笑脸，昏黄蒙眬的烛光中伊丽莎白双眸的颜色；在内心深处，他认定自己平生终究还是成就了某件伟大而有意义的事。随后他说道："从今以后，不论发生什么，我都觉得自己是有福的。"

宴会直到午夜才结束。

凌晨 1 点半，约翰·韦恩离开餐馆。

3 点时，员工们锁了门。

早上 6 点，警察打来了电话。

他沿着洛玛维斯塔街行驶，来到山麓街，睡眼惺忪，认定不该在那种状态下开车，于是把车开回家，叫了一辆出租车。司机的头发乱蓬蓬的，属于那类人："我是个艺术家，这工作根本配不上我，我妈是匈牙利末代国王的亲戚，可我忘了他叫什么。"他自称拉兹洛·德·瓦嘎，以前多次载过约翰·韦恩，受邀在餐馆里吃过不止一顿饭，喝过不止一瓶凯歌香槟。约翰·韦恩每次喝酒都叫出租车，给小费时出手相当阔绰，结果司机们常为了该派谁去接他，与调度人员争执不下。拉兹洛·德·瓦嘎通常会胜出，尽管他自己也总是半醉半醒的，就连午餐时间亦如此。

　　那天，他宿醉得厉害，总想倾吐心声。当他们在日落大道上向东行驶时，他开始对约翰·韦恩诉说，他——拉兹洛——并非他之前宣称的皇亲国戚；实际上，他是个孤儿，连母亲是谁都不知道，所谓与国王沾亲是他瞎编的故事，好帮自己多得点儿小费，因为，让我们说句实在话吧，"人们想给皇室成员留下深刻印象，他们觉得我们应该比普通人得到的更多更好"。"德·瓦嘎"中的"德"[1]是申请驾照时妻子建议他添上去的，就是为了凸显贵族背景。

　　他们一直向东行至佛蒙特街，才发现开过了，于是折返。这次，

---

[1]　此处指法语姓名中的"de"，是旧时贵族的姓名标志。

他们在驶过克莱森特高地路口的信号灯后仍未看到餐馆，所以又调了个头，停在消防车后面。

给约翰·韦恩打电话的警察说餐馆失火了，但这里既无火情，也没有餐馆。

约翰·韦恩绕着消防车转了一圈，在岔路口前前后后看了又看。他只瞧见停车场空空如也，汽车残骸被烧成了焦炭，一堆木头和金属冒着浓烟。

他目瞪口呆地站在那里。虽然空气很凉，但他能感觉到汗水顺着脖颈滴到背上。有个身穿厚重夹克衫的人走过来，问他是不是店主。

"保险公司会派查勘员过来，你应该赶紧给他们打电话。"

约翰·韦恩没有答话。这是他那周第二次听到"保险"一词。第一次是伊丽莎白告诉他"幸运99"的保单已过期失效，应该申请复效。

"别太担心啦，" 约翰·韦恩宽慰她说，"保险是为不走运的人准备的。"

他回到家，打开保险柜。他在里面存了 5,000 美元的"地震"基金。曾有人建议所有洛杉矶居民都这么做：手头存些现金，以防大天灾突袭时所有银行都关门，而你不得不像某部表现末世生存的电影中那样度日，周围的整个世界都崩塌了，唯独你自己是解救全人类的关键人物；如果你能找得到一加仑汽油，售价将是 5,000 美元。

当他从保险柜里取出钱时，猛然意识到自己想必是认为一场毁灭性的地震比洪水或火灾更可怕。因为地震发生时会影响到整个地区的每一个人，洪水或火灾只影响受灾者——而他可不是那类人。

他取出 4,000 美元，折回餐馆所在地，正好赶上下午当班的人来。他逐一拥抱了每位员工——勤杂工、厨师、门卫、男招待、女招待和酒吧服务员。他将 4,000 美元平分给每个人，还为没事先通知他们就"放假"而致歉。他打算用几周时间清点下自己的财务，然后在原址上重建餐馆。如果他们愿意回来，他会重新雇用每一个人，给他们加薪，外加补偿这几个月的失业工资。他或许在火灾中损失了一大笔钱，可他还有别的重要资产，特别是还有联合银行的循环信用贷款。

多年来，约翰·韦恩依靠巴拉迪·麦克弗森支撑奢侈的开销，还为他的朋友们筹款。根据最新核算，他欠银行 180 万美元，伊丽莎白对此忧心忡忡，而在约翰·韦恩眼中她只是杞人忧天。

"即使银行想要回它的钱，"他每次借更多钱时都这么对她说，"我还有房子和餐馆呢。"

麦克弗森告诉约翰·韦恩，为了符合贷款的资质，申请人的资产必须与借款金额相当。麦克弗森还说，凭他作为信贷部经理的能力，可以确保验资过程迅速完成又不会搅扰约翰·韦恩。约翰·韦恩会意了其中的暗示，发挥想象力，不仅填补了他自己的，甚至还有朋友们的资产清单。在 20 世纪 80 年代早期，大多数伊朗人还完全不熟悉"借贷购物"的概念，因为在伊朗，每笔交易都以现金支付。约翰·韦恩让申请人在空白表格上签字，再由麦克弗森填好。

后来，伊丽莎白告诫他，为符合贷款资质向银行做出虚假声明被称为"按揭欺诈"，是违法的，最高可判处三十年监禁，他却十分诚挚地理论道："不管叫什么吧，它对每一方都有好处：银行赚取了不合理的利息，巴拉迪获得了佣金，我们其他的人用钱投资，坐看它升值。"

许多人的确投了资，但约翰·韦恩却只是花钱。这种做法一直还算灵光，直到火灾将他用于贷款担保的部分抵押品刹那清空，才引起他对自己全部投资组合的关注。而突然之间，联合银行总部的高层想要查看他的所有财富证明，就是那些麦克弗森颇具创造性地想象出来、约翰·韦恩信誓旦旦声称拥有的全部资产。

麦克弗森警觉地意识到，银行将发现他放宽了贷款标准，于是切断了信用贷款，要求约翰·韦恩归还本金。

"去借高利贷呀，"他催促道，"卖掉你的房子。不管付出什么代价，总之要赶在我丢掉执照和你进监狱以前。"

约翰·韦恩还不肯相信麦克弗森摆在他面前的黑暗厄运，他也片刻都不曾想到，此前在"幸运99"免费用餐并享受过其他百般好处的所有亲切友善、毕恭毕敬的银行职员，突然间都不接他的电话了。他的确想归还银行贷款，但促使他还贷的不是恐惧，而是羞耻感——这事若曝光，任何人都可能怀疑他诚实正派的人格与道德品质，也许伊丽莎白不会再视他为成功的商人，她或许不会再尊敬他，还会厌倦他们之间的友谊。

他竭尽全力向她隐瞒自己在财务上有多困难，急迫地想从一家银行借钱去还另一家，却发现借款条件已变得更加严苛。他试着向多年来曾借给过钱或送过钱的所有朋友借款，却发现大多数人没有能力或是不愿借给他。他把房子放到市场上出售，卖得的钱比原先的买价还低。他变卖了所有地毯和家具，卖掉了汽车和收藏的金表。他尽快向银行还款，可负债总数却似乎从未减少。

"不只是你！"麦克弗森在电话里叫嚷，最后连嗓子都喊破了，"包括你引进来的所有贷款，还有你让别人签字后、由我填写的所有那些表格。如果你违约拖欠，咱们都得完蛋——你、我，还有你那帮从我这儿借钱的朋友，这都要怪你蠢到家了，居然没上保险。"

直到 1992 年的大萧条以前，流亡社群里的"世家贵族"都指望并且获得了原先在伊朗时拥有的那种敬重和艳羡，头上顶着"他们很特殊因为他们配得上"的光环。其他每个人——专业人员和工薪阶层——都在为谋生而东奔西跑。他们是有福的，因为他们没有需要维护的公众形象，也没有需要证明给别人看的伪装。富人可就没那么轻松了。

　　无论他们离开伊朗时是否一文不名，也无论他们是否成功地保住了部分财产，昔日的"塔夫提们"仍背负着维护"阿比路"的重任，而在他们眼中，这主要取决于财富的多寡。贵族生来从没干过一天的活儿；国王治下犹太聚居区的孩子努力打拼，付出牺牲，最终飞黄腾达到无法想象的高度；因联姻进入豪门的男男女女转眼便忘记了他们所夸耀的其实是别人的财富——在美国，他们都背负着证明自身仍值得公众膜拜的重担。

　　在确立收入来源以前，许多"塔夫提"就已买下昂贵的住所，租下顶层豪华办公室。为了在竞争中更胜一筹或与别人并驾齐驱，他们购买了第二套住房和周末出游的汽车，举办奢华的派对，把孩子送进私立中小学和私立大学。他们以自己所知的唯一方式为每样东西付款——全部支付现金。他们做生意的方式也很老旧：凭一次握手或仅凭信任，将别人的"阿比路"当作主要的担保。

后来，当他们的现金开始缩减时，美国的银行家向他们介绍了一种叫作"信贷"的魔术戏法，能使他们花上本不属于自己的钱。当"塔夫提们"借贷、花钱、再借更多钱时，起步资金很少或全无的其他那些中产阶级和工薪阶层的伊朗人都是先储蓄再投资，就像冬天里那些出了名的鸟儿一样，他们开始以"现金牛"的身份崭露头角，即便还不是很有交际头脑，可就外表来看，都是一群很有文化教养、温文尔雅的人。

而"塔夫提们"得到的总体印象是"那些你从未听说过、在伊朗甚至信不过让他们为你擦鞋的人，不知怎的就掘到了金子"。实际上，"金子"无非是适应艰苦环境的能力，是牺牲精神，是耐得住性子。他们对自身和子女的期望很高；他们先挣钱后花钱，开销不会超过自己的支付能力。

于是，"世家贵族们"只得用好名声聊以自慰，即使不能彻底欣然接受，至少也要学着去应对后来者。家族血统或个人声誉都靠边站吧，银行想要回他们的钱，否则就要剥夺房屋的抵押品赎回权，谁在乎这家伙在伊朗是干什么的？那个世界已经死了，再也不存在了。

这正是拉斐尔之子一直以来所期盼的。

多年后，当安吉拉放弃了她很有发展前途的法律事业，准备在她构想的书中揭露拉斐尔之子的背信弃义时，她声称"庞氏骗局"的开端可以追溯到 1992 年 7 月，即"幸运 99"失火两年后。那时，拉斐尔之子循着约翰·韦恩的不幸轨迹（尽管也许有人会说这都是他一手造成的），雇用了 R. S. 索莱曼公司的第一个也是唯一一个员工，显著用意（安吉拉是这么认为的）便是找人成为他"千年诈骗案"的替罪羊。

当拉斐尔之子找到艾迪·阿拉克斯时，艾迪已在美国住了六年，曾在加油站、干洗店和满是油垢的汉堡店里干过，还在随便什么愿意雇用他这样有非法居留背景者的地方打过工。除了一年里会随便找几个政府部门的职员干架以外，艾迪还算是个守法的公民。他认为，美国当局有义务帮他延长在美国的居住年限，因为从情理上讲，无论如何移民局都应该为他提供政治避难权和一张绿卡而非旅游签证：艾迪脸上的伤残是拜萨达姆·侯赛因所赐，那是在长达十年的两伊战争期间，在萨达姆屡次向伊朗士兵和平民发动突袭战时受的伤。世人后来才得知，萨达姆的那些武器是在美国的援助下发展起来的，里根总统热切盼望伊拉克能打败伊朗，不认为使用危险武器是"具有战略关切的问题"。如果里根政府能帮萨达姆用先进武器屠戮十万人的话，艾迪认为他也该向幸存的受害者们发放一两张绿卡。

他在流亡之地不算是差劲的租户，但亟须一份正点上下班的白领工作，甚至希望——尤其希望——能在家办公，同时照料他的母亲。然而，当艾迪接到第一份也是唯一一份这样的工作机会时，第一反应是声明他宁可至死手上还沾满油渍，也不愿为贾迪德·阿尔干上一小时——没错，先生，有些事无法轻易克服，即便是在美国。

他们是在拉菲餐厅偶遇的——艾迪在格伦代尔的这家波斯餐馆里打杂，而拉斐尔之子是个很不受欢迎的顾客。被那些在伊朗就认得他的老相识"突袭"（艾迪是这么看的）是艾迪在洛杉矶最惧怕的事，那时他还拥有一个受人尊敬的家庭和一张正常的脸。被他甚至在伊朗时就想避开的某个人发现时，他正手上端着几摞脏碟子跑来跑去，围裙上沾着番茄和烤肉的污渍，这大概是他所能想到的最痛苦的经历。

可恰恰是这个家伙向艾迪提供了亟须的工作，艾迪也明白这是唯一的选择，此外再没别人会雇用他，而这也正是拉斐尔之子想要他的理由——他们对此都心知肚明……算了，有时候一个人必须吃掉地雷，哪怕只是为了让自己不再多熬一天，少受点儿惧怕自己下一步就是最后一步的痛苦。

从他们在德黑兰一起上小学，为期末考试的头名奖励你争我夺开始，拉斐尔之子便一直是艾迪的眼中钉、肉中刺。有几年，他在考试中以半分的优势击败了拉斐尔之子；而在其他时候，拉斐尔之子也凭借同样微弱的优势抢了艾迪的第一。在那种时候，艾迪便认定学校的管理者多给了拉斐尔之子一两分，那是他不应得的，可因为他是私生子，校长同情他，也因为艾迪是亚美尼亚人。

　　艾迪的父亲名叫拉斯米克·阿拉克扎缅恩，自从瓦纳克大道上的大都会酒店开业那天，直到1979年革命前几周关门为止，他一直在那儿做记账员。酒店所有支票都是拉斯米克写的，所有收入也都经他的手；他向收税人和政府官僚付清税款，还抓出了公司里的骗子和窃贼。倘若是在美国，他的职务应该是首席财务官，薪酬也会很可观；可是在伊朗，拉斯米克只是个卑微的记账员，这个职位可以指派给会拨算盘（许多年后是能用简单的计算器）并能记录简单账务性交易的任何人。

　　拉斯米克在六位数以内计算的速度和准确性方面，可以击败任何老式计算器，但这并未赋予他在西方理应被某些人当作优势的东西，也没给他带来可观的收入。拉斯米克的工资几乎从来赶不上通货膨胀的速度。但就像忠实工作多年的任何白领员工那样，他也收获了某些好处：在准备结婚时公司分了一套房子，婚宴费用由老板买单，孩子们上私立学校的学费也是公司出的。不过，对于像拉斯米克这样的人而言，真正的荣耀并非源于金钱，而是在于他从工薪阶层跨入了办公室职员的行列，还负责管理某一方面的重大财务事项；最重要的是，他的诚实可靠是出了名的。

艾迪始终认为，端正的品行和荣誉是富人在丰盛的宴会上狼吞虎咽后余下的残渣。这些，他们都丢给了仆人。

xxxxx

艾迪对拉斐尔之子抱有成见，不只是因为他不公平地多得了那些零点几的分数，更因为久而久之，那个杂种的优势在许多更重要的事上开始发挥作用。

几世纪以来，在伊朗已经确立的社会等级中，尽管亚美尼亚人被看作异教徒和外来者，可他们的地位略高于犹太人，只是比任何穆斯林都低得多。后来，无论是因为国王上台，石油收入来了，还是由于出现了犹太复国主义者之类的，那些直到昨天还是"贱民"的犹太人，一下子就爬到亚美尼亚人的头上去了。国王喜欢他们；作为回报，他们也敬仰他。他们还热爱钻研，这意味着他们当上了医生和建筑师，成了一个发展中国家需要也乐于雇用的那些从业者。亚美尼亚人在被驱逐出住地前，曾经拥有自己的家园，还有他们坚决捍卫使之生生不息的语言；犹太人则与他们不同，犹太人将自己视为伊朗人。他们已经在波斯——后更名为伊朗——居住了 2,700 年，根本就没打算离开。一旦给他们机会，他们全都忙不迭地摆脱了犹太聚居区，"融入"到范围更加广阔的伊朗社会中。另一方面，亚美尼亚人仍继续数着还有多少天，会有什么人以某种方式将他们热爱的亚美尼亚归还给他们。

与伊拉克开战时，不想上前线的犹太人有处可逃——以色列、欧洲和美国；那些不逃的人也付得起贿赂官员的钱，将年轻子女的名字从征兵名单上抹去。亚美尼亚人则没有选择的余地。

据艾迪所知，拉斐尔之子在国王倒台前，始终是伊朗的犹太人，而这时大多数有钱有权的犹太人都逃到西方去了。在毛拉们掌权的那一刻，他放弃了犹太人身份，变成了一个"赛义德"。

然而，艾迪面对的抉择是上前线打仗，还是进艾文监狱。他回来时已被战争毁得面目全非、人不像人，父亲只看了他一眼，便因悲恸过度，当场倒毙。

那天在拉菲餐厅里，拉斐尔之子让艾迪把要说的话说完，然后假惺惺地一笑，将名片丢在桌上，旁边是已经空了的烤肉盘和拌了漆树粉的番红花蒸白米饭。

"在我的印象中，你记性不错啊，"他说，仿佛艾迪并未拒绝工作机会，"我需要你把数字记在脑子里。"

五个月后，艾迪因多次与顾客和其他员工吵架，丢掉了在拉菲餐厅打杂的工作。他拨打了拉斐尔之子名片上的电话号码。

　　"我估计比为你工作更糟的事就只有无家可归和跟我生病的老妈一起饿死了。"他在接受工作机会时这样说。

　　艾迪的时薪是六美元，对此拉斐尔之子解释说，倘若你撇开艾迪要是合法移民须缴纳的税款后，这真的符合最低工资标准。"直到我找到更大的办公室为止，你都可以在家办公。关键是，我来保存书面记录，你记住我告诉你的东西。"

　　就在那一刻，艾迪知道他本该退出，挂断电话，然后用硬纸板做一个"以工作换食物"的标牌，站到比弗利山庄的街角去；据一份报纸近期报道，那里的乞丐每天平均收入为120美元。他知道他那时本该逃掉，此后二十年中他每天都清楚地知道这一点，但重大的错误就是这样日积月累酿成的。

　　"你要知道，"他对拉斐尔之子说，"我会乖乖听命于你是因为我别无选择，但如果我有办法的话，绝不会为虎作伥。"

　　他的第一份差事就是给约翰·韦恩打电话。

拉斐尔之子坐在办公桌旁，脱了鞋，解开衬衣领口，此时他抬头瞟了一眼，只见一个穿着牛仔靴的高个儿男人站在门口。那是某个周三的上午9点。在威尔夏以南的韦斯特伍德大街上，伊朗店铺刚开始营业，但餐馆、书店和美发美甲沙龙仍关着门。拉斐尔之子已来到办公室，因为他5点就起床了，在狭小的公寓里坐立难安，可他没料到会有访客。他将收音机调至播报天气和路况的频道，正在做波斯语报纸上的填字游戏，报纸是他在街边卖玫瑰香露和开心果仁冰激凌的小摊上买的。他开着门透气，所以第一反应是那个牛仔想必是在找别的办公室。随后，男人走了进来，伸出一只手说："索莱曼先生吗？我是约翰·韦恩。"拉斐尔之子心想，命运原来就是这样找上门的。

他曾在伊朗正统（尽管这术语是个矛盾的修辞）会堂里听说过约翰·韦恩的困境，该会堂是最近由众多年轻拉比中的一位建立的，他们对于争夺西区居民的灵魂和钱包份额都雄心勃勃。这位拉比生于一个臭名昭著的赌徒和酒鬼之家，他有意不去想伊朗人并非哈巴德派。他到处活动时，头戴大黑帽，身穿长长的黑大衣，极力鼓吹在逾越节[1]

---

1 逾越节（Passover）：犹太教的主要节日之一，它是纪念犹太人在上帝的佑助下从埃及成功出走，为感谢上帝的拯救而设立的节日。

期间饮用不洁的瓶装水是一种罪过。他已是十一个孩子的父亲，可他的繁衍活动还远未结束。在西奈寺败北之后，拉斐尔之子加入了他的会堂，发现这里的集会氛围包容宽松得多。他只需在会堂里露个面，尽管他显然不清楚大家都在做什么，也不懂得如何诵读《托拉》。他们乐于认为一个保守派的犹太教徒（你即便说异教徒也无妨）已有所领悟，迫切地想要加入他们的行列。取悦他们也容易得多：献出一百美元就行——那些精致的会堂会对这点儿钱嗤之以鼻、不屑一顾，但在这个配备塑料椅子的店面会堂却颇受赏识。

自从火灾之后，约翰·韦恩的命运已成为更加虔诚的犹太教徒之间（说实在的，那男人从未拒绝过任何人）大肆揣测的话题，他们关心的是，一个便利而丰沃的融资来源或许已然枯竭。拉斐尔之子第一次无意间听到两个人在谈论此事时便脱口而出："他活该。"当他看到别人面露困惑时，本想解释一下，但随即觉得不妥。他意识到，要是承认自己曾被"幸运 99"的员工和顾客奚落羞辱的话，只会贬低他在这群新交眼中的地位。拉斐尔之子正是在母亲拖着他挨家挨户寻求同情与正义时悟出这一点的。多年来，他一直想让她看清他已明白无疑的事——人们都愿意支持胜利者；他们也许会怜悯受到不公对待的人，可如果能选择的话，他们宁愿属于获胜的一方。

因此，他没有解释自己对约翰·韦恩怀有敌意的原因。从此以后，每次听到别人提起那人时，也必将嘴巴管得紧紧的，但私下里还是津津有味地听人谈论约翰·韦恩的财务破产和可能面临的起诉。他甚至在白天和黑夜几次驾车经过餐馆旧址，只是为了看看损毁的情况，想象它必会对约翰·韦恩造成的伤害；他还将想象力延伸到伊丽莎白身上。这就是他让艾迪给约翰·韦恩打电话的原因。

拉斐尔之子无疑是个精明的商人，他的大半生都在规划复仇与致富之路，但直到那天在办公室里与约翰·韦恩握手，感到韦恩的手在微微颤抖时，他才终于感到能让自己的钱好好派上用场了。

"随你需要多少，我都会借给你，"他对约翰·韦恩承诺道，"我收的利息也不会比银行高。"

条件只有一个。

她伴着二月的一场暴风雨而来，在青灰色的天空下走向他。她穿着褪色的衣服和磨破的鞋子，右手撑着的雨伞被风掀得翻了过去，根本遮不住雨；左手拿着一个裹在白色塑料袋里的马尼拉文件夹。一瞬间，拉斐尔之子觉得自己的感情即将决堤，几近落泪，无论是什么神灵创造了这一刻，他都要跪倒在地，感谢这位神灵让他活了足够长的时间，经历了足够多的事情，终于看到他和母亲的每个心愿都得以实现：昔日年轻的邪恶女王竟沦落到哀求别人的地步，她显然没意识到白色塑料袋包含的反讽意味，还需要——是她需要——哪怕就只是替一个朋友来讨钱。可就在那时，伊丽莎白已穿过马路，踏上人行道，地上满是被暴风雨从藤蔓上扯落的紫色九重葛。她把雨伞丢进垃圾桶，将湿漉漉的头发从脸边甩开。直到她与他四目相交的那一刻，他才明白权力的天平并没有丝毫改变；无论境遇如何变换，她依旧是城堡的主人，而他，却只是大门外的流浪汉。

　　他惊愕地发现自己在她面前仍感到那般渺小，他一生都在设想这个场面——就在这里，就在他面前，他站在大楼入口处的雨篷下，而她，仍站在雨中——结果却只是发现，天平一丝一毫都不曾变动。

她之前来找过他一次，就在他与约翰·韦恩会面后的两小时内，正当拉斐尔之子关上窗，准备离开办公室的时候。他碰巧朝大街上匆匆一瞥，而她正在停车缴费。他感到焦虑难耐，不得不抓住窗框，这才没倒下。随即，他扑向房门，从里面锁上，熄掉灯。他紧紧抵住墙壁，几乎透不过气来；在此期间，她敲了近三分钟的门。

事后他对自己说，他躲着不见她，只是为了延长她的屈辱，迫使她下次再来；但他明白，迫使他避开伊丽莎白的其实是恐惧，它虽然年深岁久，已然生锈，却仍深深嵌在他心里。那一周的余下几天，他没去办公室，只给电话答录机打过几通电话查收留言。令他沮丧的是，没有任何留言；要是有的话，那该多好啊，因为他本来很想知道约翰·韦恩和伊丽莎白正在寻他呢。

周一早上，他认定已让他们等得够久了。他像平常那样将汽车停在楼后的巷弄里，走到马路对面的7-11买咖啡，之后又折回办公室。在前门的雨篷下，他合上伞，使劲甩了甩，正欲将便道两侧掉落的沾在鞋底的纸花擦掉时，突然感到一种熟悉的惧意。他转过头，看到了她。

"我是伊丽莎白·索莱曼。"她用波斯语说，仿佛他不认识她似的。她的手被雨水淋湿了，但她还是伸出手，与他握了握。她仍站在倾盆大雨中，浑身都湿透了。他想象着自己闪身让她进入大堂，却怎么也无法强令身体挪开。她等了片刻，之后硬从他身旁挤了过去，走进大门。她将头发向后一甩，用淋湿的手揩拭着滴水的脸庞。

"我来了好几次想截住你，"她一边说，一边还在甩水，"我觉得如果我今天来得够早的话……"她停住了，会意地含笑看着他。

上了楼，他打开办公室的门锁和电灯，随后请她进去。如果他有毛巾的话，本可递给她一条；又或许他会让她坐在那儿，浑身湿透，打着寒战，不过她说了什么洗手间之类的话，就消失在过道尽头。当她回来时，脸上已经擦干，头发和衣服还湿漉漉的，但已不再滴水。她在办公桌另一侧的扶手椅上坐下。他仍一言不发。

"你想跟我谈谈吧。"

突然间，他简直不明白自己为什么认为能迫使她开口乞求。现在，他也许是有钱了，比她富有得多。他或许能让她来求自己，尽管那是为了别人，但他明白，这对她而言却不是用尊严换金钱的问题。她没打算恳求别人接纳自己，恳求被当作合法子嗣，也没打算乞求别人的爱。因此，当拉斐尔之子让约翰·韦恩传话"如果伊丽莎白来求我就借钱"时，她才如此迅速地做出回应。

现在，她来了，冲他微笑着，她即刻就会提出借钱，然后一切都结束了，拉斐尔之子唯一的撒手锏就要用完了。

"我请你来这儿，不是为了谈钱。"他不由自主地说。他发现电话铃在响，而且已经响了一阵儿，但是在答录机启动前，他始终没去理睬。他从桌上拿起一支铅笔，双手交替转着笔，端详了一下，然后继续说："有些事情，我认为你会想要知道。"

她略微蹙了蹙眉，眯起眼睛，把头偏向一侧，仿佛这样能更好地理解他的话。他用食指和中指把铅笔转得如风车一般，双眼却始终盯着她的脸。

"我相信这对你很重要。"

瞬间，她的脸色变得苍白了。她原本藏而不露的双眸犹如黄色玻璃似的暗淡下来，他希望那是由惴惴不安造成的。

拉斐尔之子咽下了嘴里充斥的苦味。即使他无法心满意足地看着她放低身段，也势必不会让她全身而退。

他把铅笔丢到桌上，往椅背上一靠，手指尖抵在桌边，然后说道："想知道你的孩子是怎么死的吗？"

放拉斐尔之妻进屋的是他们新雇的年轻女仆，她跟曼佐尔是同乡。

　　伊丽莎白记得那个姑娘——按出生证推算有十五岁，尽管无法确定信息是否准确。她长着淡绿色的眼睛，皮肤白皙——裹在黑色罩袍中的脸极为娇美——曼佐尔正因此选中她做自己的长媳，付了聘礼，又买了送她到德黑兰来的汽车票。在首都，曼佐尔和她丈夫或许只是卑微的仆役，但在北方的同乡眼中，他们与贵族无异：他们有房有车，两个儿子都念了大学，在办公室里上班。

　　姑娘的家人极力盼望他们尽快完婚。他们举办婚礼时身处两地——由一位毛拉代表新郎与她举行仪式——曼佐尔在郁金香大道为他们租了一套一居室的公寓。

　　在汽车站，新娘身穿棉布印花的白色罩袍，恰如大家所期望的那般妩媚动人。她还很害羞，不与别人的目光相交，也不让一缕头发或是除脸颊外的一寸肌肤暴露在外。这是个好兆头，意味着她纯洁、顺从，易于管教。当他们来到曼佐尔家与家人共进第一餐时，她就连去洗手间时也不脱罩袍。后来，当她和新郎二人独处时，新郎坚持要看她不戴面纱的样子，甚至脱下了她的第一层衣服更仔细地端详她，却根本无法说服她让他看看头发——她在罩袍下还戴了一条头巾，这个嘛，她可是不愿摘掉的。

之后的两天里，曼佐尔的儿媳始终裹着头。来到德黑兰的第三天晚上，她摘掉头巾，站在丈夫和婆婆面前——绿色的眼睛、白皙的皮肤，但显而易见的是，她完完全全是个秃子。

他们的婚姻自动失效了，因为新娘的家人歪曲了对她的描述。曼佐尔的儿子想让她坐船回娘家，但她恳求让自己留下。她宁可死在德黑兰的大街上，也不愿忍受家人和邻居的羞辱。她扑倒在曼佐尔脚下说，他们都对她的婚姻妒火中烧，掐指计算着新郎何时会发现她有这么大的生理缺陷，将她撵出家门。

曼佐尔夫人明白天生就有缺陷却又无法修复的滋味。她结婚时，丈夫也不知道她是哑巴，差不多有一周都没发现。若不是因为曼佐尔拥有稳定的工作、她的雇主们也同意一并雇用她丈夫，那么她的秘密一经暴露，丈夫也会打发她回去，还会索要赔偿。

曼佐尔不忍心将秃头姑娘送回去，于是把她带到了亚斯花园。

"只要有饭吃，有地方睡，我就愿意为您工作。"姑娘恳求道，但伊丽莎白并没想雇个奴隶。她把曼佐尔过去的房间给了姑娘，付给她工钱，还送她去上学，坚决让她先完成作业再料理家务。

"我不知道妈妈是怎么找到她帮忙的，"拉斐尔之子回答了他在伊丽莎白眼中看到的渐显的疑问，"我不认为那姑娘恨你。我觉得她是想报复曼佐尔。"

他沉吟片刻，随即苦笑了一下。

"这不是很傻吗？认为劫走一个仆人必须照顾的受宠的小崽子，而不是她的亲生孩子，就能伤害到她了？"

他们分坐于办公桌两侧，目光齐平。即使看不到伊丽莎白的手，拉斐尔之子也知道它们正在她腿上颤抖，她的膝盖也在打战，她的心被愤怒与期望、仇恨和兴奋揪扯、折磨到了极限。

"就因为你，"他对她说，"我妈妈不得不在医院上夜班。她给人家擦地板、倒便盆，回家时满身是血渍、粪便和疾病的味儿。每隔一阵子，她就会看到产房里有人生下死胎，或是孩子出生后不久就夭折了。她忘不了那些女人是多么悲痛欲绝，那像是一个人能遭受的最坏的厄运。"

他顿了顿，随即补充道："也许她们是这么想的，可我猜还有比这更糟的。（他轻轻一笑。）比方说，不知道孩子是死是活。"

"有一天晚上，一对母女在遭遇交通事故后被送进医院。当时，她们在家门口的便道上，那儿离电报大道不远；有个富家子弟开着橙绿色的宝马车，径直撞向她们。他还不满十八岁，也没有驾照——可这何尝阻止过什么人开车呢？——他看到自己犯了事儿，就倒车打算逃走，但一群人堵在汽车前后，把他从车里拽了出来。他说跟爸爸吵架了，飙车是想发泄一下。

"他们叫警察来逮捕这小子，但他父亲带来了某个不知是上校、中士还是军队中其他什么头衔的卑鄙家伙，他们就这样把孩子领走了，还拖走了他的车。这就完事了。他撞的女人被救活了，但她的孩子重伤死了。肇事者的父母把儿子送走了。"拉斐尔之子再次轻笑，"他或许就在这儿，在洛杉矶，可能是个医生。他家里派了个传话的带着一包钞票到医院——这人说，钞票是给女人的礼物，因为给她'添麻烦'了。"

令他惊诧的是，他看到伊丽莎白正在流泪。他想，她肯定料知了故事的结局。

"我妈妈每晚都要为那个女人收拾清理，她问女人打算如何抵补死去的女儿。一个有钱的恶棍夺走了她的孩子，何不让另一个有钱的恶棍，"他停下来，将头歪向伊丽莎白，"就是你——用她自己的孩子来抵命呢？"

他感觉到一阵狂野而凶残的情绪快要把胸口炸开了。他将目光聚焦在桌面的报纸上，努力放慢心跳，平息太阳穴的疼痛。

"是你逼她这么干的。"他喃喃地说。随即，他站了起来，倚着桌子将身体前倾，爆发出的吼声把他俩都吓了一跳。

"是你！"

那时，他注视着伊丽莎白，明白他已达成心愿：重击在她最柔弱的地方，让她碎裂、流血。

"等你们睡着以后，秃头女仆打开门锁。我妈没想杀死你那个小坏蛋，她原本是为死孩子补缺的，可她却被毯子裹得断了气，所以她们就把她扔掉了。"

若是在几年前，她们至少还有可能求证这故事部分的真相。伊丽莎白或安吉拉本可打电话给曼佐尔和她丈夫，请他们回到拉斐尔之妻曾工作的医院，看看有什么人记得在某次事故中失去孩子的受害者。她受的伤不会像事故原因那么引人注目：显赫人家的儿子和橙绿色的宝马车。当然，肇事者会逃脱应有的惩罚。在这个国家，在这个年代……如果他们没被毛拉杀死，肇事者及其家人会去西方生活，丧失了头衔和社会地位，也不再享受那条不成文的法律的保护，即有权有势者只需对那些比他们更有权势的人负责。最可能的情形是，即使伊丽莎白找到他们，他们也不会承认事实真相。

　　在离开伊朗后的三年里，伊丽莎白每个月都会给曼佐尔汇钱。伊朗里亚尔贬值得很厉害，所以几美元能维持人们生活很长一段时日——尽管食品、燃气和其他基本生活用品都很短缺。后来，对德黑兰的轰炸开始了，整片的城区被夷为平地，许多家庭永远地流离失所。有些人从陆路逃离了伊朗，一出边境便销声匿迹。大部分人死后被送到当时在德黑兰已司空见惯的临时烈士公墓，他们躺在那里，满身弹孔或支离破碎，上方挂着彩灯和哀悼的旗帜。

　　有一天，伊丽莎白发现伊朗那边没人领取她的汇款。有人认识某个听说过赛义德·默治塔巴的人，那人似乎记得，他成了毛拉集团内部权力斗争的受害者，站错了队，被剥夺了在革命卫队的军衔。他被迫迁出亚斯花园，住进一个妻子家中。他睡觉时，床下放着十几挺机枪和一箱炸弹，他深信老战友们会奉某位毛拉之命来刺杀他。有人最后一次见到他时，他全身赤裸地躺在亚兹德附近的一个太平间里，尸体上布满弹孔，脖子被一个昔日同伙的靴子给踩断了。他的父母害怕也被当作煽动分子，所以不敢认领他的尸首安葬。

在那之后，伊丽莎白和安吉拉再也没听闻过曼佐尔和她丈夫的消息。伊丽莎白无法依靠他们去调查拉斐尔之子所说的情况，只得通过本能与常识来判断。她断定这故事足够邪恶，拉斐尔之子在讲述时也够恶毒的，从这一切来看，它应该是真的。

在与伊丽莎白碰面以后，拉斐尔之子就再没接过约翰·韦恩的电话，也不同意见他。在她临走前，他就对她说过——他无意于帮助她的任何朋友——尽管他并不肯定她是否听到或是在乎。

当她走下逼仄昏暗的楼梯时，他刻意走在她身后。外面的雨势更大了，贴近地面激起一层水雾，结果他从人行道边望去，最远只能看清马路中央的两道黄线。他琢磨着，当伊丽莎白蹒跚地走过人行横道时，或许会被车撞上。他希望她不会，这样她才有时间深切地体验他的话带来的打击。

约翰·韦恩没得到拉斐尔之子许诺的贷款，于是赶紧寻找新的收入来源。起初，他试图说服过去的朋友和顾客一起合伙开个新餐馆（"你出钱，活儿都由我来干，你得七成"）。尽管他们对他遭逢逆境感到懊丧，也一心祝福他，希望他重铸昔日的辉煌，这样他们也能跟着沾光，可他们却比谁都更清楚，约翰·韦恩是个多么差劲的生意人。他们曾因他出了名的慷慨而获益良多，因此他们不相信情况会有所改观或产生不同的结果。

他来到比弗利山庄的吉米酒馆做侍应生，可他太要面子，拒收小费，结果只能挣到最低工资。他曾在马尔蒙庄园酒店干过领月薪的差事，但现在已入不敷出，于是搬到韦斯滕附近洛菲利斯街边的一套底层公寓。在他周围都是放映三级片的电影院、破破烂烂的酒吧，还有男妓和妓女——他们都是在洛杉矶贫困潦倒的家伙，约翰·韦恩与之相处总是觉得无拘无束。他刚开始在穆索与弗兰克烧烤店做吧台服务生时，巴拉迪·麦克弗森便打电话来报告消息：他已与联邦调查员达成协议，放弃抵押贷款经纪人执照，同意交纳50万美元罚金。他即将搬到田纳西州去，那儿有他的家人，税率也低。他正盘算着开始从事与上帝有关的生意，成为一个布道者，就像他那位著名的亲戚——福音传教士艾米·森普尔·麦克弗森那样。

"至于你嘛，我的朋友，"巴拉迪用一种已然在暗示"上帝最明智，我们须服从他的意志"的声音告诉约翰·韦恩，"将会因欺诈罪被联合银行、联邦存款保险公司和联邦调查局起诉。"

1994 年 1 月 2 日，约翰·韦恩被判在隆波克的联邦监狱服刑十三年。在自首以前，他给伊丽莎白和安吉拉写了一封信。在信中，他说，在发生的所有事中，最令他难过的莫过于"知道我让你们失望了。我证实了自己配不上你们的友谊。对此，我的歉意无以言表"。之后，他许下一个诺言，还提出一个请求。

　　他许诺，他将尽量从她们生活中消失，"这样我的缺陷就不会玷污你们的美名"。

　　他的请求是，"无论出于同情或好心，如果你们想来我将身处之境看望我，那请让我免遭这最后的耻辱吧"。

　　伊丽莎白明白了。她从没打算去监狱探视约翰·韦恩，但在他的整个监禁期内，她每周六都给他写信，还在每封信的落款写道："希望我们很快就会相见。你的朋友伊丽莎白。"

　　安吉拉当时已去普林斯顿上学，心里有种遭人背叛的感觉。

　　她不仅因为约翰·韦恩的轻率鲁莽很生他的气，还责怪伊丽莎白没有更努力地敦促他为餐馆上保险、理顺他的财务问题。即使他是因同情才雇了她，但毕竟雇她就是做这些事的。他信任她，依赖她，但她回报他的就只是屈指可数的几次（好吧，不止几次）警告。她本该一直敦促，直至他采取行动。可她只是给他留便条，进行口头报告，复印联合银行贷款申请表背面相关的小字部分，将它们圈出来，放在他的办公桌上，或当他来进行"社交拜访"时顺带提一提。在安吉拉看来，这"基本上意味着你失职了"。

甚至在那时，安吉拉就已认定她自己比其他所有人更有见地。

她从新泽西飞过来旁听对约翰·韦恩的审判。十分钟后，她便认定代表他的公设辩护人既不胜任，又不上心。她当时是英语专业的大四学生，因为她想成为美国有线电视新闻网的记者，她对妮洛解释说，她要做"一个发型更佳的犹太裔'克里斯汀·阿曼普'[1]"。由于对萨达姆入侵科威特引发第一次海湾战争的报道，阿曼普已于三年前成为国际明星。她的外表和安吉拉很相像：她们都是高身量、大骨架，声音低沉有力，但音量偏大；在谈起她们都并无真正专长的问题时，腔调相当权威。

大学三年级结束时，安吉拉已在亚特兰大的美国有线电视新闻网实习过三个月，如果他们录用她，她就准备去上班，尽管工资低得都没法保障基本生活；但是，法院指派的律师为约翰·韦恩所做的拙劣辩护激起了她的义愤。在那次庭审后，她一心认定法律体系更偏袒富人，于是重返普林斯顿，报名参加法学院入学考试。她获得了普林斯顿大学的全额奖学金；并为读法学院，申请了贷款。

多年后，她会提醒别人注意这一事实：当伊丽莎白成为最富有的伊朗犹太个人（与家庭相对）以后，人们已忘记她并非一直富有，忘记了她和安吉拉曾奋斗多年，那会儿她们在黎巴嫩人和伊朗人开的商店里买食品和杂物，因为那里的东西更便宜；还在慈善机构或犹太妇女全国委

1　克里斯汀·阿曼普（Christiane Amanpour）：曾任美国有线电视新闻网首席国际新闻特派员。

员会的廉价商店买过衣服；安吉拉和妮洛共用她们所有的课本，之后再传给内达；吉芭和伊丽莎白合用一辆汽车。但这并不是贫穷的难处。

最初几年，当伊丽莎白依靠约翰·韦恩的慷慨大方和善意举荐维持收入时，还在第五街玩具城中的一家韩国进口公司打工。作为仓库监督员，她每天工作十二个小时，每件十美分的玩具消防车、二十五美分的公主袍和王冠，从国外刚一运到，直至它们被售出并运往市区的各处零售店为止，她都要负责跟踪记录。仓库里遍布灰尘，没有窗户，也没有暖气或空调。她只在有空时才休息一会儿，大部分日子里都站着吃饭，但她保住了这份工作，因为老板们意识到，她干了三个人的活儿，却只需领一个人的工资。她从不休假，只有当不得不去安吉拉的学校参加家长会时才请半天假。

多年后，安吉拉会对那些试图暗示她的成长过程一帆风顺的人说，贫穷时难过的日子是伊丽莎白在玩具城工作时她们彼此分离的时光；是她不得不向吉芭——而非自己的母亲——寻求大多数孩子从父母那儿得到的种种情感慰藉的时候。

而比这更难过的是被迫失去约翰·韦恩，对他爱莫能助，因为无论是她还是伊丽莎白都没钱借给他，也没钱为他聘请私人律师。

"我们让他失望了，"她对伊丽莎白说，"现在，他抛弃了我们。"

约翰·韦恩刚从她们的生活中消失，吉芭·瑞伊斯就迎来了她的丈夫。

1982年，瑞伊斯医生免遭就地正法，因为贾迪德·阿尔从吉芭在伊朗的兄弟们手里收了5万美元，他出手干预，安排释放了瑞伊斯医生，但之后出尔反尔，要求追加3万美元。他等到医生获释十天以后，就去向当局指认说医生是个逃犯。在被打断多条肋骨并且又交纳12万美元以后，瑞伊斯医生被送回空荡荡的公寓，在那里又消磨了五年时光。

他不得不等到1989年。当时，与伊拉克的战争已经结束，国家政权因损失惨重，将注意力从外部转向内部。他获准持为期三十天的签证离开伊朗。即便到了那时，他还是没去洛杉矶，因为他没脸面对家人。他的精神备受折磨，身体虚弱不堪，因此他觉得自己刚与吉芭或孩子们重逢便会支撑不住。他知道吉芭在圣莫尼卡市的一家幼儿园兼职，做教师助理，孩子们在周末和放学后都要打工，她们和别人合住在比弗利山庄边缘地段的一所破旧公寓里，以便能在那儿上学；而且她们都没有医疗保险。

作为男人、养家糊口者和一家之主，看到全家人如今沦落到这般田地，他该如何证明自己曾经的决定是正确的？

他读医学院时最好的朋友在 1978 年就离开了伊朗,现在是亚特兰大埃默里医院的外科主任;朋友的妻子也是伊朗人,是位大学教授。他们共同许诺将竭尽全力帮助瑞伊斯医生开立诊所,或是找到医疗领域的工作。他首先去投奔了他们。

他在亚特兰大的执业资格考试中两度失利,后来随另一个朋友去了纽约,在那儿也没考上。他在巴尔的摩、安阿伯和芝加哥都没考过——他过去的同事已在所有这些城市的大医院和研究中心东山再起,而他——因为对国家的无私奉献,法拉赫·巴列维王后殿下亲授荣誉奖章者——竟连行医执照都拿不到。在伊朗,他每年都是班上的尖子生,被认为是最聪明、也最应当取得成就的人。而在美国,他就像他的考试成绩那样差劲。

瑞伊斯医生的友人们背着他私下议论:一个男人曾确信无疑的信仰被夺走后,他就只剩下一块了无生气的土坯,再也无法重现生机了。

1994 年,他抵达洛杉矶时已筋疲力尽,饱尝挫败。就像其他许许多多受革命影响被迫提早退休的男人一样,由于文化的错位,他与自己的孩子形同陌路,还必须依靠妻子来维持生计;他的身体和情感或许每天都会再萎缩一点点,最终变成他家人出门前要绕过的一块绊脚石。

但这是在美国——人人都有一路不通、再试它途的机会,瑞伊斯医生做不成大夫也不要紧。他决不会让自己沦为别人的负担。

他在本尼农产品店谋了份差事,这是一家简陋的伊朗杂货店,旁边是皮克洗衣店(非常环保,每周七天都能送货,店主会讲波斯语、法语和意大利语)。跟他一起干活的是两个十几岁的萨尔瓦多男孩,他们根本不懂英语，但仅凭波斯语也应付得过去。瑞伊斯医生特别留意每天都非常尊重和礼貌地向他们问好。他对那些在伊朗时就认识他的顾客亦如此，与他们握手，询问他们孩子的健康状况，还解释说——尽管没人问起——他在这儿工作是因为这个国家进入医疗行业的壁垒高不可攀，医疗体系更青睐年轻人和以英语为母语的人，即使在经验或技术上，他们连他的十分之一都不到，他们肯定没听说过，更不消说确诊或治疗过他在自己的从医生涯中曾诊断并治愈的各种疾病了。他在这儿，在本尼农产品店打工，是因为他不以辛勤工作为耻，也不会成为妻女的累赘。

还记得瑞伊斯医生曾救活许多孩子并获得皇室奖章那段岁月的顾客们，每次在本尼农产品店里碰见他时，都极力想掩盖他们的震惊与怜悯。老友们看到他在等公交车，就会靠边停下自己的豪华德国轿车，装作这一切再正常不过——才华横溢的医生身穿正装，乘坐公交车前往一条小商店街，他整天在那儿堆放一盒盒新鲜的芫荽和葫芦巴。谁说在洛杉矶只有贫困潦倒的人才坐公交车？

他们会捎他到目的地，然后开走，仍装作这一切都毫无问题的样子，直到医生从后视镜中消失才发出一声叹息，掂量着这场悲剧的影响程度。他们明白，若非蒙受神恩，这也可能成为他们自己的命运。

当霍尔·泽莫罗迪前来探视约翰·韦恩时，就连在工作中不时见识个把怪人的狱警都不禁盯着他看个不停。他来的时候是个瘦高个儿，皮肤呈橄榄色，戴着松动的假牙，脸上和身上没有一缕毛发。他的眼镜片上尽是指印，他居然能透过它们看见东西，堪称奇迹。他称呼每个人时都用"先生"或"女士"，仿佛正置身于一场白宫外交宴会，行为举止如同一位不巧将双手在机油里浸泡了一二十年的物理学教授。他对陪同他到探视室的狱警说，他从纽约来，路上一连开了六天车，每夜只睡三个小时，就是为了看望"我认识时间最长、也最亲密的两位朋友中的一位"。在探视室等候约翰·韦恩时，他坐在那儿，双膝交叠，上衣的扣子也没解，始终盯着犯人走进来的那扇铁门。当他终于看见约翰·韦恩时，突然一跃而起，连身后的椅子都撞翻了。他使劲张开双臂，向前跨出三大步，紧紧抱住约翰·韦恩，犹如悲伤的母亲那般开始啜泣。

　　"我真不该离开你，"他痛哭流涕，不停地重复这句话，"你蹲监狱都是我的错。"

　　在霍尔永远离开"幸运99"那晚，他驾着车，只要一遇到高速公路的匝道就开进去，一直开到汽车没油为止。第二天早上，他把车卖给一个加油站的老板，用卖车的钱买了能带他穿越美国、抵达另一侧海岸线的汽车车票。

他极力想忘却的不只是失败的发明，还有他过去懂得的全部科学与工程学知识，以及在学校里学到的或是他曾对自己说过的所有谎言。

"我太想放弃那个雄心壮志，渴望成就我力所能及的事，"他对约翰·韦恩坦承，"我觉得我或许做得到接受自己的局限，至少是部分接受吧，这样夜里就能睡个整觉，不用中途醒来，把数字在脑子里过上一遍。"

随后他顿了一下，抿起嘴巴，审视着约翰·韦恩的脸。从他们最后一次见面以来，韦恩至少瘦了二十磅。他看上去像一个被剥夺了自己的灵魂，然后，又被注入了一个不大合适身体的残缺灵魂的人，但仍保有昔日的善良、超强的同理心和致命的天真劲儿。

"我会告诉你这些，是因为我知道你能理解。"霍尔字斟句酌地说。他向从自己来到这里起就一直盯着他的那个狱警鬼鬼祟祟地瞄了一眼，把身体前倾了几英寸，然后低声说："她不让我死。"

他们坐在一个空荡荡的房间里，灯光昏暗，四周是水泥墙和防弹玻璃窗；大楼是灰色的，位于一个钢筋混凝土的大院中央，周围是广袤空旷的平地，再向外是长长的、空荡荡的高速公路。他们置身于此，是因为他们曾以各自的方式执迷于自己的幻想。然而，霍尔如同科幻电影中的机械大脑一般，追踪约翰·韦恩到了隆波克，只为与他分享另一个荒诞不经的故事："她"，就是伊丽莎白。

1982 年的一天，他在穿越得克萨斯的国铁火车上睡着了，车里尽是汗臭味，肮脏不堪，但是他待的整节车厢里却充斥着大海的气息，仿佛伊丽莎白本人走了进来。那晚下着雨，霍尔梦见了他的图表，所以他对自己说，那种气息是他臆想出来的，然后继续睡觉。

之后又来了，在科罗拉多、费城和马里兰，每一场雨都为他带来伊丽莎白的气息，这倒不像是她在一直追随他，甚或主动接近他；而是像她就在那儿，宛如他意念图景中一个定格的画面，既遥远疏离，又不可撼动——虽只是一个纤细静默的侧影，却映射出霍尔最初珍而重之，如今却想舍弃的一切。它让他想起童年时的家园被毁于战火，父母去世时连他最后一面都没见到，他在少年时代与这个古怪的犹太女孩结下了旁人无法理解的友谊，在"幸运99"与鲜花、鱼子酱和在大笑时将头发向后一甩的美女们共度的许多个夜晚，还有创造的梦想。

他走得越远，那种气息就变得越浓郁。

在隆波克的探视室里，狱警们盯着约翰·韦恩和霍尔，仿佛预见到一件令人不快的意外事端。将霍尔从登记处带进来的那位最年轻的狱警把一只手按在手枪的皮套上，看似正在警备两人突然有什么行动，引爆暗藏的炸弹或扔出催泪弹。尽管这里是安保级别最低的监狱，但隆波克的狱警们的确巴望着出状况，以使他们可以采取行动。尽管霍尔和约翰·韦恩都不会像"逃离恶魔岛"的那类人一样攻击任何有理智的人，但霍尔讲话的方式和举止中带有某种不同寻常的悸动与狂热，仿佛一个人看到圣母马利亚从日落大道的广告牌上走下来，横穿马路，身上一丝不挂，只笼罩着光晕。

约翰·韦恩自己倒曾在"幸运99"遇见过不少这样的人。他们通常在周六凌晨一点左右现身，他往往需要叫出租车送他们回家，因为他们不记得把车停在哪儿了，甚至不记得自己有没有车。他们大多是在洗手间里吸了太多毒品后，从某个俱乐部——彩虹或威士忌俱乐部——游荡出来的。少数人的确是疯子，全赖慷慨的信托基金来维持幻想；也有一两个人确实看到过裸体女子穿过大街，将她误认作圣母。

约翰·韦恩确保那些向他寻求庇护的"眼见异象"的迷途者都吃饱喝足。有时，他还开车送他们去急诊室进行快速排毒或留院观察七十二小时；其他时候，他会替他们付出租车费。他对此的看法是，无论现实情况如何，一个男人都有权执着于他的幻觉和妄想。或许就因为这样，他现在相信了霍尔的故事。

在霍尔失踪后的许多年里，伊丽莎白为了他的热量探测雷达独自与那些蓝图搏斗。她对约翰·韦恩说，她为剥夺了霍尔的挚爱而自责。她本以为自己是在帮他找对方向，没料到他会一并抛弃这个项目和他在洛杉矶的生活。起初，她想维系这项研究，以便霍尔归来时把它接回手中。但几个月后，还是没有他的下落，警方也无法将他归为失踪人口，从而启动真正的搜查。那时她觉得，如果霍尔已去世，这是她对他的精神遗产应做的工作；如果他还活着，让他毕生的努力有所成就，也算是对他的纪念。不知不觉间，她已被卷入解开谜题的任务中无法自拔，只是因为问题就摆在眼前。

1989 年的一天，她一大清早就给约翰·韦恩打电话，用那种每次他听到都会为之一颤的明快声音宣告："霍尔是对的，它能实现。"

约翰·韦恩本想告诉霍尔，他熟悉那股气息，因为他也为此魂牵梦萦，每次下雨时，它都会席卷他那间 8 英尺 ×10 英尺 [1] 的牢房，使

---

1 约为 7.4 平方米。

他再次满心欢喜。然而，他却只是将手垂到两腿之间，仿佛很痛苦般地弓着身子，努力不让自己哽咽得讲不出话来，随后说道："她一直在等你呢。她有你想看的东西。"

当拉斐尔之子从可能成为他妻子的一群倒霉蛋里挑中内达的时候，她正十九岁，是加州大学伯克利分校的新生。

　　他考虑结婚有段时间了，这倒不是因为他特别想组建家庭或是想要为人父，而是因为它——婚姻——将成为他打入犹太社群的好工具。他的确喜欢女人，尤其是身材高挑的平胸女人，这排除了多数伊朗姑娘，也排除了洛杉矶（在某家有机硅树脂制造商的支持下成为DDD码胸罩的发源地）的大部分美国女人。一开始，他初来乍到住在韦斯特伍德时，既没有勇气，也缺乏社交技巧去接近任何女性。每当他与迷人的女子擦肩而过，甚或在电视上看见个美女时，就会嘴巴发干，心跳加速。他经常去世纪城商业街的百货商店，只在出售化妆品或珠宝首饰的那几层徘徊，佯装在找寻一样礼物，而他这么干，只不过是想跟涂脂抹粉、喷了香水的女推销员站得近些。

　　他从她们那儿得到了远比在男士购物区更为热情的接待，那里的男推销员大多是同性恋，又非常嫌恶他。他意识到，女人喜欢买礼物的男人；她们以他谈论虚构的女友时流露出的喜爱程度，或是花钱的迫切程度来评判他。他仍旧不懂得如何对她们中的任何一个表示兴趣，也不知道当她们拒绝自己时该怎么办。实际上，他从未真正地恋爱过，他只跟妓女做爱，也从没考虑娶一位在美国可能成为累赘的永久妻子。

可是，孤独感开始缠上了他。

在1987年，情形可不一样。他那时二十四岁，初到异邦，光是努力熟悉在美国所处的环境就已应接不暇，并且着手对伊丽莎白采取报复行动的憧憬令他跃跃欲试。那时，他经常一整天都没和谁真正说过话，每顿饭都一个人吃，死死盯着电话，直到两眼瞪出泪，他对自己说，这种与世隔绝只是暂时的。20世纪90年代早期，他还是没有朋友，于是决定凭借加倍摆阔来吸引别人喜欢自己。他在特劳斯戴尔的伯克广场买下一套两居室的公寓，加入西奈寺的集会，每周五在花园酒吧里吃午饭以及每周六晚上在莫顿酒吧出入时，他都要游走好几圈。

可他几乎与隐形人无异。

不只是女人对他的反应仿佛他额头上贴着一块"别靠近"的牌子，也不只是伊朗人对他熟视无睹，看到他时连眼睛都不眨，无论他给侍者小费时多么豪爽，也无论他问候隔壁邻居时多么热青，他就跟幼年时一样，始终是个局外人。

他退掉了韦斯特伍德的办公室，在世纪城租了一间比之前远为豪华的办公室，开始坚决要求艾迪·阿拉克斯每天"像真正的雇员"那样来上班。他去参加社群举办的每一次公益活动，像分发万圣节糖果似的发名片。他会向近乎陌生的人提议共进午餐或晚餐，还加入了塞普尔韦达街的洛杉矶运动俱乐部。然而，他发现自己仍旧独自排队买电影票，在餐馆里要的也还是单人桌，四处碰壁，不受重视。他倏忽间便已年过三十，眼看着自己的发际线稳步后退，腰围不断膨胀。因此，他采取了对于渴望被爱的阔绰男人来说尽管花费高昂却是最有效的两个办法：捐助慈善事业，还有结婚。

他认为内达很不受欢迎，所以无论谁想娶她，她都不得不同意。她沉默寡言，不会质疑他为两人共同生活所做的决定。她出身的家庭声誉斐然却很穷，因此这将是一次公平交换——拉斐尔之子将收获他们的美名，而瑞伊斯家会看到女儿过上安逸的生活。

他发现内达时，她正独自生活，她家人的影响也鞭长莫及。那是在 1996 年 1 月，她刚从洛杉矶开车回伯克利，开始第二个学期的生活。在伯克利，她来到平时聚集了所有学生的兰格咖啡店，买了一杯咖啡和一个硬面包圈做午餐。店里几乎没人，但她还是坐在最远处角落里靠墙的那张小桌，远离窗户和进进出出的顾客。她在学校生活了近四个月，连一个朋友都没交到。在公共场所独处时，她会感觉自己暴露无遗，于是忙着埋头整理她的支票簿。

一个男人走向她。她的目光始终粘在桌上，希望他从自己身边走过去。

"我听说你在这儿上学。"

她觉察到了危险，不知该抬头打量，还是假装没听见他说话，所以继续忙着整理支票簿。

"我一直希望我们能相遇。"

一瞬间，她觉得自己认出了这个声音。

"索莱曼，"他伸出一只肥胖的手，"R. S. 索莱曼。"

她与他握手时，他微微一笑——一种温和而平静的微笑，不带威胁和侵犯的意味。他戴着一副金属镜架的眼镜，正装衬衫最上面的两粒扣子敞开着，还套了一件极力想展现风度的皮夹克。他左手拿着一个小小的男士钱夹。

"很荣幸。"

他出其不意地拉起她的手，凑到他的唇边，亲吻了她的指面。

内达觉得自己从头到脚忽变得冰凉。她眼看着他从邻桌拉过一把椅子坐下，转头对柜台后面的姑娘说："热茶。"仿佛置身于德黑兰的一家茶馆中。内达心想，他肯定不知道在这儿必须到柜台点餐和付款。

"我一直想见你，"他说这话的语气仿佛这是世上最自然不过的事情，"你比我听说的还要漂亮。"

她低下头，不让他看到自己的眼睛。她的头脑一片空白，心脏感觉像要流尽最后一滴血似的，唯有如此她才能不让自己推开桌子跑掉。

她知道他是谁。他刚一报名字，她就认出来了，也记得家里和外边关于他所作所为的种种传言。她几乎能肯定，他便是那个从她家敲诈钱财，帮助瑞伊斯医生活着出狱的人，此前也是他——拉斐尔之子——将父亲投入监狱的。但是，她听到的所有这些故事都是关于一个她不认识的人，是关于一个她没留下什么生动记忆的地方——那样一个国家和那样一个年代。

在很长时间里，只有他一个人说话。他谈起洛杉矶和旧金山，他驾车去了那里，还穿越了加利福尼亚，去寻找要购买的房地产。他很精明，足以一时掩饰自己缺少教育背景，但后来说漏了嘴，提到伯克利是两年制院校之类的话，就像圣莫尼卡的另外那所学校一样。她发现他不了解二者的区别，于是当他问起她为何选择伯克利而不是圣莫尼卡大学[1]时，她耸了耸肩，说她也不清楚。她那样做是为了不让他难堪，但当她在几个月后对他解释说，只有四年制的大学才能授予学士学位、两年制的社区学院不行的时候，他还是因此而恨她。

她不知道他们最后是几点离开咖啡店的，但外面天色已黑，而她没穿外套，于是他脱下夹克衫，不顾她的反对将它裹在她身上。停车计时器已经超时，她收到一张罚单，尽管那天其实是假日。他拿走了罚单，说他会处理的，还说她忘记停车计时都怪他。他问她要去哪里。

"回我宿舍。"

他端详着她的脸。

"让我带你去吃晚餐吧。"

那年她十九岁，本以为自己会永远孤身一人呢。

1　圣莫尼卡大学（SMC）：南加州洛杉矶一所公立学院。

他住在城中的圣弗朗西斯酒店。他们在正式的餐厅里共进晚餐。他点了葡萄酒，当她起身去洗手间时他也站起来，对她说她穿着"嬉皮士般的学生装"看上去很可爱。他问她想不想看看他的房间。

完事以后，他问她是否想让他离开，以便她有私密的空间，她回答说是的，她认为那样最好。她仍半裸着身子，腿上沾着血污，床单上也是。她把床单拖进洗手间，用手在浴缸里搓洗。她清洗了每样东西，又洗了澡，然后坐在柔软的扶手椅上，抱着膝盖，一整夜都盯着美国有线电视新闻网播放的新闻节目。早上天刚亮她就走了。她没法再次面对他，也不想记起发生了什么。

她没给他电话号码，但他还是找到了，一天之内打了三次。她没接电话。

"我想见你，亲爱的。"他在前两次留言中说。第三次时，他留下了他在洛杉矶的电话号码。

晚上，一大束鲜花被安排送到宿舍大厅。花束实在太大，内达没法将它抬进宿舍房间，即使搬回去也放不下，于是它就一直留在大厅里，每个路过的人都会驻足观看。她打电话向他致谢，他们聊了一小时二十分钟。

在那以后，他每晚都给她打电话，不时寄送昂贵的礼物、传递甜言蜜语的情书、贺卡和毛绒玩具。他一次都没提两家的恩怨，也没显露丝毫敌意。

"在这个世界上，你最想要什么？"一天晚上他问。她回答说："我想要孩子，爱我的孩子。"

第一次没来例假时，她对自己说，性爱想必扰乱了她的生理周期。她没去理会头痛、失眠和渐增的食欲。第二次没来例假时，她又等了两周，之后去了校医院。当护士告诉她怀孕的消息时，她开始啜泣。没错，没错，她想堕胎。她预约了两天后做手术，然后回到宿舍，爬上了床。她知道绝不能告诉父母。她本想打电话给妮洛或安吉拉，却没勇气这么做。她跟室友并不亲密，平常也不会谈心，但她既害怕又迷惘，于是她问室友是否堕过胎。

"没有，因为我还没蠢到会怀上孩子。"

那晚他打来电话时，内达哭了起来，把一切告诉了他。

内达从未考虑过结婚的问题。她对怀孕谈得不多，而是对他说了许多准备堕胎的事，说她为将要实施的暴行是多么痛恨自己，对自己的没脑子是多么羞愧自责。

在圣弗朗西斯的那晚，与其说她被欲望或激情冲昏了头脑，毋宁说她发现自己处于一个不知该如何逃离的境地。她喜欢在兰格咖啡店和在吃晚餐时他给予她的关注；当他们一同乘电梯上楼，当他将手放到她的T恤衫下触摸她的胸部时，她甚至因激动而微微战栗。之后的事就是礼节问题了，那是对他的主动热情表示感激，她觉得如果让他住手，可能会冒犯或触怒他。

无论他是谁——完全陌生的人或是她家最好的朋友——她都只会对他的来电和礼物感到高兴。尽管她非常厌恶堕胎的想法，但从不觉得还有其他选择。

因此，翌日早晨，当他带着二十四枝红玫瑰，下半张脸上挂着永恒不变的咧嘴微笑出现在宿舍大厅时，内达已经预感到要大祸临头了。

"我们刚挂电话，我就跳上车，往这儿开。"他说话时兴奋得喘不过气，"我要带你出去，随你选哪家商店，我都会买下那里最大的钻石。"

她不想要钻石，也不要玫瑰，也不要拉斐尔之子献的殷勤。她要去堕胎，然后待在校园里，远离他和别的男人，就像安吉拉和妮洛决意要实现的那样，有所成就。

他们争吵起来。他求她。她哭了。在电报大道的变形虫唱片店门外，他们坐在他的汽车里。年轻的人们络绎不绝地进出店门。内达听不到他们彼此在说什么，但能看见他们手牵着手，兴奋地端详着刚买到的唱片的封面。除了少数几人，他们想必和她同龄或是比她稍大，可她发现自己正在嫉妒他们的年轻。

她告诉他，她还没准备好要放弃成为那些人当中一员的梦想。她说，这就是她的结论。她决心已定。

拉斐尔之子坐在方向盘后面，盯着仪表盘，仿佛被暗黑的表盘上闪耀着的红色与白色的荧光指针给迷住了。

"嫁给我吧，"他说道，他的声音仿佛在千里之外，"否则，我就把咱俩的事告诉洛杉矶的每一个人，让你名誉扫地。"

在 1996 年，怀孕的新娘、未婚的母亲和离异的妻子在伊朗社群中并不多见。昔日的社会准则在某种程度上或许已经改变或被修正，却尚未被后来不相信和连根铲除它们的人摧毁或忽视，那是在 21 世纪头十年末，以及之后的事了。女人离开丈夫时，会要求得到他一半的财产、基本抚养权和可观的子女抚养费。儿子会向父母坦露实情，甚至跟情人结婚，却希望父母仍然接受并尊重他们。女儿则不肯仅仅为了不成为老姑娘而嫁人；如果她们想要孩子，就会去精子库。尊重，成为长者应给予年轻人的东西；顺从，则意味着奴役与桎梏。尽管少数男女——主要是女人——会将肆意的堕落赞美为"进步"，其他许多人仍会求助于正统教义，以免堕落。突然之间，曾以某种特定方式做礼拜的米兹拉希犹太人[1]开始接纳阿什肯纳兹犹太人的习惯和信仰。伊朗犹太女人开始戴假发，不再穿长裤，甚至拒绝在父母家吃饭，因为他们的食物按照犹太教的标准来说不够洁净；她们坚决要求女儿高中刚毕业就结婚，然后赶快生孩子。男人会戴黑色帽子，身穿黑色长外套，蓄起胡子，甚至刻意不与祖母握手。不过，所有那些现象在1996 年都尚未显出端倪。

1　米兹拉希犹太人（Mizrahi Jews）："米兹拉希"意为"东方人"，米兹拉希犹太人是居于中东、中亚和高加索地区的犹太人的后裔。

内达回到家，告诉父母她怀孕了，准备嫁给孩子的父亲。吉芭哭了，发誓说她经不起再一次的打击。瑞伊斯医生垂首走进卧室，独自落泪。直到那时，他们才问起孩子的父亲是谁。

"贾迪德·阿尔"——正是那个曾敲诈和背叛瑞伊斯医生的人，榨干了他的钱财，让他饱受折磨。R. S. 索莱曼特意告诉伊丽莎白诺尔是怎么死的，令她心碎；后来还炫耀他将约翰·韦恩拖下水，之后又落井下石。曾经乞求、要求并试图窃取他人尊敬的拉斐尔之子终于要如愿以偿了，他将榨取一样瑞伊斯医生曾用生命守护的美好事物——声誉。

他对内达说，他们可以省去传统的立约宴；在宴会上，新娘的父母通过交给新郎一碗糖果的方式，正式允诺他们二人结婚；他甚至连订婚宴也省了，因为"这些事务都必须由新娘的父母来操办，可你家穷得叮当响；要是我的客人看到你家的房子，或者得知我岳父是杂货店店员，我会觉得难堪"。可他当然不会放过向公众宣布自己获胜的机会。

他预订下比弗利希尔顿酒店主舞厅（可容纳 1,200 人；以举办奥斯卡金像奖、金球奖、格莱美奖和"希望木马"慈善舞会[1]活动而闻名）的一个周四夜晚；拟定了他在洛杉矶、德黑兰和特拉维夫认识的所有人的名单，还亲笔起草请柬："R. S. 索莱曼先生，已故的拉斐尔·索莱曼先生和夫人之子，荣邀您莅临本人与瑞伊斯医生和夫人之女内达·瑞伊斯小姐的婚礼。"

他将请柬手稿连同 1,100 人的名单交给艾迪·阿拉克斯，让他开始打电话。

但问题在于，名单上有半数人不知道拉斐尔之子是谁，而确实认得他的另一半人根本不愿屈尊参加他举办的任何活动。尽管艾迪·阿拉克斯如同药店店员诵读一盒试验药丸的副作用说明书般，以确信无

1　"希望木马"慈善舞会（Carousel of Hope Ball）：是儿童糖尿病基金会定期举办的慈善义卖和公益活动。

疑又兴高采烈的语调对着电话另一端念出请柬，但也无济于事。况且，当被问及"幸运的新娘"时，他十分诚恳地说："要我说，她就算被拉水泥的卡车撞了也比这走运。"之后，还有艾迪无暇顾及或无心应付的其他问题：为何要在周四晚上举办这么隆重的仪式？为何此前没人听说过他们在一起了？这对幸福的小两口是什么时候订的婚？为何这么仓促结婚？对于最后这个问题，艾迪会回答说："趁早是因为怕她可能会醒悟过来，然后逃之夭夭。"

让艾迪恼火的是，人们总是轻轻一笑，根本不把他对拉斐尔之子毫无保留的敌意说法当回事。他们认定，绝没哪个雇员敢一本正经地对老板发起如此攻击，他这么做之后的第二天势必也不用再回去上班了。令他们意想不到的是，拉斐尔之子饶有兴致、开开心心地看着艾迪无论多痛恨他，还是得每天来上班，除此以外别无选择。

艾迪打完第一轮电话之后，已确认 180 人会出席，其中约有 80 位是拉斐尔之子的表亲。他们风闻他在伊朗取得了不义之财，争先恐后对他这桩意外收获的婚事表示支持。其余的则是拉斐尔之子已开始资助的形形色色犹太慈善机构的代表，或是艾迪根据他们的反应所猜测的"无可救药的失败者"。

至于内达，她请了父母和妮洛参加，甚至都没想过要邀请伊丽莎白或安吉拉。

"你最好订个小一点儿的房间，"艾迪饶有兴味地对他的老板建议道，"否则这会成为最奢华冷清的盛宴。"

上高中时，安吉拉喜爱的一本书里有个佳句。那时，她在周末暗暗祈祷，除了妮洛和内达以外还会有别人打来电话，一个可能成为新朋友的人或是（她几乎不敢寄望于此）可能约她出去的男孩。伊丽莎白通常会埋头工作，妮洛则在巧妙地应付五六个可能的约会对象，所以只剩下安吉拉和内达在准备考试和写论文，还尽力装作"我没空搭理男生，他们都是些呆子和怪人"。安吉拉通常会嘲笑年轻女孩因男孩而感到沮丧或让自己溺于孤独的做法。她不这样看待自己，也不想成为那种人；她宁可战死，也不愿整夜趴在枕头上哭泣。但是每隔一阵子，她便无法抗拒愁思的牵引，无法抗拒珍妮丝·伊恩[1]《在十七岁时》的歌词引发的共鸣，或是在玛格丽特·杜拉斯的《情人》中年轻女主人公话语间流露出的感情的蹂躏。

在妮洛打来电话说内达将要嫁给拉斐尔之子的那一天，安吉拉想起了那句话："在我很年轻时，一切已经太迟。"

由于出席婚礼者寥寥，让拉斐尔之子备感屈辱，于是他取消了婚礼庆典，并将它归罪于瑞伊斯家卑微的社会地位。自从那日在唱片店

1　珍妮丝·伊恩（Janis Ian）：曾获得格莱美奖的美国创作型歌手，《在十七岁时》是她推出的专辑之一，此处指专辑同名歌曲。

外胁迫内达嫁给他以后，他就卸下了所有客套的伪装，甚至连问都不问，便着手在瑞伊斯医生的名声和"阿比路"上插上他的旗帜。他可不会去履行惯常的礼节，比如：请求女方的父亲同意将女儿嫁给自己，邀请女方的家人共进周日的午餐和安息日晚餐，与未来的岳父母到圣巴巴拉一日游，然后在比尔特莫尔共进早午餐。

他与内达结婚当天，才第一次同他们见面。那是一个周六的早上，在市中心凯撒·查韦斯大街上的市政厅里。拉斐尔之子独自前来，内达则跟父母和妮洛一起来。

瑞伊斯家对他们的结合感到无地自容，担心伊丽莎白会将它看作对她本人的背叛，因此他们等到最后一刻才向她透露消息。吉芭在电话中哭了。

她在市政厅里再次落泪；之后，当拉斐尔之子在罗伯逊大道上的常春藤餐厅邀请一家人共进他所谓的"庆贺午餐"时，她又哭了。他坚持要了露台上的桌位，因为他不仅想让别的顾客看到，还想让必然蹲守在餐厅外的狗仔队也看到这一切。在他们落座前，他向内达瞟了一眼——她瘦弱、苍白，活像一条知道自己永远也逃不出渔网的鱼——他丢出一句："你本该打扮一下。"

他在面朝马路的位子坐下，让内达坐在他左手边，瑞伊斯医生坐在右手边。吉芭一直泪水涟涟，他递给她一块餐巾布，然后提议道："你自己去洗手间擦干净。"他点了香槟，让侍者端上主厨推荐的开胃菜，又与瑞伊斯医生东拉西扯地闲谈。任何人都看得出，医生在面对拉斐尔之子时简直是在忍受折磨。他还向妮洛问起学校的事。

即使是在一个云集了全世界佳丽的城市里，妮洛那超乎寻常的美貌还是很引人瞩目。除此之外，她还聪慧过人，毫无心机，这让大多数女人很难喜欢上她。安吉拉则是个罕见的例外。

她本没接到共进午餐的邀请，可还是来了。当时，所有人都已在痛苦中挨过四十分钟，逼迫自己说的话也已说尽，内达还一口没动主厨的推荐菜。

安吉拉从东海岸赶来，没告诉任何人，甚至是她的母亲。她只在那天早上给妮洛打了个电话，询问"内达最后的晚餐"将在何时何地举行。

"假如我觉得我能不呕出来的话，就会跟你们一起去市政厅。"她说话时带着惯有的同情。

安吉拉一抵达午餐现场，便绕着桌子亲吻了瑞伊斯夫妇的脸颊，拥抱了妮洛，还轻拍着内达的肩膀说："你原本可以打电话给我的。"

她对拉斐尔之子说："你简直猪狗不如。"

洛杉矶

2013 年 6 月 26 日　周三

周三早上 8：30，当里昂重返梅普尔顿时，内达否认她听说过艾迪·阿拉克斯。里昂到来时，她正坐在"早餐厨房"里。为他引路的埃斯贝兰萨身穿运动服——上身穿着运动内衣，袒露着由三层脂肪组成的上腹，下身穿着从比弗利街的露露柠檬商店买来的瑜伽裤：她正准备出去慢跑。内达正在喝她早上的第四杯意式浓缩咖啡。她身穿一条时尚的黑裙和一双四英寸高的黑色高跟便鞋，轻妆淡抹，涂了米色指甲油。前几日的战栗与惊恐神情已被几近动人的哀伤所取代，这种神情在政客们的遗孀得知她们正被人拍照时很常见。

里昂问内达，她是否认识某个叫爱德华·阿拉克扎缅恩的人。

她说不认识。

他告诉她，艾迪是她丈夫的雇员之一。

内达说丈夫从未对她谈起过他的工作或雇员。

甚至是跟了他二十多年的人？

内达耸了耸肩。

确定吗？因为里昂有理由相信，艾迪可能与拉斐尔之子的死有牵连。

她与里昂对视了约摸一分钟之久。

她确定。

里昂思忖着，难道她当真愚蠢到会撒一个如此轻易便可拆穿的谎言吗？而且她为什么甚至都没佯装悲伤呢？到目前为止，里昂只见过埃斯贝兰萨流泪，而她显得比前一天恢复了许多；并且内达竟一次也没问过警方是否已经找到有关尸体所在的蛛丝马迹，也没问过"凶手"是否还会回来伤害其他家人。

　　一个从外面走进来的白人可能会将这种感情完全藏而不露的现象误认为是西方的斯多葛式的坚忍：将悲伤等同于脆弱，坚称每次挫折都是机遇——"没能将你打倒的困难会使你更强大"以及"用柠檬做柠檬汁"的哲学激励着某些人去颂扬所爱之人的生平，而非哀悼他的离世。但是在内达的故国，悲伤与喜悦是同一只毒果的两半——它又苦又甜，可最终还是会要了你的命。与西方不同的是，那里的人们生来就不是为了去征服，去获胜，然后成为总统的；而是被恳求在面对生活的打击时要学会隐忍与克制，还要尽快复原。父母的损失成了他们自身的损失，而他们的损失又将成为他们子女的损失。就这样，他们比任何西方人都更懂得如何去哀悼。

里昂在他的汽车里给艾迪拨了几通电话，也给公寓打过一次，但没人接听。最后里昂发了一条短信：该死，接电话啊，否则我会在二十分钟内出现在你家门口。

　　他正在罗德奥附近布莱顿街的"两小时免费"停车场。头戴假发，嘴唇和面部整过形，还隆过胸的女人们，驾着夫妻共有的跑车经过，她们脚踩镶嵌水晶的十英寸高跟鞋，长途跋涉地来到大街上，像朝圣者似的出发前往古驰和华伦天奴的商店，从时薪十美元的推销员们那里寻求爱情和称赏。

　　艾迪接了电话。

　　"你和内达在干什么？"

　　里昂能感觉到，艾迪有几秒钟屏住了呼吸。

　　"别耍花招，艾迪。你知道我们会查出来的，别假装惊讶。"

　　由于所有那些咖啡因和香烟的缘故，艾迪的声音变得刺刺啦啦、粗哑难听，听上去就跟电话里的静电声差不多。

　　"我没耍花招，"他说，显然是投降了，"只是累了。"

　　里昂等待着。

　　"她跟她丈夫之间有些问题。"

　　里昂仍在等待。

"根本不是那种事。"艾迪叹了口气。里昂的沉默想必比任何公开指责更加恼人，因为过了片刻，艾迪再次说道："我告诉你，那根本就不算什么。"

"她为什么说不认识你？"

里昂听到艾迪在电话那头吞咽了一下（是空气？口里的苦味？还是更多的烟气？）。最后披露的这件事显然令他感到困窘。

"我问她听说过你吗，她说没有，"里昂步步紧逼，"她为什么要说——"

"因为她是个该死的笨蛋，"艾迪对着电话怒吼，"这就是原因。"

一个被长期剥削却极度依赖雇主的员工。一个被糟糕对待的不幸妻子。一个漏洞百出的故事。或许，奥唐纳终究还是没说错。

"你抓住这事不放只是在浪费时间，"艾迪更加平心静气地说，"你要是想找真正的证据，就去找罗瑞丘的马屁精吧。"

"那该死的蛇"同意与里昂会面，但他太畏惧跟警察在一起时会被人看到或被录音。"那条蛇"固执地认为，路西的间谍遍布洛杉矶每条城市街道和公共大楼中的每个角落；他还在街灯里安了摄像头，在配电箱里藏了窃听器；他拥有便衣巡逻车，专门用来搜寻潜在的麻烦来源。"老鼠"曾说，这就是路西十八年来稳居老板之位"为所欲为"却能逃脱惩罚的原因。

　　里昂最初提议的二十多个会面地点，包括他自己的公寓在内，都没被同意。而里昂建议的第二批地点——凌晨两点在兰开斯特的一个空旷停车场、好莱坞山的林茵纪念公园中的长椅、圣莫尼卡山区的一条废旧的徒步山道——都太过僻远，会为路西的任何一个打手提供下手的良机。最终，他们商定在托兰斯的哈珀－加州大学洛杉矶分校的医学中心主厅里见面；随便什么日子，那儿都有好几百号没上保险的人及其家人在转悠，等着让急诊室的医生看病。

　　尽管"那该死的蛇"声称他五十一岁，但很容易被看成一个衰弱的七旬老者。他硕大的脑袋和鼓出的眼睛被过于短粗的脖子稳固地架在身子上，其余部分则瘦骨嶙峋，浑身散发出一股浓郁的古龙水味。若是从医疗档案来看，早在好多年前，他就已因为某种他自称的在工作时遭受的损伤或疾病死了，朽烂了；他的心理医生也不记得这些年来为他开过多少抗抑郁的药物。

"那该死的蛇"将他所有的生理与感情问题都归咎为替"老鼠"和罗瑞丘工作感受到的压力。他还埋怨说都怪他们，他十二年来一直没跟妻子说过话，有两个女儿都已年过三十还未出嫁，另一个女儿离了婚独自带着孩子；而他唯一的儿子，呃，结果是个同性恋，这都是因为他母亲——"那条蛇"的老婆——的鼓励和纵容。

"前几天晚上，溃疡又出血了，我差点就死了。"他在哈珀－加州大学洛杉矶分校里对里昂吐露，"女儿给我看了我儿子和他'未婚夫'马克在'脸书'上的合影。"

里昂猜想，与溃疡出血有重大关联的，除了儿子决定与他的同性伴侣结婚以外，还有市审计官和市检察官为调查路西、"老鼠"和"那条蛇"而放出的大批律师和会计师。路西的所有抵抗与暗中破坏都没能使 3,000 万美元的事件烟消云散，于是他在市议会上作证，称他最近发现自己的同伴"老鼠"把钱投资进了一个最后被证明是张狂恶徒所操纵的庞氏骗局。路西"上周刚刚"得知此事，当场解雇了"老鼠"，还承诺会全力配合调查，而他自己将置身事外，让工会为他高昂的辩护费买单。"老鼠"害怕最坏的事情发生，即死在牢里，于是搭乘最早一班航班，飞往了卡塔尔的首都多哈。他知道，在官僚机构层层审查之下，本案想水落石出至少还需要十年的时间。与此同时，他将在多哈安家。如此一来，"那条蛇"只得自求多福，或是抛下家人逃亡到孟加拉国。因此，他才决定与里昂会面。

"可能会有一阵子很难联系上我，""那条蛇"解释道，"但我希望能问心无愧，坦白一些事情。"

里昂心想，他的良心只有借助氟锑酸[1]的化学效果才能洗刷干净了。这个人在逃走之前，还要尽可能地给路西和"老鼠"造成伤害。

2013年6月初，约书亚·辛查和哈达萨·辛查曾邀请路西在示罗餐厅共进午餐，那是他们在皮科－罗伯逊地区最中意的犹太洁食餐厅（不同于任何一家老饭馆）。路西当然不会去赴这种"鸿门宴"，但他派"老鼠"出马，"顺带一提，他是只在对自身有利时才自称是犹太教徒的那种犹太人"。在那次会面后不久，"那条蛇"奉命将某个电话号码口头传达给了哈达萨·辛查，但没留下关于会面的任何记录。他在联合76加油站与哈达萨见面，地点在威尔夏大道与惠蒂尔街交会的老罗宾森商店附近，那里已空置十年无人使用。当他们在同一个自助加油设备两侧各自加油时，他低声告诉了她一个电话号码。

"那条蛇"不知道传话给哈达萨·辛查的号码是谁的。他同时表明，尽管"出于友谊"，他乐于跟里昂分享这则消息，但是"鉴于我过去的某些问题，我没法在任何法庭上成为可靠的证人"，因此也不愿做出正式声明。他能告诉里昂的全部就是，他有时会"代表老鼠"去"转达"这类消息而已。

"我并不是说路西知道这事，""那条蛇"强调说，"但你只要想想看：索莱曼在最后那段日子里一直保持低调，谨小慎微。他在午夜时回到家，大门打不开。如果他看见一个陌生人信步走向汽车，绝不会摇下车窗。"

然而，如果有个他认识的女人从灌木丛里冒出来，他也许会那

1　氟锑酸（fluoroantimonic acid）：氢氟酸与五氟化锑反应后的产物，是目前已知酸性最强的物质。

么做。

　　"我觉得是辛查家的某个女人勾引了他,然后'老鼠'的人把他杀了。考虑到后来的经过,只有这样才讲得通。可别忘了,如果有什么人能运走尸体、再让它消失的话,那就是路西。"

埃斯贝兰萨在"装饰性厨房"中用电话冲泳池清洁工大声嚷嚷。似乎是因为他没按预定时间来，让泳池——不是拉斐尔之子家的那个，而是埃斯贝兰萨在塔扎纳的自家泳池——里面水藻越积越多。

当看见里昂进来时，她招了招手，但直至训斥完雇员才挂断电话。

"我向你发誓，我根本不懂他在说什么，"她对里昂说，"他是中国人，口音很重。"

她啜了一小口瓶装维他命水。

"你想来杯意式浓缩咖啡吗？我们可以去厨房。"

她指的是"功能性厨房"。

"索莱曼夫人在哪儿？"

埃斯贝兰萨显出些许反感，因为里昂不只是来见她的。

"内达小姐不在家，"她说，"你们事先有约吗？"

"她去哪儿了？"

"周三，她和阿奇塔小姐去练瑜伽。在私人工作室。"

里昂听到身后有动静，他转过身，看到内达的长女妮可正站在门口。她的眼睛哭得又红又肿。

"你要找我妈妈？"

她说话时是那么伤心，那么无奈，这让里昂颇感尴尬。

"我有几个问题想问她，"他说，"如果可以的话，我会等她回来。"他坐下来。

妮可没反对，可也没表示准许。

"今天不上课吗？"他问完随即后悔了。现在是六月末，当然没有课。

"我们的学期结束得早。"妮可礼貌地回答。

里昂突然意识到，她或许想让自己留下，甚至可能有话对他说。他转向如同多事的管家一般在桌边徘徊不去的埃斯贝兰萨："能麻烦您为我拿杯意式浓缩咖啡吗？"然后对妮可说："来一杯吗？"

她摇摇头，却慢慢走近桌子，随后害羞地滑进椅子里。

"可怕吗？"里昂问。的确，他这么说是想让她信任自己，不过他也确实想知道。她眼里泛着泪光。

"你觉得他死了吗，像我妈妈说的那样？"

里昂点点头。"恐怕是的。"他感觉他像是刚给了一只小狗崽致命一击。就在那时他心想，如果他真有孩子的话，希望会是个女儿，就像这一个，只是希望她能更快乐些。"对不起。"

她低头掩藏泪水，但他还是看见一滴泪落在她的腿上。她坐在那儿，双手塞在大腿下面。她的头发又长又直，只有一道波浪卷儿，一直垂到膝盖。

埃斯贝兰萨挪开了几英寸，却没走。

这个女孩身上的某些东西——她是那么甜美，看似那么脆弱而羞怯，显然也很孤独——使里昂想要证明内达无罪。

"你看到事情经过了吗？"他问。

妮可摇摇头。

"他们根本不该结婚。"

里昂琢磨着，妮可知道拉斐尔之子正是利用内达怀了身孕，从而胁迫她嫁给他的吗？

"她怀上了我，"她说，"否则她不会嫁给他。"

谁会把这种事告诉一个小女孩呢？

"我可以肯定，他们俩谁也没有后悔生下你。"里昂安慰道。

妮可仍没抬眼。

"不要紧。有我一个人为全家人感到痛惜就足够了。"

埃斯贝兰萨还待在厨房里，显然不打算漏掉雇主家传奇故事的任何一处细节，或者——比这更糟的是——她将不得不从"拉美管家小集团"的其他女仆那里听闻此事。

妮可似乎没注意到她。

"她说她不认识艾迪是在撒谎。"

里昂屏住了呼吸。

"我们都认识他，"妮可继续说，"他经常往这儿打电话。"

有个声音在里昂心中尖叫起来：你无权得到这个消息，这个女孩也许是来向你求助的，她或许是要你担负起她的信任，却没料到你会背叛它。他脑子里闪过一个念头：无论如何都不能采纳她说的任何话，因为她尚未成年，他与她的谈话也没经她母亲允许。

他看到埃斯贝兰萨正聚精会神地听着，甚至对此毫不掩饰。他本想让她离开，但又觉得那样可能会吓坏妮可。

"最近几周他还经常打来吗？"他还能比现在更痛恨自己的工作吗？还是痛恨自己因屈服于同情，便要就此从案子里抽身？

他感到妮可心中动摇了。或许，她已发觉他的目的——他不是以朋友身份到这儿来的，跟他说话是个馊主意。他几乎因此感到释然，几乎就盼着她起身离去，不让他成为恶人。

"她发现我爸还有个孩子。"

她说这话时声音很轻，里昂都不敢肯定他有没有听错。

"艾迪告诉她，我爸还有个孩子，所以她才不停地给他打电话。这事只有他知道——除了我爸爸，我猜——可他告诉了我妈，所以他们聊了很多。"

里昂的嘴里感觉像被填满了沙子，然后又被刮净，掏空。他不假思索地起身走向水槽，发现自己需要个杯子，便准备打开橱柜。

"它们在炉灶右边的柜子里。"妮可告诉他，然后，仿佛为了顺着思路说完同一件事，"她是绝不会告诉你的，这你知道。她宁可让你认为她杀了人。"

里昂拿了两只杯子，倒上水，又回到桌边。他喝了半杯，妮可没动自己那杯。

"什么时候的事？"他问。

"他什么时候有孩子的？"她反问。

"也包括那个，但我想问的是艾迪是什么时候告诉她的？"

这一次，艾迪·阿拉克斯再见到里昂时终于释然了。

当里昂在路边停车时，他正在公寓楼外的街区一边踱步，一边亢奋地猛吸香烟。在阳光的照耀下，他的脸好像一张用硬橡胶制成的面具。

在他们进公寓之前，艾迪脱下抽烟时穿的衬衣，挂在门外的钩子上，然后换上干净的 T 恤衫。这一次，沙发床收拾好了，于是他朝它指了指，然后走进厨房去洗手洗脸。为了母亲，他甚至用沾水的手指捋了捋头发，想要除掉烟味。之后，艾迪用厨房的毛巾擦了擦脸，之后把毛巾扔进水池，开始煮他的土耳其咖啡。

2006 年，拉斐尔之子那时每周都去拉斯维加斯旅行，再经由巴斯托返回，他在某次旅途中遇到了男孩的母亲。关于她，他只告诉艾迪，她图谋要生个孩子，这样便可依靠抚养费度日。

"你能想象有人也会跟他耍手腕吗？"艾迪得意地笑了。

每月一次，拉斐尔之子指示艾迪通过西联汇款公司汇云 2,000 美元，作为孩子的抚养费。据艾迪所知，拉斐尔之子与其子之间的全部联系仅限于此。

"你怎么知道是个男孩？"里昂问。

艾迪白了他一眼，仿佛在说事情没有看上去那么简单，然后他走了过去，一屁股坐在沙发上。

"突然有一天，那个家伙出现在办公室里——是个戴着那种犹太小帽的黑人。他说自己有一半黑人血统，有一半犹太人血统，他是个拉比——但他有文身，穿着牛仔裤，戴着项链，看着像某个帮派的。他说他有前科，不过现在是社工。我发现他不认识拉斐尔之子，因为他问我是不是他，我说是——因为我们经常要应付各种各样的恶心事儿，你知道，诉讼之类的烂事儿，所以如果有什么人找上门来问的话，我就得说我是他。这样一来，他就不会真的惹祸上身，你明白吧？"

里昂明白。

"所以我说，我就是。紧接着，这家伙说他们已经收养了小孩，他妈妈在 2008 年死于某起事故，他们在汽车里找到那孩子，也许是在河床中的车座上什么的——谁知道这些信教的人为了让你可怜他们，会编出什么故事来。他说，孩子在一个什么鬼地方，那儿的社会服务机构只能永远把他寄养在什么地方，但这个有前科的黑人对他感兴趣。他说，因为那孩子有点儿特殊，而他——那个黑人——到处寻访，发现孩子他爸是犹太人，还找到了我们的地址。他想让我——因为他还以为我是他，你知道，拉斐尔之子——去看看孩子。"

他们——里昂、艾迪和拉斐尔之子的阴影——坐在那儿，心头都压着这个沉重的故事：一个私生子遗弃了他自己的私生子。

"这是多久以前的事？"里昂终于开口问。

艾迪面色泛红。"我不知道，两年了吧，没准三年？"

"他带孩子一起来了吗？"

"谁？拉比吗？"艾迪看上去有些气恼，"没有。万一他爸爸不合作呢，你懂吧？我猜他是这么想的。"

里昂端详着艾迪。"这么说，这些年来你早就知道有这么个孩子，却一直不吭声，之后突然有一天，就在审判开始前——"

"该死的！"艾迪唾沫横飞地咆哮道，"我又不是孩子他爸，他妈的没责任要照顾他。"

在他们身后的卧室里，艾迪的母亲发出一声长长的、急促的呻吟。

艾迪朝关着的房门用亚美尼亚语喊了一句，随后起身，开始在房里来回踱步。"对不起，"他咕哝着，"没想这么激动。"

里昂点点头。"没关系。"

"你知道，"艾迪继续说，"那是个临界点。你看到有个人害人不浅，你觉得不关自己的事，于是放任他继续为害，但到了某个点，如果你再沉默下去，你就成了罪人。"

没错。

"所以，你明白了吧，"艾迪气冲冲地走来走去，"我对自己说，该死的混蛋，他已对那孩子糊弄克扣得够厉害了，每月只给2,000块钱，可实际上，他本该给得比这多得多。如果他发现孩子他妈已经死了，而孩子待在某个收容所里，他根本就不会再寄钱了——"

"可我们又怎么知道那是他的孩子？"里昂打断了他。

艾迪停下脚步，斜瞥了里昂一眼，那只正常的眼珠转了转，他又开始继续踱步。

"所以，我每个月拿钱以后，你明白吧，并没汇给孩子妈妈。我把它当作'慈善捐款'，给了儿童服务之类的机构，就是安置这类孩子的地方。"他停下来看着里昂，仿佛预感到里昂会反对。

"直到他发现为止。"里昂推测说。

艾迪走向烧热的炉子，又舀了些咖啡，倒进土耳其咖啡壶里。

"几个月以前，大概是在四月吧，黑人又来了，我甚至不知道他干吗来了，也许是来多要点儿钱，也许是想看看'撒旦之子'会不会良心发现，去看看孩子的住处。事后，那混蛋对我破口大骂，还威胁说要借挪用公款的罪名把我送进监狱，该死的。他跟那帮可恶油滑的表兄弟合伙，窝藏了别人的五个亿，却要因为我给一帮孤儿寄了几千块钱就送我进监狱。"

他把壶放在炉子上，然后转过身，迎面正对着里昂。

"所以，你就告诉了他老婆。"

他们彼此逼视了片刻，艾迪试图逼里昂出言谴责自己，可里昂没那么做，于是艾迪平静地说："所以，我就告诉了他老婆。"

孩子的母亲名叫詹娜·罗丝·罗宾斯，哦，是的，当她怀上约拿的时候，只有十五岁，身无分文，也没有真正的家。她勉强算是有个男朋友——比她年长许多，属于巴斯托本地众多"摩托车帮"中的一派；但他们同时还与别人交往，他也从不给詹娜·罗丝钱。她父亲早就不在了，她母亲整晚都在高地区的圣曼努埃尔印第安人赌场的酒吧做招待，这意味着詹娜·罗丝是像沙漠中的荒草一样长大的。她在赌场那条街上不远处的戴尔罗莎的壳牌加油站当收银员，每天从下午四点到午夜当班。当拉斐尔之子第一次进来买口香糖和瓶装水时，她就已经瞧见他了；当他盯着她问"这附近有没有像样的牛排馆"时，她明白了他的言外之意。

她很漂亮，却苍白瘦弱，就跟那些靠垃圾食品、香烟和啤酒度日的年轻人一样。当时临近午夜，她快要下班了，于是他在车里等她。后来，他们开车去了赌场，她点了菜单上最贵的牛排。她想方设法确保两人坐在靠近吧台的桌位上，想让母亲看到他们和他们的牛排，她也的确看到了；当女招待端上他的苏格兰威士忌和詹娜·罗丝的啤酒时，她甚至看到他向鸡尾酒女招待的托盘里扔了二十美元的小费。他们坐在那儿的全部时间里，他几乎没对她说过话，只是不停抱怨那地方臭烘烘的，净是别人的体味和乡巴佬味，还埋怨牛排比他的皮鞋还硬，简直没法下咽。她刚吃完，他便起身走向前台，用现金付了房费，然后带她上楼。他们完事之后，他给了她一百美元。给你自己买点儿好肉吃吧。

詹娜·罗丝的母亲对拉斐尔之子所谓的慷慨大方不为所动。"那家伙能付的比这多得多。"她说。

巴斯托恰好位于洛杉矶和拉斯维加斯的中点——作为"摩门走廊"的一部分，这片4万平方英里[1]的沙漠地带在19世纪40年代开始有人定居。不过近来，这里只是三条主要高速公路的交会处，联合太平洋铁路公司与伯灵顿北方圣太菲铁路运输公司的铁路也从这里穿过。这里还有一个海军陆战队的后勤基地、欧文堡军事禁区、一个汽车电影院、一家派派思炸鸡店、一家熊猫快餐店和一个实为国铁车站的"铁路博物馆"，还有两个奥特莱斯工厂店，周末从拉斯维加斯返回洛杉矶的旅客们会顺道来这里购物。

2005年年初，拉斯维加斯的土地投资仍处于繁荣时期，拉斐尔之子每个月至少会去那儿一次。他不是每次都顺路去见詹娜·罗丝；即使去找她也绝口不提他自己的事，就连他是哪国人都没说。她猜想，他是某家公司的承包人，在金融危机以前，许多这样的公司都忙不迭地建造公寓房和投机性住宅，可她从没想到他竟会拥有自己的公司，因为她从不觉得她会认识那么阔绰的人。

他买每样东西都付现金，就连带她去赌场里的商店买她喜欢的东西时亦然。他从不给她电话号码，也从不会忘记给车里的手套箱上锁。不过，詹娜·罗丝或许年纪轻，可她却不傻；她记下他的车牌号，让

---

1 英制面积单位，1平方英里约为2.6平方千米。

男友通过车辆管理局的一个朋友挖出了注册登记信息。某日，她甚至跨上男友的摩托车，一路骑到洛杉矶，走进位于世纪公园东街的办公楼大堂。直到那时，她才意识到拉斐尔之子的确很有钱。这就是她在发现怀孕后决定留下孩子的原因。

她不确定拉斐尔之子就是孩子的父亲，但还是这么对他说了。当时是凌晨一点，他们刚在赌场用过餐，詹娜·罗丝的母亲便走了过来，坐到他们桌边。在此之前，拉斐尔之子根本不认得她，也不知道她竟会认识詹娜·罗丝。但他能看出这两个女人长得像，尽管相像之处已没那么明显，可他还是能隐约觉察到自己中了埋伏。

他没像老套剧情的男人那样退缩或皱眉：可这与我有什么相干，我怎么知道孩子是我的？他提出由他为堕胎买单，外加 1,500 美元的"零用钱"。詹娜·罗丝正欲同意，却被母亲那老头儿一般的沙哑嗓音给打断了。

"这可比你为孩子付十八年抚养费少多了。"

拉斐尔之子的眼中燃起了怒火。为了掩藏愤怒，他低头将目光掠向桌面，然后用大拇指和食指轻轻弹起一粒面包屑。他一再沉默不语，最后都能感到汗水浸透了衬衣。

"你要找碴儿，那可是挑错人了。"他对她母亲说。

说完以后，他便彻底不再理会她的母亲，而是告诉詹娜·罗丝这是他能开出的最好条件，给她三分钟时间做决定。如果她拖延不答，他转身就走，根本不在乎她和她所称的胎儿会怎样。他把一百美元钞票扔到桌上，然后站起身，把左手抬到胸前，看着手表。

"现在开始计时。"他宣布。

詹娜的母亲骂他是"阿拉伯臭狗屎"，然后转身回到吧台后面。

就在她转过头背对他俩时，她对詹娜·罗丝说："去他妈的。他那是在唬人。"

三分钟后，拉斐尔之子走出了赌场。

詹娜·罗丝事后说，她一直在苦等拉斐尔之子回来。母亲告诉她，那样的一个男人——阔绰的中年人，很可能已婚，尽管没戴婚戒，可能是个阿拉伯人、"眼朗人"或是犹太人——绝不会贸然让怀孕的姑娘去惊扰他的家人。詹娜·罗丝不知道自己怀孕多久了，也不知道还要等多久拉斐尔之子才会屈服。她没有想过，他可能根本就不相信她怀孕的说法，他可能认为说不定她是在撒谎，她会私吞堕胎的钱和额外津贴。他也不知道那孩子究竟是不是他的；她每个月见他一次，见男友的次数却频繁得多。他还没蠢到会在不加防护的情况下做爱，说实在的，一次意外结果就怀孕的概率能有多大？但是这种思考方式——将心比心地试着以他的视角来看待世界——对詹娜·罗丝这个年纪的姑娘来说可不容易做到；她也没意识到在有些问题上，冒一次险就可能招致某些永难消除的后果。当老海军背心和救济军的牛仔裤已装不下詹娜·罗丝那日渐膨大的肚子时，她甚至还在等拉斐尔之子回来，带来更优惠的条件。

她母亲找在酒吧里认识的一个律师写了封信，威胁提出要求确认生父的诉讼。显然，律师并未要求拉斐尔之子接受验血，只要求他承诺向詹娜·罗丝支付医疗费，外加每月 2,000 美元的抚养费。

每月 2,000 美元是詹娜·罗丝闻所未闻的天文数字，她的孩子也根本用不完，但与拉斐尔之子的支付能力或是与他在其他孩子身上的开销相比却少得可怜。若是换作任何别的事，他都会拒绝服从，再反诉对方，比他们花上更多的钱，逼得他们走投无路。但在这个案子里，他十分明智地意识到，打持久战的潜在危险远远超过了投降的成本。

因为怀孕，詹娜·罗丝失去了车手男友，可她倒并不介意生小孩。她很享受她从同事和陌生人那里得到的关注，也喜欢顾客问她预产期是什么时候，想了哪些名字。她的母亲提早下班，带她去医院分娩，可无论詹娜·罗丝如何强烈反对，母亲一路都在车里抽烟。结果她们吵了起来，母亲在急诊室门口让她下车，随即驾车扬长而去。

医院里没人注意到约拿肚脐后面的小小光点。一个护士为詹娜·罗丝演示如何为他换尿布、喂食和包襁褓，之后就只剩下她自己，回到满是烟味的拖车上。她母亲白天在车上睡觉，每当婴儿哭闹时就勃然大怒。抚养费刚一寄来，詹娜·罗丝就赶紧搬离拖车，住进一家公路旅馆，房费每天六十美元。她在那里过着女王般的日子，感觉安全有了保障，能在约拿睡着之后一次离开一两个小时，出去跑跑腿，或顺路去家得宝超市见她开始约会的一个男孩，他是那儿的起货机操作员。她第一次与儿童保护服务机构发生小冲突是在约拿十个月大的时候，那时约拿已经会走路。她刚离开不到一个小时，汽车旅馆的店主就报了警。店主是个尖酸刻薄的越南女人，只有当她乐意的时候才听得懂英语。那天下午来了一辆巡逻车，警察们跟詹娜·罗丝足足谈了十分钟，然后向县里打了个报告；不过，还要再过整整七周才会有社工顺路来汽车旅馆看望约拿，到那时，母子俩早已搬走，跟詹娜·罗丝在家得宝工作的男友住到了一起。

十三个月大时，约拿从他与詹娜·罗丝跟男友挤在一起睡的床上掉了下去，摔断了胳膊。急诊科医生在检查他是否有遭受虐待的迹象时，留意到他腹部的亮光。他们在 X 光片上和做核磁共振成像检查时都看到了同样的亮光，一致表示之前从未见过任何类似的东西，但是等候室里挤满了重伤患者，治疗区的轮床上也躺满了病人，因此他们无暇研究这个小男孩的发光之谜。急诊科医生建议早点儿带约拿去看儿科医生，一名社工把"圣伯纳迪诺市立儿童和家庭服务机构"的电话号码给了詹娜·罗丝，那里免费提供儿童养育和安全课程。可詹娜·罗丝根本找不着什么儿科医生，约拿也没病。他即便胳膊打着石膏，仍旧非常活泼好动，令人精疲力竭。

2008 年，家得宝男友决定搬回他父母在亚利桑那州的家里住。他想让詹娜·罗丝一同前往，但约拿则另当别论——他太占地方，要求也太多，为什么不把他送还给他的"犹太蠢驴父亲"呢？

因为詹娜·罗丝爱她的宝贝孩子，又因为他们只要依靠抚养费过日子，所以不能这么做。如此一来，要走，要么带上她和约拿，要么谁都别带；"家得宝"可以一个人去亚利桑那，她根本就不在乎。

他们把约拿装上车，沿 40 号州际公路向东行驶，但是约拿哭闹个不停，折腾起来没完没了，还多次尿湿了裤子。在尼德尔斯，"家得宝"在里约多索酒店订了间房。他跟詹娜·罗丝吵了一宿。早上，他们开到里弗赛德，又住进另一家汽车旅馆。"家得宝"在那儿喝醉睡着了。詹娜·罗丝带上约拿和车钥匙，沿原路，径直往巴斯托开。

开出十英里后天开始下雨，她发现车的雨刮器坏了。她又勉力前行了一阵，但是雨下大了，车内闻起来如同堆了一千个贝壳，广播里发出暴洪来袭的预警，于是她驶下高速公路，朝着远处的一个加油站开去。

消防队员将她从车里拽出来时，她已死去至少一个小时。他们找到了卡在路旁两根金属短护栏之间的婴儿汽车座椅，约拿当时还在椅子里。他们猜测，孩子的母亲在汽车被彻底淹没之前松开了座椅，将它推出了车门。

翌日凌晨两点二十七分，里昂从他的车里看到4路公交车在日落大道和梅普尔顿街角停下，乔治·P. 卡特三世，即"欧托滋男人"，下了车，踉跄着沿街走去。他径直走向建筑工地。里昂在大门外的人行道上跟他见了面。

"你想干什么？"欧托滋男人说。他根本没停下，甚至都没放慢脚步。

里昂举起胳膊，挡住围栏上的豁口。

"首先，我想知道你为什么说你在那晚目击了谋杀案，你根本不可能看到？"

欧托滋男人上上下下地审视着里昂，随后把手伸进衣袋，掏出装着薄荷糖的脏兮兮的盒子。"你能给我什么呢？"他问。

"我不相信你知道什么情况，"里昂说，"我还认为，关于你眼睛的故事也是你胡编的。"

即使在黑暗中，他仍能看到欧托滋男人气得脸色发紫。

"不过，我还是想帮你摆脱困境，"里昂说，"你给我点儿有用的东西，我是说在那儿发生的事的，真正有用的信息。"他朝拉斐尔之子家被撞凹的大门点了点头，"我向你保证，我会尽力帮忙，让他们重新审理和调查你的案子。我只能做到这些。我没法让警察局局长向你道歉，也不能让市长跟你握手，所以如果你还不满足，可以继续守着你那个胡编乱造的故事，一直到死。因为我向你保证，再没其他人会在乎这破事儿。"

他们打量着彼此。随后，欧托滋男人推开里昂的胳膊，拖着脚走进工地，然后褪下裤子。

"雪佛兰羚羊。"他释然地叹了口气。

里昂听到小便浇到地上的声音。

"租来的，"欧托滋男人一本正经地宣告道，"假车牌。"

里昂将手伸进衣袋去掏笔记本。"这你怎么知道的？"

一阵用脚蹭地的声音过后，欧托滋男人的声音从更贴近地面处升起。

"我听到那家伙停车。"他呻吟道。

"哪个家伙？"

"死的那个，你这笨蛋！"

"你听到他停车？"

"过了一分钟，他开始像婊子似的疯狂按喇叭。"

里昂琢磨着婊子怎么按喇叭，但没问出口。

"你怎么知道是他在按喇叭？"

"因为我憋住屎，把头伸出去，什么都看见了。"

"你看见什么？"

"那辆雪佛兰肯定是辆逃逸车。我下公交时，它还不在那儿。"

里昂可以想象陪审团想方设法去理解这段证词时的样子。"那你是什么时候看到它的？"

"它开走的时候。你简直是个笨蛋。"

"你还看到了什么？"

欧托滋男人不慌不忙地提上裤子，把浮土踢到粪便上。

"雪佛兰开走时，之前那辆车的司机在哪儿？"

"还在那儿，"欧托滋男人朝大门比画了一下，他大笑起来，"已经不再按喇叭了。"

"你认为他死了？"

"我认为你要么滚蛋，要么就给我二十块钱。"

里昂选择了后者。

"你看到雪佛兰的车牌了吗？"

"我告诉过你，那是假的。"

"你怎么知道？"

"租来的车的车牌上有那种恶心的框子，上面是公司的名字。这辆没有。"

里昂甚至不明白为什么还费神接着聊。"那你怎么知道它是租来的？"

"我跟你说：车是绿色的，森林绿。你要是找到一辆差不多那样的绿色新车，它一定是租来的。"

"还有吗？"

"有个女人待了一会儿。"

"女人？"里昂惊诧道。

"对啊。像只湿透了的耗子。"

洛杉矶

1997 年

从 1977 年算起，在诺尔被绑架的十八周年之际，伊丽莎白和霍尔注册登记了他们的公司"Z 工业"。一年内，他们就已筹资创造并试验了一台样机。又过了两年，他们开始生产制造雷达。直至 2000 年，他们又有十几项设备已经申请专利或在研发中，还创建了从帕洛阿尔托到特拉维夫乃至班加罗尔的天使投资网络。

他们的圆满成功，湮没了他们共同记忆中多年的奋斗与艰辛、深夜的祈祷与清晨的绝望，抹销了伊丽莎白没陪在安吉拉身边从而导致母女关系淡漠的那些时光，还消除了霍尔彻底的心碎神伤，这心碎已让他失去了牙齿、头发和他这个年纪的男人应有的每一丝青春活力。在 Z 工业成功的神话中，四十年的钻研与试验，两个杰出头脑的通力合作，以及这对执着痴迷者付出的不懈苦功，都被概括为只是交了好运，它只是一个恰逢科技爆炸时代，形成、胀大并持续膨胀的泡泡，用人们的话说，这全仰赖于 20 世纪 90 年代末的荒谬繁荣。只不过，这个泡泡没有被撑破，究其原因众说纷纭，有人说是因为伊丽莎白的才思极为敏捷，绝不会做出差劲的投资；也有人说是因为霍尔极其聪明，所以始终领先市场一步。然而，这两种解释都不正确。

不论股票市场如何波动，Z 工业都能持续兴盛的原因其实在于它的根本目标并非逐利。伊丽莎白和霍尔都不曾像正常人那样，有过一星半点贪图享受的念头。对他们而言，金钱是你用来换取机遇，去追求其他更长远路途的东西——那条路会将他们带离平凡的生活，让他们沉迷于静谧而恒常的数字模型中。

在侯赛因·泽莫罗迪作为 21 世纪最成功的企业家之一，成了《华尔街日报》头版人物的十年之后，他仍旧穿着不搭调的衣服、戴着松垮的假牙到处跑。有时，他的确想显得体面些，于是就会穿着各式各样彩色蜡笔画似的衣服——蓝色或橙绿色，还有一次是黄色——从巴尼斯或拉夫劳伦的店里走出来；他不在乎，因为他是色盲，不过他自己并不知道。商店的营业员也不愿冒着得罪持有黑卡顾客的风险，指出他整套服装选择上的问题。他始终未婚，也不交女朋友。他把全部家当装在一只大旅行箱里，辗转于一家又一家酒店的客房，衣兜里揣着一点点现金，打死也看不出本田和兰博基尼的区别。

伊丽莎白对待财务问题则敏感得多，不过就像约翰·韦恩一样，她的"补救办法"是设计出更加新颖的方式，将钱给出去。她在有足够的钱购买独栋住宅甚至只是公寓之前，便已创立了一个基金会，还聘请约翰·韦恩昔日的女友来运营。那人名叫斯蒂芬妮·达洛尔，是名律师，瘦得像铅笔杆，总是喜欢把自己晒成健康的古铜色。从那时起，伊丽莎白就已不再是孤苦的寡妇伊丽莎白·索莱曼了，她成了当地神话中"了不起的伊丽莎白"。

拉斐尔之子决定改建伯克广场的住宅，于是带着内达迁到了位于威尔夏区曼宁走廊大街的公寓。在安吉拉看来，他这么做是因为那幢楼里住的大多是伊朗人，这意味着他可以炫耀自己取得的新近胜利，确保社群中的其他人比他在《洛杉矶时报》上刊登一整版公告还更迅速地听闻此事。这也是他在房地产市场树立自身财务优势的机遇：由于前任业主们欠他债务无法偿还，他便收回了他们公寓的抵押品赎回权。

楼里的所有邻居几乎都知道或听说过索莱曼家族，还有他们与拉斐尔之妻及其子的敌对关系。许多人知道他在伊朗身为"贾迪德·阿尔"的岁月，有几位甚至曾是他敲诈勒索的受害者。无论是在大厅和电梯里，还是在楼道和车库中，他们都用困惑与义愤交织的眼神盯着内达，窃窃议论她日渐膨大的肚子和过于紧绷的衣服，谈论她明知他和他母亲都是什么样的人，知道他们极不光彩的过去，明白他带她入住的公寓其实是从真正的房主手中攫夺来的，那她夜里怎还能睡得着觉呢。有时，年长的女人会在过道里截住内达，为的只是要提醒她，她父亲享有美名和声望，做子女的要保住父母的"阿比路"是多么重要。

邻居之间窃窃私语：你想想看，虽说是个新娘，可她看起来的确早就有孕在身了；说实在的，对一个在美国养大的姑娘，你还能指望什么呢？这儿的孩子毫无责任感可言，他们不会感到愧疚，也不认为对父母负有义务。难道你还没从他们所有的电视节目里看出来吗？孩子一贯正确，他们总是告诉父母要如何生活；每部情景喜剧每一集的结尾都是父母向孩子道歉，或至少是承认孩子最明智。

直到妮可出生，内达才终于有了个需要照顾的人；在此之前，她始终低头耷脑的，让别人根深蒂固地认为她简直是太愚蠢了，就连自己有多难堪都不知道。在那之后，她将全部注意力都集中到女儿身上，甚至以女儿为借口逃避家庭聚会，刻意避而不见伊丽莎白和安吉拉，甚至她的亲生父母。仿佛她与魔鬼做了交易，打算坚守自己的结局；又仿佛她委身于拉斐尔之子，是为了换取生养孩子的机会。

但可悲的是，倘若内达希望通过疏远别人能将他对她父母和伊丽莎白造成的痛苦降至最低的话，那她就错了。对他们而言，到20世纪的最后几年，在最艰难岁月里曾维系两家关系的友谊与信任的纽带，已逐步瓦解。

安吉拉从法学院毕业以后，继续待在纽黑文工作；妮洛则前往波莫纳钻研火箭。无论她俩如何主动联络内达，内达都反应冷淡。她的父母既不能心平气和地接纳拉斐尔之子这个女婿，又无法彻底与女儿断绝关系。有几次，他们曾痛苦地试着忍受拉斐尔之子在场作陪，直到他最后宣布，他们对他毫无用处，还对内达说不欢迎他们来他家。如果她想的话，可以独自去看望他们，甚至可以带孩子一起去，"只要别带他们到我近前就行，不然的话，我就得叫他们把三流的昔日'塔夫提'式的傲慢都抛到九霄云外去"。

内达在婚后一如她婚前那般孤独。只是如今，她没法再欺骗自己说，有朝一日，在某个地方，她会培养出一种性格，找到一些勇气，克服导致她跟几乎所有人相处都感到羞怯窘迫的那种局促不安。她是个尽心尽责的母亲，可就连跟女儿们相处时她仍然怀疑自己，猜忌她们的一举一动，后悔做出的每个决定。后来，当她每天开车接送她们上下学时，从没一次有勇气站在其他家长身旁跟他们聊天。她独自去参加所有的家长会，观看她们的演出和放学后的比赛，因为拉斐尔之子"总是拼命忙着赚钱，这样才能维持你们时髦的生活方式"。她大着胆子去参加午餐会、女孩成人礼和学校的筹款会，身穿昂贵的衣服，吞下大把的阿普唑仑来帮自己克服社交恐惧。她全程都坐在同一个地方，呆板地微笑着，佯装乐在其中，之后开车回家时却一路痛哭不已。

后来，拉斐尔之子走了，还盗走了每个人的钱，内达这才切实地尝到不受待见的滋味。

从长远的角度来说，金钱本身才是真正的罪魁祸首。

20世纪90年代和21世纪初期那几年，金钱充斥着整个社会，太多的人挣钱都过于容易了。正因为它充斥全社会，寻常的洛杉矶人在参加安息日晚宴，去犹太会堂，或是参加孩子学校的家长会时，以及女士们在每周的牌局中，谈话总是不可避免地沦为情绪激动、夸大其词又极为详尽地讲述"别人"上周赚了多少钱。赚钱的路子不只是发展迅猛的网络科技或是价格高涨的房地产业；亦不限于股票市场、九十九美分的低成本商贸或电子产品。这些"别人"只要早上醒来或是一息尚存，就能捞进数百万美元，或者像"了不起的伊丽莎白"那样，懂得该买入什么样的小型初创企业，然后在什么时候卖掉它。

挣钱看似易如反掌，任何没能暴富的人不是鲁钝迟缓，就是不够积极主动。医生、律师、会计、建筑师和工程师——尤其是工程师——任何挥霍岁月去追求更高的教育、后来依靠支付时薪的工作还清助学贷款的人都是在虚掷光阴。且不说他们的父母做出各种牺牲才把孩子送进大学，也不说这些孩子在高中和大学里焚膏继晷，刻苦钻研，耗费数年求取学位和完成实习，毕业时成绩在班上名列前茅——可如今又怎样？如今，他们每天工作十二个小时，一年只能挣上十万美元，而他们班那些"不太聪明"的同学、退学生和逃学生们，今天在拉斯维加斯买了块地皮，不出一个月将它卖掉，便能获利一倍。

至于伊朗人嘛，他们最终坦然接受了"名字在美国一钱不值"的事实。它伴随个人的生死存在或消亡；只要花上几美元，就能通过法定手续修改；除非你是范德比尔特[1]或肯尼迪家族的一员，抑或其他某个亡命徒摇身变成的政治家，否则你的名字还不如社会保险号、邮政编码或银行账号更能说明你本人的情况。

在革命后的几年里，这就是伊朗人在亚特兰大、纽约、洛杉矶和帕洛阿尔托发现的真相：美国富人头上围绕的光环，实际上就是把一美元变成十美元的那个零；零的个数越多，光环就越闪亮。对多数人来说，似乎周围每个人都在大把捞取这些"零"，唯独他们自己错失良机，只得靠努力奋斗去支付房租或偿还房贷，还要付租车费、私立学校的学费和不可少的成人礼的筹办费。

此时，拉斐尔之子现身了。他眯着一双近视眼，步态好似企鹅；他声称塞满行李箱的所有那些钞票都是他的"祖产"；当他"砰"的一声打开箱子，宣布在他挣钱的地方还有好多钱可赚，只要跟着他一起投资，你就一定能把钱捞回来时，一直等待机会赶上美国致富大赛的所有那些伊朗人，以及所有那帮盼望让自己在美国已赚得的数百万财富翻番的家伙，都将常识和浅显的道理弃于一旁，把他们毕生的积蓄交到拉斐尔之子手上，甚至大多连收据也没有。

他们这么做——信任一个出身有污点、编造血统，往好里说，财富来源也算可疑的人——是因为他们喜欢他的承诺，还眼见这种事就发生在他们周围二十岁的大学生身上：这些年轻人最大的成就无非是敲击电脑键盘，直到突然冒出个不错的点子，转瞬间就成了亿万

1　范德比尔特（Vanderbilt）：美国最富有的家族之一，因经营铁路和水上运输致富。

富翁。

　　且不说他从伊朗带出来的"祖产"都不是他自己家的；也不消说，他从富人的妻女们手中敲诈勒索了大量现金、宝石、古董地毯和千年艺术品，革命让那些富人锒铛入狱，甚至被判死刑，直到政府和大批像拉斐尔之子这样的"促成人"获得相当可观的"捐赠"后，他们才获释出狱。甚至也不必提起他自己的会计员——那个满脸病容、每天抽四包万宝路红标香烟、竭尽全力作死的亚美尼亚人，还经常告诫上了年纪又不那么富有的"投资者们"别把钱交给拉斐尔之子。可人们依旧说，这个家伙白手起家，赚了大钱，他肯定知道自己在干什么。

　　他们是对的，拉斐尔之子的确明白他在干什么。

对于自己为什么能为任意数额的存款支付如此之高的利息，拉斐尔之子的解释是，他投资的方式旁人几乎都做不到。在那个年代，华尔街造就了几十亿美元的利润，硅谷和其他地方也纷纷传出"乞丐变富豪"的故事，因此这也并非多么不可能的事；况且干那一行的也不止他一个。他的投资者们正如其他曾经陷入骗局中的任何人一样，都要承担自己鲁莽草率的罪责。

而拉斐尔之子的不同之处在于，他不仅要追求自身的富足，还想毁掉他的受害者。他对朋友与仇敌、家人和陌生人"一视同仁"。最终，他就连岳父也没放过。

多年来，他不停地对内达说，无论她的父母怎样假充斯文，他们的寒酸不仅对他，甚至对妮可和凯拉来说也很难堪。

"当别人看到你过得像女王，而你爸爸却跟骡子似的，拖着一箱箱黄瓜和一袋袋大米，这可不合适，对我们的影响也不好。"

2005年，他提出要帮瑞伊斯夫妇"成为了不起的人物"。

他说如果他们同意偿还抵押贷款，他就会交纳首付款，以便他们能买下一爿商店。

若是在以往，当瑞伊斯医生尚未丧失尊严与傲骨，没将雄心壮志跟奖章和回忆一同埋葬的时候，他宁可从行刑队面前昂首走过，也不会从拉斐尔之子手里拿一毛钱。即使是现在，当他的后背已经因搬举重物受到永久性损伤，双手像农夫似的皲裂时，他对这个提议的第一反应仍是义愤填膺。

"告诉你丈夫，我们谢谢他，"当内达为他和吉芭捎来拉斐尔之子的口信时，他说，"但我们不是乞丐，不会为了要活命去欠他的钱。"

当时，他们租住在凡奈斯区穆尔帕克街上的一幢没有电梯的大楼里，吉芭已经失业五个月了。他们的收入只有从本尼农产品店挣来的每小时七美元的工钱。妮洛在美国航空航天局工作，参与火星探测项目，她一直给父母寄钱；吉芭在伊朗的兄弟们亦如此。内达本也想帮忙，可她从来攒不下什么钱：拉斐尔之子允许她刷信用卡，却刻意确保她手头总是缺少现钱。

从他们结婚之初，他就一直这么干。内达曾一度试图在购买杂货或在药店买药时，通过要求返还现金的方式绕开这一限制，但拉斐尔之子在月底检查信用卡账单时发现了。他销掉了她的信用卡，一连十二周都没给她新卡。他直接给女仆发工资，这样内达手上根本不过现金，而他给女儿们的零用钱却颇为慷慨。他想让内达记住是谁在供养她，她又是多么需要他。

或许是因为对父母爱莫能助而感到内疚，也可能是害怕他们拒绝的话会触怒拉斐尔之子，总之，内达坚决希望父母接受提议。每周一次，她会在瑞伊斯医生不上班那天去看望他们。她开车去到谷区，在他们的公寓里度过下午的时光，因为不朝阳，屋里永远是半明半暗的。每次探望或与吉芭通电话时，她都要强调这一点，因为她们俩都明白，一旦她——吉芭——答应了，那么瑞伊斯医生也只好同意。他在美国很快悟出了这一点——在家里做主的人不一定是父亲，而是挣钱最多的那个人；在伊朗时，他曾因忽视妻子的恳求而危及全家人性命，使他们沦落到后来的田地，因此他再也不能独断专行了。

当你正依靠曾极为敬重你的成年子女给的一点钱度日时，也无法在许多决策上独断专行。而最终，当你已逾退休年龄，却仍在等待自己取得重大突破时，就更无法拒绝类似拉斐尔之子施舍的这种机会。

在皮科-罗伯逊区的所有伊朗杂货店里，本尼农产品店规模最小，利润也最薄。店主巴不得卖掉这个鬼地方，留待瑞伊斯夫妇去让它起死回生呢。

在结婚九年后，拉斐尔之子终于让妻子感到嫁给他的姗姗来迟的幸福：他对她父母的态度，交钱和签合同时的轻松与迅捷，甚至表现诚恳地与瑞伊斯医生握手并亲吻了吉芭——"祝贺您，夫人，我祝你们取得成功；如果你们有什么问题，请随时联系我的助手艾迪"——所有的举动都使内达相信，他的为人实际上要胜过自己对他的评判。

他们的两个女儿，一个九岁，另一个七岁，因此不妨说，内达在过去八年里都不曾与丈夫亲密过；自打他们从医院把凯拉接回家以后，便一直分房睡。在内达哺乳期里，拉斐尔之子搬到了走廊另一头，以便夜里睡个好觉。在那之后，他作为父亲的主要功能就是写支票，外加抱怨私立学校的学费和孩子们的课外活动费用太高。他为女儿们花钱举办奢华的生日派对，甚至更为豪奢的成人礼，但从不在策划工作上花一分钟时间，宴会刚一开始便急着走人。

我们究竟是不是真的对自己最需要的人怀恨最深？拉斐尔之子是否因此而对他如此渴望接纳自己的社群深恶痛绝？既然他最终已达成心愿，砸开了大门，将自己安插到每次商界聚会、非营利机构的委员会和社会活动中，却又为什么几乎无法容忍那里面的人呢？

或许可以预见的是，那个唯一看到瑞伊斯医生从本尼农产品店的售货员升为店主以后并不高兴的人是安吉拉。她从妮洛那里听到消息后，立即警告说这样做会招致可怕的恶果，例如但不限于破产、入狱、离异，或是"幸运的"新店主遭人谋杀或自杀。那年，安吉拉三十三岁，在一家大型高档律师事务所工作，较之以往更加放肆和武断。她不在乎这个国家的每个人都已变得多么富有，也不关心在抵押贷款相当容易取得的年代里，在男女老少面前，成功之门是如何豁然大开，她清楚拉斐尔之子是个什么样的人，也能猜到他对岳父母打的什么算盘。

　　她前往本尼农产品店当面告诫瑞伊斯医生。医生仍旧每天穿着正装，系着领带，站在收银台后面，查看着一磅又一磅的日本茄子、印度茶叶和以色列腌黄瓜。她警告说他犯下了平生最大的错误："这比你当年不听吉芭姨妈的劝告，结果被困伊朗还要糟。"他不仅跟魔鬼立约，还向他借钱。"我想说的是，谁告诉你这是个好主意的？我不知道他会做什么，但我保证他居心叵测，一旦你让这地方好转起来，盈利了，他就会出手。"

　　瑞伊斯医生觉得，在本尼开始盈利之前，他和吉芭恐怕早已作古。他们买下这地方还不到一个月，它便已耗费了他和吉芭仅存的全部精力。她总是这儿疼那儿痛的，不停地跟他们雇来接替瑞伊斯医生在库房工作的洪都拉斯男孩寻衅吵架。她只有在不得已时才跟别人说话，而内容总是关于卖家如何欺骗他们，或是顾客如何轻视她。瑞伊斯医生早就料到，尽管他之前已为本尼农产品店服务多年，但他和吉芭年纪太大了，也缺乏经营这种商店的经验，在他们接受拉斐尔之子的提议前，他就说过许多类似的话，可如今他们已到了这般田地——又能怎样呢？——他们只有奋力一搏才能不败。

"别太担心我和妻子，"瑞伊斯医生对安吉拉说，"我们已经时来运转了。在我离开你们大家以前，你只用确保自己和妮洛都找到丈夫，再生几个娃娃啊。"

较之其他任何问题，安吉拉在婚姻问题上与"迷惘一代"的伊朗女性尤为相近，她们在幼年或少年时逃离祖国，陷于东西方之间的尴尬境地无可依傍。她们逃离故国时太年轻，还尚未被传统价值观塑造成形；可她们业已长大，又无法彻底理解和适应美国的现代生活方式。这些女人在寻求"明智的"婚姻带来的安全感和"真爱"的吸引之间摇摆不定；她们意识到应该充分利用青春和美貌，确保经济上的安稳，创建朝气蓬勃的健康家庭，却又被最大限度发挥自己的脑力和个人力量深深诱惑。大多数伊朗男人觉得她们太过摩登，而大部分西方人却认为她们太过守旧。

　　正如拉斐尔之子对阿拉姆兄弟道出的名言那样，洛杉矶实际上是座第三世界国家。城市的形象中充斥着身材高挑、金发碧眼的加利福尼亚姑娘和小伙儿，他们全都面色红润，身穿超短裤，在沿着海滩骑行。可事实上，住在此地的每个人几乎都不是加利福尼亚本地人，金发碧眼也只是化学作用的结果，另外在洛杉矶县人们使用的语言超过了 224 种。

　　这种状态让外国人更容易感到舒适自在，但也确实存在一些弊端：每个族群的成员只要一到此地，便立即加入他们各自的小部落，之后永远待在那里，或多或少也还算和睦。但每个部落都有很强的占有欲和领地意识，并始终受到邻近部落的成功或扩张带来的威胁。在城中某些地区，他们将恐惧诉诸 AK-47 步枪和《宪法》准许持有的其他大杀伤力武器——因此，该市以"世界帮派之都"而闻名。在其他地区，比如在西区，他们将战争带到了私立幼儿园的沙坑和操场上，带进了市议会的会议室和犹太会堂的圣所中。

在每个部落内部，当西方价值观初现威胁，进而蚕食，甚至吞没昔日的信念和传统那垂死的残骸时，一场消耗战就此上演。安吉拉了解那种战争。对她来说，这场冲突塑造了她成年后的全部生活。因此，她去接受一流的教育，事业有成，掌控自己的命运；也因此，她始终独身，没有孩子。

20 世纪 80 年代末到 90 年代前中期，安吉拉正处于约会的年龄，社群中的年轻人都被寄望于跟其他伊朗犹太人结婚。若非如此（比如跟一个阿什肯纳兹犹太人结婚），那么做父母的只得守丧七日。对此，安吉拉经常感到荒谬可笑，因为他们已然选择在美国而非伊朗生活；但这大体上与她本人无关，反正也没有"正常的"白人男子曾对她表示过真正的兴趣。实际上，正常的白人男子认为，他们能找到比伊朗女人更好的伴侣。

所有那些抱怨伊朗人不愿混同和融入更大范围社群的洛杉矶本地人，责怪伊朗父母坚决要子女跟其他伊朗人结婚，也埋怨那些子女基本只跟其他伊朗小孩亲近。所有昔日的移民都对新来的移民缺乏尊重，正如他们自身也曾经历的那样；如今，他们却忽视了自身在维持部落之间的分隔状态中所起的作用。

正常的伊朗适龄男子也没在安吉拉面前排起长队要求迎娶她。她不够漂亮，满足不了未来婆婆对外貌的要求；她也不够富有，无法左右他们的父亲放弃那些要求。二十五岁一过，她就不仅是不够漂亮和富有了，而且年纪也太大。不知不觉间，她就二十七了，年长的女人会说"她这辈子都嫁不出去了"之类的话，那语气仿佛她已经死去或是命在旦夕，错过了姑娘们被认为是值得娶进门的三分钟机会的窗口。后来，她三十了，拥有常春藤学校的教育背景和高薪的工作，但在社群里任何人心目中，她都是个现成的悲剧，因为她一直没嫁出去。并且后女性主义——这种思维方式并不是伊朗人特有的：大多数美国女性也一样——认为婚姻才是最佳选择。

当安吉拉年满三十岁时，她在穆赫兰道买下一栋俯瞰山谷的小房子，还告诉自己必须学会接受她无法改变的事。三年后，即 2005 年，她三十三岁，已然接受自己或许正朝着永远"没有丈夫"的终点进发。大多数时候，她对此并不介怀，但是每隔一阵子，当她看到一个孩子，通常是陌生人的孩子时，总会心头一沉，直到多日后才能摆脱那满腹的忧伤。

自从约翰·韦恩去隆波克自首以后，她就再也没见过他，但她一直算着日子，知道他快要出狱了。他被判十三年监禁，已服刑十一年。在联邦监狱，犯人每年如果表现良好，可以获得五十四天减刑。假如他得到了最大限度的减刑，在接下来数月中的某个时间，他就能获释了。直到现在，安吉拉始终尊重他孑然自处的愿望，可"凡事总有个限度"，她向伊丽莎白宣布了自己要去探望约翰·韦恩的意图："他现在随时都会出狱，需要有人帮他过回正常的生活。"

　　安吉拉关于"约翰·韦恩需要帮助"的想法是对的，但她算错了出狱的日期。她到达隆波克时，才发现他在六十三天前就获释了。"因为五十四天的规定嘛，您瞧呀，从东海岸来的律师女士，它可不是一成不变的。我们都喜欢约翰·韦恩，连看守也是。"

　　她焦头烂额地试图在能想到的每条路上找寻他的踪迹。那时，她正担任公职律师，工资比在私营律所时少了一半多，所以雇不起她认为要追踪一个决意隐遁的有前科之人所必需的那种调查员。她觉得这是伊丽莎白欠她的情，实际上是她欠约翰·韦恩的情，尽管他曾一度恳求与她们断交。

　　安吉拉并非有意生母亲的气。她过了三十岁以后，确定自己已经能够理解，甚至谅解为什么伊丽莎白没有时刻对她关心呵护，因为幼年时，伊丽莎白的母亲就没这样对待过她。安吉拉能够理解，早年间的损失、颠沛流离与随之而来的艰苦奋斗是如何扼杀一个人心中被女儿渴望获得的那种柔情的，即使是像伊丽莎白这样坚定执着的人。她也能想象到，在埋葬了一个孩子以后，伊丽莎白或许会犹豫该不该对另一个孩子爱得太深。

不过还有些事情，即便安吉拉已经谅解，却无法释然。其一是自幼年时起便被灌输进她头脑中的极端自立的习惯；另一件是孑然独处和疏于联络。这在曼哈顿很容易做到，她在那儿没有家人，也不喜欢任何一个同事。但当她搬回洛杉矶之后，经常碰见高中时代的老相识，还有一些认识她，尽管她并不认识的人会走上前来，在马路中央、餐馆里或是说实在的，在随便什么地方截住她，打听"你亲爱的妈妈"。最终安吉拉才搞明白，他们对伊丽莎白的个人情况掌握得比她还多；并且，仿佛这样对她当众羞辱得还不够，他们总是继续询问安吉拉自己的隐私，好比说她结婚了没有，如果没有也"别担心，现在的姑娘结婚都晚，有的甚至跟美国人约会。你肯定会遇见不错的小伙子的，你那么聪明，事业有成，还有其他好多资本呢"。

"翻译过来就是，"安吉拉在电话里气冲冲地对妮洛说，"也许你很聪明，可一点儿也不漂亮；或者说，一定会有什么人为了得到你妈妈的钱而娶你。"

最后这一点——关于伊丽莎白的财富很可能为安吉拉招来夫婿——算是合理预测，因为世界各地的每个社群中都有这种事，尤其是当它涉及巨额资产的时候。

伊丽莎白的宅院位于布伦特伍德的奥克蒙特街，她花费重金使它看起来并不奢华，反倒颇具禅宗的简洁。所有的线条和框架都笔直流畅，每道墙面都平滑朴实，每种色彩都柔和悦目。女仆身穿 CK 的无袖灰色女装，男仆身穿白色正装衬衣和量身定制的灰色套装，打着灰底白条纹的领带。他们讲话的声音都如同休闲健身中心的服务员——训练有素，音量仅略高于耳语，它昭示着价格不菲的安静肃穆、用黄瓜片调味的自来水、十八种草药茶和雪尼尔浴室拖鞋。

在此背景下，伊丽莎白家中那位自封大管家、处处提防的看门人斯蒂芬妮·达洛尔犹如恋爱中衣着考究的人般显眼。她身材高挑，瘦削，很享受在日光沙龙里把皮肤晒成古铜色，看上去就像一名里约热内卢的沙滩排球运动员。斯蒂芬妮·达洛尔属于那种在加利福尼亚沿岸随处可见的不幸身处富贵之家的人，她们通常是些四五十岁的女人，内心纠结而痛苦，曾一度相信自己能够并应该得到一切。起初，她们受过良好教育，聪明伶俐，迷人而自信——哦，没错，还身材苗条，有着健康的褐色皮肤和结实的身体——她们认为生活——还有男人——将会公平地回报她们所能给予的一切。在离过一两次婚和一连串的恋爱失败之后，她们依然聪明、受过教育，依然只穿 4 码的衣服，可如今她们依靠不加调料的沙拉和脱脂拿铁度日，改用喷雾剂而不是躺着晒太阳让自己变黑；要是在圣莫尼卡的台阶上跑上跑下，肯定会弄伤膝盖，所以她们只好每小时付 180 美元，雇用健身房里头脑简单、四肢发达的小伙子来帮忙完成"定点减肥"训练。比这些女人年长十岁以上的男士不会考虑与她们约会，因为她们太老，要求也太多，还有"太多的包袱"。同龄的已婚女人对她们退避三舍，未婚的则同她们争抢新近离异或丧偶的男士们的注意，而那些在离婚前或妻子刚患病的一刻没被人抢走的男士可谓凤毛麟角。

斯蒂芬妮穿着铅笔裙和蜥蜴皮的便鞋，在她的车里听着自助课程，用"亲爱的"来称呼每个人。她无可挑剔地服侍着伊丽莎白，却讨厌伊丽莎白的不知感恩与抠门，当然，她抱怨伊丽莎白吝啬的并非金钱或工资，也不是批准度假或病假，而是在分享介绍她那些英俊富有的单身男性朋友和同事方面。据斯蒂芬妮所知，伊丽莎白身边这种人可多着呢。七年间她们天天见面，伊丽莎白却从不过问斯蒂芬妮的私生活。你可以称赞她尊重员工的隐私，或许也可以认为她不问是因为漠不关心。而斯蒂芬妮认定是后者。周二下午她正要出门时，门卫来电称安吉拉来了。

"告诉她不行，"斯蒂芬妮冲门卫吼道，"索莱曼夫人正忙着呢，不见客。"

两分钟后，安吉拉驾驶着她的普锐斯，犹如神风特攻队飞行员开着一辆玩具坦克似的，沿车道一路猛冲过来。

一个男仆引安吉拉来到藏书室，关上房门。几分钟后，他端来一个小银盘，上面放着一瓶苏打水、一只水晶杯和一个装着馥颂巧克力的多姆糖果盘。他将托盘放在其中一张极简抽象风的桌子上，那种桌子经常被置于现代艺术博物馆中展览。他用极其微妙的目光瞥了安吉拉一眼，问她要不要水。安吉拉此刻正如同一个不服管教的十岁顽童般，四仰八叉地坐到双人沙发上。

"不用，"安吉拉气势汹汹地说，"但请你转告我妈，我可没工夫整天泡在这儿。"

她琢磨着，这个男人好像是叫杰拉德。他好像曾在一家男士奢侈品商店当过经理，虽然挣着最低的工资，外加零星的回扣，可行为举止却仿佛他就是店主，还蔑视那些花了不少钱的顾客，直到最终被一个比他长相更英俊、手脚更勤快的人所替代，被迫去别处找工作。

"你在她这儿干了很长时间吗？"她尽量柔声问道。她明白自己在亲生母亲家感觉像个陌生人并不是他的错——实际上，她在母亲家的确是个陌生人。

"到今年八月就满五年了。"他说话时眼睛看向别处，小心翼翼地以此来表示对她举止的不满。

"嗯，"安吉拉高声寻思着，"我想知道为什么——"

"以前我们的确见过，女士，"杰拉德插话道，"见过几次。"他漫不经心地低下头，离开了房间。

难道她们——安吉拉和伊丽莎白——在对待别人时，当真有天壤之别吗？

她听到鞋跟在灰色木地板上快速走来的声音，仿佛节拍器开始进入急板，她感觉自己的心因情绪而绷紧了。

"你来了我真高兴。"伊丽莎白在门口出现时说。转瞬间，她已抱住安吉拉，亲吻着她的双颊，之后说出了每个伊朗犹太母亲的标志性话语："愿我能为你牺牲。"

"我一直想见你。"

安吉拉听到伊丽莎白说出"愿我能为你牺牲"或是其他任何母亲表达喜爱之情的话语时，总是感到沮丧。对安吉拉而言，这些说法感觉像是在蓄意破坏她几十年来对母亲发动的冷战。

伊丽莎白身穿一件普通（无疑很昂贵）的米色连衣裙，脚上是一双两英寸高的高跟鞋。她浅妆淡抹，除手表外没戴任何首饰。

"你工作很忙吧？"她用波斯语问。

"不忙，但我想让你做件事。也就是说，我希望你履行一项你一度疏忽的义务。"

听到这话，伊丽莎白的目光暗淡下来。她点了点头，然后苦笑道："你是指约翰·韦恩吧？"

安吉拉常常惊异地想起，五十一岁的母亲是如此年轻，却又总显得那般睿智，理解和领悟事物总是那么神速。安吉拉不由得敬畏她，钦佩那种曾帮她多次浴火重生的力量。

"我根本找不到他的半点儿踪迹，"安吉拉说话间突然感到像是失去了亲人，"我觉得你应该雇个专人。我想这么做，可他们要价太高。"她匆匆环视了一下房间，仿佛是在证实伊丽莎白能负担得起。

"你觉得他想让你找到他吗？"伊丽莎白柔声问。

她说"你"，而不是"我们"，这在安吉拉看来真是个冷酷无比的立场。

"真见鬼，妈妈！"当她听到声音在屋里回响时，才意识到自己是在叫嚷，"你也应该找他，你就不该一直不去看他。"

这不是安吉拉第一次责备伊丽莎白遵照约翰·韦恩的意愿而背

弃他。

"我知道你想帮他。"伊丽莎白冷静地说。

"必须有人这么做。"

当伊丽莎白进门时，安吉拉起身问候，之后便一直站着。现在，她无力地坐回沙发上。

"他是为了我们才蹲的监狱。"她发觉自己快要迸出泪来，于是用一只手捂住脸来遮掩。

曾有过太多太多的渴望，又有过太多太多的失去。

"安吉拉，"伊丽莎白柔声说，"我也曾像你现在这样——年纪轻轻，认定自己想要什么。我了解那种需要，知道它看起来有多重要，又多急迫。但我希望你相信我说的话：有些真相还是不说为好，因为你知道的越多，就越会被未知困扰。"

瑞伊斯医生成了"矿坑中的金丝雀"[1]。

2008年，他收到一家银行发来的"取消抵押品赎回权通知书"，而之前他从未与那家银行打过交道。他猜想是寄送失误，于是给银行打电话，告诉他们发错了。他本以为事情会到此为止。

21世纪的头几年里，抵押贷款很容易申请到。拉斐尔之子几乎以他拥有的每样财产为抵押，取得了第二、第三笔贷款。贷款的实际用途只有他本人和开曼群岛的某些银行经理才知晓；但当破产日迫近时，他开始让银行在他加了过多杠杆的财产中随便拿。当然，没人通知瑞伊斯医生，以他的商店为抵押的贷款现已属于另一家银行。据他所知，拉斐尔之子在2005年完成首付之后就撒手不管了，而将商店登记在瑞伊斯医生名下。医生每次把抵押贷款支票交给艾迪·阿拉克斯，再由他转交给银行。

在瑞伊斯医生手握被汗水浸透的"取消抵押品赎回权通知书"匆

---

1 "矿坑中的金丝雀"（the canary in a coal mine）：比喻脆弱和容易受到外界影响的东西。这个习语源自一种古老的习俗：17世纪，英国矿井工人发现金丝雀对瓦斯十分敏感。空气中存在极其微量的瓦斯时，金丝雀就会停止歌唱；而当瓦斯含量超过一定限度时，虽然人类毫无察觉，金丝雀却早已毒发身亡。当时在采矿设备相对简陋的条件下，工人们每次下井都会带上一只金丝雀作为"瓦斯浓度预警"，以便在危险状况下紧急撤离。

匆赶来那天，艾迪痉挛得异常剧烈。他刚看到瑞伊斯医生进来，便开始低声咒骂，随后用他那种在恼羞成怒时变得愈发浓重的亚美尼亚口音说："跟其他所有人一起在过道里等着。"

此时，瑞伊斯医生往身后一瞥，这才留意到他进来时因情绪太过激动而漏掉的一幕：一队躁动不安、神情焦虑的男男女女沿着走廊，一径排到办公楼大堂，最后排了出去，一直站到了电梯旁。他很快得知，他们每一个人都带来了以为是误寄的信函或通知。

拉斐尔之子"破产"的消息传到洛杉矶的方式，就像其他大多数西海岸突发的头条新闻一样，都是通过长岛伊朗犹太人之间运转顺畅的流言网络扩散出去的。也许因为长岛只是美国的第二大伊朗犹太社群，所以早在移民开始大批涌入之前，"洛杉嫉人"[1]就对东海岸人具有一种稀奇而持久的吸引力。那时，只有几十个伊朗犹太人离开德黑兰到美国谋求出路。大多数人在纽约定居，投身房地产市场；许多人都极其成功。但那是在伊朗经济扩张的黄金时期——树上都会长出钱来，获利成了生而有之的权利；周末从德黑兰飞往伦敦的购物之旅，夏天在法国里维埃拉的三个月公费旅游；工作日在将近午夜时分开始的通宵达旦的派对；私有村庄和纯种赛马，还有令英国王冠上所有宝石之和都为之失色的珠宝首饰。尽管这些离经叛道的伊朗人在纽约发展得风生水起，却尚未给德黑兰的家人留下深刻印象，也无法说服他们背弃古老的家园——"因为我们是伊朗人，你知道的，我们是血肉至亲，永远都是"——转而投奔曼哈顿那落满煤烟的高楼、拥挤狭窄的居住空间和被闯黄灯的司机撞倒的风险。

革命唤醒了一部分身在伊朗的"血肉至亲"，促使他们拖着行李来到长岛，忍受暴风雪和飓风天气；但大多数人避开了这种刺激，去

1　此处原文为"Los-Aan-jealous-syiah"，是美国东海岸伊朗犹太移民对他们西海岸同胞的戏称。

了西海岸。他们穿着厚厚的紫貂大衣，戴着貂皮耳罩，坐在前往曼哈顿的火车上，希望在那儿能咨询到最好的整形外科医生；纽约人自我安慰地想，洛杉矶的气候让那些"洛杉嫉人"精神浅薄，外表虚荣。儿子带回家来的阿什肯纳兹犹太"怪兽新娘"，未来儿媳用他们的钱（因为对伊朗人来说，都是新郎家为婚礼买单）雇来的强盗般的派对策划人，都令他们进退维谷；他们彼此安慰说，影视文化让"洛杉嫉人"变得太过浮华放纵。经年累月，那些看透了抗拒无效的人都打点行囊，悄然搬到洛杉矶。其余的人始终在寻觅第一万个住在长岛上更好的理由。其实，只要单单一条就够了，那就是东海岸的女士和先生们受到了 R. S. 索莱曼的殷勤礼遇。

在移民西方以前，伊朗人将美国奉为地球上唯一一个法律力量胜过立法者的国家。

"在美国，"他们心怀敬畏地对彼此诉说，"即便总统犯了法，也会被弹劾。"

总统或许如此，但华尔街的玩家们却是例外，哎哟，对了……还有拉斐尔之子和"杂牌军"。2008 年的金融危机向此前曾吹捧美国司法体系的众多移民证实，这与他们已经逃离的故国颇为相像，法律基本只对穷人生效。

瑞伊斯医生没能从艾迪·阿拉克斯那儿得到答复，之后每天给拉斐尔之子的办公室、家和手机打去很多电话。他留了言，还试图自我说服并没在做蠢事。毕竟，比他更出色的商人已将更大数额的投资款委托给拉斐尔之子；他们不可能都是傻瓜。包括超级正统派、改革派和重建派在内的拉比们都称赞拉斐尔之子有金融头脑，对犹太教的每项事业都慷慨奉献；他们不可能全看错人。

他向内达、甚至向外孙女们求援，他对妮可和凯拉说："拜托让你们的爸爸给我回电话——事情紧急，十万火急。"他回到世纪城的办公室，却骇然发现更大一帮惊慌失措、怒不可遏的客户正威胁说，如果艾迪不开门就要破门而入。

艾迪像风中的稻草人一样颤抖着，貌似快要中风了。他在屋里尖叫道："我今天没法给你们钱！我根本就没钱。"

在之后的几天里，果然还是难觅拉斐尔之子的踪迹，有传言称他正准备进入破产程序，而他那帮在九十九美分廉价商店工作的土包子亲戚却正在用现金买下市中心和其他地区一个又一个街区的房产。艾迪被越来越多的客户围困起来，要求归还他们的存款。起初，他的言辞尤为尖刻，脾气也火爆；后来他的确感情崩溃了。别人冲他尖叫，他也尖叫着还嘴；他们恳求他，他就痛哭流涕。

"我什么也做不了，"他每天要重复一百次，后来终于关掉了他办公室的门铃和手机，"不该我还钱。"

他食欲全无，烟抽得也更凶了。他要吞下一整板安必恩才能勉强睡上两三个小时；他感觉浑身不舒服，盘算着如果他飞往伯利兹，谁还能照顾他的母亲。他打拉斐尔之子的私人手机——极为私密，只有约书亚·辛查、哈达萨·辛查和艾迪三人知道号码——冲他大吼大叫，直到拉斐尔之子挂断通话。

"你过来亲自答复这帮人吧。"他说。

"即使你不见他们，至少给他们回个电话，这样他们就不会来烦我了。"他说。

"如果你打算失踪，告诉我账本和办公室要怎么办。"他说。

艾迪无法说服他的老板不再躲藏，也避不开那些债主，就连在格伦代尔他自己家里也不行。他闭门不见老人和寡妇，因为不忍心直视他们；对于损失数百万的更为富有的债主们，他则往伤口上撒盐似的说："如果你是笨蛋，那混账是小偷的话，这可怪不得我。"

后来，贾克内和雷西——"帽中鼠"和"那该死的蛇"来拜访了他，他才真正意识到自己性命堪忧。

安吉拉与妮洛开车前往市中心的庙堂街，希望说服破产法庭拖住或阻止拉斐尔之子和"杂牌军"的"抢劫"。在路上，安吉拉突然发现了约翰·韦恩。她们在主街和第七街的路口停下等红灯时，她碰巧抬头扫了一眼旁边车道上那辆橙白相间的城市公交。车窗边的男人看上去丝毫不像她幼年时熟悉的约翰·韦恩，可她还是当即认出了他。安吉拉挂上停车挡，把车泊在十字路口，连引擎都没熄、妮洛也还坐在副驾驶席上，便猛冲向公交车，使劲儿砸车门，直到司机注意到她。他没开门，而是指了指一街区开外的车站。安吉拉叫嚷着让妮洛坐到驾驶席上，跟上公交车，然后她自己跑着去跟公交车会合，不等乘客下车就上去了。她在台阶上跟约翰·韦恩撞了个正着。

从监狱获释时，他在一个旧账户里有几百美元，还有包括霍尔和伊丽莎白在内的一帮有钱的旧友，只要一有机会他们就会帮他东山再起。但他从感情上不愿再回去，也没脸再见他们；他不愿想起自己曾是什么样的人，后来境遇又如何：他曾是个大施主，如今却要靠施舍度日。

他搭乘巴士从隆波克出发，经过 175 英里来到洛杉矶。他在旧日厨房帮工曼纽尔的一居室租屋里借宿了两夜，同住的还有四个在市中心亚当斯区工作的无证移民。他在狱中瘦了三十磅，脸色蜡黄憔悴，衣服破旧过时。他不遗余力购买的一排排牛仔靴，还有他曾经酷爱穿戴的昂贵套装、丝质领带、领带夹和衬衣袖链，全都被堆在一只大行李箱里，放在好莱坞藤街旁的一个储物柜中。它们闻上去有一股混杂着灰尘、樟脑球和陈腐空气的味道。即使在被清洗之后，它们穿在他身上仍松松垮垮的，好像是从卡车上偷来的。

在隆波克时，他曾被分派到厨房帮工，所以他努力想找一份快餐厨师的工作。他特别害怕碰到以前认识的任何人；鉴于他申请职位的范围，这种事倒是不太会发生，但这也意味着他得不到推荐，找工作时没法求助于任何老相识。最后，他从几个俄罗斯少年手里买了一张伪造的社保卡，跟六个无证工人一起，到奥维拉街的肌肉健身房旁边的一家美式墨西哥料理餐馆打工。当安吉拉刚开始寻找他时，他就在那里。他每天工作十四个小时，还省吃俭用，以便能搬离洛杉矶，然后远走高飞，找到一个他负担得起的便宜地方，哪怕不得不到死亡谷[1]的中心也好。之后他要给住处安装下水道，再支个旧炉子，挂一块牌子，上面写着"警告：此处供应监狱饮食"。

安吉拉穿着安泰勒牌律师套装，约翰·韦恩则穿着一条破旧的黑裤和一件褪了色的黑色 T 恤衫，他们站在主街和第八街路口的人行道上，等待妮洛停好车后来会合。从远处看，他们像两个经常碰面却总不知该从何谈起的老相识。妮洛随即赶来，一下子扑进约翰·韦恩怀里，哭喊道："约翰叔叔，我一直好想你！"她的声音里没有丝毫的怨愤。他张开双臂抱住了她。

---

1 死亡谷（Death Valley）：加利福尼亚州和内华达州之间的峡谷，两侧是悬崖绝壁，十分险恶。

他现在刚开始在第六街和主街路口的"工匠坊"当导购，店主是两个伊朗孩子，尽管他年纪太大，但他们还是雇了他，就因为他是伊朗人。他住在可谓贫民窟的第六街和圣佩德罗街区，但他的公寓有不错的浴室和厨房，况且他也不介意要先跨过别人、穿过帐篷才能到家。

他一口气把自己的情况报告完毕，仿佛已为这类场合事先准备过，预演多次，铭记在心。他的头发已变得稀疏，身上隐约显出一两处永久性损伤，但最显著的却是空虚感，是他和姑娘们之间的情感空缺。就好比你回到自己成长于兹的城市，却发现自从你最后一次见它后，它已被烧毁又重建了。

他十分礼貌拘谨地问起伊丽莎白和瑞伊斯夫妇。

"他们都好，"安吉拉替自己和妮洛回答，"但你肯定不会想知道内达的事。"

倘若这话是想请他追问下去，他却没选择接话。

很快，他们彼此就无话可说了。

"我们要不要去哪儿坐坐，叙叙旧？"妮洛迟疑地提议道。

约翰·韦恩上班要迟到了。他没有手机，但他记下了安吉拉的电话，还许诺会打给她。

在拉斐尔之子宣告破产后的几个月里,瑞伊斯医生像西绪福斯那样,徒劳无功地试图从不知怎的便拥有了商店的"影子银行家"手中救回他的店铺。在艾迪没接他的电话,而拉斐尔之子为了吓跑债主,在自家门外安插了一对夜总会的保镖后,瑞伊斯医生去过警局,也找过地方检察官和法律援助署;他还找过"杂牌军"的每一位成员以及他们的配偶和朋友。他一次又一次地求助于内达,仿佛她对丈夫的事务有什么发言权似的。他写了一封雄辩有力、感人肺腑的家书,在信中请她伸出援手,算是回报"你母亲和我在你尚且需要我们时为你付出的一切"。

之后,他搜寻到其他债权人,建议他们共同商讨,齐心协力。可一开始就没多少本钱、现已全部赔光的那些人认为,最好还是保持沉默,避开是非,盼着拉斐尔之子人性未泯,在尘埃落定之后把钱归还他们。他们不想冒险因团结一致而疏远拉斐尔之子。而更有钱的债主们听说那笔对瑞伊斯医生利害攸关的金额是如此之"小"时,大笑了起来。

"但愿我只损失了这么多。"他们说。

瑞伊斯医生仍无法接受这个现实:在 21 世纪的美利坚合众国,在标榜"我们如此自由开明、为其他所有人树立了标准"的加利福尼亚州，竟能容忍像拉斐尔之子犯下的如此不义之举。

他最新想到的主意是给银行行长写一封申诉信，提醒行长作为一个人的责任，还请求面谈，以期"达成一个友好和睦且被双方认可的解决方案"。

除受害者外，委托人以"破产"为由招来的那些吸血噬尸、不择手段捞钱的律师和法庭会计师也认为，拉斐尔之子所作所为的天才之处在于刻意不保存文件资料。21世纪已经过了十年，但索莱曼公司的所有账簿都仍以老式分类记账法用铅笔书写，没有任何复印件。办公室里没有电脑，只有一个电子计算器，就连这也几乎没怎么用，因为拉斐尔之子和艾迪都是伊朗教育体系的产物，他们能在头脑中记忆和存储海量的信息，并且处理复杂的数学运算。

当然，拉斐尔之子的大部分客户都留意到了文件档案的缺失，尽管它的确吓跑了少数潜在投资者，但其他人却熟视无睹，反倒把它当作与能提供如此稳定高利息的机构做生意的合理代价。再说，当他们在每周五的安息日晚宴上饮下几杯龙舌兰酒之后，或是每周六晚上当七百个最亲密的朋友齐聚一堂时，就会对彼此说："那个艾迪简直是活脱脱的电子表格啊。"

只要进展顺利，投资者就乐于依靠艾迪在瞬时之间便能从大脑调出信息的记忆力，他能将他代表拉斐尔之子收支的每一笔钱精确计算到分。当拉斐尔之子说他"不存书面记录是为了避税""国税局真该死""等亨利·保尔森为他的收入交了税，我才会交自己那份"的时候，大多数人都相信了他。拉斐尔之子唯恐他们以前没听他讲过这个故事，总是在这段声明之后追加一番解释：在保尔森给全世界挖了个大陷阱的同时，保尔森自己是如何从高盛集团获得了7亿美元；2006年，当他离开公司，成为乔治·W.布什内阁的财政部部长时，国会通过了一部法律，"碰巧"免除了保尔森应缴纳的5,000万美元税款。

"为此，同时也因为他太愚蠢，看不出即将到来的经济危机，保尔森才能到奥巴马政府时仍能守住财政部的高位。"

然而，一旦钱没了，艾迪就被留下来背黑锅。拉斐尔之子对债主们说，他根本没法弄清他欠每个人多少钱；他对律师们说，他们应该跟艾迪谈谈，毕竟他才是保管账簿的人。在针对他的唯一一起诉讼中，他向地方检察官暗示，只有他们指控艾迪做假账才能更好地结案。而他对艾迪则解释说，根本不用担心："你没有财产可损失；如果最终我们当中必须有一个人坐牢的话，我会确保你母亲受到很好的照顾。"

的确，在普莱森特瓦利州立监狱中安安静静地服刑一两年，或许对艾迪的狱外生活还是一种改善，那里因绿色的草坪和宽松的管理而以"乡村俱乐部"闻名。况且，尽管他从未直接因欺诈获利，但这么多年来艾迪始终明白他的老板在搞什么名堂。关于他在脑子里记住每个数字的故事——那当然纯属一派胡言。艾迪的确留存了分类账，只不过它们是用铅笔手写的，很容易擦除或按照拉斐尔之子的指令调整。

有一周多时间，约翰·韦恩在"工匠坊"的老板一直想要联系上他，不过最终放弃了通电话的念头，而是在一个周五的晚些时候出现在约翰·韦恩家门口。他敲门之后没人应，现场也没有物业管理员，但门板很不结实，铰链也很老旧，所以他用力一推，门就开了。

这套公寓不足八百平方英尺[1]，T字形布局，狭小的客厅里靠墙摆着一个老旧的黄白色沙发，对面是一台更老式的电视机。一间小小的卧室和一个更小的厨房分列于起居区的左右侧。在它们之间的后墙上，有一扇装着廉价铝质窗框的方形窗户，俯瞰着楼下拥堵的十字路口。这扇窗户不得不始终关着，才能阻挡灰尘和吵闹的车流声，可即便如此，公寓里还是弥漫着汽车的声音和汽油的味道。

老板在黄昏时走进公寓。在他的后方，拧在天花板上的唯一一枚灯泡射出白光，照在塑料折叠桌上。在门边，狭窄入口两旁各有一盏台灯，发出微弱的淡黄色亮光。厨房里的冰箱已被清空，擦拭干净。洗过的盘子被放在沥水架上。卧室里的窗帘都被拉了起来。床铺整理好了，抽屉都好好关着。床头柜上摆着一个相框，里面是一张约翰·韦恩非常年轻时的照片，他的手臂轻轻揽着一个女子。窗台上还有一张照片，上面是同一个女子，还有个更年轻的姑娘，身穿学位服，戴着

1　约为 74 平方米。

学位帽。

浴室里一尘不染，右手边是洗手池，放着两块森林绿的毛巾，叠得整整齐齐。在这之旁，约翰·韦恩吊在钉于天花板的拉力杆上。

约翰·韦恩的葬礼定于周日下午一点，在米申高地的伊登纪念公园举行。每隔两小时，波斯语闭路广播、以色列电台由米纳什·阿米尔主持的节目，以及伊朗电台AM670频道都会宣告一次葬礼的日期和时间，随后播放一段逝者的生平简介。最近刚从纽约迁来的一位伊朗拉比受雇来吟诵惯常的祈祷词，他被明确告之待在墓地的时间不得超过分配给他的二十分钟。

这些都是由安吉拉来安排，伊丽莎白负责买单的。无论是在殡仪馆还是在跟拉布·柴姆通电话时，她都自称是逝者的挚友；拉比对此并不在意，也无须知道得更多，因为安吉拉的母亲拥有良好的声誉，又毫不迟疑地接受了他的报价。尽管经济萧条，死亡率仍一成不变，不过经常有人要求"殡葬专家"提供折扣或无息分期付款套餐。

安吉拉竭尽全力使葬礼流程显得既庄严又深刻，但她不了解犹太律法中关于埋葬逝者的头等大事，这造成了麻烦。当人们于周日来到伊登，准备面对一副华丽的棺木和一片白色的花海——每个伊朗犹太葬礼的必需品——进行祷告时，安吉拉把一只小骨灰瓮递给拉布·柴姆，指着墙上一个12英寸×12英寸[1]的方洞给他看。他面色苍白，惊愕不已地对安吉拉解释说："真正的犹太教徒是不该被火化或埋进墙里

1　约 0.9 平方米。

的，如果他们还恪守最起码的教规的话，就不该这么做，他们不会像那帮内心已经不是犹太教徒的改革派和重建派一样——如果你愿意，可以从那帮拉比里雇一个来，把骨灰瓮塞进墙里，但你休想让我因违背犹太教的两条最基本的律法，而毁掉今生和来世的名誉。"

你不得不同情拉布·柴姆：他是个正统学者（比方说，他确实上过拉比学校并从那里毕业），观点相对温和。若是在当今的时代，你会把这算作他的优点；但在他事业起步的长岛，他发现自己愈发被一群更加正统（黑色礼帽、络腮胡和全套装饰）的年轻拉比边缘化了，他们的思想观点已开始在社群中引发共鸣。这几乎成了一种风尚，人们对这类在伊朗并不存在的正统趋之若鹜。就在几年前，犹太教徒还对自身的"现代化"（竟达到公开食用有壳的水生动物[1]、承认自己每年至多去两次犹太会堂的程度）引以为豪，如今却变得越发严守教规，也因此背弃了像拉布·穆萨这样的拉比，转而投向观点更加严苛、态度更不宽容的拉比们。

20世纪90年代时，拉布·柴姆在东海岸就已经被当作多余的人了，于是他将目标锁定为洛杉矶的犹太人。他于90年代初期来到这里，几乎与西渐的正统之风同步抵达，随之而来的是他极力想避开的那伙人以及他们大大小小的复制品——他们蓄着胡子、摇着手指，还向别人保证地狱中有硫黄火湖的磨难；而这一次，他已走投无路。有一阵子，他掘壕固守，试图培养一批观念保守却态度宽容的信徒，再以此为基础建立自己的会众。不过，他想要接触的那些比较温和的伊

1　犹太教教规认为，凡在水中、陆地或空中靠食腐物为生的动物，包括无鳍、无鳞、无骨、有壳类的水生动物，均属不洁净的食物，不可食用。

朗犹太人早已遇见西奈寺的美国拉比大卫·沃尔普，紧密追随于他。而其他那些人——谷区和西区的伊朗犹太人——并不敬仰沃尔普，因为他们发觉他太过"放任"，但又疑心拉布·柴姆是否会全心致力于他已开始宣讲的那些原则。

拉布·柴姆奋力在洛杉矶保住一席之地，被迫依靠私下讲授《托拉》和希伯来语课程来贴补收入，他的处境不允许他拒绝任何提供服务的邀请，可他也不能在公众记忆中留下自己身为拉比，却纵容焚化尸体，并将残骸置于骨灰瓮中埋进墙壁的行为。

这个男人是自杀身亡的，而和他关系最近的亲属只有伊丽莎白、安吉拉、瑞伊斯医生及其家人，这就已经够糟的了。在伊朗犹太教徒看来，葬礼上的亲戚屈指可数几乎是所能想象到的对逝者最大的侮辱。在伊朗，人们甚至会雇用职业的哭丧人在葬礼上滥竽充数。毕竟，他们的文化是以有多少眼泪洒落在一个人的墓地上来衡量他的名望的。

这些伊朗人在悲痛时，也会带着他们热烈欢愉时那种蔚为壮观的澎湃激情。他们注意到，美国人在葬礼上比他们参加派对时穿得更讲究，也更爱交际：在派对上，他们穿着短裤和人字拖到场，端上薯片和一碟小菜，到晚上九点就散场。而在葬礼上，他们给逝者做专业的发型，还要上妆。至于家属，即使他们想落泪，也只会在背地里这么做，然后面向世人做出宣告："我必须继续向前，走向人生中的新篇章。"

最终，约翰·韦恩的葬礼看起来纯粹是美式的——简单，仓促，参加者寥寥。

拉布·柴姆留下来继续参加葬礼，但吟唱卡迪什[1]的任务却落到了瑞伊斯医生身上。事后，医生独自驾车离开了伊登，没告诉任何人他要去哪儿。他给他那辆轮胎歪歪扭扭、排气管嘎嘎作响、外壳坑坑洼洼的银色现代汽车加了三十七美元的汽油，然后前往世纪城。他把车停在距离瓦特广场一百英尺的禁区边上，坐在那儿，没熄引擎；因为焦虑，双手直冒汗，又湿又黏。他在等拉斐尔之子现身。

　　瑞伊斯医生并非暴力之徒。除了那群蹂躏抢劫了伊朗，迫使他逃离祖国的暴徒外，他从不想任何人遭殃。他将自革命以来三十年间所经受的无论何种困苦和侮辱，统统归咎于他是一个没有祖国的人。他既不指望美国能弥补伊朗政府对他的不公对待，也不指望他们能弥补他维护自身财务安稳的失利，但他确实希望能从美国的司法体系中获得某种公正。

　　在伊朗，一个无法偿债的人会待在债务人监狱里，直至他死去或还清债务为止。他的共犯和同谋要么随他入狱，要么声名扫地，结果只得逃离伊朗或坦白罪行。可在洛杉矶、纽约和特拉维夫，拉斐尔之子和"杂牌军"目前得到的唯一"惩罚"就是利用价格下滑的时机，有能力光靠现金来维持一场"抢购热潮"。

1　卡迪什（kaddish）：犹太教徒每日做礼拜时或为死者祈祷时唱的赞美诗。

瑞伊斯医生在车里坐等了三个小时。他的手机响过二十多次，妻儿都在找他，但他没将手从方向盘上挪开过，也没熄灭引擎，因为他要随时做好准备。

要进入办公大楼的停车场，租户和访客必须穿过一条人行道。那晚 7 点 15 分，拉斐尔之子刚从楼里出来，瑞伊斯医生便发动汽车，踩下了油门。他瞄准拉斐尔之子径直冲了过去，显然意在将他恰如毒蜘蛛似的碾死。

然而，医生汽车的前轮撞到了马路牙子上，爆胎了。

妻女将他保释出来，还聘请了一位律师。拉斐尔之子坚决要求地方检察官提起诉讼，但安吉拉跟她的同僚们长谈几次后，最终他们决定只提出警告，责令医生为社区服务十八个月。法官毅然签字同意，同时建议医生参加瑜伽和冥想课程——她煞费口舌向他说明，即使对于城中的临时住户来说，比弗利山庄的公园和休闲娱乐部门所提供的这类课程的收费也是微不足道的。

约翰·韦恩没有留下任何笔记，没向别人吐露过心声，也没想把他的生平或死亡记述下来，供人留存或凭吊。最终，对于安吉拉、伊丽莎白和其他每一个曾被他感动过的人而言，他留下的一切唯有回忆——他的仁慈善良，还有他对自身福运美好而持久的信念。安吉拉对自己说，自从"幸运99"被烧毁以后，或许是持续不断的羞耻感和致命的罪恶感吞没了他；又或许，击垮他的是周遭的新环境，是他对特劳斯戴尔故居的回忆——所有那些开阔的空间、沐浴阳光的起居室和在房内随处可赏玩的窗外的花园景致。

当我们不再确信生活只会日渐宽广、眼界总会不断开阔时，该如何自处？即便这种确信本身是虚无缥缈的。

守丧仪式在伊丽莎白位于奥克蒙特街的家中举行，因此也成了十年之间参与人数最多的重大活动之一。一连六天（第七天是安息日），每天下午，宅子里都挤满了赶来参加祷告的访客。他们停留的时间从五分钟到五小时不等；他们喝着用豆蔻煮的热茶，吃着大枣和削了皮的黄瓜。为他们端上这些东西的是恼怒而乖戾的亚美尼亚女人，她们过去在伊朗都是有头有脸的人物，可如今却沦为仆人，因为她们既不会讲英语，又没有身份证件。奢华的晚宴是罗勃托免费供应的。他是个年轻的危地马拉人，属于"基督复临派"，曾在多埃尼与皮科街的俄罗斯犹太洁食肉店打工，并成功地使之升级为一家全面经营伊朗犹太餐饮服务的公司。

　　有些访客早在"幸运99"的辉煌时期就认识约翰·韦恩，于是前来致敬；而大多数来到这儿的人，只是为了满足他们长久以来对伊丽莎白私生活的好奇，或是要看看他们通过观察她的居室内部能收获哪些零星信息；还有少数人是索莱曼家在伊朗的故交，在亚伦去世后，他们与伊丽莎白失去了联系，借助守丧仪式终于算是勉强重聚。亚伦的儿时好友奥米德·阿巴布便是其中之一，他抛弃了在德黑兰的妻儿，于革命前夕追随情人来到美国。"月姑（美丽如月的）蜜黎安"[1]

---

[1]　此处的蜜黎安与后文中的莉莉和茉希狄，均为本书作者另一部小说《天使飞走的夜晚》中的人物。

来了，虽已不带一丝一毫昔日闻名的美貌娇容，行为举止却仍像个正在执行任务的海军军士。莉莉也到了，她是那个俄罗斯"小三"茉希狄的养女。茉希狄一心想成为好莱坞的电影明星，但她在荧屏事业上一败涂地，却在房价非常便宜时买下了城里好几座街区的房产，全都留给了莉莉。之后，在第四天，迟来了三十年的那个男人终于到了。

他走进来时，身后跟着一队年轻男子；他们全都身穿黑色长外套，戴着黑帽；目光低垂，生怕看到任何女人；他们因为毕生都坐在屋里研习《托拉》，全都脸色苍白，好似一群黑鸟般跟随着老人。老人步履沉重地穿过走廊，步入接待大厅，蓦地停住，显然是震惊于这间屋内的男男女女之间竟然没有任何区隔，就那么坐在一起；随后，他垂下头，将下颌转向身后的人，低声命令他们退下。于是，所有年轻男子都退后靠墙站好，以防目光游移到一个女人身上。他一直等待着，直到斯蒂芬妮·达洛尔走过来请他进去。她的身体舒适熨帖地裹在黑色铅笔裙和黑色绸缎上衣里，这件上衣还衬托出她在日光沙龙晒得黝黑的醒目脖颈。他告诉她，他不能进去，问有没有男人能以神圣的方式坐下祈祷的房间？这样问的结果是引来了管家比平时"你肯定是在跟我开玩笑"更加尖酸刻薄的回应。那个男人始终不卑不亢，将众人的注意力吸引到了他自己和斯蒂芬妮身上，直到她最终气冲冲地屈服，带他和那群随从去到一间更为私密的客厅为止。之后的三个小时里，他们一直坐在那儿，以同样的节拍和速度哼唱着祈祷词，那声音听上去就像一个享有盛名的蜂群正等着被认出。晚餐时，他们不请自来，鱼贯进入餐厅，但他们甚至连面包和酒水都没碰，唯恐食物够不上洁净的标准。

第二天早上七点，他们又来了，在奥克蒙特街的大门外等候着，直到随从去叫门，杰拉德才来应门。他们自称是来包裹经文匣的，于是再次获准进入客厅。他们连续两日都如此，并在待客的礼节和高雅的品位上都要求服丧者尽心尽力地接待。其他来客对这群人的身份猜想联翩，起初认为他们是"黑帽帮"的家伙，那群人经常出没于全城犹太富人的住宅和办公室索要捐款，但有人曾看到那个男人乘坐专职司机驾驶的加长版梅赛德斯轿车到这儿，之后那种论调便偃旗息鼓了。

在守丧仪式的最后一天，伊丽莎白路经客厅时问道："我们能帮您什么忙吗？"

老人彬彬有礼地回答："我的儿子不幸离世，我们来为他的灵魂祈祷。"

穆萨·瓦拉斯泰先生是加拿大官佐级勋章的获得者，这是仅次于同伴级勋章的荣誉，并且是由伊丽莎白二世女王陛下亲自颁发的。他从安吉拉的专栏通告（好吧，七十亿人里的确还有个人愿意读那讨厌的东西）得知约翰·韦恩去世的消息，当即命令助手让机长为他的"里尔喷气式飞机"加油。那时，他已将自己的一批黑大衣和钩织的犹太小帽装进行囊；在二十四小时内，登记入住了比弗利希尔顿酒店的总统套房。

　　他选择这家酒店，是因为店主是个犹太人。一个热情过度的侍者对他说，瓦拉斯泰先生应该感到荣幸，因为仅仅四个月前，惠特尼·休斯顿就是在他如今下榻的套房中去世的，他被安排睡在此处是无上的荣耀。即使听闻此事，他仍决定住在那里。无疑，侍者原本料想这则消息会令他兴奋不已，多给点儿小费，然后急匆匆地在套房各处拍照，这样他就能用电子邮件把照片发给朋友们。但事有凑巧，这位先生不仅是安吉拉的通告在世间的唯一读者，还是唯一不喜欢跟死去的名人在同一个浴缸里洗澡的人。想到将要在休斯顿用过的浴缸里洗澡，他就极为反感；事实上，他在倏忽间也曾考虑过搬到五星级的比弗利山庄酒店，甚至是比弗利的威尔夏酒店去。不过，他迅速打消了念头，因为那两家酒店是个阿拉伯人开的，后者的特色之一是餐厅拥有一位名厨——这个城里难道没别人注意到吗？——他刚好来自诞生了阿道夫·希特勒的那个国家。

瓦拉斯泰先生是个极其良善的模范教徒，但他首先会告诉你，他笃信宗教的原因更多是出于畏惧，而非信仰。

在八十四载的生命中，穆萨·瓦拉斯泰曾两度赢得"上帝在世间最差子民"的头衔，无论多少祈祷和善行都去除不掉那些污点。

第一次是他在拉姆萨尔抛弃了妻子和八岁的儿子，独自离家去寻找发迹的机会。当时他三十岁，他自六岁起便每天干活。他的父母很穷，有五个孩子，于是他们将身为长子的他送到一家瓶子工厂，每天工作十个小时。他每周都把收入上交母亲，自己却几乎吃不饱饭。但他意识到身为人子的责任，并未抱怨或怠惰。十四岁时，他辞掉了工厂的工作，来到设拉子中央集市的一家织品店做推销员。在他二十岁那年，母亲认为他应该结婚生子了，他也的确这么做了，再次履行了作为儿子、丈夫和父亲的义务。两年后，妻子抱怨他在织品店挣的工钱永远也不够养活那么多人，于是他去了一家烟草出口公司上班。他的工作是将伊朗种植的烟草卖给美国和加拿大的香烟制造商，他们会在里面掺入适量的致癌物，经过迷人的包装，再提价数倍，将它返销给伊朗人。穆萨·瓦拉斯泰跟美国人打的交道越多，就越盼望能离开家乡和祖国。

他花费数月精心策划如何启程。他选择加拿大的埃德蒙顿作为未来的归宿，因为那里天寒地冻，远离德黑兰，人口又稀少，他的妻儿不会轻易想到去那儿找他。

在埃德蒙顿，穆萨本想寻找一个犹太会堂或犹太中心，结果找到了一个哈巴德派会堂。在那里，有人为他提供了他数周以来的第一餐热饭，还告诉他在哪儿能寻到廉价的租屋。翌日，他走进市中心的一家织品店，买下一匹他能找到的最便宜的羊毛，把它扔上左肩扛着，然后开始在市中心附近的居民区沿街叫卖。他几近文盲，能讲的英语仅限于他在伊朗跟美国人交往时学来的基础会话。他敲响别人的家门，在人行道上拦住路人；按尺出售羊毛，卖价比成本高不了多少；他坚持不懈，直至卖掉最后一片毛块。那是 1960 年的事；到 2000 年时，穆萨·瓦拉斯泰已是加拿大的大富豪之一，女王也肯定了他对国家制造业做出的贡献。

现在，他有钱了，却无法设想回到伊朗去探望家人，也无法直视他们的眼睛，解释他为何离去。这不只是出于愧疚；如果距离足够遥远，便会使心灵淡忘。

他在埃德蒙顿建起最大的零售中心，在全国各地拥有油井和石化工厂，慷慨地捐助慈善事业，还恪守犹太律法，可他从没有一天忘却自己曾经背叛和遗弃了妻儿。

他的加拿大护照上没提及妻子或孩子，于是他在 1970 年结婚了，1977 年又再婚。她们都是年轻的阿什肯纳兹犹太女子，心灵纯洁，守身如玉，本可为他生育许多儿女，结果却连一个都生不出来。医生查不出她们有什么毛病，而穆萨尽管没有道破却心知肚明：他是能生育的——然而，人又怎能扭转上帝的意志呢？ 1985 年，他将离婚协议交给了第二任加拿大妻子，决意接受自己无子的事实，作为对背弃贾汗沙的惩罚。两年以后，他去多伦多出差时，在哈巴德会堂邂逅了一个伊朗犹太裔的孀妇，并娶她为妻。

这位新夫人已逾生育年龄，但她跟第一任丈夫育有一个十五岁的女儿。女孩名叫沙巴南姆，费丽简称她为"沙巴"。这在穆萨看来很别扭，因为"沙巴"在波斯语中意为"夜晚";他相信一个人的名字会影响她的命运;他向费丽解释说,因为这样,伊朗犹太人不会用那些生活不幸者的名字为自己的孩子命名。以沙巴为例,名字已经为她打上了阴郁的烙印,因为这个女孩经常数周或数月沉溺于晦暗忧戚的情绪中。她一直沉默寡言,忧心忡忡,似乎就连自己的母亲也不信任。对她唯一有利的是她的艺术才能,但她却利用它反反复复地描绘那几个相同的意象,仿佛是在讲述一个她认定必须要讲,却无法通过其他任何方式表达的故事。

埃德蒙顿经常下雪,但不怎么下雨。这对沙巴而言是件好事,因为她往往会太过在意雨,从最初落下几滴雨开始,她便会滑入深深的抑郁之中,一直躲在阴暗的房间里,状态几近紧张型精神分裂症;点起只有上帝才知道的什么线香或香薰蜡烛——它们能散发出强烈的大海气息,这味道会紧附在石膏圣像上,怎么也洗除不掉。

穆萨和费丽试图为女儿寻求帮助。他们带她看过十几位心理医生和二十多个治疗师。他们送她去参加艺术夏令营、瑜伽和冥想课程,又让她尝试一系列"身心食疗法"。费丽将女儿的每一次抑郁发作都看作是对她本人的公开羞辱,确信沙巴是"上帝对我所有恶行的惩罚"。穆萨为了能免除他遗弃了第一个家庭的"原罪",开始收养孤儿和被人遗弃的男孩,还忧惧沙巴是被上天派来的,就是为了提醒他给亲生骨肉带去的痛苦与折磨。至于沙巴呢,她对自己极度痛苦的根源所说的只有:"我有一种感觉,我不属于这个世界。"1990年十八岁生日那天,她上了床,拉上窗帘,把门锁住,然后用一把剃刀割腕,结束了自己的生命。

你不能怪罪这个男人浑不知情：他早在 1960 年便已离开伊朗；十六年后，杰伊·盖茨比才在亚伦头上打了个洞，然后跳窗自尽，以捍卫自身的尊严。直至那时，穆萨还从没去过德黑兰，也从未听闻过索莱曼家族。后来，他躲到一片遥远大陆上最僻远的角落，将自己隐蔽在黑帽和浓须之下，以躲避偶尔一见的伊朗游客，绝口不提他原先的家人。两个阿什肯纳兹犹太妻子很容易应付，她们在地图上都找不到伊朗，又认为自己根本无权过问丈夫的过去。伊朗妻子费丽（即费列什泰赫）也同样好对付，她对自己的事所说甚少，问得就更少了。她曾告诉穆萨，她出身于喀山市的一个显赫家族，他认为这解释了她守口如瓶的天性——喀山的犹太人自古便很隐秘——而且他们还住在伊朗。她的丈夫已经过世，死因是他爬上家的平屋顶铲雪时，在冰上滑倒，摔断了脖子。她说，在那之后，夫家将她和女儿撵了出来。她不得不在自己父亲的帮助下取得护照，上面只有她娘家的姓氏。

　　当他们在多伦多相遇时，穆萨没有理由怀疑费丽的故事。他更担心的是向她吐露他自己曾经的罪过。在求婚前，他对她讲述了伊朗妻儿的事，"这样你就会明白，无论今生还是来世，我都难逃罪责"。

　　费丽对上帝对穆萨的惩罚不感兴趣；她只在乎他是个颇为阔绰的体面男人，如果你已人老珠黄，跟一个感情脆弱的孩子住在天寒地冻的地方，那么这一点就至关重要。她还没蠢到会为了回报他的诚实相告，就把自己的过去和盘托出：像穆萨这种男人，无论自己多么罪孽深重，也不会原谅像她这样的女人。因此，她听他说着，不时点头应和：是的，她确信他已真正遵照了上帝的旨意。直到沙巴自杀以后，费丽悲不自胜，意识到她的婚姻在这之后将再难维系，自己无论如何都没法继续待在埃德蒙顿，这才将真相告知穆萨——关于她曾与前任丈夫十几岁的外甥偷情；关于杰伊·盖茨比如何枪杀了亚伦·索莱曼；还有那个老寡妇在揭露她的风流韵事后，继而发誓称自己与索莱曼家尚未了断，远远没有。

1977 年时，费列什泰赫·盖茨比是个曾经离异、现又死了丈夫的人，她毫无指望，没有钱，也没孩子，并且她名誉上的疤痕使该隐[1]前额上的记号都相形见绌。在亚伦与拉斐尔之妻这场互相厮杀的骇人闹剧的所有幸存者当中，她——费列什泰赫——蒙受的损失最大。不错，亚伦的孩子们失去了父亲，他的妻子变成了寡妇，但伊丽莎白已跻身商界，作为单身母亲过得也还不错。她无疑会再嫁人，生育更多孩子。

　　因此，当拉斐尔之妻登门拜访时，费列什泰赫让她进了屋，在听她诅咒伊丽莎白时甚至生出了几分快感。她听到"黑母狗"提议结盟，共同抵抗"疯子数学教师的女儿"，但费列什泰赫划定的底线是不伤害孩子。

　　"可我们拿她怎么办呢？"她为这个主意的癫狂而大笑道，"我们要把她藏到哪儿去？再说，除了让我们的脖子被套上绞索以外，这么做又有什么好处？"

　　就跟其他许多罪名一样，诱拐儿童在伊朗会被判处死刑。

　　那一次，她对拉斐尔之妻下了逐客令，叫她别再回来。不过，费列什泰赫仍住在莫拉维大道，距拉斐尔之妻上夜班的医院只有几步路

1　该隐（Cain）：《圣经》中亚当和夏娃的儿子，因憎恶弟弟亚伯而将其杀害，受到上帝的惩罚，上帝还在他前额留下一个记号，免得别人遇见他就杀他。

远；拉斐尔之妻每隔几天就顺道过来，又按门铃，又猛敲房门，直到她被放进去为止。

她们只会把孩子扣留几天，只要足以让伊丽莎白担惊受怕，让她明白自己有多脆弱就行。她们会用药把小家伙迷昏，悄悄藏到费列什泰赫家里，因为任何人都想不到来这里寻找。拉斐尔之妻有个朋友在"大宅"工作，可以托付她打开门锁，并且她会守口如瓶。她——拉斐尔之妻——可以在当班时偷溜出去一小时，也不会有人找，但她需要一辆汽车把她载到亚斯花园，在那里等她，然后载她和孩子回来。

只是几天——仅此而已。她们只会把孩子扣留几天。

她们会带走那个小女儿，因为抱走她比较容易。这会让伊丽莎白尝到真正的无助和受制于人是什么滋味。之后，她们会把孩子放到某条街上——她心惊胆战，仍因药物处于昏睡状态，又因年纪太小而无法提供有用的描述。

费列什泰赫每次在莫拉维大道上听到这个主意，都知道这是在作恶。在二月那个天寒地冻的夜晚，当她在安宁大道坐在"逃逸车"里时，也清楚这是个馊主意。当她看到拉斐尔之妻从亚斯花园的院门里钻出来，肩上扛着麻袋时，费列什泰赫有一种头也不回、尽快把车开走的冲动。

但她没这么做。她等拉斐尔之妻带诺尔上车后，载着"黑母狗"返回拉兹医院，然后把女孩带回了家。

她不是在某天睡醒后突发奇想才决定留下诺尔的。那些最重大的错误往往不是这样铸成的。每一次，你都会滑落一厘米，直到已坠得太深，无法自拔，于是便这么放任坠落下去。或者你只是停滞不前，袖手旁观，然而真理就这么渐行渐远，最终再也无法企及。费丽的处境便是如此：与其说是她带走了诺尔，毋宁说诺尔硬是被留给了她。

德黑兰对诺尔失踪的反响之大，远超出费丽和拉斐尔之妻的预想。她们料想警方甚至情报机构会介入其中，伊丽莎白会独自或与自愿帮忙的人一起搜寻，还会发布一两则新闻通报。之后，她们就会将孩子放了，再幸灾乐祸一番。费丽将重归她莫拉维大道上离群索居的幽闭生活，而拉斐尔之妻会在"嫠妇之叹"名下标记又一次胜利。此举大胆而草率，没错，也很愚蠢，但她们本不想制造震惊全国的事件。

费丽事后扪心自问：把一个名门望族的孩子从床上掳走，而当时孩子的母亲就在隔壁，宅子里还有一帮仆人，她协助做这件事究竟想从中得到什么呢？要知道，伊朗对绑架的惩罚与谋杀一样严厉；要知道，失踪孩子的母亲是像伊丽莎白这般意志坚定的人。

费丽有好几周没法出门。她向诺尔脸上吹鸦片烟，让孩子始终处于半昏迷状态，把她的脚捆在床上，强行给她喂饭。宅子足够宽敞，周围还有两英亩空地，外加像其他大宅那样高达十英尺的砖石院墙。

自从盖茨比死后，费丽已雇不起仆人，也没什么朋友会惦念她。她自然也不想让拉斐尔之妻造访——那女人是主要嫌犯，无疑正被人盯梢。

当费丽非得出门，匆匆跑去买食物或其他必需品时，她将诺尔锁在卧室里，尽快赶回。她终于等到了拉斐尔之妻的电话，在一番泄愤之后要求道："今晚，你在医院的后巷里等我，我会带小孩来，把她留在那儿，往后就是你的事了。"

"你要是那么做，"拉斐尔之妻警告说，"她就会冻死，或者溜达到街上被车撞死——相信我，他们马上就能顺藤摸瓜，从她身上查到你。"

她们只好干等混乱的局面渐渐平息下来。

女孩仍像一头被困在阴暗牢笼里的幼兽，胆战心惊，不停地哆嗦，但每次鸦片的药劲儿过后，她已不再号哭，喂饭也更容易了。她不再呕吐或把自己尿湿，这可着实让费丽轻松了不少，因为她无法忍受去触碰秽物，也受不了那股味儿。后来，寒意渐退，冰雪消融。一天早上，费丽被广播里的声音惊醒，有公告称："已故亚伦·索莱曼先生失踪的女儿已被寻获。"

"如果你现在放她走，"拉斐尔之妻从她家附近的一处公用电话打过来，"既然已经没人再找她了，她肯定不是被吉卜赛人捡走，就是被妓院老鸨偷走卖掉。

"给她买个假出生证，带她去西方，把她丢在那儿，没人能想得到。"

加拿大使馆发签证的速度比美国快，他们的提问也更少。

在瓦拉斯泰先生讲述的整个过程中，安吉拉一直注视着母亲的脸，她觉得伊丽莎白随时都会举起手来，结束这场骗局，然后说："求您了，先生，我已经听够了，赶紧带上您编造的故事离开，去把它说给比我更绝望的人听吧。"伊丽莎白脸上全无表情，极为淡定，静默，她好像对男人所说的话半个字也不信。

　　似乎有某个小伙子随时会站起身，宣布这是一场老人搞的恶作剧——"的确如此，女士们、先生们，这是在极不合宜的时候，开的一个糟糕的玩笑，给你们添麻烦了，我们为此向你们致歉，我们不是很会搞笑，您瞧——我们整天都在读《托拉》，每晚跟同一个女人上床，时常感到沉闷无聊，因此我们穿上大衣，戴上帽子，飞越 1,800 英里来到陌生人家里，佯装忏悔一番，权当娱乐罢了"。

　　说实在的，倘若瓦拉斯泰带来的是真相，那么除了证实即便知情也全无用处以外，它还能证明什么呢？

　　安吉拉平生始终寄望于弄清真相与虚幻，明白分辨两者的重要性。当她父亲死去时，没人告诉她发生了什么，或他为什么死了；当诺尔被带走时，没人知道是谁劫走了这孩子；当她们离开亚斯花园，离开德黑兰和她们唯一能称作祖国的国家时，安吉拉不断告诉自己，总有一天——只要她保持坚强并能自我防卫——总有一天会得知所有真相。她就是以此来支撑自己健全的心智的。

除此之外又能怎样？一旦你已算清自己无法阻止的损失，承受了你绝没想到会发生的伤害之后，那唯有从对它们"如何"又"因何"发生的领悟中，才能获得些许安慰吧。

安吉拉祈祷着，伊丽莎白随时会说今晚到此为止，然后走出这间屋子，走出这第二个真相，走出这关于诺尔下落的另一个版本。她将回到从拉斐尔之子那里听来的故事，相信它；它就似浩劫般的洪水巨浪，突如其来；它每天都在打击着你，如今又再次将你淹没。她将回到她在伊朗时为之哀恸并埋葬的那个孩子，如今在洛杉矶，再一次为她哀恸，再一次将她埋葬。

那天晚上，当安吉拉驾车回家时，穆赫兰道下起了雨。街上灯光昏暗，风雨交加，山谷里的亮光远在一千英尺开外，她只看得清汽车前灯照亮的路面。不过，每当一滴雨打到挡风玻璃上时，安吉拉都会看到一寸光在黑暗中昙花一现。它在半秒内一闪即灭，紧接着又出现一寸，雨下得越大，闪光坠得也越快。越来越密的闪光照亮了地平线，每一道都如同安吉拉童年时在树丛中看到的蓝白色磷火。过了一阵儿，闪光密如牛毛，仿佛月亮从空中陨落垂挂在了她前方的路上，从它冰冷而光洁的表面射出光亮；正是在这个月亮上，她第一次看到人们讲述伊朗故事时所说的拉斐尔的身影：他通身被由内而外地照亮，周围环绕着飞蛾，身后尾随着众多生灵——就连安吉拉这个在普林斯顿受过教育、一向追求真理的头脑，也从未认真思考过这些生灵的存在。他是那么真实，那么明亮，那么步履稳健地在另一片陆地上行进着。安吉拉只得靠边停车，透过现已厚厚的雨幕注视着他。她告诉自己，伊朗那些老妪过去常说的话千真万确：决定你看见什么的不是你身在哪里，而是你看向哪里，还有你选择相信什么。

的确，伊朗人常说，往事会像魔咒一样跟随着你，这也是真的。

伊丽莎白纵身向后一跃，坠入大海，犹如船锚终于得以离开它的泊地；她下落得离水面越近，身体就越是向往海水。时值正午，太阳发出炫目的白光，在滚滚热浪中，海波平静而慵懒。她漂浮了一两秒，然后开始下沉。接着，耀眼的白光退去，世界变得黑白分明。

"了不起的伊丽莎白"利用她被赋予的生命，究竟做了些什么？她又是如何动用别人——她的兄弟、丈夫和女儿——不曾拥有的岁月的？

设法穿越自降生起便环绕在她身边的静默之墙，与另一个灵魂会合，包容并抚慰他们受伤的心灵。这是她原本想要做的。

从在"大宅"的安息日见到亚伦的第一夜起，她便始终在追逐这个梦想。她知道蚌壳里的珍珠藏在何处——这种迫切的需要，只有通过两个生命间的紧密结合才能平息。她尝试过，她本想建立那种亲密的纽带，但是，只有感受还不够；在大门关闭、机会丧失殆尽之前，你必须找到借以表达的词汇，发现达成目标的通途。

一个寡妇被拒之门外，在她的诅咒下，伊丽莎白失去了父母和兄弟；在一个不被允许跨过某道禁爱门槛的男人的报复下，她失去了丈夫亚伦；而愤懑取代了安吉拉对母性温暖的渴望，她因此失去了安吉拉；约翰·韦恩的羞耻感替换了单恋，这使她失去了约翰·韦恩。她曾一度失去诺尔，后来又再次失去了她。

除了站在门的另一侧之外，伊丽莎白（了不起的，冰女王）·索莱曼究竟做了些什么呢？

她仍在下沉，但她能听到大雨滂沱，能感到仆人们的焦躁不安，他们从一个房间奔到另一个，用力将毛巾牢牢塞进护壁板的缝隙里，接住从窗户铰链中渗进的水。她能听到他们彼此高呼着，关闭一道又一道房门，还猛敲她卧室的门，想要叫醒她——"快醒醒，小姐，雨下得太快，土里全是水，都变成暴洪了，城里的下水道也不够让它排走的。快醒醒，咱们到屋顶上去，我们没准会被风刮下来，但至少不会被淹死。快醒醒，小姐，你以前见过这种雨，你知道得逃走。你从水中来，你是一滴雨，本该像其他所有雨滴那样落进里海，却落入了女人的子宫。你身上既有血肉，又有海水。你没法拼命喊出自己的恐惧、痛苦，甚或是爱，当你由它泛滥时，它就变成了一场洪水，带走了太多太多。快醒醒，你的女儿，你失去的那个，想必曾是你身上的那些水，你没法紧抓住她不放，就像你也抓不住这场暴雨，抓不住泥沙、断枝和枯叶。它们已经冲破了过道那头的屋顶，现在正朝我们涌来。你还有个孩子，她完全是血肉之躯，充满决心和定见。快醒醒，小姐，我们必须马上离开，不然就会被困在泥石流里。这栋房子建得像座堡垒，能抵御机关枪的火力，也许甚至是坦克的炮火，能抵抗高达7.3级的地震，防盗水平就像美国造币局一样，但它不能阻挡区一滴雨水乘以数百万倍的强力。快醒醒吧，小姐，大水已经把房门从墙上扯下来了，不论有什么在另一边召唤你，不论是什么阴影或希望正在引诱你，都可以先搁在一边。还有时间啊。"

对伊丽莎白而言的确还有时间，可她已不再想要了。2008 年 12 月 12 日晚上，她孤身一人，淹没在自己悲痛的暴风雨中，终年五十四岁。

洛杉矶

2013 年 7 月 19 日　周五

"我坦率地跟你说吧，"安吉拉对里昂说，"这件案子不是你解决得了的，可你自己还不知道。这些人当中的任何一个，从'杂牌军'到路西，再到拉斐尔之子本人，都是世界级的恶棍。他们可以在你身边大开杀戒，而你根本无能为力。"

此刻，他们正坐在比弗利山庄一家巧克力和意式咖啡店外面，地点位于卡姆登与布赖顿的街角，这是她最爱光顾的地方，在过去十年里，她每天至少要顺道来一次。安吉拉中意这里的咖啡，也喜欢观察其他顾客。马路正对面的威廉·莫里斯奋进娱乐公司雇用了几十个英俊倜傥、衣着考究的年轻实习生，他们大部分时间都在帮代理人遛狗，或是帮他们取回干洗的衣物。威廉·莫里斯奋进娱乐公司楼上是一家健身房，许多中年男女每天在那里上四个小时诸如"摆臀跳"和"基础升级"的课程，之后他们会走到马路这边的咖啡吧，喝一杯不带咖啡因的脱脂泡沫，里面只放一滴意式浓缩咖啡。这些常客中有个年近六旬的伊朗男人，裹着闪亮的银色绑腿，穿着霓虹橘的鞋子，他认为这会使自己在姑娘们眼中显得更年轻；有个奥地利的心理医生，佯装成犹太教徒，这样就不会吓跑西区的潜在顾客；有个以色列女子假充英国人，希望能让一个美国阔老头迷上她，娶她为妻；还有个英国男人冒充某某国的公爵，开着一辆租来的宾利到处转悠，希望找个富婆为他买单；有段日子，他跟一个阿富汗女人订了婚——而他恰好在婚礼前发现——她谎称是皇室后裔，开着一辆租来的保时捷跑车到处转悠，希望找个富翁替她买单。

那天早上，里昂在"脸书"上给安吉拉留言约她面谈。此刻，他正隔着一张小铝桌注视着她，周围挤满了人、狗和婴儿车。尽管她想压低音量，可在三十英尺开外都能听到她的说话声。

在意式咖啡吧吧台后面，一个身上有大片刺青、发丝里夹杂一抹亮蓝色的高个子女人嘟哝道："你听着像是要来一杯双份吧。"

安吉拉站起身，从吧台上端起咖啡。"不管怎么说吧，"当她再次坐回椅子上时说，"很高兴你有空来看我，但我不知道能帮上什么忙。"

在他们旁边的人行道上，比弗利山庄的"丐帮"元老卡瑞姆正冲一个拒绝给他钱的男人大吼大叫。卡瑞姆和他妻子刚刚庆祝完他们在这座城市"工作"（这是他们对警察讲话时的用词）三十周年的纪念日。一开始，他们各自占据指定的地盘：她在威尔夏大道，马路对面是比弗利的威尔夏酒店；而他在比弗利街的内特与阿尔熟食店门外。在共同努力下，他们俩过得还算不赖——在所有正统犹太教徒聚居的皮科－罗伯逊地区足以负担得起一套小公寓。他们还拥有一个支票存款账户；安吉拉从近来一直代表卡瑞姆先生的公设辩护律师那儿获悉，他们持有大量信用卡。过去，卡瑞姆一向彬彬有礼、乐观向上，渴望加入绵长不绝的智性谈话（因此，内特与阿尔熟食店的一位年长常客给他起了这个名字[1]），但在过去一年里，他却变得粗鲁无礼，喜欢寻

1　卡瑞姆（Kareem）源自阿拉伯语，主要形容人慷慨大方、乐善好施，有时也指人说话絮絮叨叨。

衅滋事——他承认，这是由经济衰退时期收入缩水带来的"工作压力"导致的。为了弥补收入下跌，他已舍弃比弗利街以东的那处房产，搬到了威廉姆斯－索诺玛商店旁的停车场外。但当这招也未能奏效时，他便开始推着轮椅（他随处带着它，这样总能有坐的地方）来到邻近的街上。现在，他已离开自己的地盘，得不到曾经惯享的那种尊重，因此他每天都会"失落"好几次。

那天，激怒他的是个高大壮实的家伙，当时他正要走进咖啡店隔壁的三明治店，用卡瑞姆的话来说，他拒绝"帮我过上好日子"。出于报复，卡瑞姆将轮椅挡在三明治店门口，拼命叫嚷说那个男人"太胖，太笨，不配吃用马苏里拉干酪、番茄、全麦、菠菜包着我的卵蛋裹成的菜团子。你能花上八块钱买你不需要的三明治，就不能给我一块钱去买杯咖啡，你这死胖子"。

安吉拉摇了摇头。她知道，两辆巡逻车随时都会在咖啡店门外停下，把卡瑞姆先生带到警局去，以制造公共骚扰为由对他记名警告。去年，他的妻子也被警察带走过几次，因为她对她的"支持者"行为过激。当法官命令她搬到城里别处去做生意时，她解释说自己现在的位置最方便，因为"我丈夫和我在那儿的银行办业务"。

里昂一直等到安吉拉看够了人行道上的表演，才开口说："你知道拉斐尔之子还有个小孩吗？"

拉比把男孩带来了——他身高只有四英尺五[1]，却每天都穿着肥大的黄色 T 恤，晚上睡觉也不肯脱，紧黏不放的样子仿佛它是他的一层皮或是一条多出来的手臂。但如果了解他的身世，任何人都不会为此震惊——就连向来伶牙俐齿的安吉拉也不知该对他说什么才好。他是个漂亮的孩子——金红色的卷发，弯曲的长睫毛在颧骨上投下影子，皮肤白皙，嘴唇红润——但他身上还有一种神秘而亦真亦幻的感觉，他宛若画中的男孩，而那位画家身处高寒地带，渴望阳光。他名叫约拿，或许他也曾在暴风雨中被抛进大海[2]，后来在洛杉矶的穆赫兰道被冲上岸。

　　周五下午，就在夕阳西下之前，拉比开门见山地对安吉拉说，他们今夜不得不住下，因为他在路上花了五个小时，才从里弗赛德赶到她这儿，现在快到安息日祈祷的时候了，他一直要等到周六晚上天黑以后才能开车；再说，她住的地方可真不错，高居于山顶，只是他在周围步行一小时的范围内，都没看到汽车旅馆，甚至是加油站。所

1　约为 135 厘米。

2　约拿（Jonah）是《圣经·旧约》中的先知。当时的尼尼微城很强盛，且罪恶满盈，常用酷刑对待以色列人。上帝差遣约拿前往尼尼微城劝人悔改，但他违背了耶和华的旨意，坐船朝相反的方向逃走。上帝使海上起了风浪，约拿要求同船的人把自己抛入海中，以得平安。上帝安排了一条大鱼将他吞进肚腹，约拿在鱼腹中受了三天三夜的煎熬。最后他终于悔改，完成了使命，宣布尼尼微城的人获得赦免。

以说呢，她会十分介意他们在此安营扎寨吗——他带来了睡袋——就睡在她家的地板上？他们也带了换洗的衣服，还有男孩喜欢的蓝色枕头。

她让他们住下了，尽管她发觉拉比早就是这么盘算的。他们在她家见面正是他的主意，还把时间定在了周五；她只想亲眼见见这个男孩。她本想自己开车去找他们，也更希望能这么做，但拉比的态度很坚决，这让她觉得这个故事还有里昂不知道或无法言说的隐情。

拉比提议去谷区买些食物，他说他不是犹太洁食者，男孩也不是，所以任何老餐馆都行，但他尤其喜好波斯饮食，你知道，比方说酸梅羊肉蒸白米饭，呃，这附近有送外卖的餐馆吗？

当他们等待食物的时候，身穿黄色T恤的男孩弓着背坐在沙发上，翻阅一本印有大象照片的《国家地理》杂志，因为安吉拉这里既没有电视机，也没什么儿童读物。拉比趁机对安吉拉说："再说说我自己吧，我叫科尼利厄斯·柯亨。就是在洛杉矶这里的华兹塔附近出生长大的。哦，不，我家并非来自埃塞俄比亚，我的亲生父母不是犹太人，他们只是从非洲来的寻常黑人罢了；哦，不，我没被犹太家庭收养，我是在寄养院长大的，惹上了麻烦，最后来到这个叫贝特楚瓦的地方，在罗伯逊区附近的威尼斯大街上。那是犹太教改造中心，不是正统派的，不，根本不是。实际上，领头的拉比有过前科，不过他们救了我的命。我有拉比的学位，但没有会众。我加入了一个说唱乐队，还为州政府工作，照看像我这样被遗弃的孩子，柯亨[1]是我为自己选的姓氏。"

十点钟时，他们仍在等外卖。送餐司机在穆赫兰道的某个地方绝

---

1 柯亨（Cohen）：犹太教祭司职务，在古以色列是一个重要的社会阶层，也是常见的犹太姓氏。

望又无助地迷了路，这条路长 21 英里，是条双车道的高速公路，几乎没什么路灯，却有数十条不带路标的逼仄岔道，其中一条竟然就叫"无名小巷"。许多小巷都没铺地，因为业主就想这样——隐蔽难寻——因此，许多电影明星、音乐界泰斗和色情片大王都在这里安家落户。费·唐纳薇[1] 在这些悬崖峭壁边垂垂老去；沃伦·比蒂[2] 终于步入了婚姻的殿堂；当布鲁斯·威利斯[3] 的婚姻破裂时，他便在此地抚慰受伤的心灵；罗曼·波兰斯基[4] 在这儿强暴了一名十三岁少女，而作案地点是在杰克·尼科尔森[5] 家中。波斯餐馆那个可怜的伊朗司机驾着他叮当作响的老旧大黄蜂汽车，在黑暗中透过满是划痕的驾驶眼镜想要查看地图，如此说来，谁又能怪罪他在这里迷了路呢？

最后，安吉拉用微波炉解冻了一些从乔氏超市买来的饺子，把它们放在厨房餐台上的盘子里。男孩已在沙发上睡着，茶几上放着吃了一半的三明治。他的头垫在他用双臂紧紧环抱住的蓝色枕头上，其余的身子蜷在安吉拉从自己床上拿来的羽绒盖被下面，几不可见。

刚吃过饭，科尼利厄斯·柯亨便问安吉拉能否煮些咖啡，"要是你有那种波斯的上等茶叶也行，他们用豆蔻种子一起煮，我最近才知道，还放了玫瑰花瓣呢"。

安吉拉颇感讶异，她竟会如此放任拉比的无礼行径，仿佛她认为由着别人掌控局面，自己便可不受某种可怖打击的影响。

他们坐在长木桌旁。桌子是安吉拉的勤杂工曼纽尔先生打造的，

---

1 费·唐纳薇（Faye Dunaway）：好莱坞著名演员，素以饰演性格怪异、叛逆而又精明的女性著称。

2 沃伦·比蒂（Warren Beatty）：美国演员、导演、编剧和制片人。

3 布鲁斯·威利斯（Bruce Willis）：美国演员、制片人和编剧。

4 罗曼·波兰斯基（Roman Polanski）：生于侨居巴黎的一个波兰籍犹太家庭，后成为法国著名导演。1977 年，他被指控强暴一名十三岁少女，在加州被逮捕，之后逃到巴黎定居。

5 杰克·尼科尔森（Jack Nicholson）：美国著名演员，代表作《飞越疯人院》。

实际上是——他的婚姻简直活见鬼了——用来表达他对她的一片爱慕之情的。他是墨西哥人，牙齿掉了好几颗，喜好上浆的织物和古龙水。当他从安吉拉在穆赫兰道山顶住的那条街开车下山时，你都能闻到那味道，还能听到他那身浆洗过度的粉刷匠白裤和棉质白 T 恤在车道上簌簌作响。他的步履犹如牛仔，说的话仿佛抒情诗句，但安吉拉对此无动于衷，因为她无暇顾及亦不赏识他"阴柔的一面"；她只说日常实用的西班牙语，而他对英语只字不懂。她想要的，只不过是粉刷一间屋子，或是把漏水的水龙头换掉；可你瞧曼纽尔先生，他却在台阶上观赏日出，或在深夜凝望文图拉大道上的灯火，哀叹他的妻子一向小肚鸡肠，每次抓到他跟别的女人在一起，就会将他逐出家门。他还给安吉拉送玫瑰花，只要允许他带她去享用一顿美妙的晚餐，就不收取工钱。

拉比是里弗赛德犹太家庭服务机构的雇员，该县毗邻圣伯纳迪诺县，那里是约拿的母亲曾经生活和去世的地方。自 2008 年起，他就一直负责照顾约拿，但他只接触过拉斐尔之子两次——第一次时他将艾迪错当成了他的老板，第二次是在去年四月，当时他觉得应该再试一次，看看那位父亲是否比之前更愿意照顾自己的孩子。拉比认为，不该将孩子强加于根本不想接纳他们的父母，而这个人——拉斐尔之子——显然根本不想要这个男孩，甚至还说他不相信约拿是他的亲骨肉。他拒绝去看望孩子，连照片都不屑一顾。当他发现艾迪·阿拉克斯曾在 2008 年去看望过男孩之后便气得发疯；后来，当他听说孩子的母亲早在五年前便已去世时，简直大发雷霆。那个只有半张脸的亚美尼亚人用每月 2,000 美元的所谓"子女抚养费"究竟做了什么？把它捐了？他有什么权利捐？这可不同于他交了税还能享用税款减免！

拉比觉得，最好还是别提他们每次从艾迪那里只收到 1,000 美元的事。

"不论他用其余的钱去做什么，我想我们都管不着。哦，快瞧啊！"他指了指客厅的玻璃滑动门，"现在，你看他呀，你怎么能说他不是个特别的孩子呢？"

约拿站在屋子正中，仍闭着眼睛，右臂下夹着蓝色枕头。在他的肚子中央，有一星针尖儿大小的银光透过肥大的黄色 T 恤，犹如萤火般闪耀着。

"他向来如此，"拉比柔声说道，"我相信这是他体内的神性——上帝的光辉正在他的最佳造物中闪耀。"

当安吉拉目瞪口呆地凝视他时，约拿周围的空间缓缓消失，世界变得愈发暗淡虚无，直到最后只剩下他——一个小小的闪亮的奇迹。安吉拉也渐渐明白，这究竟意味着什么。

他们领着约拿走向沙发，扶他躺下，然后站在周围，注视着亮光随着他的每次呼吸忽明忽灭。夜色越深，闪光就变得越发明亮；在安吉拉看来，那个可能性也越发得到证实——一百年间从没人深究过——拉斐尔之子居然名副其实。无法想象的事情竟会是真相，伪装成了事实。

渐渐地，她看到花园里出现了萤火虫、飞蛾和其他夜行生物——起初是孤零零的小小闪光，后来在转瞬间，它们便已成群结队，变成宛如针尖儿大小的荧光灯泡——它们冲着关闭的玻璃门拍打着翅膀；数量庞大，迅速聚集起来，照亮了整座花园。

黎明前几分钟，约拿醒了。他走到窗边，把长着焦糖色六眼睛的小脸儿贴在玻璃上，仿佛要沉浸在屋外萤火发出的暖意中。他看到安吉拉充满敬畏、一动不动，正想领悟他以及他所代表的含义，他对她微笑，仿佛是在祈祷——相信我——然后侧身打开房门，让成千上万即将在第一缕晨光中变得苍白的飞虫蜂拥而入。

那时是凌晨五点。一个小时后，整个房间充满了缤纷的色彩：现在，所有墙壁和天花板上，橱柜顶上和每一处空隙都染上了极其鲜亮的色彩，仿佛电影短片中用染印法制作的魔幻场景，奇妙无声地成了现实。院子里，七月的天空如玻璃般澄澈，甚至对夏日的洛杉矶而言，空气都很温暖。安吉拉从椅子上站起来，走向玻璃拉门。她踩在西班牙地板砖上的脚步声打破了屋内的沉寂，在世间的某个地方震开一道缝隙，因为紧接着，所有人都看到色彩迅速从墙壁与家具上倾泻而下，在约拿头上聚集成一片云，如同祈祷声般盘旋，随后仿佛一只蝠鲼展开巨大的双翼在波涛中滑行，像在上演经过编排的舞蹈，铺天盖地地遮蔽了房门口，继而是台阶。曙光倾泻在颜色褪尽的露台地面上，犹如水彩颜料掠过纸页，将它涂染在他们永恒的记忆中。

在之后大约一个小时里，那片云朵向西飘去，飞向大海。地上的人们驻足凝视，用手机拍照，还给电视台打电话报告了这一景象。记者和昆虫学家纷纷揣测它的性质和形成原因；与此同时，在穆赫兰道安吉拉家的客厅里，带着电光般心脏的小约拿梦见了闪亮的魂灵。

安吉拉和拉比坐在台阶上，直到太阳投下影子。约拿睡醒了，走到窗户边。他赤着脚，怀抱着枕头，朝他们挥挥小手。拉比随即宣布，他们要出去吃早餐。"白天，我找到下山去文图拉的路应该不是很难，我们会找一家麦当劳，给你带点儿回来。"他对安吉拉说。他们离去时，她几乎都没抬眼。

她思忖着：如此说来，约拿确实有一颗会发光的心脏。那又如何？世界上有近七千种罕见疾病，有的甚至只会影响到两个人；何况还有其他数千种"症状"未被命名。在历史上一直被孤立的小规模社群里，许多稀奇古怪、无法解释的病症传了几代人，都不会引起特别关注。据伊朗犹太人所知，目前为止每个发光的病例都出现在索莱曼家族中，但这一事实也无法证明伊朗或世界上其他地区的其他家族中并未出现过此类情况。

就像 HIBM[1] 这种病一样，人们长期以来认为只有伊朗犹太人才会得。后来一个印度女孩被确诊患有此病，再后来是一个日本女人、韩国人、中国人、巴勒斯坦人……

况且，谁又能保证詹娜·罗丝声称拉斐尔之子是孩子父亲的说法是真的呢？

1　HIBM 是 Hereditary Inclusion Body Myopathy 的缩写，即遗传性包涵体肌病。

可话又说回来，这种概率有多大呢？

"我敢说微乎其微。"当安吉拉在电话里询问里昂时，他这样回答。那时还不到早上九点，但他的声音已变得沙哑而干涩。

"只要看看那孩子……"他顿了一下，"在我看到那个男孩以前，还以为所有关于你父亲家族的事情都是胡扯呢。"

这件事经常让安吉拉震惊，那些她只是偶遇，或从未谋面，甚至是出生在美国的伊朗人，竟然对她家族的历史如此熟稔。

"不管怎么说，"安吉拉厉声道，主要是因为她讨厌里昂提及她的过去，"这究竟和我有什么关系？"

他想必认为这个问题愚蠢至极，所以没答话，而这令安吉拉愈加气恼。

如果约拿证实了拉斐尔之子的合法身份，那么伊兹奇耶和亚伦又当如何？还会将他拒之门外吗？拉斐尔之妻道出了真相，几十年来却始终被拒绝，被嘲笑，她又会怎样？一直持错误观念的伊丽莎白会作何感想？

曾将自己觉察到的真相挂到面向全世界的网站上的安吉拉，又当如何呢？

真相就是：五十年来，拉斐尔之子心心念念想摆脱身为私生子的耻辱，因为他民族的同胞几乎完全依靠名声和血统来界定自身与彼此；五十年来，索莱曼家族始终拒绝让他认祖归宗。出于报复，他给安吉拉的父母制造了不可名状的痛苦，后来又使许多无辜的生命遭受重创。然而，他却发现自己造成的伤害越大，盗取的钱财越多，越是难以获得期望的成功。即使他已在美国有所成就，搬到荷尔贝山，又肆意挥霍，可那些了解他经历的伊朗人仍鄙视他；而只因为他是伊朗人，白人邻居也不喜欢他，彼此窃窃议论说不该准许他搬到这个地区来。

坐拥湖泊的老太太也许是靠害死大量吸烟者来发家致富的，但她显然认定身为外国人的罪过更大，因此，每当她驾着捷豹汽车从拉斐尔之子身旁经过时，都佯装没瞧见他。拥有"小凡尔赛宫"的女士或许是从丈夫的第一任妻子手中将他偷来，结果又将他输给了某个比她更年轻白皙的女人，但她命令司机驾驶宾利汽车时要避开拉斐尔之子的宅院，因为她无法忍受"看到那帮波斯佬"。就连谎报姓氏的那对古怪的匈牙利夫妇每次在街上看到他，都会厌恶得汗毛倒竖。且不说他们是面积 14,000 平方英尺 [1] 的豪宅中的仆人，一个十几岁的俄罗斯男孩独自住在那儿；就连他们与某位东欧国王沾亲的冒牌血统都比拉斐尔之子的实际出身更加高贵。

倘若你不知道他多年来已证实自己是多么卑鄙无情，不知道他此前声称拉斐尔·索莱曼是他父亲的说法看着多么荒唐可笑，那你几乎要同情他了。若要对这种说法有半分信任，你从一开始就得相信死去的男人还能参与制造小孩的工作，当然这只是针对凡人而言；你还得相信，他和一个如此苍老的女人做了这种事，她恐怕要借助神力才能怀孕；这个老妇怀胎的时间也不是九个月，而是整整十三个月。

否则，你大概会按常人的平凡逻辑，得出这样的结论：拉斐尔之妻从什么地方买来、偷来，又或许仅仅是捡来一个孩子，带他回家，然后宣称他是拉斐尔之子，以便她能够染指二十世纪六七十年代伊朗最殷实富足的家产之一。

1　约 1,300 平方米。

"他本来可以要求做 DNA 鉴定啊，"安吉拉咕哝道，"这么多年……"

"我认为他自己也不信。"里昂说。

拉斐尔之子想必是盘算过了，与其确凿无疑地证实他的身份是假的，毋宁让这种说法永远得不到证实。

十一点时，拉比和约拿在吃过麦当劳烟肉蛋汉堡早餐之后回来了。拉比仿佛那天仍受邀留下似的，收拾了咖啡桌，从衣兜里掏出一副扑克牌。

"他算牌简直是神速，"他这样评价约拿，"想跟我们玩'二十一点'吗？"

安吉拉心想，幸亏这个拉比相貌十分英俊，否则他的放肆专横简直令人无法忍受。

"我从没学过比'小猫钓鱼'更复杂的玩法。"她坦承道。约拿听后哈哈大笑，这是安吉拉第一次见他笑。

她没让他们走人，因为她不敢肯定自己真想这么做。她也没问拉比想让她做什么，因为她自认为已经知道答案。

显然，即便在拉斐尔之子死后，拉比也希望那笔被艾迪·阿拉克斯挪用又逐渐缩水的抚养费仍能继续。这就是他带约拿来见安吉拉的原因——这样她便可作为中间人，与内达联络，说服她尽到义务，每月仍贡献出 1,000 美元。无论慈善机构多么穷困或富有，这些宗教人士总是在讨钱。

"我完全左右不了他父亲的遗孀。"她说。安吉拉指的是内达。那时，约拿为玩牌走进浴室洗手去了。

"我可以问问运营我母亲基金会的那个女人，"她提议道，"但我现在就可以告诉你，你最好还是自己去问她，因为那个蠢娘们儿讨厌我。"

她站起来找出一张纸，写下了斯蒂芬妮·达洛尔的联系方式。拉比抬起一只手来。

"不需要问她，"他边说边向回到屋里的约拿微笑，"我们不是来要钱的。"

他竟当着男孩的面说出最后那句话，安吉拉不由瞪了他一眼。这意味着她无法在不伤害约拿的情况下，质疑或辩驳他的说法。"我只想让你俩见见面。"

她宣称要小睡一会儿，于是走进自己的卧室，关上门，和衣倒在床上。一分钟后，她又起身去锁上门，因为她发觉这个拉比简直得寸进尺，甚至可能在她睡觉时走进来。

她转动门锁的时候，心想这简直是发疯——只为得到五分钟的私密时间，她在家里也不得不将自己反锁住；即使在那段时间里，她仍然感到约拿和拉比无处不在——既在门里，也在门外。

我父亲在今天午夜将近之时等着我。

她是从哪儿听到这句话的？

这是伊兹奇耶在预言自己大限将至那天写下的话。后来，他又回来带走了拉斐尔。

"我必须埋葬亚伦，因为他们没在那边等他。"多年后，伊丽莎白对安吉拉这样解释。杰伊·盖茨比抢在亚伦的祖先之前，过早地杀了他；又因为没人来认领他，他的尸体只得在伊丽莎白悲恸的暴雨中渐渐腐烂。

此刻，安吉拉恍然大悟：无论是谁杀了拉斐尔之子，倘若凶手知道他一旦死去，尸体就会消失不见，那又如何？假如他把车开到大门口，然后看到了熟悉的面孔——尽管他们在午夜时从暗处走出来，但他仍放心地摇下车窗，那又会怎样？他并没挂停车挡，只踩了刹车，然后扭头面对车道上的那个人。

他看到了刀，惊慌失措地猛踩油门，想赶快逃，可是车子启动后却撞向了大门，停住了。后来，拉斐尔之子就坐在那儿，血流不止，直到他的父亲来把他接走。

"哦——我——的——上帝啊。"安吉拉悲叹着瘫倒在地。

只有两个人——艾迪·阿拉克斯和内达——知道约拿有发光的毛病。

人们都说内达嫁给拉斐尔之子是因为她太过愚蠢，又过分屈从，所以难以拒绝他。安吉拉对此说法不以为然。她觉得，内达是认为她无权得到任何强过拉斐尔之子的人，因此才嫁给他，还一直跟着他——这也是为了女儿们好，她明白如果跟他离婚，拉斐尔之子会让她和孩子们变得贫困潦倒，以示惩罚，那些钱绝对要不回来。

　　经年累月，她想必已意识到，她消极被动，自认身价并不比拉斐尔之子高的心态，使自己越发泥足深陷，这种心态的影响还逐渐渗入了女儿们的心灵，这就是妮可那么孤独，而凯拉如此迷惘的原因。她想让她们自我感觉更好些。所有那些治疗专家和音乐老师、缅因州的夏令营和私立学校的教育、比任何犹太女孩成年礼都更奢华的生日派对，以及花费堪比大型婚礼的成年礼——然而，她现在想必也明白光这些是不够的。

　　她本该带着女儿们一走了之，可她缺乏那种魄力。

　　直到有一天，艾迪·阿拉克斯打来电话告知她约拿的消息。

　　"我不能见你，"他对内达说，"你也千万别告诉他这事是我告诉你的。"

　　这么说，拉斐尔之子曾对她不忠。这对内达而言原本算不上新闻。

　　他有了个孩子，却不认。

那意味着他和内达还能像从前那样过下去，在同一个屋檐下各过各的，再这么过一百年，或是直到其中一人死去。只要拉斐尔之子对男孩的事情秘而不宣，内达便可坚守住她最后一丁点儿酸涩的"阿比路"。

但事情还没完，艾迪说，那个男孩的心脏会发光，这是证明拉斐尔之子是合法子嗣的有力证据。多年来，艾迪始终瞒着他的雇主。他是在报复——不让拉斐尔之子得到他和他母亲曾经最渴望的东西。再说，每月克扣1,000美元也不是件坏事；只是现在，那个黑人拉比抓住拉斐尔之子不放，坚决要求他去见约拿，就见那么一次。拉斐尔之子对拉比下了逐客令，还威胁要起诉他领取了明知不是给他或是给他所在慈善机构的钱，但拉比保证他还会再来。

艾迪警告内达，总有一天，你丈夫会发现这个孩子能派上多大用场，而一被发现，就再也阻止不了他了——他会认下小孩，带孩子回家，然后满世界炫耀。

"到那时，索莱曼夫人，你打算怎么办？你没有离开他的勇气和谋生的手段，可你也不能把孩子藏起来。到时，大家都会知道，即使他已经在炫耀跟别的女人生的孩子，可你却还在维持这段婚姻。尽管无意冒犯，但我还是要告诉你，从男孩出落的模样看来，她生前肯定是个大美人。"

若是在二十年前，无论一个女人遭受什么虐待或是如何饱尝凌辱，她继续维持婚姻的做法不仅能被人理解，甚至是人心所向；人们认定她即便去死也胜过离婚。可在过去二十年间，一切都变了。如今，一个妻子能公开忍受的事情是有限度的，如果超过那个限度她还不走人，就会被当成彻头彻尾的傻瓜。

在忍受了多年辱骂、背叛和暴虐后，内达发现她还要面对这最后的耻辱。

一个是长期遭受压榨、极度依赖雇主的员工；另一个是受到不公对待、郁郁寡欢的妻子。这就像那些承受住了一次次强震的楼房，最终却在短短三秒的某次余震中坍圮了。

德黑兰和洛杉矶有一个共同点：它们都是建在主要断层线上的城市。

晚上，拉比称他另有安排——不消说，他不便带约拿同行——问能不能在这几个小时里"托付他的家人勉为其难地照看这个小伙子"。

"我和他该怎么办才好？"安吉拉问话时很不知所措。她知道拉比哪儿都不会去，只是要回家；他没有别的约会和目的，只是想让约拿跟她多相处一段时间。"我甚至连他吃的东西都没有。"

令安吉拉茫然无措的是，约拿是那么无依无靠，根本就没人要，甚至还不如当年的拉斐尔之子，因为他至少还有拉斐尔之妻的疼爱。

安吉拉曾经听说过也遇见过那种人，他们知道世上没有一个人关心自己。在工作中，她也碰到过成百上千起儿童死于暴力虐待或漠不关心的事件，因为没人插手去帮他们；她还听说过老人因受热或受冻，在人行道上窒息而死，因为没人抽空去关怀他们。

然而，她仍为这个孩子的无依无靠和彻底孤独所震撼。你可能会说，有说唱演员拉比关心约拿，他付出的关心已超出他所获得的酬劳，事实的确如此。在约拿的人生中，拉比付出的时间无人能及，所尽的心力也远超出其义务，可就连他也明白，就他能给予这个男孩的情感是不够的。他——这位没有会众的拉比——明白二者的区别：一个是有人照顾和满足你的需求；一个是拥有能真正接纳你的家庭和社群。

安吉拉也心知肚明。无论"珍珠大炮"曾多少次将家庭或世族当作攻击的靶子，也无论她对于在 21 世纪的洛杉矶仍维持"部落心态"的复杂性有过多少怨言，但有一点始终不渝：在她的出身之地，人们彼此需要，这毕竟是有意义的。或许，它值得你去经历随之而来的所有艰难险阻；或许，这也解释了安吉拉为什么没切断所有联系，而是始终对部落不离不弃。

×××××

他们仍坐在桌边，尽管约拿早已放弃安吉拉为他做的"有机麦芽面包和不含盐的有机杏仁黄油三明治"。她一直把这堆东西储藏在冰箱里，因为它们是洛杉矶的健康食品，用于替代烤白面包片和带氢化油的加甜花生黄油，美国其他地区的正常人就以此为食，但她自己却死也不会吃"健康食品"中的任何一样。杏仁黄油味同烂泥；而无论就着多少咖啡，一个正常人的喉咙都不可能强行咽下发芽的谷物面包。她还储藏了一些无糖的杏仁饮品和椰奶来代替常规的食物，因为在洛杉矶，奶制品是公认的致癌物，仅次于香烟和糖类。因此，她每月在乔氏超市买一次"类牛奶"，一个月后再原封不动地扔掉，然后到她经常光顾的意式咖啡店，在享用早餐、午餐和下午茶时，坚持在拿铁里加普通牛奶，吃带巧克力碎屑的松饼。

"你喜欢 In-N-Out 汉堡[1]吗？"她问约拿。

他摇摇头，又重新抱起蓝枕头。他看起来甚至比昨天更瘦小了。

她突然意识到，他现在独自与一个陌生女人待在这儿，想必很害怕，而他唯一的朋友——那位拉比——已经走了，还保证今天晚上才能回来。不过，同情一个遭人遗弃的孤独孩子是一码事，突然间成为

---

1 In-N-Out 汉堡：美国西海岸一家地方性的连锁快餐店。

注定要解救他的人则完完全全是另一码事。

因为，她已经成了那个人，从她同意见约拿的那一刻起，她对此已深感于心。这也是里昂让她"亲自见他"的原因。伊丽莎白去世后，安吉拉就成了索莱曼家族唯一的幸存者——或者说，直到约拿出现以前，她曾经认为是这样。而今，家族中有他们两个人了。

她要么只能将约拿放归大海让鲸鱼吞食，要么就带他回家。

洛杉矶

2014 年 6 月 23 日　周一

珍珠大炮

安吉拉·S.的博客

2014年6月23日　周一

今日话题：出乎意料的结果

拉斐尔之子在自己车里孤零零地死去，他终其一生造成的巨大伤害可谓天理难容。倘若他不幸的存在有某种好处的话，那便是他挽救了索莱曼家族行将绝迹的命运。

这是第一个出乎意料的结果。

在约拿到来以前，就只剩我一个人——脾气暴躁、争强好胜、早已过了生育的年龄——况且，谁敢跟安吉拉那家伙生孩子呢？我知道你们都是怎么评价我的。对于前三个形容词，我无可争辩；但是在我成为（无论是多么修辞学意义上的）家长的问题上，我想说，已经有那么一段时日，男人不再是女人成为母亲的必需品了。不过这是题外话。

在约拿到来以前，整个家族就只剩我一个人——我敢肯定自己属于这个城中为数不多的那种伊朗犹太人，他们无法夸口拥有五百个表兄弟和数量与此相当的叔伯姊姨。不管你信不信，多年来，我并没被举目无亲和无依无靠的状态困扰；从高中毕业离家去上大学时开始，我便与同样没有五百个表亲的其他年轻人共同生活。直到遇见约拿以后，我才意识到自己形单影只，而在这方面我跟母亲是多么相似。

我不清楚自己以前为何没看出这一点——我指出别人身上显见的谬误时迅捷无比，甚至责怪他们不够自省。我总认为自己与伊丽莎白毫不相像，远不及她那么聪明、能干和乐善好施——没错，我母亲的确乐善好施，我指的不单单是她的慈善事业。这是我遇到约拿以后认识到的另一件事。

我过去对伊丽莎白的评价是不对的——她绝非"冰女王"。她作风顽强，干劲十足，没错，堪称"伊朗犹太女性中的希拉里·克林顿"，却从未真正学会如何通过言语或是一个简单的拥抱来表达情感。"如果你想要我的话，我愿意做你的妻子"，这句话可算不上情诗，但她就是那样向我父亲求婚的，甚至没等到和他独处时再说出口，而是当着一群她根本不认识的人。一个更加伶牙俐齿的年轻女子或许会等到那晚的活动结束、宾客们各自散去后，在一个昏暗的过道里，悄然靠近那个男人，头发披散，唇若朱丹，身上穿着薄如蝉翼的纱衣；她会纵身扑入他的怀中，落下足有鸵鸟蛋那么大的眼泪。她或许还会向他诉说，那些辗转难眠的夜晚，那些屏住呼吸的苦守，自己怎样抱守着缥缈的一线希望——可如果你不要我，我就不想活了。我会得一场伤寒，卧病在床，郁郁而终。

希拉里不会这么做，我母亲也不会。这并不说明她们感情淡漠，或是冷酷无情。我现已懂得，而正是遇到约拿以后，我才明白了这一点——一个人无力表达自己的深情与漠不关心是两回事。在那之前，我从不知道作为孩子的唯一监护人，即在这世上唯一一个对他的人生和幸福负责的人，是一项多么令人生畏——抑或说令人气馁——和可怖的任务。

从某种意义上说，与伊丽莎白同辈或有相同背景的其他女性，在孤独上鲜有可与她相提并论的。大多数人身边总会有某个人——配偶、父母或是一两个远房亲戚——在事态变得相当不利时，能丢给她们一件救生衣。而我父亲去世以后，母亲就只能靠她自己，正如拉斐尔之妻那样。

的确，在人生的不同阶段，伊丽莎白还有曼佐尔、约翰·韦恩和吉芭姨妈在一旁支持她：如果你打算铤而走险，甚至还可以说，她能求助于"机械大脑"霍尔。然而，她那种孑然自立的冲动，从非常年幼时便培养出来的独处精神和照顾自己的能力，总是在我们心中占据上风。那道从她青年时代令她与人疏离的玻璃屏障始终追随着她，一直跟了她一辈子，乃至延伸到我。

在伊朗或世界上其他许多地区，这都算不上什么罪过。在大部分地方，人们太过忙于谋生，因此无暇将"有效表达你的爱"列入日常事务清单。只要每天都能彼此保护，不忍饥挨饿，也不受战争和自然界的侵害，能完成这个伟大的奇迹就足够了。伊丽莎白正是那样表达她对我的爱的——通过面包，而非诗句。只不过，我没能看清这一点——一代人想要吸取前人的教训推陈出新是多么困难，就像是他们原本只懂一些老套乏味的白话文，讲话却偏要合辙押韵似的。

在约拿到来以前，我认定自己是德黑兰索莱曼家族的最后一员。无论三千年前发端于伊朗的是什么，都将随我在洛杉矶这里消亡。所有的是非曲直，每一次热望与战争，都会与我同葬一穴，洞口堵着无法搬动的巨石。因此，我急切地想要澄清事实，揭示真相。那本该是我的角色，为家族童话书写尾声，这个故事里有身体透光的男人和消失的尸体，还有呼吸中带着海的气息、泪水里含着雨的味道的小女孩。

但现在，我知道自己不会是故事的终结。在我之后，还有妮可和凯拉；在她们后面是约拿，如此延续下去。我们每个人都在岁月中抛出一段线绳，下一个人会抓住它，将它挽成一个套索来绞死自己或别人，或是将它当作救生索，抑或二者兼有。你知道，这意味着我的行止所产生的影响远远超越了我本人的一生。因为这个故事不会随我消亡，它肇始于很久以前，当索莱曼家的第一个孩子体内发出第一道闪光时，招引来每一个迷途与孤独的魂灵，让父辈们跨越阴阳两界，带走他们逝去的儿子。

我们知道，在东方国家便是如此，子女会继承父母的罪孽与悲伤，就像继承他们的"阿比路"那样；实际上，根本没有"从头再来"这回事，也许你不会去在意过往，但它却知道去哪里找你。我们有些伊朗人在发现洛杉矶之后，或许本想忘记这一点；我本人肯定是这么想的。

请注意，我说的是"我们"，好比说"我们伊朗人"；我知道这很怪异，在我听来甚至很刺耳。你看看我，几乎不记得那个地方，我一生中绝大部分时间都在西方生活，可依然不自觉地把自己看作伊朗人。不言而喻，我对美国也心存感激。

然而……

自从找到约拿，我对此思索良多——他和我是两个多么迥异的世界的产物啊；即使我在美国还能多活一百年，仍旧无法成为美国人。

尽管存在这种差异，可他和我毕竟是同一个"魔法城堡"[1]中的孩子，是有血缘关系的堂亲，尽管我走的是陆路，他走的是水路。吾父们的罪孽和吾母们的无辜，或许是一个诅咒，又或许是一种赐福：在安宁大道高高的砖墙之后，有某样东西拖曳着我，而在南加州阳光暴晒的沙漠上，也有某样东西拖曳着约拿，借由一位名叫科尼利厄斯·柯亨的黑人拉比之手，在雾气缭绕山头的无名小街上，我们终于相聚了。

阿什肯纳兹犹太人经常抱怨伊朗人厌恶"融入社会"。这一点他们说错了。你能找到的最大限度融入社会的市民也莫过于像我这样的，其他伊朗人也大抵如此。我比许多本土人更了解这个国家的法律、语言和历史，也更经常参与选举投票。的确，我的美国朋友不多，可我真正的知己也只有一个。我敢肯定，我的葬礼会像美国独立日的野餐烧烤那样十足美式：哀悼者屈指可数，他们衣着考究却并不哀伤，外加一顿自助冷餐。

或许我会要求海葬。

然而，我们不是很擅长"被同化"。我们的行为举止是美式的，但思考、感受，甚至做梦，都是波斯式的。我对此并无遗憾。我们可能会彼此依赖共存，但也重视家庭的价值；我们或许溺爱孩子，但他们绝不会质疑我们的爱。我们或许会随身携带往事，如同受到束缚一般，但正因为如此，我们才能对自身和他人看得更远、更深。

在回首往事时，我看到了亚斯花园，夏日的花园看似白雪皑皑，

---

1 《魔法城堡》（*The Enchanted Castle*）本是英国儿童故事作家伊迪丝·内斯比特（Edith Nesbit）所写的童话故事。

因为诗人茉莉在藤蔓上盛开着；我看到带有高高的天花板和凸窗的房舍，还有伊朗阳光的色彩——因为它的确与此地的不同——还有曼佐尔的善良和她丈夫的泪水。我也记得那夜的电话铃声；记得无情的暴雨不肯收敛片刻，好让伊丽莎白埋葬我的父亲；记得那个早上，我醒来却发现诺尔不在她的床上；记得雪地里的足印。

我记得趁夜色离家出走那晚，当伊丽莎白关上亚斯花园的大铁门时，身后传来的尖利刺耳的声响；记得行李箱中的照片在被火烧尽前，那翻卷的边缘。

有人说，感觉伊朗人在洛杉矶享有格外的特权，他们的孩子在家里受到溺爱，男人很容易钻空子，而女人们拒不服从规范。有些人的确如此，这对任何人群都适用。这座城里的几万个伊朗人当中，可能会出一两个帕丽斯·希尔顿[1]，他们确实鹤立鸡群；但为了准确起见，我想说的是我们剩下的其他人，我们心怀对艰苦奋斗的记忆，也怀着恐惧、悔恨和悲伤，有些是继承下来的，有些则是亲身经历所得，但它们都以许多不易察觉的方式，定义了我们是什么样的人，也预示着我们的行为。

在伊朗，我们必须依靠力量和勇气才能生存下去；来到美国后，则要依靠力量和勇气来决定故事在当下的走向，守住精华，摒弃糟粕，不能全盘固守或是彻底丢弃。

因为，你知道，我们无法丢弃过去。这是我见到约拿后悟出的又一件事。

1　帕丽斯·希尔顿（Paris Hilton）：美国模特、演员、歌手、商人，希尔顿集团的继承人，拥有挪威、德国、爱尔兰和意大利四国血统。

最初那几周，我让他与我同住，因为我被那种美给迷住了——那些幽灵魅影和夜行生物，围绕在他闪亮的心脏周边，仿佛因反射了他的光而显得熠熠生辉；成千上万的蝴蝶为墙壁铺上了超乎想象的色彩。只消看看他——坐在沙发上，穿着仿若他第二层皮肤的那件 T 恤，恰似一个小小的太阳，怀抱着它借以栖身的一片蓝天——就值得你接连几夜不眠不休。不过，让他住下也是因为我明白（是啊，我偶尔确实能理解一两种微妙的情感），他此刻身在此地，乃至他的诞生，都是一种机缘。

我不得不让拉比也住下，因为他不能只把约拿留给我，然后转身就走，尽管他经常一连两三宿都不露面。其他时候，他就睡在我客厅的沙发上，自斟自饮我用波斯玫瑰水沏的茶。反正我自己不喝茶；买茶只是因为我在这座城里每到一处，都听到有人在议论我们现在应该喝茶，而不该喝咖啡。于是，我将茶叶留在厨房里，让意式咖啡店的姑娘来关照我的健康状况。

由于约拿的关系，我允许拉比喝我的茶、睡我的沙发；当他建议我去参加收养子女的课程——一连三个月的每周六早上，这样他把约拿留给我的时间就能更长一些——我甚至也照办了。我又回到公设辩护人办公室工作，因为我发现自己在分辨真相与谎言方面并不权威。我也不再写《两个大陆，一个窃贼》这部书了（虽仍觉得这个标题很绝），因为我没法设想自己对约拿做出那种事；如果里昂当真将他扬言要写的警方破案实录写出来，那就让他赢走我的普利策奖吧。

约拿没问起过他父亲的事，姑娘们也没有。他们没问过，内达如何能继续守住宅子，而债主们却连一毛钱都收不回，也没问为什么从去年六月起，她的生活状态似乎一直蒸蒸日上。她沉寂了两个月，之后出门理了发，还垫高了双侧的颧骨。又过了一两个月，她花钱垫厚了嘴唇，隆了胸，消除了肚腩，还买了卡地亚的新款白金镶钻"蓝气球"腕表。她报名参加了加州大学洛杉矶继续教育学院的意大利语课程、沙欣在马里布市讲授的艺术课程和"正是午餐"网的交友婚介活动。她将家宅移交给破产委托人，然后在委托人"变现"拉斐尔之子的财产，把它们贱价出售时，又派"杂牌军"将房子购回。"杂牌军"付的是现金，众所周知，因为他们有大量现钱可供调度。他们若非出于忠诚便是由于畏惧，本来不得不归还替拉斐尔之子保管的所有钱财——现在都成了他们的，可以随意投资、挥霍，或是用去为他们那些不可爱的孩子套牢自己的配偶。我想说的是，虽然我本人绝非玛丽莲·梦露，但在"杂牌军"中被看作美人的哈达萨·辛查，看着像只长着斑点的啄木鸟，我这么说可无意冒犯那种鸟。

我讨厌长相难看却没有自知之明的人。

就这样，"杂牌军"为内达买回了房子，想必还给了她一大笔钱，那或许是出于感激，但更可能是为了阻止她向地方检察官告密。

以前，她也许不了解有关拉斐尔之子的任何事务；但是现在，她有了艾迪这个"活算盘"，他存着只有他自己能看懂的明细账目，这意味着"杂牌军"还是交出一部分别人的血汗钱为妙。

确切地说，对于艾迪在他整个被奴役期内所挣的钱，无论是工资还是他自行发放的奖金，我连一分一毫都不嫉妒。的确，他本可将每月 2,000 美元悉数捐给犹太家庭服务机构，但也可以分文不给。最起码，这个男人遵守游戏规则的时间比我们大多数人都长。他参加了有史以来最无用、无意义的战斗，他那张脸便是明证。他照顾患病的母亲长达二十年；她现在还病着，呼哧带喘的，每隔五秒钟就会在他们同住的公寓那间煤灰箱似的房间里唤他。他为拉斐尔之子干了二十年，拜"卑鄙大王"所赐，他都快听到自己的肋骨被公交车轮碾碎的声响了。

艾迪确实对折磨他的人实施了最凶狠的打击报复——向那个人隐瞒了他母亲并未谎称他身世的证据；但说实在的，簿记员有责任向拉斐尔之子报告他的亲骨肉长什么样吗？假使艾迪告诉了他——难道有人相信约拿的日子会更好过吗？此外就只剩下一个问题：艾迪该如何处理那些他可能知道的海外银行账户。

然而，他可不是要在盗取钱财据为己有和物归原主之间二选一。绝对不是。倘若他遵守本国法律的话，情况就不是那样。实际上，他只能选择要么盗取钱财据为己有，要么把它们交由破产委托人去窃取。

按照法律规定，加之美国司法体系的全力支持，破产流程必须经由一名法院指派委托人来处理。债权人希望收回他们的一小部分债权，可谓痴人说梦。在拉斐尔之子的庞氏骗局案件中，委托人最终以收取"服务费"的方式，将拉斐尔之子剩余的财产尽收囊中，分毫不剩。八千万美元跟债权人损失的五亿相比并不算多，但对委托人——这名律师和他发薪名单上的几个会计——来说也的确不是小钱。只是话又说回来，法官本人可能就是骗子，那么当有人不停向他送礼时，他又怎会就此收手呢？一旦他将"委托"掏空，受雇的律师先生便会分别起诉被认定拥有或实际拥有财产的任意三百个人——没错，是三百个而非三个；之后，无论他能从那些人身上敲诈多少钱，都会迅速结案。接着，他会继续向自己支付他为起诉和结案提供"服务"所涉及的清算资金总数。

如果艾迪、内达或随便什么人——甚至是"杂牌军"——指出哪里还藏着钱，只会使委托人变得更加富有。

那将会成为第二个出乎意料的结果。

第三个结果就是，里昂找到了他（和我）坚信能解开拉斐尔之子死亡谜团的答案。在与"欧托滋男人"谈话后的三周中，为追踪那辆神秘的绿色羚羊汽车，里昂寻遍了荷尔贝山及其周边城市的每一条晦暗的巷弄和废弃的后街。他派出身穿制服的警察，挨家挨户地搜查邻近街坊。他还从私宅外面正常运作的监控录像机中（而不是拉斐尔之子刻意安装的廉价假货中）调取和研究录像副本。在车辆管理局的记录中，他搜索了拉斐尔之子的每位受害者，以及"杂牌军"和艾迪·阿拉克斯，甚至是内达名下登记注册的有限责任公司和集团企业。后来，他又将搜索范围扩大到拉斐尔之子办公室所在的世纪城办公楼的影像档案与租车公司的记录，还有比弗利山庄方圆 5.71 平方英里[1] 地界外围一圈安装的闭路监控摄像机。

奥唐纳已经受够了，凯欧克因也威胁说要罢手，但里昂却不死心，仍继续挖掘真相。

在他经手的案件中，从没有哪个受害者比拉斐尔之子更加死有余辜，促使地方检察官起诉的概率也微乎其微，比任何案子都低。在约拿现身前，里昂随时都准备叫停，让他们狗咬狗去吧，或是至少等到什么人在某个地方发现尸体。在约拿现身前，里昂还能分辨事实和幻想，区别理智与荒谬。可如果关于拉斐尔之子的最基本假定——

1　约为 14.8 平方公里。

他并非他母亲所说的拉斐尔之子——不成立的话，而关于约拿的最难以置信的推测——他因索莱曼家族的血统而遗传了发光的病症——是真的，那你又如何区分真相与谎言呢？如果内达故事中最惊人的部分——在她发现尸体后的几分钟内，它便消失无踪——是真的，还有什么能让里昂不相信欧托滋男人的证词呢？他对里昂描述的那个女人，听起来简直像极了辛查家的某个人。他们有动机（艾迪·阿拉克斯已证实这一点）和作案手段（屠宰是他们的天性），又恰好贪婪成性，甘愿谋财害命。的确，除"杂牌军"以外的其他许多人也有动机。没错，假如有什么人认为自己杀人后可以逃脱惩罚，那便是路西和他身后那帮宵小鼠辈。

然而，里昂不禁感到绿色羚羊的意象和作用都带有某种诗意。事后，他向我解释说，这令他想起母亲曾对他讲述的一个故事，主人公是母亲自幼便认识的一个男孩。她说，男孩在骑车时死于事故，但他变成鬼魂以后，还夜夜不歇地回到他母亲家中，回到他自小长大的街道，在月光下拼命蹬着车，仿佛是为了讲述一个故事，断言一个从未被人提及的真相。

"你怎么能相信这种胡话呢？"当母亲第一次对里昂讲那个故事时，他这样问她。那时他才八岁，却早已知道鬼魂是子虚乌有的。

"因为我闭上眼睛听，"她说，"当有真相触动我的时候就睁开眼，这次我用心一看，也瞧见了那个鬼孩子。"

于是，里昂开始打电话，分别向洛杉矶和棕榈泉各自五十英里半径范围内的每家汽车租赁公司进行调查核实。在徒劳无果之后，他又重新打了一轮电话，询问有没有任何与羚羊车型相近的机动车。他说话说得声音沙哑，脖子和肩膀的肌肉都绷紧了，却仍不肯放过那辆车。

劳动节当天下午，他忽然福至心灵：虽然辛查们趣味低级、卑鄙下贱，但还没蠢到会留下类似租车这样易于跟踪的线索。倘若他们之中的任何人当真驾驶过绿色羚羊汽车，那它很可能是从某家回收废旧租赁汽车的二手店里用现金买的。

那晚，里昂驾车来到棕榈泉。他带着一沓"杂牌军"成员及其配偶和成年子女的照片，还有科切拉山谷全长四十五英里范围内的二手车经销商名单。五天后，他找到的一家经销商认出了哈达萨·辛查。

不消说，哈达萨·辛查和她头脑简单、愚昧落后又极不讨喜的亲属团，没有将"偷拿某个毫无提防的孤儿的午餐费"的机会浪费在担忧里昂会发现辛查美妞的购车行为上。如果某个旧车贩子声称他曾将一辆绿色汽车卖给哈达萨，那又如何？他们家人可没有义务向警方透露自己的消费行为，不管怎么说："如果你那么聪明，就自己找车去，把它带回来，再找个独眼的目击证人来对质，向陪审团解释解释。二十年来警方一直宣称这家伙不是骗子就是疯子，很可能两者兼是，他充其量也就是个不靠谱的货色，在那事儿之后只会更糟；考虑到没有尸体，而且……"

管他呢。反正里昂和我知道谁是凶手了，理由都一样：因为只有内达和艾迪才会笃定一旦拉斐尔之子被割喉，尸体便会消失；也只有他们才知道拉斐尔之子是合法子嗣。恰恰是由于那一点——里昂知道是谁杀死了拉斐尔之子以及尸体的下落——所以他也知道内达将解除嫌疑。

你能想象得出，里昂说服奥唐纳说某个周一清晨，拉斐尔·索莱曼的魂魄降临荷尔贝山，匆匆带走了他儿子那具毫无生机、血流不止的尸身吗？你能想象得出，奥唐纳彻底毁了自己的职业生涯，带着这个故事去找地方检察官，要求他指控某个人，比方说内达吗？

即使他这么做了——即使里昂真能让杀死拉斐尔之子的凶手银铛入狱——一想到他是怎样百般虐待她，他是一个多么卑鄙之徒，难道我们当中有什么人会觉得正义得到了伸张吗？

我跟你说吧，我将称之为"第四个结果"的，才是真正的正义。你瞧，就连最不能宽恕拉斐尔之子的受害者在确信他已死去、一去不返（而不是活着去了墨西哥）以后，都放下武器，埋葬了积怨，终于能恰如其分地将他视为伊朗犹太民族三千年的历史长河中无比渺小且无足轻重的一分子。自从第一圣殿被毁，他们披枷戴锁，在巴比伦的尼布甲尼撒[1]手下为奴开始；直至后来，他们成就伟业，登上全球各大陆的权力宝座，远在拉斐尔之子以前，早就有人企图将永恒的灾祸强加于这个具有奇特复原力的小小部族。他们全都失败了——有些人败得很惨。在不到那段历史十分之一的时间里，美国制造了俄克拉何马城的爆炸犯、伯尼·麦道夫和华尔街的大批首席执行官。他们造成的危害至少足以使自己在国际范围内臭名昭著；而拉斐尔之子在永垂不朽方面的成就，至多不过是载于本博客中。

微不足道，无足轻重，乏人问津，正是他最渴望逃脱的存在形式。

在伊朗人中流传着这样一句话：女孩是携着自身的命运降生的。这也许是件好事，比方说有福的女人将为丈夫带来巨额财富和众多子

---

1 尼布甲尼撒（Nebuchadnezzar）：此处指古巴比伦国王尼布甲尼撒二世，他侵占叙利亚和巴勒斯坦，攻占并焚毁耶路撒冷，将大批犹太人掳到巴比伦，兴建了巴比伦塔和空中花园。

嗣。可如果你碰巧空手而来，这也可能成为麻烦。没人对男孩的命运有过任何说辞，因为此举实属多余——男孩本身就是福气。从前这经常困扰我，至今亦如此；可我不得不承认，在约拿身上，这是千真万确的：他的确是一份福气。

六十二年前，在德黑兰的珍珠大炮广场上，一个孤独的流亡女子在玫瑰宫的大门前播撒下希望。她用言语和泪水浇灌它，用爱意或仇恨、亵渎或信仰去照料它，直到它长成一个畏缩不前、身体有缺陷的男孩，他后来成了恶人，却依然渴望获得爱，并被接纳。我也跟别人一样拒绝接纳他，对此我无法原谅自己。

因为有了约拿，我似乎觉得，在这个全新国度的这座崭新的城市里，我被赋予了一次机遇，去采撷那株饱受摧残的老朽灌木复又初绽的花朵，那是拉斐尔之妻的所有梦想之和。亚斯花园的土地或许已被"蓥妇之叹"荼毒，在拉斐尔死后，我祖父母和伯父伯母的住处或许曾被那些孤魂野鬼缠扰。约翰·韦恩的九十九年福运，或许也是被巫婆的一口气给吹丢了；而身为救治者的瑞伊斯医生或许也因为诅咒，竟成了杀手。

不过现在，约拿来了，虽然他的父亲冤枉了他，但他却证明拉斐尔之子本身也被冤枉了，证明过往的错误未必会造成新的伤痛；即使这个世界错待你一百次，公正也终将到来——一个小小弃儿心中那一丝微弱的闪光——而你只需要（是我只需要）将双手拢在那寸火光周围，对黎明的到来怀着信仰，相信每种颜色暗淡的生灵有朝一日都可能变为万花筒，相信每个毫无血色的游魂终将觅得一颗搏动的心。那么我呢——许久以来始终在寻找一个宏大、透彻、确凿无疑的真理，它将为我解释一切无法解释的事情——即使是我，也会满足于这个奇迹，满足于这个谜语，满足于在一片深沉浩渺的大海上，那一星光亮带来的静谧无言的希望。

鸣　谢

感谢易卜拉欣·阿玛德、乔尼·邓波儿和阿卡西出版社的全体同仁，现在我终于明白人们为何喜爱你们了。感谢亨利·杜那促成此书得以成形。感谢有芭芭拉·洛文斯坦相伴的二十年时光。感谢维多利亚·梅耶如此善待笔者。感谢杰佛利亚·格雷森建议保留"里昂"这个人物。感谢大卫·沃尔普的善意提醒。

不论结果如何，我的本意不坏。

京权图字：01-2019-0763

Copyright © 2014 by Gina B. Nahai
Published in agreement with Akashic Books, through The Grayhawk Agency Ltd

图书在版编目（CIP）数据

约拿的闪光之心 ／（美）吉娜·B.那海（Gina B. Nahai）著；章力，李军译. -- 北京：外语教学与研究出版社，2020.10
书名原文：The Luminous Heart of Jonah S.
ISBN 978-7-5213-2109-8

Ⅰ . ①约… Ⅱ . ①吉… ②章… ③李… Ⅲ . ①长篇小说－美国－现代 Ⅳ . ①I712.45

中国版本图书馆 CIP 数据核字 (2020) 第 210891 号

出 版 人　徐建忠
项目策划　张　颖
项目编辑　张　畅
责任编辑　徐晓雨
责任校对　何碧云
封面设计　方　为
版式设计　马晓羽
出版发行　外语教学与研究出版社
社　　址　北京市西三环北路 19 号（100089）
网　　址　http://www.fltrp.com
印　　刷　三河市北燕印装有限公司
开　　本　880×1230　1/32
印　　张　15.5
版　　次　2021 年 2 月第 1 版 2021 年 2 月第 1 次印刷
书　　号　ISBN 978-7-5213-2109-8
定　　价　69.00 元

购书咨询：（010）88819926　电子邮箱：club@fltrp.com
外研书店：https://waiyants.tmall.com
凡印刷、装订质量问题，请联系我社印制部
联系电话：（010）61207896　电子邮箱：zhijian@fltrp.com
凡侵权、盗版书籍线索，请联系我社法律事务部
举报电话：（010）88817519　电子邮箱：banquan@fltrp.com
物料号：321090001

记载人类文明
沟通世界文化
www.fltrp.com